漢學研究叢書・文史新視界叢刊

元代宋詩學研究
——以總集為中心的考察

A Study of the Song Poetics in Mongol-Yuan Era:
Focusing on the Literary Anthologies

凌頌榮　著

by Ling, Chung-Wing

如蝶振翼

——《文史新視界叢刊》總序一

　　近年赴中國大陸學術界闖盪的臺灣文科博士日益增多，這當中主要包括兩類人才。一類是在臺灣學界本就聲名卓著、學術影響鉅大的資深學者，他們被大陸名校高薪禮聘去任教，繼續傳揚他們的學術。另一類則是剛拿到博士文憑，企盼進入學術職場，大展長才，無奈生不逢時，在高校發展面臨瓶頸，人力資源飽和的情況下，雖學得一身的文武藝，卻不知貨與何家、貨向何處！他們多數只能當個流浪教授，奔波各校兼課，猶如衝州撞府的江湖詩人；有的則委身屈就研究助理，以此謀食糊口，跡近沉淪下僚的風塵俗吏。然而年復一年，何時了得？於心志之消磨，術業之荒廢，莫此為甚！劉芝慶與邱偉雲不甘於此，於是毅然遠走大陸，分別在湖北經濟學院和山東大學闖出他們的藍海坦途。如劉、邱二君者，尚所在多有，似有逐漸蔚為風潮的趨勢，日益引發文教界的關注。

　　然而無論資深或新進學者西進大陸任教，他們的選擇與際遇，整體說來雖是臺灣學術界的損失，但這種學術人才的流動，卻很難用一般經濟或商業的法則來衡量得失。因為其所牽動的不僅是人才的輸入輸出、知識產值的出超入超、學術板塊的挪移轉動，更重要的意義是藉由人才的移動，所帶來學術思想的刺激與影響。晚清名儒王闓運應邀至四川尊經書院講學，帶動蜀學興起，因而有所謂「湘學入蜀」的佳話。至於一九四九年後大陸遷臺學者，對戰後臺灣學術的形塑，其

影響之深遠鉅大，今日仍在持續作用。當然用此二例比方現今學人赴大陸學界發展，或有誇大之嫌。然而學術的刺激與影響固然肇因於知識觀念的傳播，但這一切不就常發生於因人才的移動而展開的學者間之互動的基礎上？由此產生的學術創新和知識研發，以及伴隨而來在文化社會等現實層面上的實質效益，更是難以預期和估算的。

劉芝慶和邱偉雲去大陸任教後，接觸了許多同輩的年輕世代學者，這些學人大體上就屬於剛取得博士資格，擔任博士後或講師；或者早幾年畢業，已升上副教授的這個群體。以實際的年齡來說，大約是在三十五歲至四十五歲之間的青壯世代學人。此輩學人皆是在這十來年間成長茁壯起來的，這正是中國大陸經濟起飛，國力日益壯大，因而有能力投入大量科研經費的黃金年代。他們有幸在這相對優越的環境下深造，自然對他們學問的養成，帶來許多正面助益。因而無論是視野的開闊、資料的使用、方法的講求、論題的選取，甚至整體的研究水平，都到了令人不敢不正視的地步。但受限於資歷與其他種種現實因素，他們的學術成果的能見度，畢竟還是不如資深有名望的學者，這使得學界，特別是臺灣學界，對他們的論著相對陌生。於其而言，固然是遺憾；而就整體人文學界來說，無法全面去正視和有效地利用這些新世代的研究成果，這對學術的持續前進發展，更是造成不利的影響。

因而當劉芝慶和邱偉雲跟我提及，是否有可能在臺灣系統地出版這輩學人的著作，我深感這是刻不容緩且意義重大之舉。於是便將此構想和萬卷樓圖書公司的梁錦興總經理與張晏瑞總編輯商議，獲得他們的大力支持，更決定將範圍擴大至臺灣、香港與澳門，計畫編輯一套包含兩岸四地人文領域青壯輩學者的系列叢書，幾經研議，最後正式定名為《文史新視界叢刊》。關於叢刊的名稱、收書範圍、標準等問題，劉、邱二人所撰的〈總序二〉已有交代，讀者可以參看，茲不

重複。但關於叢刊得名之由,此處可再稍做補充。

其實在劉、邱二君的原始構想中,是取用「新世界」之名的,我將其改為同音的「新視界」。二者雖不具備聲義同源的語言學關係,但還是可以尋覓出某種意義上的關聯。蓋因視界就是看待世界的方式,用某種視界來觀看,就會看到與此視界相應或符合此視界的景物。採用不同以往的觀看方式,往往就能看到前人看不到的嶄新世界。從這個意義來說,所謂新視界即新世界也,有新視界才能看到新世界,而新世界之發現亦常賴新視界之觀看。王國維曾說:「凡一代有一代之文學。」若將其所說的時代改為世代,將文學擴大為學術,則亦可說凡一世代皆有一世代之學術。雖不必然是後起的新世代之學術優或劣於之前的世代,但其不同則是極為明顯的。其中的關鍵,就在於彼此觀看視域的差異。因而青壯輩人文學者用新的方法和視域來研究,必然也能得到新的成果和觀點,由此而開拓新的學術世界,這是可以期待的。

綜上所述,本叢刊策畫編輯的主要目的有二:第一,是展現青壯世代人文學術研究的新風貌和新動能;第二,則是匯集兩岸四地青壯學者的最新研究成果,從中達到相互觀摩、借鑑的效果。最終的目標,還是希冀能對學術的發展與走向,提供正向積極的助力。本叢刊之出版,在當代學術演進的洪流中,或許只不過如蝴蝶之翼般輕薄,微不足道。但哪怕是一隻輕盈小巧的蝴蝶,在偶然一瞬間搧動其薄翅輕翼,都有可能捲動起意想不到的風潮。期待本叢刊能扮演蝴蝶之翼的功能,藉由拍翅振翼之舉,或能鼓動思潮的生發與知識的創新,從而發揮學術上的蝴蝶效益。

西元二○一七年九月十二日
車行健謹識於政治大學

總序二

　　《文史新視界叢刊》，正式全名為《文史新視界：兩岸四地青壯學者叢刊》。本叢刊全名中的「文史」為領域之殊，「兩岸四地」為地域之分，「青壯學者」為年齡之別，叢書名中之所以出現這些分類名目，並非要進行「區辨」，而是立意於「跨越」。本叢刊希望能集合青壯輩學友們的研究，不執於領域、地域、年齡之疆界，採取多元容受的視野，進而能聚合開啟出文史哲研究的新視界。

　　為求能兼容不同的聲音，本叢刊在編委群部分特別酌量邀請了不同領域、地區的學者擔任，主要以兩岸四地青壯年學者來主其事、行其議。以符合學術規範與品質為最高原則，徵求兩岸四地稿件，並委由萬卷樓圖書公司出版。系列叢書不採傳統分類，形式上可為專著，亦可為論文集；內容上，或人物評傳，或史事分析，或義理探究，可文、可史、可哲、可跨學科。當然，世界極大，然一切僅與自己有關，文史哲領域門類甚多，流派亦各有不同。故研究者關注於此而非彼，自然是伴隨著才性、環境、師承等等因素。叢刊精擇秀異之作，綜攝萬法之流，即冀盼能令四海學友皆能於叢刊之中尋獲同道知音，或是觸發新思，或是進行對話，若能達此效用，則不負本叢刊成立之宗旨與關懷。

　　至於出版原則，基本上是以「青壯學者」為主，大約是在三十五歲至四十五歲之間。此間學者，正值盛年，走過三十而立，來到四十不惑，人人各具獨特學術觀點與師承學脈，也是最具創發力之時刻。若能為青壯學者們提供一個自由與公正的場域，著書立說，抒發學術

胸臆，作為他們「立」與「不惑」之礎石，成為諸位學友之舞臺，當是本叢刊最殷切之期盼。而叢書出版要求無他，僅以學術品質為斷，杜絕一切門戶與階級之見，摒棄人情與功利之考量，學術水準與規範，乃重中之重的唯一標準。

而本叢刊取名為「新視界」，自有展望未來、開啟視野之義，然吾輩亦深知，學術日新月異，「異」遠比「新」多。其實，在前人研究之上，或重開論述，或另闢新說，就這層意義來講，「異」與「新」的差別著實不大。類似的題目，不同的說法，這種「異」，無疑需要吸收前人研究成果。然領域的開創，典範的轉移，這種「新」，又何嘗不需眾多的學術積累呢？以故《文史新視界叢刊》的目標，便是希望著重發掘及積累這些「異」與「新」的觀點，藉由更多元豐厚的新視界，朝向更為開闊無垠的新世界前進。

最末，在數位時代下，吾輩皆已身處速度社會中，過去百年方有一變者，如今卻是瞬息萬變。在此之際，今日之新極可能即為明日之舊，以故唯有不斷追新，效法「天行健，君子以自強不息」之精神，方不為速度社會所淘汰。當然，除了追新之外，亦要維護優良傳統，如此方能溫故知新、繼往開來。而本叢刊正自我期許能成為我們這一時代文史哲學界經典傳承之轉軸，將這一代青壯學者的創新之說承上啟下的傳衍流布，冀能令現在與未來的同道學友知我此代之思潮，即為「新視界叢刊」成立之終極關懷所在。

劉芝慶、邱偉雲　序

播爾椒蘭，采其孔翠：

序《元代宋詩學研究——以總集為中心的考察》

　　二〇二一年秋，凌頌榮君轉任香港恆生大學中文系助理教授，並計劃將博士學位論文《元代宋詩學研究——以總集為中心的考察》修訂付梓。我於數年前蒙臺灣政治大學車行健教授之邀，忝列萬卷樓出版公司之「文史新視界叢刊」編委會，故而不避內舉，推薦出版，幸獲編委會同仁一致通過。獲此佳音，頌榮復囑序於我。十餘年來，我忝列頌榮本科「專題研究」畢業論文、碩士及博士論文導師，且於工作上多有協作，親身見證他從大一新生成長為學林新銳，欣喜之餘，能無一言乎？遂就我所知聞，略陳一二於下，以質於頌榮及讀者諸君。

　　二〇一一至二〇一二學年，我先後參與任教大一必修的「詩選及習作」及「寫作訓練」課程。那一屆的同學聰敏好學，頌榮置身其中，屬於訥言敏行的那種，成績頗為不俗。到了大三畢業班，頌榮表示希望隨我撰寫畢業論文。當日「專題研究」尚屬選修科，我那年只負責指導頌榮一人，因而有更多時間與他切磋學問。前此執教臺島之際，我有幸與學林前輩、師伯潘美月教授成為同事，在她的影響下，於文學文獻學興趣尤深，就《楚辭》、總集與目錄學之間的關係也略有陋見。返回香港後，庶務猥雜，已無精力兼顧此區塊。頌榮與我討論後，表示願意就而深耕。我喜見學術薪火於焉得以相傳不息，十分支持。一年後，頌榮撰成〈「總集」概念形成研究——先秦至蕭梁前期的觀照〉，但凡《昭明文選》（現存最早之總集）以前有總集意趣之

著作，如《周易》、《尚書》、《詩經》、諸子、《楚辭》、乃至杜預《善文》、摯虞《文章流別集》、李充《翰林集》、鍾嶸《詩品》、劉勰《文心雕龍》之編纂動機及體例內容等皆逐一考察，以見總集概念形成之進路。

頌榮入讀碩士班後，再接再厲，依時完成十六萬字的碩士學位論文《「總集」概念演變研究——以西晉至南宋為中心的考察》。該文提出，「總集」概念一直處於變化之中，而從西晉至南宋年間的變化最為顯著、重要。在這段時期，「總集」原有的特徵逐漸淡化（如「解釋評論」的成分），新的內涵又有所增加（包括不同的體例、功能等）。因此，該文結合文學與文獻目錄學的研究方法，打破兩者間的畛域，以「張弛」為綱領來理解「總集」概念的變化軌跡，並考察文學史的發展面貌。在此期間，頌榮溫故而知新，將本科畢業論文加以修訂，刊登於《文學論衡》第二十七期（2015年12月）；此外，又在研究生研討會上發表〈「文章之學」的源流與發展——論阮孝緒《七錄‧文集錄》的小類立意〉、〈從「總集」概念看「唐人選唐詩」的詩學史意義〉等論文。

記得頌榮初進碩班，尚未確認是否以學術研究為終身職志。但這種躊躇不定的狀態很快就消瀰了：碩二之時，他決定報考本系博士班，且同樣承蒙各為師長青睞而順利入讀。博班三年，頌榮甚為系上倚重，往往以助教的身分統籌、協助學術活動，負責主持導修。不過，這些繁忙的事務並未影響他對學術研究的熱忱。他宣讀、刊登的單篇論文為數更多，如博三那年，便有單篇論文登載於一級學刊，這對他的研究水準與方向無疑是莫大的肯定，對於我這個導師而言也與有榮焉。二〇一九年八月五日，我結束臺北研修假期不到一週，便參加了頌榮的博論答辯。其學位論文篇幅達二十萬字，聚焦於文學史上長期遭到忽略的元代詩歌，以「宗宋」與「總集」為關鍵詞，探究入

元以後，宋代創作風氣與詩學議題如何隨著時局轉變而推陳出新，以見元代詩歌的另一面向。其著眼點主要在於《中州集》、《忠義集》、《月泉吟社詩》、《谷音》、《詩林廣記》、《唐宋千家聯珠詩格》、《瀛奎律髓》、《濂洛風雅》以及幾種《文選》詩歌的重編。而關注的人物，則包括了宋金遺民、元代詩人、詩論家以及理學家等等。如此主題固為碩論的延伸，同時也頗有新創之處。

頌榮本科及碩士學位論文皆以通代（先秦至蕭梁、西晉至南宋）為切入點，博論則轉作斷代（元代）之考察。前人談文，多採取「一代有一代之文」的觀念，但政治興衰與文學發展的節拍未必同步，故當代學者往往棄用或「架空」朝代座標，逕直以西元之世紀乃至年分作為其論述之起訖點。如此方法雖然簡單明瞭，似乎卻也未能彰顯古典文化語境中以文載道、以詩言志的傳統。而頌榮博論聚焦的元代，正好具有多種界定的方式，無論是鐵木真稱汗（1206）、窩闊臺滅金（1234），抑或忽必烈建元（1260）、平宋（1279），皆有算作蒙元政權起點之理由。特別是金亡與宋亡相隔四十餘年，南北文化環境差異甚大，易代之際的紛紜變化由斯足見。蒙元政權由區域邁向全國的趨勢，以及其施政之連續性，又一以貫之。如此一來，使用「元代」一詞尤有一種「模糊之精確」，更能把握十三、十四世紀之間中國文壇的發展脈絡。其次，頌榮善於恰當運用西方文化理論。如其謂將布爾迪厄（Pierre Bourdieu）的「文學場域」概念縮小至「詩學場域」以內，循直接和基礎的方向組織各項線索。他認為：「總集的編纂一方面是『詩學場域』內部之事，另一方面卻又受『教育場域』和『政治場域』等外來力量干預。」又如頌榮指出哈洛・卜倫（Harold Bloom）在討論文學作品典律化（canonization）的機制時就承認了美學與競賽（agonistic）長久以來都是一體的概念；而在中國文獻史中，總集即為用於此競賽的工具，諸作藉批評與自身主張不合者，證明其編纂之

正當與必要。如是皆克加強自身論說之力度,並使今人更清楚地掌握古代文化及文學活動之實況。

自三國曹丕(187-226)提出「詩賦欲麗」之說,六朝文壇開始有意識地追求文學作品的形式美。昭明太子蕭統(501-531)主編《文選》,僅收「綜緝辭采,錯比文華」的集部與史論作品,而不及經史百家,正是在強調文學的獨立地位。唐宋古文運動主義理而反空洞、倡散文而抑駢文,揭櫫道統、號稱「起衰」,卻也使文學作品的純藝術性屈從於社會性與實用性。甚如北宋理學家程頤提出「作文害道」,又曰:「如今言能詩無如杜甫,如云『穿花蛺蝶深深見,點水蜻蜓款款飛』,如此閒言語,道出做甚?」此已近乎佛教視文學為三惡業之綺語,徹底否定文學的審美功能了。南宋真德秀(1178-1235)編《文章正宗》正集二十四卷,分為辭命、議論、敘事、詩賦四類,所收詩文起於先秦而迄於李唐。晚年又編續集二十卷,分為論理、敘事、論事三類,全為宋人作品。四庫館臣謂其「始別出談理一派,而總集遂判兩途」。而今人袁行霈《中國文學史》批評此書「趨於極端的理學家的文學觀,它完全抹煞了文學的審美功能,是對梁代蕭統編《文選》宗旨『事出於沉思,義歸乎翰藻』的反撥。《文章正宗》是理學思想為了全面控制文壇而提供的範本,對於南宋後期的散文創作起了一些不好的影響」。至於真德秀的前輩、另一位理學家呂祖謙(1137-1181),同樣從事總集的編纂。頌榮曾在碩論中指出呂氏「一方面編撰《古文關鍵》,以寫作技術為討論焦點,另一方面又以理學價值作為《宋文鑒》的編纂思維,體現出兩類『總集』各有分工,有著無法融為一體的對立性質」。而元代金履祥(1232-1303)的《濂洛風雅》正是「理學總集」的後繼者之一,此書「所收錄的『詩』,實際上是包含賦、贊、銘、箴、誡和祭文等所有使用了韻語的文體。在宋代這種廣義上的『詩』基本上已不為文人、編者所取,因為他們的

文體觀早已發展至更細緻和分明的階段」。（頁177-178）因此，頌榮的博論有專章討論《濂洛風雅》，此後一章則題為〈理學家與《文選》詩歌的重編——以陳仁子、劉履為例〉。正如清初黃百家論元代金華學派所說：「金華之學，自白雲一輩而下，多流而為文人。夫文與道不相離，文顯而道薄耳。」（《宋元學案·北山四先生學案》）理學家內部「重文輕道」，正是由宋入元以後新出現的情狀。這種情狀在朱元璋立國後逐漸沉寂，卻在晚明之世再度浮現。因此，頌榮在博論中討論理學家編纂總集的現象，不僅是延續其碩論之關注點，也向讀者展現出元代文壇獨特的生態，並為日後的研究埋下伏線。

此外，頌榮在本書之〈結論·研究展望〉一節已指出，明初高棅（1350-1423）所編《唐詩品彙》開啟明代詩壇崇唐復古的風潮，似與元代「宗唐得古」的主張不無關係，亦即涉及前代詩學如何進入新時代的課題；而明清之際錢謙益（1582-1664）《列朝詩集》的編纂則是以元好問《中州集》為效法對象。這些皆是他日後值得著力之處。若就拙文所言，宋代古文家強調道統、元代理學家「流為文人」等現象對總集觀念的影響，也頗堪措意。如今人劉毓慶認為：「明代中後期，大批文人學士從文學的角度研究《詩經》的審美意義，確立了《詩經》文學研究的傳統，使這部詩歌寶典初次放射出了文學的光芒。」（《從經學到文學：明代《詩經》學史論》）從文學的視角來觀照《詩經》，自也進一步確認了其作為詩歌總集的性質。經學如此，而明代後期《諸子彙函》、《諸子奇賞》等書，皆以文學評點的方式來解讀內部典籍，與時人對《詩經》的態度可謂同出一轍。而清代前期《古文析義》、《古文評註》、《古文觀止》等選本選錄《春秋》三傳、《國語》、《禮記》、《史記》乃至諸子之文，以及晚清曾國藩（1881-1872）編選《經史百家雜鈔》，以古文義法的角度來考察集部以外的文本，皆可見流波所及。故而頌榮日後之研究方向，既可謂海闊天

空，又可云任重道遠！

　　當然，頌榮的視野並不囿於其深耕之總集研究。他曾擔任青年文學獎幹事多年，於白話文創作甚有心得。比歲以來，幾度為承乏之《詩經》、《楚辭》兩科擔任助教，相關學識頗得積厚。職是之故，遂邀請頌榮合著《中學生文言經典選讀：詩經》，主編〈港中大中文系《楚辭》課程學生文選小輯〉，並在電臺節目中談論《楚辭》。不僅如此，學界耆宿金春峰教授、李學銘教授之訪談錄，乃至《華人文化研究》半年刊之編輯工作，皆偏勞頌榮參預其事。入職恆大後，頌榮又毅然受命執教《孫子兵法》等新科目。其眼界之開闊，與承擔之勇氣，洵可謂互為表裡矣。寄望頌榮在新的崗位上如魚得水，並於研究領域擊水千里、搏彼扶搖！謹贈一聯曰：

　　　播爾椒蘭，何所獨無春草；
　　　采其孔翠，於今殊有鳳毛。

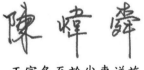

陳煒舜
壬寅冬至於尖東逆旅

目次

緒論

一　研究緣起

　　論中國古典詩歌的發展，唐宋兩代無疑是輝煌的階段。不論是詩人數目、作品數量還是詩學理論的建立，這時期的詩壇處處展現出可觀的成就，並為後世學子樹立了崇高的典範。奇怪的是，從朝代興衰的時間線觀之，最終統一南北的蒙元是南宋的承接者，但元詩學的內涵與發展情況卻是鮮獲研究者關注。

　　元朝以後，保存與整理元詩的工作乏善可陳。今人指出，顧嗣立（1669-1722）於康熙年間編成三輯《元詩選》以前，雖有《皇元風雅前後集》、《草堂雅集》等傳世的元詩選本，但它們大多受制於狹隘的品味取向與學術視野，且錯漏甚多，始終不愜人意。[1]在材料如此不足的環境下，後世難免對元代詩學缺乏認識，不單有礙研究工作的推展，也招來各種誤解。陳建華撰寫元代文學史時，就感慨時人普遍誤解元代的傳統文學形式，即詩歌和散文，以為它們沒值得稱述的成就。[2]如是者，相關課題自然難以得到深入闡釋。例如，張少康在其《中國文學理論批評簡史》中，不單把金元兩代的情況併入同一小節內，當中

1　金開誠、葛兆光：《古詩文要籍敘錄》（北京：中華書局，2012年，第2版），頁90-91。

2　章培恆、駱玉鳴主編：《中國文學史》（上海：復旦大學出版社，1997年），下冊，頁89。

更是僅以金人王若虛（1174-1243）和元好問（1190-1257）的詩學主
張為主，有關元代的部分只涉方回（1227-1307）一人。[3] 朱東潤的《中
國文學批評史大綱》雖有七十六篇之多，但撤除由金入元的元好問後，
與元詩相關者其實只有論方回的一篇。在談貫雲石（1268-1324）等人
的一篇，他又言：

> 元代之文學批評專書，有《文說》、《修辭鑒衡》、《詩法數
> 家》、《木天禁語》、《詩學禁臠》等書。《文說》，陳繹撰，為當
> 時制舉而作。《修辭鑒衡》，王構撰，擷取宋人詩話及文集說部
> 為之，不待論述。其餘三書，或托諸楊載，或托范德機，徒見
> 冗雜，未具精義，亦不足論也。[4]

由於上列五書大多為論詩之作，所以在貶斥諸書的同時，其實也暗示
了元代詩學的整體成就有限，以致不曾出現重要的詩學著作。其謂
「徒見冗雜，未具精義」者，既是批評行文的不足，又可能指向諸書
背後的詩學思想。此篇接著把焦點轉移至各家的曲論，更反映出在研
究者眼中，俗文學的範疇方為元代文學的重點。也許在「一代有一代
之文學」的觀念下，新興於民間的俗文學，特別是散曲、雜劇之類的
體裁，確實大放異彩，深深吸引後世研究者的目光。游國恩等編撰的
文學史著作中有《元代文學》一編，內分八章，題為〈元代詩文〉的
一章位列末席。其開篇即稱，元代詩文作家在出身、階層和思想等方
面，皆與生活於市井勾欄的戲曲作家大相逕庭，故兩方的創作路向與
歷史地位亦注定不同，其後甚至直言：「元代詩文和當時新興的戲曲

3　張少康：《中國文學理論批評簡史》（香港：中文大學出版社，2006年），頁240-244。
4　朱東潤：《中國文學批評史大綱》（上海：上海古籍出版社，2016年，校補本），頁
　　228。

相比，顯得光彩暗淡，並不是偶然的。」[5]在此，詩文與戲曲構成此消彼長的關係，詩學因而退居至元代文學的邊緣位置。難怪美國學者林理彰（Richard John Lynn）一度慨嘆，元詩是最缺乏探討的學術領域，至二十一世紀初仍是一處無人知悉的角落。[6]

即使部分學者願意對元代詩學稍加關注，惟塑造出來的印象頗為單一。鄧紹基的《元代文學史》嘗以極有限的篇幅介紹元詩，當中就元代詩歌史的整體面貌描述如下：

> 元詩的發展以仁宗延祐年間為界，可分作前後兩期，延祐以前宗唐得古詩風由興起到旺盛，延祐以後宗唐得古潮流繼續發展，在很大程度上，後期的成就超過了前期。[7]

其以延祐年間為界線，乃是針對元仁宗恢復科舉制度的政策。此事的確對中原文人的命運和心態產生了深遠影響，是左右詩歌史發展的關鍵之一。問題在於，這段論述只提及唐詩傳統，粗略地以「宗唐得古」的概念貫穿延祐前後的階段，未免過於簡化元代詩學的內涵。無可否認，元代詩學「宗唐」之說長久地見於各種有關元詩的論述中。例如，日本學者吉川幸次郎於一九六三年出版《元明詩概說》，其序章表明學古、擬古是元代詩壇的主要特色之一，而「當時最受尊重而常被祖述的典範是唐詩」；[8]及後，張晶於一九九五年出版《遼金元詩

5　游國恩、王起、蕭滌非、季鎮淮、費振剛主編：《中國文學史》（香港：中國圖書刊行社，1986年），第3冊，頁261。

6　Richard John Lynn, "Mongol-Yuan Classic Verse (Shih)," in *The Columbia History of Chinese Literature*, ed., Victor H. Mair (New York: Columbia University Press, 2001), p. 383.

7　鄧紹基：《元代文學史》（北京：人民文學出版社，1991年），頁370。

8　〔日〕吉川幸次郎撰，鄭清茂譯：《元明詩概說》（臺北：聯經出版事業公司，2012年），頁4-5。

學史論》，提出「元詩的主要創作傾向是宗唐復古」，奈何實際成就始終不及真正的唐代詩歌；[9]稍後由王運熙、顧易生主編的《中國文學批評通史・宋金元卷》在處理〈元代前期詩文批評〉與〈元代中後期詩文批評〉時，選擇以時序、地域歸納多位人物，繼而逐一介紹，最後再特地加上〈元人的唐詩研究及關於詩法的探討〉一節，談論「元代詩壇宗唐抑宋的風尚」，以及《唐音》、《唐才子傳》等與此課題相關的著作。[10]可見，在編者眼中，唐詩之學在元代詩學中的地位遠遠超出其他課題；時至二〇一八年，文師華的《金元詩學理論研究》歸納出元代文學的兩個基本特點，一是雅文學、俗文學的分裂，二是「詩歌中盛行『宗唐得古』的風氣」，如同散文作品對「經世致用」的重視。[11]數十年來，「宗唐」一說歷久不衰。倘若追溯至更早的時期，則會發現顧嗣立的《元詩選》已言：

> 騷人以還，作者遞變。五言始于漢魏，而變極于唐；七言盛于唐，而變極于宋。迫于有元，其變已極。故由宋返乎唐而諸體備焉。[12]

詩歌隨時代推移而演化，五言、七言兩體分別於唐宋時期極盡其變化。至元代，變化的過程已至盡頭，出現「由宋返唐」的現象，同時達至「諸體備焉」的階段。[13]據此，元詩最後就是以「返乎唐」為定

9　張晶：《遼金元詩學史論》（長春：吉林教育出版社，1995年），頁7。

10　王運熙、顧易生主編：《中國文學批評通史・宋金元卷》（上海：上海古籍出版社，1996年），頁1041-1063。

11　文師華：《金元詩學理論研究》（北京：商務印書館，2018年），頁75。

12　顧嗣立編：《元詩選初集》（北京：中華書局，1987年），凡例頁7。

13　關於「變」與「極」的概念，常見於顧嗣立的詩歌史論述。《元詩選初集》分為甲至辛八集，在〈辛集〉中，他就位列首位的楊維楨（1296-1370）介紹如下：「至正改元，人才輩出，標新領異，則廉夫為之雄，而元詩之變極矣！」他指出楊維楨的成

調。這證明現代論者所謂元詩「宗唐」之說，大致源自對傳統論述的認同與承接，根深柢固。

　　本研究提出的問題是，宋詩傳統在元代詩學中是否無法占據任何位置？從兩宋的高峰到蒙元的低谷，差距之顯著與滑落之急速引人疑惑。尤其不少晚宋詩人在入元後依然繼續活動，詩學的發展照理而言不可能完全停頓。剛才提到，朱東潤、張少康等人的著作都一度論及由宋入元的方回，實已稍微揭示了宋人的詩學還是存在於新時代的詩壇。關鍵或許在於材料不足，欠缺可行的考察焦點而已。邱江寧曾表示，受異族統治階層壓制，加上元代君王普遍對文化政策擺出不甚禮重的態度，有限的文化資源為少數館閣文人所把握。[14]且蒙元統一南北的日子不足九十年，期間動盪不少，又是不利搜羅、保存與整理文獻的工作。結果，後世對元詩的認識大多來自「元詩四大家」等宗尚唐風，倡議雅正的館閣文人，進而片面地以為元代詩壇只有唐詩傳統。

　　因此，針對元代宋詩傳統的研究，無疑是具學術意義的課題。本研究正是旨在考察宋人在入元後如何延續、發展舊有的詩學論題，如詩歌的功能、宋詩的特色、美學的取向，還有宋詩在古今詩歌史上的位置等。透過發挖、梳理這些過去為學者忽略的脈絡，本研究期望有資於現時的詩歌史研究，特別是填補有關元代詩學的空白。同時，本研究的目標相信亦有助於推動其他相關的詩學課題，譬如是始於宋末，盛行於明清兩代的「唐宋詩之爭」。顧嗣立有云，元詩乃是「上接唐宋之淵源，而後啟有明之文物」。[15]作為唐宋兩代與後世的橋樑，

就代表了「元詩之變極」。由此可見，因應討論層面之不同，顧嗣立對詩歌變極的界定亦會隨之改變。就元詩內部的發展而言，詩歌「變極」於楊維楨；就本研究的焦點，即時代推移和詩歌發展的關係，五言與七言則是在「變極」於唐宋的狀況進入元代。見同上註，頁1975-1976。

14 邱江寧：《元代館閣文人活動繫年》（北京：人民出版社，2015年），頁13。

15 顧嗣立編：《元詩選初集》，凡例頁7。

唯有全面掌握包括宋詩傳統在內的元代詩學脈絡，方能準確理解後來的種種議題。

二　前人研究

前文已提及，宋詩學在元代詩壇上的延續，甚少得到研究者的關注，故直接以此為主題的專書和論文相當有限——對比元代的唐詩學研究，情況可謂天淵之別。較重要的研究成果，當數羅立剛的專書《宋元之際的哲學與文學》（1999），以及屈國琴的論文〈論宋元詩學的共通性〉（2012）。兩者皆是透過宏觀的角度探究宋元詩學的傳承關係。

羅立剛的專著分成兩編，上編論哲學思想，下編談文學思想。與本研究相關的主要是後者。他從「理」與「法」、「活法」與「清空」，還有「雅」與「俗」三點入手，嘗試剖析這些文學思想在宋元兩代的發展。一如書名所顯示，作者針對的是文學思想，是以討論範圍不限體裁，時而涉及散文、雜劇等方面的理論。然而詩學在其論述中還是具有十分重要的地位。諸如在談論「理」與「法」的概念時，其開首即探討了南宋人尊崇晚唐詩風的現象，並且附有元代詩人對「江湖詩派」的各式看法。「活法」與「清空」之語，又是直接取自南宋人的詩學論述。至於「雅文學」的部分，當然包含詩歌一體在內。在這些論述中，作者特別注重「易代文學」的概念，以為「易代」作為特殊的歷史階段，一方面消解了前一代的文學特質，一方面催生出後一代的文學風氣。[16]從宋入元的過程就是反映出這機制的典型例子。於本研究而言，此「易代」概念連結宋元兩代的詩學，證明

---

16 羅立剛：《宋元之際的哲學與文學》（上海：復旦大學出版社，2007年，第2版），前言頁15。

了本研究的基本論點。即使作者未有細緻處理某些面向，此書還是有助於理解部分脈絡如何進入元代，甚具參考價值。

屈國琴的期刊論文則從兩代詩學的共通點入手，證明元詩具有繼承與發展宋詩的可能。其論述主要分為詩作風格和詩人思想兩部分。詩風方面，作者指出自理學思潮興起於南宋，宋詩漸有著重「理趣」的傾向，而在入元後，以朱熹學說為主的理學成為了官方的意識形態，更孕育出倡導「雅正」的詩文觀念與經世致用的寫作目的。同時，宋代詩人普遍抱有關心社會問題的使命感，時常以低下階層的遭遇為題材。這風氣遙遙呼應了元末時期的詩壇。其時，因應黑暗的吏治與社會的矛盾，生活艱苦的詩人紛紛吐露自己的體會與見聞，以尖銳的筆鋒揭示出社會實況；詩人方面，作者認為宋代的文人圈子呈現出儒、釋、道「三教合一」的趨勢，文人思想不免同時受到三者影響。及至元代，外族統治者入主中原後，不但延續了文化合流的現象，還進一步引入基督教、伊斯蘭教等西方信仰，擴大了文人的思想來源。另外，宋代文人重視詩歌的教化功能，又具有深刻的憂患意識，與元代的部分民間詩人具有相似的精神面貌。最後，她否定了「元代無詩論」之說，更強調從詩學而言，「元人學宋」是符合當世現實需要的現象。[17]固然，屈氏的闡述過於簡略，脈絡未盡全面，論點亦頗有商榷之處，但不可否定的是，其提出了有資於本研究的基礎想法，甚至初步建立出本研究的的框架，包括理學思潮和民間詩人的問題等，參考價值不少。更關鍵的是，以上內容確立了在元代詩壇尋覓宋詩脈絡的可能性，有擴闊討論空間之功。

除了直接研究「元代宋詩學」的論著之外，某些學者在處理其他課題的時候，又偶有涉及此課題的觀點，亦是值得多加注意。這些材

17 屈國琴：〈論宋元詩學的共通性〉，《濮陽職業技術學院學報》第25卷第1期（2012年2月），頁104。

料可以概括地分作兩類。第一類是研究元代詩學時，於部分章節、段落觸及牽涉宋詩脈絡的論述。楊鐮撰寫的《元詩史》（2003）是近年最詳盡的元代詩歌史著作，其第四卷〈南方詩人〉的首四章述及不少生活於宋元易代之際的詩人，如受「江湖詩派」影響的民間詩人、師承宋儒的理學家，還有忠於故朝的愛國者等，而第五卷〈釋道詩人〉的首章也是關於受「江湖詩派」影響的釋道詩人；張健的《元代詩法校考》（2001）為整理元代「詩法類」文獻的著作。其〈前言〉在講述元代「詩法」、「詩格」兩類著作的內容時，指出：

> 從現存元代詩法著作來看，元代詩法明顯受到宋代詩法、詩格、詩話著作影響。這些影響主要體現在以下兩個方面：一、一些元代詩法著作的大部分或部分內容來自宋代詩話或詩格、詩法著作。……二、一些元代詩法著作所討論的詩學理論範疇直接來自宋代詩話著作或受宋代詩話影響。[18]

當然，他強調元人受此影響的同時，其實進步不少，對不同詩學問題得出了更深入的認識，絕非囿於前人成果。在考正和校釋各篇元代詩學文獻的過程中，是書對宋人著作的利用點明了兩代詩學的緊密關係。

　　海外學者方面，美國學者奚如谷（Stephen H. West）為《劍橋中國文學史》（*The Cambridge History of Chinese Literature*, 2010）撰寫有關金末至明初文學的一章，其第三節〈一三〇〇年之前的南方創作〉從南宋破滅說起，敘述南方文人在國變後的經歷與創作，當中包括方回、戴表元（1244-1310）、宋無（1260-1340）等詩人，以及「月泉吟社」等詩人群體；另一美國學者宇文所安（Stephen Owen）結集其

---

18 張健：《元代詩法校考》（北京：北京大學出版社，2001年），前言頁2。

於耶魯大學任教時使用的筆記，繼而出版《中國文論：英譯與評論》（*Readings in Chinese Literary Thought*, 1992）。[19]其第九章題為〈通俗詩學：南宋與元〉（Popular Poetics: Southern Sung），集中討論晚宋人周弼（1194-1255）的總集《三體詩》和元人楊載（1217-1323）的詩學著作《詩法家數》，並偶有旁及宋元詩學的傳承。例如論《三體詩》的生成時，他提及晚宋時代的商業出版如何滿足下層文人的需要，以及詩社、歌會與詩歌競賽的流行，引伸至「月泉吟社」的出現。[20]而其分析《詩法家數》時，又嘗試與南宋人嚴羽（生卒年不詳）的《滄浪詩話》進行對讀，體現出宋元詩學理論之間的扣連；[21]日本學者吉川幸次郎在《元明詩概說》的開端亦立〈十三世紀後半：南宋亡國與抗議詩〉一章，介紹宋人入元的狀況。當中，除了末節從劉因（1249-1293）切入理學傳承的脈絡外，其餘四節都傾重於亡國與遺民的議題。至於像張晶的《遼金元詩學史論》般，只為〈由宋入元的詩人〉一節安排少量篇幅者，固然仍有參考價值，但重要性始終有限，在此恕不逐一介紹。從上述例子可知，不少論者的目光都側重於南宋國變和遺民詩人。大抵在思考宋元詩學的關係時，研究者都慣常以此為切入點。惟宋詩學內涵豐富，縱然經歷改朝換代的劇變，亦不可能僅餘下單一的面向。諸家尚未能全面且仔細地顧及「元代宋詩學」的每一線索，而此即為本研究應當拓展之處。

　　第二類材料是針對個別線索的論述。儘管現代學者甚少從宏觀角度處理宋詩學與元代詩壇的關係，卻不時對某些細部的現象與課題感

---

19 此書的英文原版於1992年由哈佛大學東亞研究所出版。至2002年，中國內地的上海社會科學出版社出版了中文譯本，定中文書名為《中國文論：英譯與評論》，同時另設英文書名為《Chinese Literary Theory: English Translation with Criticism》。

20 Stephen Owen, *Readings in Chinese Literary Thought* (Cambridge: Council on East Asian Studies, Harvard University, 1992), p. 422.

21 同上註，頁435-437。

到興趣。誠如剛才所言，遺民的精神、方回的詩論等都是頗受關注的範疇。關於宋代遺民的詩學，方勇的《南宋遺民詩人群體研究》（2000）考察詳盡，幾乎涉及所有活躍於南方地區的宋遺民群體，可謂現時最全面和成功的專著。王次澄的《宋元逸民詩論叢》（2001）與《宋遺民詩與詩學》（2011）則是採取專題文章的形式，探討一些從宋入元的遺民詩人與隱逸詩人，觀點有趣。部分學者又在「宋遺民」的課題下選了更具體的考察對象，例如鄒豔的《月泉吟社研究》（2013），還有陳冠梅的《杜本及《谷音》研究》（2007）等都是鎖定元代詩壇上的某人或群體；至於方回的的總集與詩論，基於其與宋代「江西詩派」和「唐宋詩之爭」的關係，研究專書更是為數不少。較為重要的有詹杭倫的《方回的唐宋律詩學》（2002）、張哲愿的《方回《瀛奎律髓》研究》（2008）、孫凱昕的《方回研究》（2012）等。當然，在此以外，每一範疇的研究其實尚見於大量專著、期刊論文和學位論文，在此難以全數羅列。本研究只欲強調，雖然這些材料不曾呈現出元代詩壇的全豹，卻能就特定線索提供重要論點，有助啟發本研究的思考。

值得一提的是，在上述有關方回、杜本（1276-1350）的研究中，論者都花費不少篇幅於該人編纂的總集上，即《瀛奎律髓》和《谷音》。而探討「江湖詩派」、「月泉吟社」等詩人群體時，論者使用的材料也是以《江湖詩集》、《月泉吟社詩》等總集為主。諸例皆揭示出在詩學研究中，總集具備成為切入點的可行性。方孝岳嘗主張，總集當歸入傳統文學批評的範圍，部分著作的理論價值和影響力甚至遠高於「詩文評類」專書。[22]依循此理，元代的詩歌總集就是元詩學的載體。而藉當中以宋詩為收錄對象的一批著作，便可見出宋詩學的

---

22 方孝岳：《中國文學批評》，收於《中國文學批評、中國散文概論》（北京：生活·讀書·新知三聯書店，2007年），頁19-20。

脈絡如何延伸至元代。可惜此研究方法現時只適用於元代詩學中的部分論題，明顯未曾得到充分發揮。事實上，元代的出版業發達興盛，期間編成了不少詩歌總集——儘管元代書目散佚嚴重，明代的官修史書又沒有設立史志目錄，但透過成書於明清兩代的一系列《補元史藝文志》，亦可以得悉當時的文獻編纂情況。譬如黃虞稷（1629-1691）與盧文弨（1717-1796）編有《補遼金元藝文志》一書，其集部「總集類」羅列共五十四家著作，專錄宋詩者有《月泉吟社詩》、《忠義集》、《濂洛風雅》、《谷音》和《宛陵群英集》等，同時收錄唐宋詩歌的有《瀛奎律髓》、《風雅翼》和《原古錄》等。[23] 錢大昕（1728-1804）稍後又編成《補元史藝文志》。這部目錄把「總集類」的著錄數量進一步提高至六十餘部。[24] 至近代，雒竹筠及其後輩致力整理和考證諸家目錄，編成《元史藝文志輯本》一書。其「總集類」的著錄多逾百項，扣除亡書後亦有六十餘部，當中包括《唐宋千家聯珠詩格》等早年於中原亡佚，僅流傳於海外之書。[25]（詳見附錄一。）這些材料既反映了總集於元代的編纂情況，又點明其時與宋詩有關的著作清單，值得加以使用。另一方面，清代乾隆年間，四庫館臣奉旨整理《四庫全書》時編成《四庫全書總目提要》，是為中國文獻史上最

---

23 倪燦：《補遼金元藝文志》（上海：上海古籍出版社，1985年《續修四庫全書》影印上海辭書出版社圖書館藏清光緒辛卯〔1891〕秋刻廣雅書局叢書本），頁78下至82下（總頁226-228）。案：黃虞稷最初撰成《明史・藝文志史稿》，盧文弨見之，甚為賞識，遂把此書的部分內容改編成《補遼金元藝文志》。奇怪的是，盧文弨的定稿竟然聲稱《明史・藝文志史稿》為倪燦（1626-1687）所撰，令不少後人把《補遼金元藝文志》歸入倪氏名下。惟現代學者的考證普遍否定這觀點。詳見陳高華：〈讀錢大昕《補元史藝文志》〉，《中國史研究》2007年第1期，頁120-121。

24 錢大昕撰，田漢雲點校：《元史藝文志》，收於陳文和主編：《嘉定錢大昕全集》（南京：鳳凰出版社，2016年，增訂本），第5冊卷4，頁76-78。

25 雒竹筠遺稿，李新乾編補：《元史藝文志輯本》（北京：北京燕山出版社，1999年），頁515-535。

大型的傳統目錄。其「總集類」按朝代順序歸納與排列各部著作,而在收錄宋代總集的兩卷之末,實有不少成於元代的例子,包括《月泉吟社詩》、《文選補遺》、《柴氏四隱集》。四庫館臣的解題文字既說明諸書編纂於元代的背景,又清楚稱呼各位編者為宋人。[26]這種做法證明宋人詩學進入元代的情況,確認了本研究的思路。且諸作涵蓋多個詩學問題,能反映出各項緊密扣連宋元詩學的脈絡。本研究深信,在論者聚焦於諸家詩論之際,總集當是另一重要進路。

三 研究範圍

按本研究設定的題目,「元代」、「宋詩學」和「總集」三者均為關鍵概念。它們分別代表了時代定點、探討對象和材料性質的面向,勾勒出本研究的確實範圍。以下將分項說明本研究對這些概念的定義和分析,為正文論述奠定基礎。

作為時代的座標,「元代」一詞在古典學術研究中素來存有多種指向。這與蒙元政權以外來者身份逐步入主中原的歷史軌跡有關。就其開端來說,一如邱江寧的整理,編修於明代的《元史》乃從成吉思汗(1162-1127)建立大蒙古國的事跡說起,秉持漢族本位立場的文學史著作則時常選擇南宋滅亡,即公元一二七九年為論述的起點。而元世祖在公元一二六○年即位時,制訂了年號和各項禮儀,表現出宣告為帝,創立新朝的意義。此外,中統五年(1264)時,元世祖改國號為「大元」,理論上也可以視作元代皇朝的正式開端。[27]另外亦有現代學者發現,在明清時期,有關元代文學的論述往往以一二三五年,

---

26 永瑢等:《四庫全書總目》(北京:中華書局,1965年),卷187,頁1703-1705。
27 邱江寧:《元代館閣文人活動繫年》,頁1。

也就是金代的滅亡為起始。[28]由此可見，所謂「元代」的開端至少有五種為古今論者承認的說法。相對而言，關於「元代」結束於何時的爭議較少。古今論者一般都定之於公元一三六八年，元惠宗帶領蒙元勢力退出中原，回歸北方之時。僅有少數學者會把考察範圍稍為延至後來的北元時代。諸說的分歧，大抵出於論述本身的需要。概言之，論蒙元文化者不可能忽略忽必烈（1215-1294）進軍中原以前的線索，談金元文學者自然著眼於兩國的衝突與勝敗。就本研究的情況而言，討論內容大多涉及宋元交替的環境與兩代詩學的傳承問題，地域上也是以過去由南宋統治的南方地區為主，與金國或南下前的蒙古政權關係不大。因此，較合理、妥當的處理手法是把「元代」定義為南宋滅亡至朱明立國之間的時期。

關於「宋詩學」的概念，就如「唐詩學」、「《文選》學」等專有名詞一般，在學界上一直存有兩種通行的解釋。一方面，它指向接受史的範疇，即後人藉研讀宋詩而建立的學問。例如，張紅有《元代唐詩學研究》一書，其開篇一段即表明：

> 元代唐詩學研究，廣義地說即研究唐詩在元代的接受情況。完整的「接受過程」應包括閱讀、批評和寫作三個環節，因而，元代唐詩學的研究與元代詩歌、元代詩學的研究密切相關。[29]

其研究對象並非唐人或唐詩，而是元人的態度和行為。若果把「唐詩學」置換為「宋詩學」，這種理解方法同樣適用；另一方面，「宋詩學」一語又可用於指稱「宋代的詩學」或「宋人的詩學」。按此解

---

28 鄧紹基、楊鐮編：《中國文學家大辭典‧遼金元卷》（北京：中華書局，2006年），前言，頁7。

29 張紅：《元代唐詩學研究》（長沙：岳麓書社，2006年），頁1。

法，它是一種客觀地存在於特定時代的詩學，不用經由後人的接受與建構。本研究傾向取用這個定義。基於唐元兩代相隔三百餘年，所以有關「元代唐詩學」的研究只包含接受史的問題，惟趙宋與蒙元是緊密相連的時代，情況自然變得更複雜。如同「研究緣起」一節提到，國變以後，宋詩壇未有徹底崩潰，大量詩人仍活躍於中原各地，並延續過去的詩學討論與創作方法。部分詩人出生於宋末，成長於元代，對父輩的宋詩傳統多有繼承發揚。有的年輕士子則是從學於老一輩的宋人，因而成為宋詩的傳人——這種情況常見於理學家的師承脈絡。不同個案都顯示出宋代詩學在元代詩壇上依然具流傳和發展的可能。本研究關注的「宋詩學」正是聚焦於這些橫越兩代，延續不斷的脈絡。

至於「總集」概念方面，上一節已略為提及，歷代傳統目錄利用四部分類法的系統，辨明了這從屬於集部的文獻概念。透過查閱各家編纂的「總集類」書目，便能有效地找出與「元代宋詩學」相關的研究材料。但再加整理的話，卻又會發現這批總集其實可以根據內容的性質，再細分作三種類別。首類著作是由生活於元代的人編成，集中整理與收錄創作於宋代的作品，如《瀛洛風雅》和《忠義集》等；次類著作收錄宋人在入元後的創作成果，編者與獲選的詩人通常存活於相同或相近的時期，如《月泉吟社詩》等；餘下一類的收錄對象是元人在接受宋詩學以後，轉化為自身靈感而得出的成果——嚴格而言，它們更適合歸入元詩總集的行列。三者性質不一，編纂策略各異，又各自反映出不同詩學議題，故不當混為一談。而依預定的討論方向，本研究的焦點主要落於前兩類，元人對宋詩學的接受與轉化則屬次要一環，暫且不加細論。

綜觀據上述原則選定的材料，各部總集又可大致歸納為三大線索。第一條線索是關於宋人的遺民意識。經歷國變的創傷與哀苦以後，部分編者開始收集宋朝遺留下來的詩賦作品，尤其是以對抗外

敵、愛國懷舊為主題的一批。同時又有宋人在各地建立遺民群體，以集體唱和、編纂詩歌總集的方式建立聲勢。由此衍生的總集既保存了遺民對故國的記憶，又向當權者擺出對抗的姿態，表達出堅定不屈的忠義精神；第二條線索涉及宋詩的價值評估與詩歌史的整理工作。南宋時，不少詩論開始在意宋詩在古今詩歌史上的特點與地位。及至國變後，歷史為「宋詩」概念正式劃上句號，令更多論者有意為宋詩的成就下一定論。藉總集的編纂，諸家分別把宋詩與唐詩，以至時代更早的詩作並列在一起，建構出各式一以貫之的脈絡。如是者，宋詩就能依隨這些編者的設計，在詩歌史上覓得專屬的位置，並且呈現出獨特的價值；第三條線索則與興起於宋代的理學有關。承兩宋諸賢力倡的詩文觀念，不少理學家在入元後繼續致力編纂用作教學士人學子，本於道學價值觀的詩文總集。基於理學在元代學術思想中的崇高地位，加上理學家對師承的重視，這類總集為數眾多，內容上也是時有呼應前人著作的地方，構成清晰而穩固的連繫。這一點對宋元兩代的詩學與理學而言，皆是意義重大。總而言之，這些線索是本研究的主要發展方向。

四　研究方法

為了有效地利用「總集」概念探討「元代宋詩學」的課題，本研究的研究方法計擬分作四個步驟。首先是闡明宋代總集的編纂情況，還有其與詩壇以至整個宋代社會的關係，以求為往後的論述奠下穩固的基礎。從文獻概念的發展趨勢與圖書目錄的著錄情況可知，宋人很重視「總集」這種文獻形式，樂於為編纂工作花費大量資源，包括金錢、時間和人手等。除了可觀的成書數量外，這時期的總集又富於變化，獲得更多的體例與功能，不再局限於載錄詩文觀念的傳統用途──

它們同時在政治、教育等範疇中發揮顯著的影響力,為不同身份的編者所用。顧及論述的需要,本研究打算援引現代法國社會學家皮耶・布爾迪厄(Pierre Félix Bourdieu)的「場域」(field)理論,以便準確地解釋總集如何不斷出入於宋代社會的不同範疇。林盛彬表示,透過「場域」理論,布爾迪厄成功描述了文藝社會學的研究方法與理論架構,而關於藝術品之價值和意義的問題,以及審美判斷之特點的問題,都只能依靠其「場域之社會史」概念找到解答。[30]是以此理論相信有助於本研究有效地分析總集與宋代社會的各種關係。更重要的是,宋元兩代一脈相承。就算經歷了改朝換代的劇變,入元後的宋人對文獻概念的認識與應用,往往還是參照宋代時的機制。其編纂行為,以及對總集的應用與期望,都是出自舊有的社會邏輯。換言之,欲探討宋人在總集中對自身詩學的延續,則必須先理解編纂背後的思維。這又有助於呈現兩代之間的緊密關係,以開啟接著展開的三個步驟。

其次是從總集考察宋人的遺民意識。宋詩人的遺民色彩,除了直接反映自大批詩作外,同時又見於其編纂的詩歌總集。尤其元好問在金亡後編纂《中州集》,啟發了處境相近的宋人。為了闡述這批文人如何在新時代中強調自身的「遺民」身份,本研究將剖析各部元代宋詩總集,如《忠義集》、《柴氏四隱集》和《月泉吟社詩》。這些總集的編者雖有相似的身份,但隱含在字裡行間的感情與態度卻是不同的,令「遺民」所象徵的意義添上多種可能性。例如,《忠義集》旨在紀念宋末義士,堅持視元室為敵的態度,拒絕承認時代變遷的現實;《月泉吟社詩》的對抗意識卻是顯得消極,充滿擔憂與無力感之餘,又苦於維護自身社群的團結與意志,揭示了遺民意識的流失與功

---

30 林盛彬:〈導讀〉,收於〔法〕皮耶・布爾迪厄著,石武耕、李沅洳、陳羚芝譯:《藝術的法則:文學場域的生成與結構》(臺北:典藏藝術家庭公司,2016年),頁8-9、13。

名利祿的引誘。

再者，本研究會討論方回與蔡正孫（1239-？）如何藉由總集評定宋詩的價值，並且建構出各自的詩歌史論述。亡國以後，蔡正孫隱居不仕，並在相近時期先後編撰了三部詩學著作，即《詩林廣記》、《唐宋千家聯珠詩格》和《精刊補注東坡和陶詩話》。前兩者均是以時代為線索的詩歌總集。尤其《詩林廣記》集合了總集和詩話的體例，建構出一代貫穿三代的詩歌史，是研究宋元詩學的重要材料之一。本研究更期望承接前人的觀點，進一步分析編者在這部總集中如何同時擔當詩評家和宋遺民的身份。藉著二重身份的手法，他一方面整理詩歌發展的脈絡，重新評估宋詩的成就與價值，一方面又利用編選的結果，表達出對趙宋王朝的懷念，還有歸隱守節的志向，令著作的面向變得複雜。同時，作為論述的延伸，本研究亦會關注《唐宋千家聯珠詩格》的部分特點，從而補充《詩林廣記》未能完整地表達的想法；另一方面，方回又在元初編成《瀛奎律髓》。宋代中葉的詩壇上出現了世稱「江西詩派」的群體，大大影響了宋詩的發展。可惜及至晚宋時期，群體內部的變質，加上南北詩人的猛烈抨擊，「江西詩派」無可避免地面臨衰退。就在此時，方回編成了收錄唐宋律詩的《瀛奎律髓》，試圖為「江西詩派」重新注入力量。問題在於，「江西詩派」出現於兩宋之際，《瀛奎律髓》卻是成於元初，時間和環境相距甚遠，方回不能單純重複前人的觀點。本研究透過方回對《宗派圖》的接受，以及總集的編選結果，探討《瀛奎律髓》如何修正「江西詩派」的架構與宗旨，梳理時代更迭與詩歌史論述的關係。

最後一步為處理宋元理學家與宋詩總集的關係。元代理學承宋代大儒奠下的基礎，接手不少過去未成的課題，如詩賦之於理學體系的意義。金履祥（1232-1303）在這時期編成《濂洛風雅》，正好代表了長久討論的成果。此書專門收錄理學家的詩作，還意圖重新探討詩歌

發展的正確方向，也就是理學家過去謂之「詩道正統」。本研究將會著眼於其有關構想，分別討論「道學之詩」在兩宋時期的傳承，還有理學家如何看待「詩」自出現於先秦以來的發展。本研究也認為，《濂洛風雅》既代表道學和詩學的長久角力，又體現出儒學史與詩學史的共同發展。當然，金履祥探討的是廣泛的詩學觀念，或許未盡明確，故緊接的一章選定「《文選》學」為個案，進一步考察元代理學家在詩學觀念上對宋代理學的發揚。北宋時，理學家的觀念一直與《文選》的「文章」觀念截然相反，成為道統與文統的矛盾所在。南宋的理學家一度意圖取代《文選》的地位，而及至元代，陳仁子（生卒年不詳）和劉履（1317-1379）等引用朱熹的立場，介入了《文選》的傳統，把這部典範之作歸入道學之下——固然，劉履並不是由宋入元者，但祖輩為南宋官家的劉氏一族確實以朱熹一脈為家學淵源，其關心的課題也是緊密地承接宋人的討論成果，故本研究決定置之於討論之末。本研究希望分析二人的總集如何重新詮釋《文選》的詩歌傳統，令《文選》得以繼承朱熹的學說，從而展示出元代理學家對《文選》及其代表之詩學觀的回應。尤其劉履的《風雅翼》聚焦於《文選》的詩歌部分，集「補註」、「補遺」和「續編」三種形式，體制完備，是編纂策略細密而成熟之作。

第一章
總集與場域：國變前後的宋詩壇

　　本章將聚焦於宋代總集的編纂情況，以及其與宋詩壇的關係，進而闡明詩人如何藉由這類文獻介入社會的其他範疇。為了有效梳理繁多的線索，本研究擬援引現代法國社會學家皮耶・布爾迪厄的「場域」（field）概念為切入點。所謂「場域」者，簡言之，就是一個由行動者（social agents）利用客觀的結構關係（structural relations）組成的社會空間。透過有形或無形之資本（capital）的分配結構，這些行動者制定了適用於此一空間的成敗規則，然後各自覓得不同的位置（space of positions）。[1]布爾迪厄在其《藝術的法則：文學場域的生成和結構》（*Les règles de l'art: genèse et structure du champ littéraire*）中，嘗據此分析作家及其作品如何在社會上出入於「文學」、「經濟」和「權力」等場域之間。這情況與本研究的論述對象頗有共通之處——總集的編纂一方面是「詩學場域」內部之事，另一方面卻又受「教育場域」和「政治場域」等外來力量干預。[2]

1　Pierre Bourdieu, "The Field of Cultural Production, or: The Economic World Reversed," in *The Field of Cultural Production: Essays on Art and Literature*, ed., Randal Johnson (Cambridge: Polity Press, 1993), pp. 29-30.

2　關於「詩學場域」一語，乃指稱社會上以詩歌創作與研究為核心的文化空間，相當於一般意義的「詩壇」。布爾迪厄較常使用的術語實為「藝術場域」（Field of Art）或「文學場域」（Field of Literature），指向可寬可窄。後者的討論範圍就包含報刊、詩歌、小說和戲劇等體裁。考慮到研究方向的限制，以及「文學」在傳統學術體系中的歧意，本研究決定稍微調整前人的用語，以「詩學場域」此詞代替。

一 宋代總集的編纂與發展概況

概言之,「總集」概念最早係由梁人阮孝緒（489-536）的《七錄》所確立,發展至宋末時,已是超過七百年的歷史。期間,這文獻概念經歷了許多變化,遍及篇幅、形式、功能、編纂思維等層面。而比較各個時代的情況,宋代作為一個文教鼎盛的時期,保存文獻和出版書籍的風氣大行其道,總集的編纂工作自然不在話下。對於「總集」概念來說,兩宋時期是最重要的發展階段。

單是統計著作數量的增長趨勢,就足以見出宋人編纂總集的盛況。過去,《七錄》最初設立「總集部」時,其內容僅有「十六種,六十四帙,六百四十九卷」而已。[3]此為「總集」概念初步生成的階段。往後,文人開始重視編選詩文之事,總集的數量隨之上升,甚至呈現出急速發展的軌跡。這一現象於各代史志目錄中尤為明顯。首先是隋唐時的《隋書·經籍志》。在這現存最早的「總集類」書目中,著作的數量已增加至一百零七部。[4]可見「總集」漸漸成為文人常用的著作形式,此文獻概念變成普遍且穩定。不過,細觀此書目,當中其實混雜了《詩品》與《文心雕龍》等「詩文評類」著作。其因在於,這類新興的著作形式於六朝時期尚為少數,不足以自行成類,所以《隋志》唯有把它們安置於位列全書之末的「總集類」,同時在此類的小序裡特別注明:「今次其前後,並解釋評論,總於此篇。」[5]意謂那些「解釋評論」之作不過是附屬品,嚴格而言,不當與真正的總

---

3 阮孝緒:〈七錄目錄〉,收於道宣集:《廣弘明集》（臺北:臺灣中華書局,1966年《四部備要》據江蘇常州天寧寺本校刊）,卷3,頁11上。

4 若然把當時已告亡佚,僅存書名於目錄者一併計算在內,著作總量則有249部。詳見魏徵、令狐德棻:《隋書》（北京:中華書局,1973年）,卷35,頁1089。

5 同上註。

集混為一談。這折衷辦法為《舊唐書‧經籍志》所沿用，其著錄數目又稍微增加至一百二十四家。[6]至宋代，歐陽修（1007-1072）等文臣重新編成《新書唐‧藝文志》時，方另立「文史」一類，從「總集類」中抽出各種詩論、文評之作。經過此番調整後，《新唐志》收錄的總集數量卻未有減少，反而進一步增加至一百八十八部。[7]這證明了唐代總集的發展已非常蓬勃。至於宋代，據《宋史‧藝文志》的統計，「總集類」所著錄者上及東漢王逸（89-158）的《楚辭章句》，下逮南宋諸家所編的詩文集，數量高達「四百三十五部，一萬六百五十七卷」。[8]此數字比《新唐志》所錄多出二百餘部，增幅逾倍。可見，時至兩宋，大量文人投身編選詩文的工作，著作層出不窮，致使「總集」概念的發展達至高峰。

　　除了數量上的急劇增長外，著作篇幅的增加也是宋代總集的主要特徵之一。《七錄》的實際書目雖然已不復見於世，但按其統計數字而論，「十六種」著作共計「六百四十九卷」，即每一著作平均長約四十三卷左右。可見初期的總集普遍是篇幅不多的小型著作。迄至《隋志》，著作卷數開始增加，逾五十卷者共有十一部，當中更有三部為卷數破百卷之作，亦即孔道（生卒年不詳）的《文苑》、劉義慶（403-444）的《集林》和釋寶唱（495-528）的《法集》。[9]當然，在著錄逾百項的「總集類」中，這類大書只是少數，大部分著作的篇幅

6　劉昫：《舊唐書》（北京：中華書局，1973年），卷47，頁2081。

7　數字由本研究自行統計。在《新唐志》的「總集類」末處，編者只言：「總集類七十五家，九十九部，四千二百二十三卷。」其後注曰：「李淳風以下不著錄七十八家，八百一十三卷。」意即自「李淳風注顏之推《稽聖賦》」一項起，皆為不見於中唐書志的著作，亦即宋人自行補入者。然此處未有提供確實的著作數量，加上《新唐志》的統計數字錯訛不少，故本研究無法直接引用。見歐陽修、宋祁等：《新唐書》（北京：中華書局，1975年），卷60，頁1626。

8　脫脫等：《宋史》（北京：中華書局，1977年），卷209，頁5408。

9　魏徵、令狐德棻：《隋書》，卷35，頁1082、1089。

維持在寥寥數卷的規模。至於在《舊唐志》的「總集類」中，上百卷的著作則有十部，著作篇幅增加的趨勢仍然持續。其中最引人注目的，莫過於許敬宗（592-672）編纂的《文館詞林》。此大書長達一千卷，刷新了「總集類」著作的篇幅上限。[10]許敬宗還編有《芳林要覽》三百卷，篇幅位列此類的第三，僅次於陳人庾自直（?-618）的《類文》三百七十七卷。[11]儘管許敬宗大概只為兩項編纂工作的主事者，但其經歷還是足以證明，唐代官方的編書風氣很成熟，資源和人手亦是充足，因而接連產生規模浩大的著作。到兩宋時期，承此發展趨勢，宏大的著作更是蔚然可觀。扣除見於前代目錄的著作，《宋志・總集類》就列有十五部長逾百卷的著作。其中，南唐人朱遵度（生卒年不詳）的《群書麗藻》和李昉（925-996）等人主編的《文苑英華》是文獻史上另外兩部上千卷的大型總集。連續出現的千卷之作再度反映出編纂技術的躍進。以《文苑英華》為例，多篇宋人文獻均顯示，太宗於太平興國七年（982）九月始下修編文集之旨，而千卷初稿則是在雍熙三年（986）十二月上呈，歷時不過四年左右。[12]在這期間，李昉的團隊還要兼顧另一部大型類書《太平御覽》的編纂工作。[13]由此可判斷，對當時的宋廷來說，編纂大型總集是綽綽有餘之事，成書難度遠比過去的時代為低。另外，在《宋志》以外，宋人的私家目錄也載錄了其他卷數破百的總集，有名者如郭茂倩（1041-1099）的《樂府詩集》一百卷、江鈿（生卒年不詳）的《宋文海》一

10 劉昫：《舊唐書》，卷47，頁2077。
11 同上註。
12 周必大：〈纂修《文苑英華》事始〉，收於李昉等編：《文苑英華》（北京：中華書局，1986年），事始頁1上至2下（總頁8）。
13 宋太宗於太平興國二年（977）三月下旨，命李昉等人修編《太平御覽》。太平興國八年（984）十二月，即大約八年後，此書終於告成。其時，《文苑英華》的編纂工作展開了兩年左右。見李昉等，《太平御覽》（北京：中華書局，1960年影上海涵芬樓藏宋本），序頁1下至2上（總頁1）。

百二十卷，以及趙汝愚（1140-1196）的《皇朝名臣奏議》一百五十卷等。這等規模的總集成為常態，與當初《隋志》呈現的情況不同。

　　總集編幅增長，既是有賴印刷技術的進步，亦與世人對編選工作的重視有關。關於一部總集的成書過程，《隋志》嘗引西晉人摯虞（?-311）編纂《文章流別集》的經歷為例，說明如下：

> 總集者，以建安之後，辭賦轉繁，眾家之集，日以滋廣，晉代摯虞苦覽者之勞倦，於是採摘孔翠，芟剪繁蕪，自詩賦下，各為條貫，合而編之，謂為《流別》。[14]

從「採摘孔翠」到「合而編之」，整個過程可進一步歸納為搜集、篩選和編排這三個步驟。論其中的難度，尤以前兩個步驟為甚。正如《隋志》稱，漢末建安年代後，辭賦、文集的數量大幅增長，常人難以一一閱覽，摯虞遂生出編纂《文章流別集》的志向，以解後學的勞累和迷惘。但要達成此事，還是需先透澈掌握那批海量的辭賦與文集，否則無以洞悉各家精華所在。換言之，摯虞獨力承擔了「覽者之勞倦」——此即編選者之艱難。而對比僅有數十卷的《文章流別集》，唐宋的大型總集涉及更多材料，搜集和編選的過程自然更艱鉅。在此再次徵引《文苑英華》為例子。作為此書的主要收錄對象，唐代詩文數量之多、作者之眾，未免不易應付。清代的四庫館臣嘗言：

> 是時印本絕少，雖韓、柳、元、白之文，尚未甚傳。其他如陳子昂、張說、張九齡、李翱諸名士文籍，世尤罕見。[15]

---

14 魏徵、令狐德棻：《隋書》，卷35，頁1089。
15 永瑢等：《四庫全書總目》，卷186，頁1692。

在宋代，載錄唐代諸家文字的文獻不常流通，難以查找。有名如韓愈
（768-824）等人者尚且不得廣泛流傳，像陳子昂（661-702）等名聲稍
遜者，其文集更是罕見。由此可知，早在搜羅材料的階段，編纂工作
就遇上了不少麻煩。然此書終究能於短短四年間內告成，則證明宋人
對編纂總集之事充滿熱情，且樂於投入大量資源，包括金錢、人手等
等。事實上，一部總集的規模愈大，編者需投入的成本愈高。南宋人
王明清（生卒年不詳）在《揮塵後錄》引朱敦儒（1081-1159）言：

> 太平興國中，諸降王死，其舊臣或宣怨言。太宗盡收用之，置
> 之館閣，使修群書，如《冊府元龜》、《文苑英華》、《太平廣
> 記》之類，廣其卷帙，厚其廩祿贍給，以役其心。多卒老於文
> 字之間云。[16]

且不理太宗的政治動機，就「盡收」諸侯舊臣於館閣，使之編修群書
一點，即可以理解《文苑英華》等大書的豐碩成果，實為官方投入大
量人手所致。而為了維持如此充足的人手，則又得動用大筆資金，正
是朱敦儒言之「厚其廩祿贍給」。透過穩定、長期的俸祿供養，館閣
文人大可不理他事，終生專注於編書工作，安然「卒老於文字之
間」。另一方面，朝廷又樂於重賞參與編纂工作的文人。例如，洪邁
（1123-1202）上呈《萬首唐人絕句》後，高宗嘉其「選擇甚精，備
見博洽」，欣然以茶、香、金器等貴重物品為賞賜。[17]呂祖謙（1137-
1181）在〈進所編《文海》賜銀絹謝表〉又記，他奉旨編成《宋文

---

16 王明清輯，毛晉訂：《揮塵後錄》，收於《歷代筆記小說集成》（石家莊：河北教育
　　出版社，1994年），第5冊卷1，頁11上（總頁211）。
17 洪邁編：《萬首唐人絕句》，收於《景印文淵閣四庫全書》（上海：上海古籍出版
　　社，1987年），第1349冊，奏劄頁2下（總頁4）。

鑒》後，孝宗稱讚此書內容「精當」，遂於正常的俸祿以外，再加賜銀絹三百疋兩。[18]這些例子都反映出，宋人願花費較多經濟成本於整理文獻的事業上，形成重視編纂工作的氛圍。這成為總集得以大量成於此時代的先決條件之一。

　　基於成本問題，較具規模的總集往往要依賴官方協助。除了《文苑英華》外，唐代或以前的總集亦屬此理。例如，蕭統（501-531）編纂《文選》時，嘗憑藉太子的身份，動員了整個東宮集團的人手；[19]稍後的《玉臺新詠》又是徐陵（507-583）奉梁簡文帝的旨意而編的；[20]至於唐代的《文館詞林》，同樣是朝廷所修之書，許敬宗「總知其事」而已。[21]直到宋代，刻書技術與出版風氣普及，民間編纂的總集才漸漸獲得更大的影響力，不讓官修者專美。張秀民指出，其時，各地商人眼見刻書事業利潤甚豐，紛紛開設書坊，而私家宅塾和寺

18　呂祖謙：《東萊集》，收於《景印文淵閣四庫全書》，第1150冊卷2，頁21下（總頁23）。

19　駱鴻凱有《文選學》曰：「當時撰次，或昭明手自編訂，或與臣僚綴緝，史無明文，末由深考。惟其一時文士若王規、殷鈞、王錫、張緬、張纘、劉孝綽、王筠、殷芸、陸倕、到洽諸人，並被賓禮。其為東宮官屬者，若謝舉、謝覽、張率、陸倕、劉孝綽，皆掌東宮管記，到沆、劉苞、陸襄則為太子洗馬，徐勉領中庶子之職，明山賓居學士之位，皆屬一朝上選。昭明選文，或相商榷。而《劉勰傳》載其兼東宮通事舍人，深被昭明愛接；《雕龍》論文之言，又若為《文選》印證，笙磬同音，是豈不謀而合，抑嘗共討論，故宗旨如一耶？」可知即使史傳未有明言，但《文選》的編纂大抵有賴蕭統與各名東宮人員的共同參與。見駱鴻凱：《文選學》（北京：中華書局，1989年），頁10。

20　唐人劉肅（？-125）嘗在《大唐新語》中記曰：「梁簡文帝為太子，好作豔詩，境內化之，浸以成俗，謂之『宮體』。晚年欲改作，追之不及，乃令徐陵撰《玉臺集》，以大其體。」見劉肅撰，許德楠、李鼎霞點校：《大唐新語》（北京：中華書局，1984年），卷3，頁42。

21　據《舊唐書》記載，許敬宗與朝廷編書工作的關係如下：「自貞觀已來，朝廷所修《五代史》及《晉書》、《東殿新書》、《西域圖志》、《文思博要》、《文館詞林》、《累璧》、《瑤山玉彩》、《姓氏錄》、《新禮》，皆總知其事，前後賞賚，不可勝紀。」見劉昫：《舊唐書》，卷82，頁2764。

廟，同樣「莫不有刻」，使宋代的私人刻書風氣大盛。[22]由於這些書坊遍及全國，故對各類文獻的傳播影響深遠。就總集而言，除了翻刻《文選》、《玉臺新詠》、《唐文粹》等經官方認同的歷代要籍外，民間書坊亦會自行編纂新的著作。張秀民所舉例子有《古文苑》、《新刊國朝二百家名賢文粹》、《聖宋名賢五百家播芳大全文粹》、《新雕聖宋文海》、《南宋六十家名賢小集》和《江湖詩集》系列等。[23]無論是篇幅、作家人數抑或作品數量，以上諸書均具一定規模，備受當世的文人與士子重視。特別是《宋文海》一書，《宋史》記曰：

> 書肆有書曰《聖宋文海》，孝宗命臨安府校正刊行。學士周必大言《文海》去取差謬，恐難傳後，盍委館職銓擇，以成一代之書。孝宗以命祖謙。遂斷自中興以前，崇雅黜浮，類為百五十卷，上之，賜名《皇朝文鑒》。[24]

雖是民間出品，卻引起當權者注意。這揭示《宋文海》流佈甚廣，影響亦深，令官方欲藉「校正刊行」的方式，收編此書至官方認可的行列。而周必大（1126-1204）的擔憂，以至《宋文鑒》的面世，則呈現出民間出版物已有與官方著作競爭的勢頭，足以威脅朝廷在文化傳播方面的主導位置。引文提到《宋文海》「去取差謬」而《宋文鑒》「崇雅黜浮」，固然是建基於官方角度的主觀評價，但還是具體地反映出民間著作與官方著作之間在價值觀上存有差異。這構成兩方角力的動機。總之，隨著經濟發展，民間商貿趨於成熟，大型總集的編纂工作不再只由資本雄厚的官方把持。富裕的文人與圖利的書商同樣致

---

22 張秀民：《中國印刷史》（上海：上海人民出版社，1989年），頁56。

23 同上註，頁136-138。

24 脫脫等：《宋史》，卷434，頁12874。

力出版大量總集，促進了民間文人對總集的應用，令「總集」概念的意義更見豐富。

值得一提的是，由於詩歌是文人的主要寫作體裁之一，故以詩歌為收錄對象的宋代總集數量不少。前文所舉的大型總集，例如《文苑英華》、《唐文粹》、《宋文鑑》等，均跟隨《文選》的傳統，列詩賦為諸類文體之首。當然，至南宋，隨著理學家興起了編纂總集以開導文風，教育後學的風潮，如《文章正宗》等收錄了多種文體的總集又會把詩歌置於全書之末，體現出理學家以聲律詩賦為末事的原則。因此，宋代總集對文體次序的安排成為了道統與文統相爭的角力場所。同時，宋代也出現了許多專錄詩歌的總集，且門類不少，超出唐代或以前的編纂情況。最著名者是「詩派總集」，即以「詩派」為收錄對象者，如「江西」的《江西詩派》、「四靈」的《四靈詩集》和「江湖」的《江湖詩集》等。（就此課題，詳見後文。）而如剛才提及，南宋的理學家也刊行了以理學為宗旨的總集。諸作反映出宋詩壇的群體競爭，以及風氣流變的具體情況，於後人而言，這亦是認識宋代詩歌史的重要材料。其餘具特色的類別還有孫紹遠（生卒年不詳）用以論題畫詩的《聲畫集》、旨在介紹一地騷人墨客與詩文風格的《會稽掇英總集》、《揚州詩集》等。諸作均從創新的角度與層面結集、勾勒宋詩的面貌。因此，宋代的總集不但載錄了宋詩的成果，亦以不同的手法反映出宋詩壇的各式風範與當世詩人的討論焦點，無疑是考察宋詩壇的重要媒介。

綜合上述的梳理，可知時至兩宋，「總集」概念的發展達至高峰點。其數量之多、地位之重、應用之廣，使之成為一種備受重視的著作形式。於後世而言，宋代的總集也因應此特殊地位，成為了重要媒介，能有效反映出當世詩壇的內部狀況，還有其與「教育」、「權力」等層面的關係。

二　總集與「詩學場域」的內部競爭

　　一部詩文總集的編纂動機，一般在於透過匯集風格、特色相近的作品，以表達特定的美學觀念或藝術主張。一如前文對《隋志》的引述，摯虞在《文章流別集》中「採摘孔翠，芟剪繁蕪」，而所謂「孔翠」與「繁蕪」之分，正是出於編者的美學觀念。不過，美學觀念終究只是某一編者或某群體的主觀想法而已，所以不免會遭受立場不同的時人與後人質疑。這些反對者的其中一種常用手段，就是編纂一部代表己方立場的總集，也就是以相同的媒介和平臺作出反抗。透過爭取流佈的機會與他者的接受，這些總集的成就將會轉化為其代表之主張的價值。這反映出總集之間的競爭意識。美國學者哈洛·卜倫（Harold Bloom）在討論文學作品典律化（canonization）的機制時，就承認了美學與競賽（agonistic）長久以來都是一體的概念。[25]在中國文獻史中，總集即為用於此競賽的工具。諸作藉批評與自身主張不合者，證明其編纂之正當與必要。在宋代，除了意圖取代《宋文海》的《宋文鑒》外，姚鉉的《唐文粹》又有序文曰：

> 世謂貞元、元和之間，辭人咳唾，皆成珠玉，豈誣也哉！今世傳唐代之類集者，詩則有《唐詩類選》、《英靈》、《間氣》、《極玄》、《又玄》等集，賦則有《甲賦》、《賦選》、《桂香》等集，率多聲律，鮮及古道，蓋資新進後生干名求試之急用爾。豈唐賢之跡兩漢、肩三代而反無類次，以嗣於《文選》乎？鉉不揆昧懵，徧閱群集，耽玩研究，掇善擷華，十年於茲，始就厥志。[26]

---

25 Harold Bloom, *The Western Canon: The Books and School of the Ages* (New York: The Berkley Publishing Group, 1995), p. 6.

26 姚鉉編，許增校：《唐文粹》（杭州：浙江人民出版社，1986年影清光緒庚寅（1890）秋九月杭州許氏榆園校刊本），序頁3下。

姚鉉重視中唐之作，以為諸家足以與兩漢、三代的成就相比。其矛頭
更直指當時流傳的總集，嚴斥它們僅供士子應付「干名求試」的一時
所需，無助於弘揚詩賦古道，是為低下。為糾正這缺失，他遂花費十
年時光，編成《唐文粹》一書。這段序文採取了先破後立的論述策
略，以前代著作的不足來確立編者本人的志向，體現出總集如何以與
他者競爭為編纂目的。尤其在姚鉉的指斥對象中，唐人殷璠（生卒年
不詳）的《河岳英靈集》和高仲武（生卒年不詳）的《中興間氣集》
等本是生成於對當世詩風的不滿，或對其他總集的批評。[27]更有趣的
是，高仲武稱「昭明載述已往」，追其風流者大多不得其正，姚鉉又
以「嗣於《文選》」為編纂目的，可見兩者對編選唐人所作之事，以
至唐代詩歌對《文選》傳統的承接，都抱有相若的出發點。同時，在
編選標準方面，高仲武言「體狀風雅，理致清新」，而姚鉉又曰「止
以古雅為命，不以雕篆為工」，二人對「雅」的重視也有相近之處。[28]
在這個案中，宋人對唐人的不滿不在於詩學主張上的重大分歧，而是
出於後來者以為前人所編未盡完善。在高仲武豪言彰顯古人的風雅詩
道之際，姚鉉卻直斥他「率多聲律，鮮及古道」。身處宋代的姚鉉顯

---

27 殷璠言：「且大同至於天寶，把筆者近千人，除勢要及賄賂者，中間灼然可尚者，
　　五分無二，豈得逢詩輯纂，往往盈帙。……璠不揆，竊嘗好事，願刪略群才，贊聖
　　朝之美，爰因退跡，得遂宿心。」詳見傅璇琮編：《唐人選唐詩新編》（西安：陝西
　　人民教育出版社，1996年），頁107；高仲武的〈中興間氣集序〉更加明言：「曁乎
　　梁昭明載述已往，撰集者數家，推其風流，《正聲》最備，其餘著錄，或未至正
　　焉。何者？《英華》失於浮游，《玉臺》陷於淫靡，《珠英》但紀朝士，《丹陽》止
　　錄吳人。此由曲學專門，何暇兼包眾善。使夫大雅君子，所以對卷而長歎也。」他
　　批評了多部總集，包括梁之《詩苑英華》、《玉臺新詠》，唐之《珠英學士集》、《丹
　　陽集》。見同上註，頁456。
28 高仲武在〈中興間氣集序〉言：「今之所收，殆革前弊。但使體狀風雅，理致清
　　新，觀者易心，聽者竦耳，則朝野通取，格律兼收。」見同上註；姚鉉的〈唐文粹
　　序〉稱其書「以類相從，各分首第門目，止以古雅為命，不以雕篆為工，故侈言曼
　　辭，率皆不取云。」見姚鉉編，許增校：《唐文粹》，序頁3下。

然自信十足，認為自身的主張，以及實行此主張的方式，都比唐人的著作出色。這揭示了不同總集之間的競爭意識形成了長久的連鎖關係——編者銳意改革舊有的文風，認為自己的眼光出類拔萃，然後來者卻又總是認為這些過去的著作多有不足，加以抨擊之餘，更以自身的見解挑戰之，沒完沒了。

關於美學與競賽的問題，卜倫強調一切源於文本之間的鬥爭，作品不朽與否的問題雖然確實發生於社會的關係脈絡（social relations）中，卻與階級差異等美學以外的因素沒有太大關係。[29]意即針對文本高下的判斷，單純地源於在閱讀的過程中，讀者對美學價值的感知。換言之，這種競賽局限於「詩學場域」內部，相當於布爾迪厄稱之「次級場域」（subfield）的層面。至於「次級場域」的構成，則取決於論者如何整理各個客體在場域中的位置與關係，例如在「文學場域」中，劃分方法就是根據體裁（genres）、流派（schools）、風格（styles）、形式（forms）、手法（manners）和主題（subjects）等角度來處理的。[30]這手法同樣適用於結構相近的「詩學場域」。觀乎宋詩壇的環境，其中一個有效的指標就是流派，即傳統論述稱之「詩派」。一如梁崑言：「詩之有派別始於宋。」[31]這是宋代詩歌史的重要現象。

所謂「詩派」者，固然有狹義與廣義之分。論其狹義，只能指稱由詩人自覺地組織起來，並公開以派系自居的群體。最恰當的例子為宋代中葉的「江西詩派」。其時，呂本中（1084-1145）定〈江西詩社宗派圖〉，奉黃庭堅（1045-1105）為宗主，列二十五名詩人為其法嗣，明確劃定「詩派」的概念。許總指出，這大概就是文學史上首個以自

29　Harold Bloom, *The Western Canon: The Books and School of the Ages*, p. 36.

30　Pierre Bourdieu, *The Rules of Art: Genesis and Structure of the Literary Field*, trans. Susan Emanuel (Stanford, CA: Stanford University Press, 1996), p. 237.

31　梁崑：《宋詩派別論》（太原：山西人民出版社，2014年），頁1。

覺意識形成的「詩派」，其對詩歌史影響之深遠不止於宋代；[32]至於取其廣義的話，則可用以指稱具相近詩學主張或創作傾向，並常以集體活動示人的詩人群體。這類情況於宋代更是常見。按陳文新的觀察，入宋以後，詩人的派系意識格外強烈，既強調特定的效法對象，亦標舉清晰的詩學主張，而不同主張之間又是壁壘森嚴，互相排斥。[33]早在南宋，嚴羽已留意到這趨勢，嘗試整理各群體的面貌。其《滄浪詩話・詩辨》曰：

> 國初之詩尚沿襲唐人：王黃州學白樂天，楊文公、劉中山學李商隱，盛文肅學韋蘇州，歐陽公學韓退之古詩，梅聖俞學唐人平澹處。至東坡、山谷，始自出己意以為詩，唐人之風變矣。山谷用工尤為深刻，其後法席盛行，海內稱為江西宗派。近世趙紫芝、翁靈舒輩，獨喜賈島、姚合之詩，稍稍復就清苦之風，江湖詩人多效其體，一時自謂之唐宗。[34]

一般認為這就是最早論及宋詩流派的論述。當然，此看法不免流於以偏蓋全，畢竟引文的前半段只針對王禹偁（954-1001）、盛度（968-1041）、梅堯臣（1002-1060）等的個人取向，不足以稱為「詩派」。但在後半段，他確實點出「江西宗派」、「趙紫芝、翁靈舒輩」和「江湖詩人」這三個群體的存在。可知自黃庭堅變易詩壇唐風以後，詩人群體在詩壇的位置日漸變得顯著和重要，主導了這階段的詩歌史發展。至現代學界，梁崑是最早重新關注此課題的學者。其《宋詩派別

---

32 許總：《唐宋詩體派論》（南昌：江西人民出版社，2008年），頁25-28。

33 陳文新：《中國文學流派意識的發生和發展——中國古代文學流派研究導論》（武昌：武漢大學出版社，2003年），頁73。

34 嚴羽撰，張健校箋：《滄浪詩話校箋》（上海：上海古籍出版社，2012年），頁181。

論》綜合了八家論述，最終歸納出「香山」、「晚唐」、「西崑」、「昌黎」、「荊公」、「東坡」、「江西」、「四靈」、「江湖」、「理學」和「晚宋」此十一派。[35]其後的論者即使對個別派系的劃分有所異議，但方向大致不出梁崑所想。值得一提的是，諸派活躍於不同時期，從宋初的「香山」、「晚唐」、「西崑」到後期的「四靈」、「江湖」、「晚宋」，可謂貫穿整個宋代。如是者，宋代「詩派」的發展實等同於宋代詩歌史。「詩派」正是分析宋代「詩學場域」的關鍵。

對於這些「詩派」來說，除了聚會酬唱之類的創作行為外，編纂總集亦是別具意義的活動。不難發現，不少宋代總集皆以特定「詩派」為主題，包括《西崑酬唱集》、《坡門酬唱集》、《江西詩派》、《四靈詩選》、《江湖詩集》系列等。它們或由群體的成員自行編定，或成於支持者之手，意在展示該群體的詩學主張與具體的實踐成果。跟《文選》等傳統總集的差異在於，這批著作並非藉前賢的文字、權威確立自身立場，而是藉集合時代同於或近於編者的詩人，在詩壇上營造鮮明的聲勢，以群體的力量壯大影響力。就如楊億（974-1020）致力寫作「西崑體」，嘗在〈西崑酬唱集序〉曰：

> 時今紫微錢君希聖、秘閣劉君子儀，並負懿文，尤精雅道，雕章麗句，膾炙人口。余得以游其牆藩而咨其模楷。二君成人之美，不我遐棄，博約誘掖，置之同聲。因以歷覽遺編，研味前作，挹其芳潤，發於希慕，更迭唱和，互相切劘。[36]

此書收錄的，是其與錢惟演（962-1034）、劉筠（971-1031）等十六名館閣文人，平日多次唱和時得出的作品。由於編者所賦亦是總集內容

---

35 梁崑：《宋詩派別論》，頁6。
36 楊億編，王仲犖注：《西崑酬唱集注》（北京：中華書局，1980年），頁1-2。

的一部分，故「並負懿文，尤精雅道」諸語並非單純針對作品的評價。事實上，這既是楊億用於恭維友人的說話，亦表現出其對自身所屬之群體的信心。尤其「置之同聲」一語揭示他與錢、劉二人，以至其他見於集內的詩人均持相同的志向和主張。此十七人是為一個整體。至於「更迭唱和，互相切劘」之言，更提出眾人追求的美學價值是藉當時的群體活動琢磨而成的。楊億記錄唱和活動之餘，又把新近的創作成果示於人前，顯然有意在詩壇上宣示他們的成功。反之而言，於他者來說，這類總集亦是認識不同詩人群體的途徑。無怪乎任競澤說：「宋代文學體派之名稱和形成都與對應的總集選本密不可分。」[37]到底唯有以紙本方式流傳，方能突破地域和時代的限制。就如「四靈」本質上只是身處溫州永嘉的群體，成員僅徐璣（1162-1214）、趙師秀（1170-1220）、徐照（?-1211）和翁卷（生卒年不詳）四人，影響力根本有限。葉適（1150-1223）為他們編纂《四靈詩選》，正是解決了這不利條件。許棐（生卒年不詳）在〈跋四靈詩選〉曰：

> 藍田種種玉，檐林片片香。然玉不擇則不純，香不簡則不妙，水心所以選四靈詩也。選非不多，文伯猶以為略，復有加焉。嗚呼！斯五百篇出自天成，歸於神識，多而不濫，玉之純、香之妙者歟？芸居不私寶，刊遺天下，後世學者，珍之愛之。[38]

從地理上的「天下」到時間上的「後世」，這番讚許見出對宋代「詩派」而言，詩歌總集的編纂起了重要的傳播作用，大大擴展它們的影響力。

---

37 任競澤：〈宋人總集編纂的文體學貢獻和文學史意義〉，《學術探索》2012年第2期，頁137。

38 許棐：《梅屋集》，收於《景印文淵閣四庫全書》，第1183冊卷5，頁2上至2下（總頁210）。

　　許棐稱《四靈詩選》當為後人珍愛，意即期望這部總集能引領
「永嘉四靈」超越當世的其他群體，成為一代詩學經典。可知《四靈
詩選》體現了「詩學場壇」內的競爭意識。南宋時，在「江西詩派」
大盛之際，「永嘉四靈」高舉反對的旗號，自覺地展露出一份對抗意
識。趙汝回（生卒年不詳）為薛師石（1178-1228）的《瓜廬集》撰
序時，述說了有關情況：

> 唐風不競，派沿江西，此道蝕滅盡矣。永嘉徐照、翁卷、徐
> 璣、趙師秀乃始以開元、元和作者自期，冶擇淬鍊，字字玉
> 響，雜之姚、賈中，人不能辨也。水心先生既嘖嘖歎賞之，於
> 是四靈之名，天下莫不聞。[39]

當時的詩壇視「唐風」和「江西」被視為對立的風氣，「四靈」尊崇
唐代作者為目標，大量創作近於晚唐風格的詩歌，意在宣告對「江西
詩派」的挑戰。這是一項動機明確的群體行為。然按趙汝回所說，單
憑四人的力量並不足以引起迴響，契機終究在於葉適的「歎賞」。葉
適本人同樣鍾情唐代詩風，厭惡「江西」之流，與「四靈」志同道
合。憑藉其於文人圈子的地位，他屢次稱賞四人的詩學，起提拔之
效，如在〈題劉潛夫南嶽詩槀〉云：「往歲徐道暉諸人，擺落近世詩
律，斂情約性，因狹出奇，合於唐人，誇所未有，皆自號『四靈』
云。」[40]更重要的是，葉適編纂了《四靈詩選》，選詩數量達五百首。
由此，四人之作得以傳播至全國。〈跋四靈詩選〉以「玉之純、香之

---

39 薛師石：《瓜廬集》，收於《景印文淵閣四庫全書》，第1171冊，序頁1上（總頁
　206）。
40 葉適：〈題劉潛夫南嶽詩槀〉，收於劉公純、王孝魚、李哲夫點校：《葉適集》（北京：
　中華書局，2010年，第2版），卷29，頁611。

妙」為比喻，雖略有誇大之嫌，但足以見出葉適確實重視這部總集，抱有認真的編選態度，務求以精良的作品覓得世人認同。尤其在「江西詩派」壟斷詩壇的情況下，後學對相隔百年的「唐風」不免感到陌生、疑惑，反覆吹捧「四靈」名號的效果實為有限。惟有刊行總集如《四靈詩選》者，才能具體呈現出復行唐詩風格的方法，令他人得以理解和仿效。結果如張健言，得葉適這位「思想領袖」的操作，「四靈」的影響成功擴大，不僅在永嘉地區備受追捧，在全國詩壇上也出現了大量響應者，以致形成一種思潮，並持續到宋末時期。[41]此處言之思潮即為「反江西」的風氣。宋末詩壇如此轉向，就是「江西詩派」在「詩學場域」上競爭失敗所致。從《四靈詩選》之例可見，總集是「詩派」用以進行競賽的重要工具。在共時的層面，它旨在爭取「天下」時人的認同；在歷時的層面，它指向遙遠的「後世」，讓錄入書中之作晉身經典行列。

誠如前文提及，美學在「詩學場域」上的競爭是長久的，各派勝敗將構成因果的連鎖。宋初，晚唐詩風盛行，楊億等人以「西崑體」的風氣在詩壇上獨樹一幟，結果在宋代中葉為反對晚唐詩風的「江西詩派」所取代；宋末時候，「四靈」、「江湖」等反對「江西詩派」的陣營又取得了勝利，使「江西詩派」喪失了獨尊於詩壇的崇高地位——當中的「四靈」更是標榜以晚唐詩風為效法的對象。可是，眾「詩派」的脈絡並未隨時代更替而斷絕。宋人在新時代繼續延伸這些脈絡，而宗於「江西詩派」者亦致力尋求東山再起的門徑。這是在重複「永嘉四靈」復興唐風於宋詩壇的過程。當日，葉適意識到「總集」這種文獻形式的價值，遂編纂了《四靈詩選》，促進了「四靈」詩風的傳播。故在重振「江西」的過程中，後學亦選取了同一手段。其成

---

41 張健：《知識與抒情──宋代詩學研究》（北京：北京大學出版社，2015年），頁420。

果就是方回的《瀛奎律髓》。此書一方面推崇與更新「江西詩派」所倡，一方面抨擊「四靈」、「江湖」之流。其派別立場之堅定、打擊對象之明確，絕不下於葉適之所為。此成書於元代的總集正好體現了宋代總集與「詩派」的關係，還有「詩學場域」內部的競爭機制，如何在亡國後繼續為宋人所運行。(詳見第四章。)

三　總集與「教育場域」的權力分配

當初摰虞因「苦覽者之勞倦」，於是去蕪存菁，編成《文章流別集》。這於學習為詩文者而言無疑是一部便利的工具書，但如前文提及，其編選標準只是出於編者的主觀想法。換言之，為學者使用《文章流別集》時，不免會受摰虞的觀念薰陶，進而形成認同感。由此即可見出總集用於教育的功能。往後的編者同樣好以總集達至教化的目的。諸如蕭統編《文選》時雖注重詩賦的價值，但其後又有大量「詔」、「令」、「教」、「表」、「上書」、「啟」等用於朝堂的實用文體，多少含有向官吏樹立標準的意味，務求教導他們在辦公時寫作合乎規範的公文。而在唐宋，因應科舉制度的考核內容，《文選》成為各地書院的研習對象，逐漸形成一門獨立的學問，使這部總集成為另一意義上的教材。[42] 而成書於宋代的總集中，《文苑英華》、《宋文海》和

---

[42] 唐人學習《文選》之風最早可追溯至太宗貞觀年間。《大唐新語》記曰：「揚州長史李襲譽薦之，徵為弘文館學士。……憲以仕隋為祕書，學徒數百人，公卿亦多從之學，撰《文選音義》十卷，年百餘歲乃卒。其後句容許淹、江夏李善、公孫羅相繼以《文選》教授。開元中，中書令蕭嵩以《文選》是先代舊業，欲注釋之。奏請左補闕王智明、金吾衛佐李玄成、進士陳居等注《文選》。」見劉肅撰，許德楠、李鼎霞點校：《大唐新語》，卷9，頁133-134；此風氣一直延至宋初，左右著科舉的評判標準，即如駱鴻凱曰：「宋初承唐積習，《選》學之風未沫。蓋宋亦以辭科取士，是書之見重藝林，猶之唐也。」見駱鴻凱：《文選學》，頁73。

《宋文鑑》等著作的教化功能已在剛才的論述中有所闡釋。固然《文苑英華》曾經只是收藏於館閣中的大書，至南宋嘉定四年（1204）方正式刊行於世。[43]但如凌朝棟稱，其編選標準早已藉館閣文人的影響力引導宋初文風的走向，包括對白居易（772-846）的推崇與「西崑體」的興起。[44]此所謂「引導」者，亦可視作教化的表現。按此情況，總集游移於「詩學場域」和「教育場域」（field of education）之間。

　　當總集介入「教育場域」時，編者的身份往往決定了它的影響力。就如布爾迪厄強調，文學作品的創作不單是物質的生產過程（material production），同時也是符號的生產過程（symbolic production）。而按後者的生產機制，除了原作者之外，還有許多持分者能對作品賦予價值和意義，包括傳授文藝的老師、評論家、買賣藝術品的商人，還有供養藝術家的投資者等。如是者，各人背後牽涉或代表的社會群體，以及展示作品的地點與途徑等，均會引起不同「場域」之間的權力鬥爭。[45]觀乎中國的古典總集，從《文選》到《宋文鑑》，諸書的構想與編纂皆是由統治者或從屬於統治階層的人所主導。從社會階層而言，這是從上而下，依杖權力而施行的教化。身兼老師身份的統治者藉編選過程為詩文作品賦予為政權承認的象徵意義。

　　這個情況又不免涉及布爾迪厄謂之「象徵暴力」（symbolic violence）。布爾迪厄在《教育、社會與文化的再生產》（*La reproduction: Éléments d'une théorie du système d'enseignement*）一書中指出，在一個結構既定的社會中，教育行為總是具「暴力」性質，即透過強加（imposition）與灌輸（inculcation）的手段形成「文化專制」（cultural

---

43　周必大：〈纂修《文苑英華》事始〉，收於《文苑英華》，事始頁4上至4下（總頁9）。

44　凌朝棟：《《文苑英華》研究》（上海：上海古籍出版社，2005年），頁22。

45　Pierre Bourdieu, "The Field of Cultural Production, or: The Economic World Reversed," in *The Field of Cultural Production: Essays on Art and Literature*, p. 37.

arbitrary）的效果，因為這些教育行為的說服力是由社會集團或階級之間的權力關係所賦予，其內容與施行對象皆以符合統治集團的客觀利益為前提。[46]宋室對文教的重視，同時意味著官方權力牢牢掌握整個教育系統的運作。觀乎宋代官學的開辦與發展，不論是設於中央還是地方的，均屬歷史上的高峰時期。中央官學方面，宋太祖於建隆初年恢復後周的國子監，專門訓練精英階層的子弟，而至仁宗慶曆年間，太學脫離國子監的體制，供下層官吏以至平民子弟入讀；[47]地方官學方面，據賈志揚的統計，自真宗乾興二年（1022）建兗州官學以後，可從文獻考證的兩宋官方州學共計八十所，縣學亦有八十九所，數量和增長率都非常驚人。[48]另一學者李兵進一步考察諸所學校的地方分佈，發現它們遍及全國各府，連較不發達的小州也出現了相當數量的機構。[49]對於地方官學的定位，范仲淹（989-1052）和歐陽修等中央官員就提出過「教之于學校，然後州縣察其履行」的理念。[50]意即視地方官學為選拔官吏人材的其中一個階段，課程與學制理當配合這個目的。可見宋室的政治權力對教育系統的介入，在階層和地域的層面上都不斷擴張。詩文作為科舉內容和官吏的技能，自然屬官學教程的一環。那些由官方編纂的總集都能用作教材。它們既是學官傳授的標準，亦為後學追逐的典範。有趣的是，在教育和人材選拔制度的控制下，主宰宋朝政局的中央官員往往同時擔任文壇、詩壇的領袖，並以

---

46 Pierre Bourdieu and Jean-Claude Passeron, *Reproduction in Education, Society and Culture*, trans. Richard Nice (London: Sage Publication, 1977), pp. 6-7.

47 按《宋史》記載，國子監的學生須為「京朝七品以上子孫」，而太學的學生則是「八品以下子弟，若庶人之俊異者」。見脫脫等：《宋史》，卷157，頁3657。

48 賈志揚：《宋代科舉》（臺北：東大圖書公司，1995年），頁115。

49 李兵：《書院與宋代科舉關係研究》（武漢：華中師範大學出版社，2005年），頁32-33。

50 脫脫等：《宋史》，卷155，頁3613。

教化者的身份主導主流的詩文風氣，例如，歐陽修試圖繼承韓愈的為
文精神，提拔曾鞏（1019-1083）等理念相似的後輩；王安石（1021-
1086）主持新政期間，著力掃除宋初的「西崑」風氣，以《四家詩
選》、《唐百家詩選》等書為後學樹立典範；范仲淹亦有《賦林衡鑒》
一書，制定了賦體的寫作標準──總集正是王安石和范仲淹施行教化
的工具。美國學者約翰・傑洛瑞（John Guillory）承接布爾迪厄的理
論，進一步指出文學經典是一種能夠無限地重現（reproduction），並
可對換為權力、利益等社會資本的文化資本（cultural capital），而教育
機構掌握了獲取此財富的門徑，因而構成了牽涉文化與社會的關係網
絡。[51]在上述論及的情況中，經典就是見於官修總集中的詩文，以及它
們代表的風氣。官學的學生透過研究這批詩文，即能踏上出仕的青雲
路，甚至憑藉對經典價值的認同與熟習，在官場上獲得進用的機會。

　　另一方面，布爾迪厄又提到，「象徵暴力」從來不是擺明車馬
的，而是以一種被社會視作「合法」（legitimate）的形式運行，以掩
飾其生於權力關係的專制性質，令參與者麻木。[52]按照宋代社會的運
作方式，這種「合法」概念建基於社會價值觀和人材選拔制度的配
合，也就是科舉制度的設立，以及金榜提名、出仕為官的理想。《宋
史・選舉志》記載，北宋初年的朝廷繼承了唐代的考試制度，以「進
士」為主要科目之一，而此科目的考核範圍為「試詩、賦、論各一
首，策五道，帖《論語》十帖，對《春秋》或《禮記》墨義十條」。[53]
當中涉及各體詩文的寫作技巧，且以詩賦為先。固然，北宋後期，特

---

51 John Guillory, *Cultural Capital: The Problem of Literary Cannon Formation* (Chicago and London: The University of Chicago Press, 1993), p. 56.

52 Pierre Bourdieu and Jean-Claude Passeron, *Reproduction in Education, Society and Culture*, p. 13.

53 脫脫等：《宋史》，卷155，頁3604。

別是王安石力主變法的時期，詩賦先後受到古文、經義等學科挑戰，在科舉制度中的地位幾經升降，甚至一度遭全面禁絕，然進入南宋後，詩賦與經義兩科的分立終究成為定局。[54]作為一科主要科目，詩賦以至「文章之學」是無數考生必須研習的範疇。而這研習方式並不如藝術創作般講求創新與天才。相反，這是複製經典的訓練，務求以特定的寫作樣式滿足制度要求的規範與價值觀──具體而言，就是官方藉總集樹立的詩文風格。布爾迪厄探討「教育場域」時，也是以考試制度為其中一個論述焦點。他認為若然要向學生灌輸主文化（dominant culture）及其價值觀，考試是最有效的工具，又指出作文考試足以對考生的寫作樣式構成長期的影響與控制，並引用法國的學界和中國明清時代的八股文競試模式為例。[55]雖然宋代尚未有像八股文般嚴格的試場作答形式，但是程式化的現象實早已出現於宋代科場上，遍及詩賦、論、經義等科目。詩賦方面，祝尚書嘗指出，宋代官方承接了始於唐代的制度，進一步要求詩作的平仄必須採取指定的分佈模式，用韻又要依從官方頒佈的《禮部韻》為唯一標準，衍生出世稱「進士詩」的特殊體式，而律賦一題在這些體式基礎上，還添加對破題方法的限制。[56]可知科舉制度對詩賦的控制深入至一字一句的寫法。境況如斯，科舉要求的詩賦淪為純粹的技巧展示過程，失卻詩學的意義和藝術的創造能力。科場之詩與詩人之詩因而演變成對立的狀態。宋末元初，科舉隨戰亂與國變而中斷，劉辰翁（1232-1297）便於〈程楚翁詩序〉曰：

---

54 關於詩賦在宋代科舉中的地位升降，特別是其與「經義」一科的衝突，詳見祝尚書：《宋代科舉與文學考論》（鄭州：大象出版社，2006年），頁198-209。

55 Pierre Bourdieu and Jean-Claude Passeron, *Reproduction in Education, Society and Culture*, pp. 142-143.

56 祝尚書：《宋代科舉與文學考論》，頁214-220。

> 科舉廢，士無一人不為詩，於是廢科舉十二年矣，而詩愈昌。
> 前之亡，後之昌也，士無不為詩矣。[57]

科舉與詩學呈現出此消彼長的趨勢。唯有在國變的特殊環境下，士子失去科舉出仕之路，詩學方能從由權力樹立的考試制度中獲得解放，趨於興盛。

科舉制度以官修總集樹立標準的同時，又衍生出另一類總集，即所謂「兔園冊子」。官修總集成於豐富的官方資源，篇幅極大。對一心求第者來說，精力和時間始終有限，未免難以在下全盤掌握之。無論是便於學習抑或作弊，士人對篇幅與收錄範圍更小的總集產生了需求。就如《擢犀策》這部總集，按照陳振孫（1179-1262）的說法，其編纂是出於「科舉場屋之文，每降愈下，後生亦不復識前輩之舊作，姑存之以觀世變」，以提升考生的水準。[58]因應部分詩文大家成為朝廷推崇的標準，其與考試有關的作品亦會結集成書，如《蘇門六君子文粹》所錄「大抵議論之文居多，蓋坊肆所刊，以備程試之用」。[59]而特色最顯著的一部，當數魏天應（生卒年不詳）的《論學繩尺》。在羅列諸家的論體作品前，這總集設有〈論訣〉的部分，輯錄了多家的寫作心得。這些心得並非對藝術價值的空談，而是針對實際技巧的分析，如闡述各種修辭技巧，或者把一篇論體拆解成不同部分，以循序漸進的方式講解每一部分的特點和要求。其中，陳傅良（生卒年不詳）和「福唐李先生」兩節更直接針對科舉應試。前者分項講解八個答題步驟，即「認題」、「立意」、「造語」、「破題」、「原題」、「講題」、「使證」和「結尾」；後者分「論主意」、「論家務持體」、「論題

---

57 劉辰翁：《須溪集》，《景印文淵閣四庫全書》，第1186冊卷6，頁9下（總頁523）。
58 陳振孫：《直齋書錄解題》（上海：上海古籍出版社，1987年），卷15，頁458。
59 永瑢等：《四庫全書總目》，卷187，頁1704。

目有病處」、「論制度題」和「全編總論」，為閱卷與答題時的注意事項。[60]由此可知，此書完全出於應試所需，一旦離開科舉制度，則再無實用意義。至於其他見於傳世書目者，尚有按文體而各自成書的《指南論》、《指南賦箋》、《指南賦經》等等。所謂「指南」者，無非表明諸書能提供入仕的便捷門徑，以吸引士子選用。商業意味濃厚如此，相信是坊間書商的出品。當然，除了志在圖利的書商之外，部分官方人員亦會編纂簡便的教材，如鄭起潛（生卒年不詳）任吉州學官時，因「獲觀場屋之文，賦體多失其正」，遂編《聲律關鍵》以示賦格。[61]而四度刻於建昌軍學的《宏辭總類》系列，則是在高宗紹興年間，由太守陸時雍（生卒年不詳）開始編纂的，其後由後人接手，旨在收錄「博學宏辭」一科所考核的篇章範例，包含十一種文體。[62]這些著作的出現，反映出教官與學生為了面對科舉制度，都不得不應用和依賴總集。

當留意的是，官學的席位到底有限，收生亦是嚴謹，不可能滿足天下士子的需要。一如朱熹（1130-1200）在〈衡州石鼓書院記〉言：「予唯前代庠序之教不修，士病無所於學，往往相與擇勝地，立精舍，以為群居講習之所。」[63]以「書院」為主的私學遂成為與官學並行於宋代的教育機構。統治階層也理解到私學有助於解決學額不足的社會問題，所以承認這些書院的地位之餘，也樂於提供各類協助，包

---

60 魏天應：《論學繩尺》，收於《景印文淵閣四庫全書》，第1358冊，頁6下至11下（總頁75-78）。

61 鄭起潛：《聲律關鍵》（上海：上海古籍出版社，1995年《續修四庫全書》影印宛委別藏鈔本），劄頁1上（總頁561）。

62 陳振孫在解題中考究了「博學宏辭」一科的沿革，提出此科所涉的十一種文體為表、露布、檄、銘、頌、記、序、制、誥、贊、檄。見陳振孫，《直齋書錄解題》，卷15，頁451。

63 朱熹撰，劉永翔，朱幼文點校：《晦庵先生朱文公文集》，收於《朱子全書》（上海：上海古籍出版社、合肥：安徽教育出版社，2002年），第24冊卷79，頁3782。

括賜書、免稅、撥款，甚至直表參與書院的建設，還有教師的任命。[64]不過，書院始終不是由朝廷直接管理，主持人往往持有自己的學術立場和理念，不一定時刻緊貼官方立場。這導致「教育場域」的權力分配問題變得複雜。以詩學教育而言，南宋人呂本中有《童蒙訓》一書，為家塾訓課之本，當中談論詩文時皆「取法蘇、黃」，尤其偏重黃庭堅的詩法。[65]這貫徹了呂本中對「江西詩派」的熱情。周必大嘗稱呂本中為「科舉之外」的英才，而「江西詩派」的詩學主張亦與科舉要求沒太大關係。[66]換言之，作為教授詩學的老師，呂本中偏向維護「詩學場域」的價值觀。布爾迪厄在談論「文學場域」與其他範疇的關係時，嘗引十九世紀法國詩人夏爾‧波特萊爾（Charles Pierre Baudelaire）為例，指出不少藝術家一面強調「文學場域」當與權力、經濟等場域保持距離，以維護其自主性（autonomy），一面又渴望得到社會認可，獲取各種名利，因而展露出游移於兩種價值取向的曖昧情態。[67]撇除時空與社會結構的差距，這種心態實與宋代詩人的情況頗有相通之處。在宋代的「教育場域」，教學的意義與得失始終取決於士子最後成功出仕與否。然科舉對詩文的僵化規範不免有違詩人的認知，令他們不願把教育的標準止於這程度。如同論者所言，科舉之文不是真正的「文章之學」，甚至會對詩文學習構成不良的影響，故只能視作最基本的寫作訓練，而宋代的士子往往都是先經歷這些訓練，再超越之，方能成為赫赫有名的詩文大家。[68]在「教育場域」上，「權

64　李兵：《書院與宋代科舉關係研究》，頁40-41。

65　郭紹虞：《宋詩話考》（北京：中華書局，1979年），頁169。

66　周必大在〈跋韓子蒼與曾公袞錢遜叔諸人倡和詩〉中指出：「國家數路取人，科舉之外多英才。自徽廟迄於中興，如程致道、呂居仁、曾吉甫、朱希真，詩名籍籍，朝廷賜第顯用之。」見周必大：《文忠集》，收於《景印文淵閣四庫全書》，第1147冊卷48，頁5下（總頁512）。

67　Pierre Bourdieu, *The Rules of Art: Genesis and Structure of the Literary Field*, p. 63.

68　呂肖奐、張劍：〈兩宋科舉與文學教育〉，《閩江學刊》2010年第4期，頁101。

力場域」與「詩學場域」的價值分歧正好見於此。

　　當然，對比詩人，理學家才是主導宋代私學系統的主要群體。他們的出身、講學場所，以及文藝主張，都與代表朝廷權威與價值觀的官學不盡相同。自明道書院、伊川書院於神宗元豐年間先後建成，師從程顥（1032-1085）、程頤（1033-1107）的士子與日俱增，當中不乏進士及第者；[69]至南宋初年，即使高宗、孝宗和寧宗三朝皆有排斥理學的傾向，但分別由朱熹、呂祖謙、張栻（1133-1180）和陸九淵（1139-1193）主持的書院還是桃李滿門。無怪乎清人全祖望（1705-1755）在〈同谷三先生書院記〉中曰：「宋乾、淳以後，學派分而為三：朱學也，呂學也，陸學也。」[70]單憑三人的努力，理學家在「教育場域」上獲得極大的影響力。據文獻記載，四人的門人中，進士及第者更逾百人。[71]這足以動搖「教育場域」與「政治場域」的關係，即統治階層本來全面掌握教育系統，視官學為其權力的延伸，惟發展至此時期，來自私學的勢力藉由科舉制度，大量滲透統治階層，獲取了部分權力。這現象源於科舉制度帶來的社會流動性（social mobility）。[72]

69　按李兵統計，從北宋仁宗嘉祐二年（1057）到南宋高宗紹興五年（1135）之間，進士及第的二程門人共有22人，其中15人專侍程頤一人。見李兵：《書院與宋代科舉關係研究》，頁65-66。

70　全祖望：《鮚埼亭集外編》，收於朱鑄禹匯校集注：《全祖望集匯校集注》（上海：上海古籍出版社，2000年），卷16，頁1046。

71　李兵：《書院與宋代科舉關係研究》，頁79-80。

72　關於科舉與社會流動性的關係，何炳棣已有詳盡且可觀的論述，廣得學界認同。固然，他的研究對象是明清時期的科舉制度與社會風氣，但其論述的部分內容實已觸及科舉制度自創立以來的歷程和影響，目光絕非限於明清兩代。例如他指出，因應科舉制度的改進，兩宋社會具有遠高於唐代的流動性（mobility），官僚體制的社會構成方式（social composition）亦變得更豐富。當中最明顯的趨勢，就是大量先代不曾為官的寒門子弟成功出仕。如此，兩宋的統治階層不斷遭到滲透，朝廷的立場和措施不免有所動搖。見Ping-ti Ho, *The Ladder of Success in Imperial China: Aspects of Social Mobility, 1368-1911* (New York: Columbia University Press, 1962), p. 258.

陳雯怡就發現，在理學從「偽學」轉成「道統」的過程，受理學影響
的士大夫不僅以個人力量傳播書院的教學理念，更要求朝廷納書院為
官學制度的一部分，以致理學從「偽學」轉為「道統」的同時，朝廷
也不得不逐漸承認書院教法。[73]可見理學家的影響力反過來左右朝廷
的取態和決策。

　　相對於詩人和統治者，理學家的教育宗旨主要以修學進德，追求
道統為目標，既斥責僅求科舉是功利所為，亦不滿士子溺於「文章」
技藝。然寫作詩文作為士人的日常技能，理學家不可能無視。誠然，
南宋理學家樂於教授詩文之事，也如持有其他理念的教師般，致力編
製用作教材的總集。就如呂祖謙為朝廷編修《宋文鑒》後，又自行編
纂《古文關鍵》，先總論行文與閱讀的竅門，繼而選錄了六十篇作
品，並「各標舉其命意佈局之處，示學者以門徑」。[74]其他例子還有謝
枋得（1226-1289）的《文章軌範》、樓昉（生卒年不詳）的《崇古文
訣》等。關鍵在於，他們欲把「文章」歸入道統旗下，以確立道學統
御一切學術的地位，形成與「詩學場域」相異的取向。這種分歧在真
德秀（1178-1235）的《文章正宗》尤為明顯。這部總集由「辭命」、
「議論」、「敘事」、「詩賦」四類構成，「詩賦」位列末席。關於「詩
賦」一體的編選背景，劉克莊（1287-1269）曰：

　　《文章正宗》初萌芽，西山先生以詩歌一門屬予編類，且約以
　　世教民彝為主，如仙釋、閨情、宮怨之類，皆勿取。予取漢武
　　帝《秋風辭》，西山曰：「文中子亦以此辭為悔心之萌，豈其然
　　乎！」意不欲收，其嚴如此。然所謂「攜佳人兮不能忘」之

---

73 陳雯怡：《從官學到書院──從制度與理念的互動看宋代教育的演變》（臺北：聯經
　　出版事業公司，2004年），頁189。
74 永瑢等：《四庫全書總目》，卷187，頁1698。

語，蓋指公卿群臣之扈從者，似非為後宮設。凡予所取而西山
去之者太半，又增入陶詩甚多。如三謝之類，多不入。[75]

所謂「以世教民彝為主」者，正是理學家一貫的立場，即以道學為中
心，詩賦只具備附屬於道統的工具性質。真德秀以此約束劉克莊的編
選範圍，象徵了理學家控制「詩學場域」的意圖。雖說劉克莊對此嘗
有妥協，惟從「予所取而西山去之者太半」的結果可知，詩人一方既
沒徹底就範，亦無法與理學家一方溝通——事實上，詩人一方亦不滿
理學家的看法。尤其藉由對《秋風辭》的辯解，劉克莊暗示對方根本
不懂古詩人所詠，令真德秀之「嚴」顯得無理。這番表述意味著，只
有遵從「詩學場域」的邏輯和價值觀，才能正確地發揮詩歌的價值。
在「教育場域」上，理學家與詩人之間存有無可迴避的衝突。

　　自「總集」概念誕生以來，編者已視之為便利於教化的工具書。
卜永堅直言，現時有關科舉制度的研究者普遍認同，科舉制度催生
龐大的文化產業，其中最重要的行業就是應試輔助教材的編纂與出
版。[76]在這情況下，宋代總集反映出當世的「教育場域」如何分配各
方勢力的權力。詩人、理學家和當權者均利用總集的編纂工作，影響
學生的價值觀和學術發展的趨勢。

四　託於《江湖詩集》系列的弱勢聲音

　　除了作品風格和寫作樣式之外，布爾迪厄謂之「象徵暴力」亦涉

---

75 劉克莊：《後村詩話》，收於辛更儒箋校，《劉克莊集箋校》（北京：中華書局，2011
　年），卷173，頁6688。
76 卜永堅：〈緒論：戊戌科會試頭場首藝之綜合分析〉，收於卜永堅、徐世博主編：《政
　變時期的八股——光緒二十四年戊戌科會試試卷分析》（香港：中華書局（香港）公
　司，2017年），頁9。

及對作品題材的取捨。傑洛瑞在《文化資本——論文學經典的建構》（*Cultural Capital: The Problem of Literary Cannon Formation*）一書中提及，文學經典的遴選過程總是被視為一個社會排他（social exclusion）的過程，經典與非經典的作者分別代表兩批地位不同的社會群體，就如在當代美國社會上，身份為女性、黑人、少數族群或勞動階層的作者似乎都不獲學院教程選入經典之列。[77]承接布爾迪厄對「政治場域」介入「文學場域」的看法，傑洛瑞言之排他性體現了在社會權力分配不均的情況下，掌權一方對弱勢社群的題材漠不關心，甚至加以排斥，令相關作品處於社會與文學傳統的邊緣。如是者，它們既不利於傳播，亦得不到主流學術與社會價值觀的認同。固然上述有關當代美國的社群例子不適用於宋代社會，惟當時的「詩學場域」上同樣存在由強勢一方把持的排他現象——宋末的「江湖詩派」正是處於弱勢的作者群體。就名號而言，梁崑定義如下：「江湖乃隱士布衣棲遊之地，江湖詩人非隱士布衣即不得志之末宦，登顯祿者極少。」[78]他們的存在與位居朝堂，手握權力者構成相對的關係。

　　對比開宗立派的「江西詩派」，「江湖詩派」的構成與面貌向來模糊。畢竟「江湖」的定義過於寬鬆，隱士、布衣與不得志的低級官吏在宋代以至古今歷朝，向來都是龐大的階層，難以梳理出明確的群體意識。今人論「江湖詩派」的詩學觀念時，往往只能歸納出一些籠統的原則，例如對「江西詩派」的不滿——如〈江西詩社宗派圖〉所示，從北宋的黃庭堅、陳師道（1053-1101），到南宋的呂本中等人，「江西詩派」曾是宋詩壇上的主要群體，聲勢浩大，但及至晚宋時期，其後學盲目崇拜和模仿黃、陳二家，詩作趨於僵化、落伍，招來詩壇中人指責。這些批評者當中不乏「江湖詩人」。張宏生稱，在「江

77　John Guillory, *Cultural Capital: The Problem of Literary Cannon Formation*, pp. 6-7.
78　梁崑：《宋詩派別論》，頁145。

西詩派」走上末路之際,「江湖詩人」承接「南宋四大家」的步履,在詩壇上向「江西詩派」、理學家等群體擺出反抗的姿態,不斷擴大影響力,從而開拓出自己的領域,展現銳意自立於詩壇的魄力。[79]宋詩發展至此,「江湖詩派」的地位與存在意義成為了不可迴避的課題。但不可否認,學界對此仍有不少爭議,包括此派的宗主人選、其與「四靈詩派」的分合關係,還有納入為官者至此派的正當性等。部分學者甚至質疑某些詩人之間既沒有實際的社交接觸,亦不曾表現出一致的詩學主張,難以符合群體應有的性質。[80]為了展開和延續討論,古今論者一般選擇訴諸狹義,即以一系列《江湖詩集》為焦點。南宋後期,錢塘人陳起(生卒年不詳)兼有詩人和書商的身份,廣結各地詩人,時常與他們聚會、唱和,並且出資在自設於臨安的書坊中刊行各人的別集、總集,當中包括一系列《江湖詩集》。根據四庫館臣對明代《永樂大典》的考證,這批著作至少包含《江湖集》、《江湖前集》、《江湖後集》、《江湖續集》、《中興江湖集》等,每部收錄的詩人不盡相同。[81]透過這些總集的編選名單,即可把有關詩人串連為一體,反映出陳起當時組織的社交圈子,也就是「江湖詩派」。當然,這種折衷辦法尚有值得商榷之處,卻不失為合理的安排。[82]而陳起多

---

79 張宏生:《江湖詩派研究》(北京:中華書局,1995年),頁14。

80 在現代學界中,劉毅強曾先後從「交往方式」、「詩學主張」和「領袖人物」三方面展開討論,全盤否定「江湖詩派」的存在,成為較早提出此一立場的學者。詳見劉毅強:〈南宋「江湖詩派」名辨——簡論江湖詩派不足成派〉,《華東師範大學學報(社會科學版)》1993年第3期,頁49-53。

81 永瑢等:《四庫全書總目》,卷187,頁1701。

82 張宏生認為,單是獲一系列《江湖詩集》收錄,仍不足以作為躋身「江詩詩派」的條件。他進而提出了五個標準,包括社會地位較低、主要活動於嘉定二年(1209),即《江湖詩集》刊刻以後、作品為所有或大部分《江湖詩集》系列收錄、曾與陳起唱和,以及其人於歷史上獲較一致的定位。如此,他整理出共計138人的成員名單。詳見張宏生:《江湖詩派研究》,頁296-313。然傅璇琮為此書作序

次編書，反映出這個社交圈子的流動性和持續性，並非依靠一時一書即能完全呈現之，必須不斷進行續編、改編的工作。

綜觀一眾獲錄入《江湖詩集》系列的詩人，社會階層低下確實是十分明顯的傾向，如洪邁、鄭清之（1176-1251）和吳淵（1190-1257）等位列朝堂者只屬少數。劉克莊作為另一受研究者重視，被奉為此派領袖的人物，雖有晉身樞密院、秘書監的經驗，但終其一生始終是謫官在外的日子居多，而與其友好者亦是以地位低微的文人為主。[83]部分論者在爬梳《江湖詩集》時又注意到那些生於宗室旁枝的詩人，並指出他們就算無干謁、糊口的迫切需要，亦只是過著清苦、簡單的生活，官位毫不顯赫，不具精英階層的氣息。[84]相近的社會位置與生活狀態，促使諸位詩人不約而同地對特定的詩歌題材產生興趣。依照張宏生的歸納，這批詩人的作品主要以「憂國憂民之懷」、「友誼之求」、「行謁江湖之悲」和「羈旅之苦」四大類別。[85]其中後二者都是江湖詩人獨有的經歷，絕非當權或生活安逸的文人所能理解，足以於「詩學場域」上自成一格。至於前兩項，雖說不同階層的詩人都有寫作這些題材的機會，然江湖詩人在風格與取材方面往往見出獨特的

時，又就此名單表示：「當然，具體哪些詩人是否真正屬於這一詩派，還可討論。」意謂統計方法仍有商榷之處。見同上註，序，頁3。

83 劉克莊與「江湖詩派」的關係歷來備受關注。一方面，他受大量江湖詩人追捧，亦樂於提攜這些後輩，遂成為主導群體的中心人物；然另一方面，劉克莊的詩風獨特，源流複雜，又富於變化，如清人在《宋詩鈔》形容：「論者謂『江西』苦於麗而冗，莆陽得其法，而能瘦能淡，能不拘對，又能變化而活動，蓋雖匯眾作，而自為一宗者也。」其獨特的詩學表現難以直接歸入「江湖詩派」的脈絡。見吳之振、呂留良、吳自牧輯：《宋詩鈔》（上海：上海三聯書店，1988年《詩歌總集叢刊》重印1914年上海涵芬樓影印本），頁451。

84 楊理論、駱曉倩：〈略論江湖詩派中的宗室詩人〉，《重慶師範大學學報（哲學社會科學版）》2012年第5期，頁20。

85 有關各類主題的詳細分析，見張宏生：《江湖詩派研究》，頁44-82。

表現。例如在有關「憂國憂民」一類的作品中，活躍於理宗時期的蕭
澥（生卒年不詳）有〈寇中逃山〉兩首云：

> 三三兩兩伏茅茨，有事難言只自知。
> 心破膽寒無處著，風枝露葉亦驚疑。（其一）
>
> 纔入林巒屏跡時，此身自幸少人知。
> 嬰孩底苦不解事，偏是怕時方始啼。（其二）[86]

強寇作亂期間，詩人跟隨一眾鄉人逃入山中避難。全詩採取第一身視
角，透澈地表達出百姓面對無情殺戮的狼狽和恐懼，尤其「其一」直
書風聲鶴唳的心態，以及有事不敢言，免得暴露位置的情狀，均為置
身其中者寫下的真切筆調。而「其二」改用略含諷刺的寫法，慶幸自
身名聲不響，沒有成為強寇的目標——在舉世追名的社會上，詩人本
是失敗者，如今卻因此感到安心，價值觀急速顛倒；另一方面，百姓
為保一家平安而努力隱身，偏偏嬰孩的天性總是受驚即哭，結果招來
更大的危機，可謂天意弄人。種種見於危難中的狀況都是荒誕又可悲
的諷刺。在《江湖後集》中，蕭澥還有組詩〈紹定庚寅紀事〉，同樣
是抒寫亂事中的眾生相，可見此為其素來關心的題材。相對而言，位
高權重者放眼天下大事，或難以代入難民的位置，而久居安逸的文人
也是不免流於紙上談兵，難以切身感受人命賤如草芥的困境。諸作的
取材、書寫角度和思考方法，正是源自江湖詩人的身份和經歷。

　　至於求取與維繫友誼之事，更是江湖詩人重視的題材。在一系列
《江湖詩集》當中，贈友詩與送別詩多逾百首，涉及眾多詩人，形成

---

86 陳起編：《江湖後集》，收於《景印文淵閣四庫全書》，第1357冊卷15，頁9上至9下
　（總頁914）。

了一種鮮明的寫作傾向。在此可舉戴復古（1167-1248）的〈越上青店候別楊休文〉為例：

> 千載江湖共此心，老來相見怕分襟。
> 手搔白髮望君至，車馬不來溪水深。[87]

戴復古學詩於陸游（1125-1210）門下，有名於宋末詩壇，而其不曾為官，終生遊走各地的形象，成為了江湖詩人的典型。作為送別詩，此首絕句同時提出時間與空間的角度：「手搔白髮」的意象與「老來相見」一語點出了人力難敵時間，年老時候的離別總有著不復再見之虞；末句言及「車馬」和「溪水」諸項事物，則是轉移至地理的問題，藉由交通往來的方法揭示出物理距離亦為二人之間的阻隔。如此豐富的寫作方法，反映出江湖詩人對離別一事嘗有深刻的認識和思考。究其原由，江湖詩人自知名聲與地位卑下，若要在社會上立足與遊走，就不能單靠微不足道的一己之力。彼此連結，互相扶持構成了這一階層的存在形態與生存方式。就如上引一詩的送別對象，即雲泉道士楊休文（生卒年不詳），不但與戴復古來往，劉克莊、岳珂（1183-1243）和羅椅（1214-1292）也有贈予他的酬唱或送別之詩。除了官職較高的岳珂外，其餘二人都是時與他人唱和的江湖詩人。[88]是以藉扣連諸詩提及的人與事，即可逐步勾勒出連繫各位詩人的人際網絡。總之，從各種題材與寫作方法來看，江湖詩人都在「詩學場域」上彰顯出獨特的面向。

---

87 陳起編：《江湖小集》，收於《景印文淵閣四庫全書》，第1357冊卷81，頁1下（總頁618）。

88 關於戴復古、劉克莊和羅椅三人，梁崑與張宏生同樣承認他們作為「江湖詩派」一員的身份。見梁崑：《宋詩派別論》，頁146、151、153；又，張宏生：《江湖詩派研究》，頁300、305、312。

　　因應社會地位的差異，江湖詩人與當權者在「詩學場域」上不單呈現出相異的表現與價值取向，還不時造成對立的局面。最顯著的例子莫過於世稱「江湖詩案」或「江湖詩禍」的文字獄事件，而箇中的關鍵又是與總集有關。方回的《瀛奎律髓》在品評劉克莊的〈落梅〉後記述：

> 當寶慶初，史彌遠廢立之際，錢塘書肆陳起宗之能詩，凡江湖詩人皆與之善。宗之刊《江湖集》以售，《南嶽稿》與焉。宗之賦詩有云：「秋雨梧桐皇子府，春風楊柳相公橋。」哀濟邸而誚彌遠，本改劉屏山句也。敖臞菴器之為太學生時，以詩痛趙忠定丞相之死，韓侂胄下吏逮捕，亡命。韓敗，乃始登第，致仕而老矣。或嫁「秋雨」、「春風」之句為器之所作，言者并潛夫〈梅〉詩論列，劈《江湖集》板，二人皆坐罪。初，彌遠議下大理逮治，鄭丞相清之在瑣闥，白彌遠中輟，而宗之坐流配。於是詔禁士大夫作詩。[89]

羅大經（1196-1252？）的《鶴林玉露》和周密（1232-1298）的《齊東野語》皆見關於此事的記載，只是諸家所述的細節頗有分歧。譬如羅大經提及，引發事件的是《中興江湖集》，而不是《江湖集》；[90]周密則說，事件源於言官李知孝（1170-1238）對曾極（生卒年不詳）的迫害，劉克莊的〈黃巢戰場〉詩則起了火上燒油的作用。[91]且不理何者說法方為準確，三家記述證明了，整場詩禍源於當權者知悉總集

89 方回選評，李慶甲集評點校：《瀛奎律髓匯評》（上海：上海古籍出版社，1986年），卷20，頁843-844。

90 羅大經撰，王瑞來點校：《鶴林玉露》（北京：中華書局，1983年），乙編卷4，頁188。

91 周密撰，張茂鵬點校：《齊東野語》（北京：中華書局，1983年），卷16，頁293。

內容後，不滿江湖詩人筆下的表述，因而觸發了一場牽連甚廣的打壓行動。從毀掉《江湖集》的書板到直接下令禁詩，都見出國家權力之強大與專制。換言之，「政治場域」粗暴地介入了「詩學場域」，企圖干擾以至阻止其運作。張宏生嘗試歸納種種因由，認為事件表面上是政壇中的私人恩怨，根本原因卻在於江湖詩人的政治立場，即他們對權相史彌遠（1164-1233）的不滿終於招來了慘重的報復。[92]有趣的是，江湖詩人大多是低下的官吏，像曾極之流更加是無權無勢的布衣而已。對於位居朝廷最高層的史彌遠來說，這批詩人的威脅相當有限，根本不足以稱作政敵。撇除權力欲作祟之類的理由，這大概說明了，在江湖詩人聚集成群體以後，成功在社會上形成一股勢力。陳起的組織與總集的刊行就此發揮了重要作用。郭鵬和尹變英指出，陳起發行的書籍，包括一系列《江湖詩集》，成為文人之間，以及文人群體之間的物質媒介，具有牽線搭橋一般的意義，促進諸人交往融通的機會，亦是有利於他們結社和聚會。[93]唯有藉總集的傳播，江湖詩人方能在全國建立甚具規模的聲勢。他們及後相交、結社等行為，就是把總集的文化意義進一步轉化為實際的社會力量。當權者在翻閱《江湖詩集》之後，即圖謀以詩案壓止這股力量，其實暗示了他們透過詩歌總集已意識到，江湖詩人在「詩學場域」上的位置具靠近、進入「政治場域」的潛力。這股群體力量之大，有進一步形成政治影響力的勢頭。因此，詩案乃是防患於未然的專制手段。

「江湖詩派」的風氣見於南宋晚期，所以在國變時期和入元以後，仍然通行於宋人的社群中。尤其隨著趙宋政權隕殂，社會結構出現了不少變動，為過去安於南宋治下的文人帶來重大衝擊。例如，本

---

92 關於各項材料的狀況，以及事件始末的詳細考證，請見張宏生：〈江湖詩禍考〉，
　《江湖詩派研究》，頁361-363。

93 郭鵬、尹變英：《中國古代的詩社與詩學》（北京：商務印書館，2015年），頁547。

為官吏者有的持守忠義，放棄原來富足舒適的生活，以遺民身份流落民間；有的選擇忍受叛臣的污名，降服新主，卻因為高位要職都被蒙古人和金人把持，結果得不到理想的前途。至於年輕一輩，則要面對科舉中斷，出仕無門的困局。即使科舉至延祐年間終於復辦，然而不少漢族出身的及第者還是不獲異族掌權者重用。元末明初時，陶宗儀（1329-1410）的《南村輟耕錄》甚至記述：「國朝儒者，自戊戌選試以後，所在不務存恤，往往混為編氓。」[94]始終在漢族文人中，像趙孟頫（1254-1322）般獲薦出仕，且深得君主賞識者，僅是少數而已。今人么書儀形容，此時代的文人從宋代的文治顛峰墮下，頃刻間從社會的「寵兒」淪為無人關心的「棄兒」，精神壓力沉重。[95]此處所謂「棄兒」者，正是江湖詩人一直面對的處境。如是者，在元代初期，更多宋人落入了「江湖」這一階層中，使之日益壯大。

更重要的是，一如《江湖詩集》系列的編纂背景，此時期的宋人繼續依賴總集的功能，編成了不少新的著作。他們嘗試把強烈的遺民意識貫注至總集當中，藉由前人與時人的詩文形成聲勢，一方面團結志同道合者的力量，一方面向當權者作出明確的宣示——當然，對比南宋時候的局勢，如今壟斷「政治場域」者乃是蒙元的統治者，所以在社會階層的差別之外，這些總集的主題還涉及忠義、種族、記憶和亡國傷痛等。美國學者梅爾清（Tobie Meyer-Fong）曾經以收集近人、時人作品的清初總集為考察對象，指出諸書的選篇往往囊括了各式各樣的人物性情（personalities）和政治取捨（political choices），從而宏觀地展示出人們在那個時代中共同體驗著的人生經歷（life experience）與文化內涵（culture affinities）。[96]她選定明遺民鄧漢儀

---

94 陶宗儀：《南村輟耕錄》（北京：中華書局，1959年），卷2，頁24。

95 么書儀：《元化文人心態》（北京：文化藝術出版社，1993年），頁168-169。

96 Tobie Meyer-Fong, "Packaging the Men of Our Times: Literary Anthologies, Friendship

（1617-1689）的《天下名家詩觀》為主要例子，針對其包含明遺民、貳臣等人的選篇方式，以及編者「紀是變之極而臻一代之偉觀」的編纂目的，進而探討此書如何重現在明亡清立之際，時世為人們之悲痛、選擇與個人所撕裂的亂況。[97]可見編者成功以總集的體裁保存了易代的景像與遺民的記憶。固然，鄧漢儀的處境與《天下名家詩觀》的編纂特點自有其獨特之處，明末清初與宋末元初的環境也是同中有異的，不宜直接把清初總集的意涵套用至元初總集。本研究關注的是，既然前人證明了總集與「易代」、「遺民」等概念關係特殊，則本研究也許可以視此為討論基礎，嘗試驗證宋遺民的詩歌總集是否存有相似的特點。尤其承「江湖詩派」的階層特點和唱和風氣，宋遺民對保存群體記憶之事當有著深刻的體會。況且，在宋末元初，不同人物確實編成了以不同人物為收錄對象的詩歌總集，如《忠義集》、《柴氏四隱者》和《月泉吟社詩》。這些成於遺民手中的著作相信都是值得考察的對象。

五　小結

隨著「總集」概念的發展，這種文獻體例的功能和意義日益擴大。至兩宋時，除了一如昔日般擔當「文章之學」的載體外，它同時在政治、教育等範疇中擔當重要角色。為有效理解總集與宋代社會的關係，本研究援引皮耶・布爾迪厄的「場域」概念和「文化資本」理論，以闡明宋人的編纂風氣。事實上，宋代的「詩學場域」、「政治場域」和「教育場域」時有交疊，而「總集」概念則不斷出入其中，反

Networks, and PoliticalAccommodation in the Early Qing,"Harvard Journal of Asiatic Studies64.1(2004): 8.

97 同上注，頁56。

映出社會的結構及其運作方式。更重要的是，上述情況在宋代維持了
極長的時間，像「江湖詩派」之類的現象又是發生於南宋後期，所以
在入元後，宋人依然奉行與信任這種社會運作方式。他們編纂的總
集，或許在題材與感情的層面略有變化，但背後的觀念還是延伸自宋
代的。

第二章
忠憤與抗衡：元代宋詩總集中的遺民情感

　　隨著忽必烈的大軍南下，偏安南方的趙宋終告滅亡。但即使進入了新時代，不少文人始終拒絕承認元室的統治者地位，並以「宋遺民」的身份自居，流落四方。詩歌作為他們的主要技能和日常活動，既可於動盪時局中保留有關家國和自身的記憶，又能用作抒情解憂，進而勵己明志。這些作品對外傳播，更有助於連繫他人，把一己的情感和志向傳遞至想法相似的他人，最終形成群體網絡。這就如江湖詩人在南宋時，即使沒有官方的支持，在野的文人亦能透過聚會、唱和等途徑，形成影響全國詩壇的聲勢。固然，江湖詩人的組織並不嚴密，但從作品的題材、風格等層面觀之，他們的志趣和詩學觀念還是具有共通點。[1]相對而言，維繫宋遺民詩人的乃是亡國的集體經驗，忠義、創傷、責任感等強烈情感促使他們強調組織群體的重要性，亦樂於投入群體的活動。換言之，由於諸詩人保持創作和交流，宋詩壇未有因政權交替而消失，反而藉由「遺民」的身份，成為了元代詩歌史中不容忽視的一闋。

　　宋詩人的遺民色彩，除了直接呈現於大批詩作外，同時又見於他

1　按張宏生的歸納，江湖詩人之作普遍以「纖巧」、「真率」、「俗」和「清」為特點，而題材上則以「憂國憂民」、「行謁江湖」、「羈旅之苦」和「友誼之求」為常見。當中，「憂國憂民」的題材實包含宋元戰爭和宋亡元立等史事，張氏提及的江湖詩人，如謝枋得等，後來亦以宋遺民的身份活動。可見江湖詩人與元代的宋遺民詩人關係密切。見張宏生：《江湖詩派研究》，頁44-139。

們編纂的詩歌總集。尤其元好問在金亡後編《中州集》，啟發了處境相近的宋人。本章希望從幾部元代宋詩總集入手，嘗試闡述這批文人如何在新朝中強調自身的「遺民」身份。有趣的是，儘管同樣置身於「遺民」這共同語境，諸詩人的情感和取態卻不盡相同。英國學者斯圖亞特・霍爾（Stuart Hall）提出，以文化為手段的抗爭活動存有許多形式，包括拒絕合作、曲解意義、談判協商和重現舊物等。[2]宋遺民編纂的總集正好反映出幾種不同的情況。譬如《忠義集》一方面堅持視元室為敵對的態度，一方面含有拒絕承認時代變遷的意味；而《月泉吟社詩》雖亦是抗衡元室，卻明白現實已定，僅能以隱晦的手法勸阻有意投入新朝的同胞。作為文人主觀情感的載體，各部總集藉由獨特的體例特點，展現遺民與新時代角力的多種方式，以及不同的詩學觀念。

一　元好問《中州集》對南宋文人的啟發

蒙古大軍南下，原本統治中原的勢力，包括遼、金、宋等，在數十年間相繼滅亡。大批文人即使免於死傷，亦落得喪失官位權勢，流離失所的下場。為了排解國破家亡的愁怨，以及貫徹過去的身份和信念，他們普遍選擇把精力寄託於詩詞文章之上。民間詩壇因而發展蓬勃，失意的文人為抒發壓抑的情感，既會投身創作，亦會編纂和傳播成於前人手筆，對當世別具意義的作品。如是者，以故國人事為主調的總集因而日漸盛行。而究其開端，則當數金人元好問的《中州集》。

金代末年，蒙宋聯軍來犯，垂危的朝廷被迫遷往蔡州（今河南省汝州縣）。至祥興二年（1234），蔡州在重重包圍下終被攻破，金哀宗

2　Stuart Hall, "Notes on Deconstructing 'the Popular'," in *People's History and Socialist Theory,* ed., Raphael Samuel (London: Kegan-Routledge, 1981), p. 235.

黯然自縊，臨危繼位的金末帝亦為亂軍所殺。[3]雄據中原百餘年的金代皇朝在喪亂中宣告滅亡。雖然金代是女真族建立的，但由於施行漢化已久，又承襲了北宋的人口和文化資源，故亡國後的社會狀況帶有一些漢族文化的影子。例如，名將郭蝦蟆（1192-1236）等為表忠誠，就義殉國，同時亦不少拒絕仕元者。元好問正是其中一人。

　　元好問生於太原（今山西省）的大族，為名儒郝天挺（1161-1217）之徒，學成後進京師求仕，以詩賦贏得「元才子」的美名，為趙秉文（1159-1232）等名臣注意。至宣宗興定五年（1221），歷數次科舉的他進士及第，再於哀宗正大元年（1224）循宏辭科入仕。可惜其仕途不順。蒙古大軍進攻，哀宗撤離汴京之際，他僅以七品之身留守國都。據《金史》記，地位卑微的他仍極力向參知政事完顏奴申（生卒年不詳）和樞密副使完顏習捏阿不（生卒年不詳）進「安國之言」，提出「欲立二王監國，以全兩宮與皇族」之策，並得接納。[4]奈何此策未得充分討論，守將崔立（？-1233）突然反叛，擒殺奴申、習捏阿不等多名掌權大臣，再立宗室完顏從恪（？-1233）為梁王監國，以太師身份下令撤防，向敵軍投降。劇變之間，部分文臣以死明志，或者棄官逃亡，但元好問竟順從逆臣，留於朝廷，更參與為崔立撰功德碑之事，蒙上失節之罪。[5]事後，金遺民批評不絕，他自身亦是難以釋

3　脫脫等：《金史》（北京：中華書局，1975年），卷18，頁403。

4　同上註，卷115，頁2525。

5　崔立奪權後，群小獻諂，提議立功德碑，指鹿為馬地歌頌崔立「保護京師臣民」。此事見於不少史傳記載，然當中的細節多有疑點。按么書儀的整理，事件至少有兩個版本，分別見於劉祁（1203-1259）和元好問的記錄。概言之，元好問只說王若虛仗義不從，拒絕執筆，害「太學生」成代罪羔羊，絲毫不提自己在事件中的位置；劉祁則指責王若虛和元好問等前輩狼狽為奸，脅迫後輩同流合污。從《金史》等文獻的佐證可見，元好問所記確有輕描淡寫、含糊其辭之嫌，多少反映出其心中有愧，不願多談。見么書儀：《元化文人心態》，頁78-84。

懷。⁶隨著崔立與哀宗死亡，元好問亦離開仕途，終生以遺民身份活動。儘管期間曾接觸耶律楚材（1190-1244）和忽必烈，惟其目的皆是保存金代人才，而非求仕於新朝。

在餘下二十餘年的生命中，元好問花了大量精力於「存史」之事。他向來崇尚歷史的永恆價值，而亡國前後的恐懼，以及自身失節蒙冤，一時間無從辯解的困境，更令他感到存史之事意義重大，且迫切萬分。所謂「史」者，在其眼中具有範圍不一的多重層次。就一己的見聞和感受，如同歷代文人，他使用了個人的創作，藉詩賦和碑志等體裁大量記錄之；擴大至元氏一族的歷史，他在四十五歲時，有感家人在戰亂中「存亡未可知」，遂重拾兄長的託付，改未成的《千秋錄》為《南冠錄》，以免家族人丁殞後，世人不再知「河南有元氏」的事實；⁷而作為金國遺臣，他不惜代價地向降元金將張柔（1190-1268）借閱《金實錄》，以完成編修金代正史的工作，只是未能成事。⁸不甘放棄的他遂把注意力轉移至野史，史稱：「凡金源君臣遺言往行，採摭所聞，有所得輒以寸紙細字為記錄，至百餘萬言。」⁹成果最後結集成《金源君臣言行錄》和《中州集》。論影響力，後者無疑為重。

據元好問的自序，《中州集》成於癸巳（1233），即汴京失守，他

6　元好問就立碑一事的辯解主要見於〈內翰王公墓表〉和〈外家別業上樑文〉。前者是為王若虛寫的墓表，後者是他自訴不幸的駢文作品。文中言：「初，一軍構亂，群小歸功，劫太學之名流，文鄭人之逆節。命由威制，佞豈願為？就磨甘露御書之碑，細刻錦溪書叟之筆。蜀家降款，具存李昊之世修；趙王禪文，何預陸機之手跡？伊誰受賞，於我嫁名？悼同聲同氣之間，有無罪無辜之謗。耿孤懷之自信，聽眾口之合攻。」他強調自己是迫不得已，後來的謗言更是二度創傷。奈何眾口鑠金，百辭莫辯的他只有黯然承受。見元好問撰，姚奠中主編：《元好問全集》（太原：山西人民出版社，1990年），下冊卷40，頁98。

7　元好問：〈南冠錄引〉，收於《元好問全集》，下冊卷37，頁48。

8　施國祁輯注：〈大德碑本遺山先生墓銘〉，收於《元好問全集》，下冊卷50，頁426-427。

9　脫脫等：《金史》，卷126，頁2742。

被羈留於聊城之時。全書據前人編的《國朝百家詩略》擴展而成，以不錄在世者為原則，共收入了二千餘首詩，涉及二百五十一名詩人，可稱作金代詩壇的完整記錄。後世有關金代文學的匯編，如清代的《全金詩》等，皆以之為基礎，足見其文獻價值。關於編纂時的心思，元好問如此交代：

> 時京師方受圍，危急存亡之際，不暇及也。明年，留滯聊城，杜門深居，頗以翰墨為事。馮、劉之言日往來於心。亦念百餘年以來，詩人多為苦心之士，積日力之久，故其詩往往可傳。兵火散亡，計所存者才什一耳。不總萃之，則將遂湮滅而無聞，為可惜也。乃記憶前輩及交遊諸人之詩，隨即錄之。[10]

前一年京師危在夕旦，無心舞文弄墨；翌年卻已城破被俘，翰墨以外別無他事可辦。國亡成為定局，「百餘年」的歷史將要終結，而「兵火散亡」之景更令他切身體會到人事的消亡難以抵抗。以「傳」和「錄」對抗「湮滅而無聞」是他的決心所在。趙園在研究明末遺民的心態史時，提出遺民總怕後人遺忘曾經存在的故國，故紛紛視記錄歷史為「記憶工程」，期望以一己之力對抗普世的「忘」。[11]按金人的歷史發展觀念，金滅北宋後，已取得中原正統的地位，南宋只是苟延殘喘的亡國奴，因而自命為中原文化的正當繼承者。元好問言：「北人不拾江西唾，未要曾郎借齒牙。」[12]其對代表南宋詩風的「江西詩派」如此敵視，並非單純出於美學取向，而是建基於對金代文化的自

---

10 元好問：〈中州鼓吹翰宛英華序〉，收於張靜校注：《中州集校注》（北京：中華書局，2018年），序頁1。

11 趙園：《明清之際的思想與言說》（上海：復旦大學出版社，2010年），頁53-54。

12 元好問：〈自題中州集後五首〉，收於狄寶心校注：《元好問詩編年校注》（北京：中華書局，2011年），頁1331。

信。由此即能理解他何以極重視金代詩人──金詩承中原文化的正
統,「湮滅而無聞」既不合情理,亦割裂了文化發展的軌跡。

自《文選》書成以來,「總集」被定性為「採摘孔翠,芟剪繁
蕪」的載體。即使它們客觀上具保存文獻的功能,但在編者的角度而
言,選文定篇是成書過程中的關鍵步驟。篇幅過長,選文過多的總集
亦會遭人詬病。但從《中州集》的面貌可見,元好問的編纂方式不同
於傳統。當中有三點尤須注意。

首先,各人的詩作數量明顯不均。在數十詩人僅有寥寥數作入選
之際,好幾家之作卻獲得大量錄入,如宇文虛中(1079-1146)詩五
十首、蔡松年(1107-1159)詩五十九首、劉迎(生卒年不詳)詩七
十四首、趙秉文詩六十三首,周昂(?-1211)詩更達百首。然詩作
數量不等同其詩學成就的高低。就周昂其人,元好問在小傳中只是略
述其詩歌特色:「作詩喜簡澹,樂府尤溫麗。」[13]評價的內容和態度均
不見得特別卓越。反而就趙秉文之詩,元好問論述詳盡:

> 七言長詩筆勢縱放,不拘一律。律詩壯麗,小詩精絕,多以近
> 體為之。至五言大詩,則沈鬱頓挫,似阮嗣宗;真淳簡澹,似
> 陶淵明。[14]

從七言到五言,由長詩至小詩,全段描述流露了對趙詩的欣賞。可推
斷,元好問不可能以為周詩優於趙詩。進言之,詩作的數量與質素並
無必然關係,元好問的選詩標準也不嚴格。

其次是詩人排序的問題。全書十卷之中,首七卷的詩人排序條理
分明。置顯宗和章宗的作品於首,乃尊君之意,姑且不論。緊接的骨

---

13 元好問,張靜校注:《中州集校注》,丁集,頁864。
14 同上註,丙集,頁775。

幹部分，從由宋入金的宇文虛中和吳激（？-1142）開始，至第七卷終於金末的王元粹（1203-1243）和黃鬱（生卒年不詳），符合時序，為一段以人為綱的金代詩歌史論述。問題是末三卷。這部分的詩人大多名不經傳，詩作量少，小傳介紹亦見簡略。論體例，從生平可考者入手的話，即見諸人的排列不合時序，如卷八始於金太宗時的邢具瞻（生卒年不詳），緊接熙宗時的王繪（生卒年不詳），然後又有宋末的楊興宗（生卒年不詳）。卷九和卷十嘗試標出「狀元」、「異人」、「三知己」等小目，似是有意分類人物，惟這僅涵蓋部分篇幅，稱不上是正式體例。故不少論者相信，此三卷與前七卷是割裂的，後者大抵取材自既有的《國朝百家詩略》，前者則是元好問新增的。這些材料多而零碎，缺乏條理，多少反映出元好問的心態。他著重錄入材料的動機導致詩學批評意識變得薄弱。

　　至於最後一點就是關於詩人小傳的。晉代的《文章流別集》與「志」的部分並行，前者錄文，後者記人，只是後來的《文選》未有繼承。元好問出於存詩、存人的需要，不單重新採用這體例，更表現出特別的寫作方式。清人曰：

> 每人各為小傳，詳具始末，兼評其詩。或一傳而附見數人，……或附載他文，……或兼及他事，……大致主於借詩以存史。[15]

此集為每位作家撰寫小傳，記錄相關的人事，甚至進一步「附見數人」，延伸至「他文」和「他事」，包括其子嗣、族人和友人等。而且，這些詳細的記錄，往往超出詩學範疇，延及該人的其他學術成

15　永瑢等：《四庫全書總目》，卷187，頁1703。

就，以至重要的人生經歷。與其說是詩集的詩人小傳，不如視之為範圍更廣的史傳篇章。總之，詩只是元好問藉以「存史」的工具，全書的重心實不在談論詩學。部分內容更是缺乏清晰的批評觀念。誠如胡傳志言，元好問意在搶救即將失落的金源文化成果而已。[16]故「存」凌駕了「選」的原則，令《中州集》在總集的傳統中顯得特殊。

無可否認，《中州集》的寄意未有獲得多數金遺民的注意，往後亦鮮有人繼承以詩存金史的責任。但對於同時代的宋人而言，這卻是意義重大的啟發。金亡翌年，蒙宋聯盟決裂，新一輪南北戰事爆發。雖然宋室初時稍占上峰，奈何形勢不久逆轉，令南宋文人意識到家國將步上金代的後塵。同病相憐之感驅使他們與《中州集》產生共鳴。宋遺民劉將孫（1257-？）在〈送臨川二艾采詩序〉感嘆：

> 予嘗讀《中州集》，憐傷其意，以兵餘亂後，史佚人亡，存其梗概於此。因念東南百年，文獻為盛，今渺然誰復睹記？[17]

他從《中州集》的內容聯想到南宋也是「文獻為盛」，奈何兵亂以後無以復見，就如過去的金國一般，因而深感「憐傷」。宋人與金人的困境和痛苦是一致的。誠然，自宋室南遷以來，南北交流幾近中斷，雙方文化在正統和優劣等觀點上普遍持敵視的態度，就如元好問對江西詩派的譏諷。故二人對《中州集》的認同，多少代表了宋人一時放下成見，在詩、史的命題上找到同於金人的情感。可以說，《中州集》成為了溝通南北兩國遺民的線索。

---

16 胡傳志：〈《中州集》文化意義再評價〉，《晉陽學刊》1994年第2期，頁59。

17 劉將孫：《養吾齋集》，收於《景印文淵閣四庫全書》，第1199冊卷9，頁9下（總頁84）。

二　敵我分明：《忠義集》

　　宋人受《中州集》的理念和體例所啟發，引起整理文獻與編纂總集的意欲。然而他們往往不如元好問般，僅滿足於保存故國文化。新朝的初期，亡國的傷痛始終難以忘懷。文天祥（1236-1283）就義、陸秀夫（1237-1279）投海等激勵人心，且具象徵意義的故事廣泛流傳，更勾起了宋人的亡國之痛。由此衍生的總集自然帶有鮮明的政治立場。趙景良（生卒年不詳）的《忠義集》是最顯著的例子。

　　現存的《忠義集》共七卷，分三個部分。首先是劉壎（1240-1319）的〈補史十忠詩〉一卷，次為其子劉麟瑞（生卒年不詳）的大型組詩〈昭忠逸詠〉四卷，最後兩卷則是趙景良在編書時額外搜羅的作品，涉及二十多名詩人。作為貫穿全書的線索，所謂「忠義」者，乃指稱一批在宋元戰爭時忠於南宋，彰顯節氣的義士，當中包括文臣和將領，亦有隱士逸民。清人推斷：「於時《宋史》未修，蓋藉詩以存史也。」[18]存史大概是編者的最大目的。事實上，如明人何喬新（1427-1502）記，後世都承認「此集所紀，多《宋史》所遺者，是不可使其無傳。」[19]可見其記史的作用是成功的，能提供不同於正史的史料。

　　跟一般總集不同，《忠義集》和成書過程皆頗複雜。劉壎最初只是有感而發，以宋末十名義士為題材，撰成十首詩作。其子則是受到父親的薰陶，進一步搜集宋末的野史遺事，創作出〈昭忠逸詠〉，務求全面地呈現出南宋滅亡之際的人與事。以上所述皆是詠史詩的創作而已，直至與父子二人同鄉的趙景良「合二先生所作為一编，附以汪

18　永瑢等：《四庫全書總目》，卷188，頁1709。

19　趙景良：《忠義集》，收於《景印文淵閣四庫全書》，第1366冊，序頁2上（總頁915）。

水雲、方虛谷諸君子傷時悼事之什若干首」，這總集才正式成形。[20]從篇幅、排序等編輯安排可知，劉氏父子之作當為是書主體。它們是趙氏編書的出發點，而不是編選的結果。至於其他作品，雖然為數不少，但終究只是後來補入的「附錄」，地位和意義不能與劉氏父子之作混為一談。進而言之，〈補史十忠詩〉和〈昭忠逸詠〉本身的意義當與趙氏編選的末兩卷分開討論。

（一）劉壎〈補史十忠詩〉

劉壎為宋人，於理學、詩學皆有名聲，宋亡時年逾三十。他入元後未有求仕，至五十餘歲始獲薦為地方「學正」，晚年再領受朝廷之命，為延平路儒學教授。五言組詩〈補史十忠詩〉作於入元後，順序以李芾（？-1275）、趙卯發（？-1275）、文天祥、陸秀夫、江萬里（1198-1275）、密佑（生卒年不詳）、李庭芝（1219-1276）、陳文龍（1232-1277）、張世傑（？-1279）和張珏（？-1280）為題，歌頌他們為國犧牲的義舉。就十人的安排，劉壎於詩後有跋云：

> 襄圍以來，死忠者蓋不止此，然多所不知，知其詳且顯者，莫如此十公，故先賦此十詩，尚竢續書，以著大節。[21]

他似乎只是就自己所知，選擇能「知其詳且顯」的十人為書寫對象，顯示是次賦詩大概出於一時有感而發，事前沒經過周詳的資料整理。他甚至沒排除事後「續書」的可能，只是就現存文獻可知，這個想法最終未有實行。作為親身經歷國亡的人，他認為詩歌能發揮特殊的記錄功能。其詩序云：

---

20 趙景良：《忠義集》，序頁1下（總頁914）。
21 同上註，卷1，頁5下（總頁917）。

竊以慨念，更後幾年，遺老漸盡，舊聞銷歇，將無復知有斯人者，悲夫哀哉！死，臣子職分，古人常事爾！死矣，寧顧其傳不傳？乃亦不可無傳者，為其繫彝倫，關風教，屬後代之臣子，愧前日之不如數公者也。采清議得忠義臣十人，史不書，各賦十韻纂其實，曰《補史詩》。[22]

詩題中的「補史」，代表當時的史傳尚有未能涵蓋的範圍，而詩就彌補了這些空白之處。且詩本質上是情感和主觀看法的載體，用以記史則能為過去的人事賦予明確的道德意義，既能本著「詩教」傳統用以教化，亦可防止後世解讀錯誤，扭曲記錄者的原意。這種詩當言志宏道的想法，多少與劉壎的理學家身份有關。值得討論的是，序中提及「屬後代之臣子，愧前日之不如數公者」，究竟指向何人？從字面來看，這是泛指後世一切臣子，希望他們受諸公的義舉啟發。然細考諸作，部分詩句指向明確。如其三〈丞相都督信國公文公〉的結尾曰：

悠悠譏好名，責人無已夫。三衢有魁相，投老作尚書。[23]

詩句實為譏諷祖籍衢州的留夢炎（？-1295）。留夢炎本為南宋丞相，元軍南下時私自逃離臨安，降元後更在新朝中平步青雲，官至禮部尚書。其為宋人最不恥者，莫過於勸降文天祥不成，又極力阻止元室釋之為道士。[24]世人普遍把文天祥就義的結局歸咎於他。劉壎在詩中力斥之，大抵出於氣憤難平之故。在元代的政治環境中，留夢炎的形象

---

22 趙景良：《忠義集》，卷1，頁1（總頁915）。

23 同上註，卷1，頁2下（總頁916）。

24 畢沅編著，標點續資治通鑑小組校點：《續資治通鑑》（北京：中華書局，1957年），卷184，頁5036。

具有一定的象徵意義。忽必烈嘗問趙孟頫，留夢炎和葉李（1242-
1292）二人的優劣如何，又直接嘲笑「夢炎徒依阿取容，曾無一言以
悟主聽」。[25]由此可見，無論在掌權者還是遺民眼中，留夢炎不忠無能
的形象都相當顯著，足以代表那些庸碌無能，只求保命的降臣。又如
其六〈江西制置司都統密公〉首句即言「臣有置身義，豈計官崇
卑」，詩末又賦曰：

> 小臣裨校耳，職也宜死綏。盧州大將在，白首豎降旗。[26]

據〈錢塘遺事〉的記述，元兵攻至江西撫州，制置司首長逃逸，密佑
「迎敵就擒，不屈嚼舌，罵聲不絕而死」，戰事最後以舉城投降告
終。[27]再觀劉詩，首尾皆強調官職雖有崇卑之分，但是為臣之義並無
不同。密佑就義可歌可泣，反而位尊於「小臣」者卻選擇「白首豎降
旗」，諷刺尖銳。故劉壎實不只針對留夢炎之類的單一對象，而是廣
泛地指斥貪生怕死的降元者，進而表達世道無忠義的憤恨。至於其餘
九首詩，其用字同樣立場堅定，愛恨分明，如其七云李庭芝「嚼舌死
罵敵」，其十云張玨「咄咄快敵仇」等，都是明確地稱呼已統一中原
的蒙元為仇敵。[28]諸作詩題既以宋之職稱稱呼十人，加上如此行文用
字，反映出入元後，他仍堅持以宋室為本位的態度，不承認蒙元政
權，又不欲接受趙宋已去的事實。

---

25 宋濂等：《元史》（北京：中華書局，1976年），第13冊卷172，頁4020。
26 趙景良：《忠義集》，收於《景印文淵閣四庫全書》，第1366冊卷1，頁4上（總頁917）。
27 劉一清：《錢塘遺事》（上海：上海古籍出版社，1985年），卷8，頁181。
28 趙景良：《忠義集》，收於《景印文淵閣四庫全書》，第1366冊卷1，頁5下（總頁917）。

（二）劉麟瑞〈昭忠逸詠〉

　　有別於一時有感而賦的父親，劉麟瑞創作〈昭忠逸詠〉時，計畫周詳之餘，花費的時間亦較長。依詩序標示的日期來判斷，此一組詩成於英宗至治元年（1321）左右，即其父亡故不久的日子。關於〈昭忠逸詠〉的撰寫動機，詩序云：

> 追維仗節死義之士，事日益遠，歲日益深，遺老日益凋謝，舊聞日益銷泯，其不與草木同腐者幾希。暇日搜討遺事，賦五十律題，曰〈昭忠逸詠〉。惜乎材踈筆弱，無能發揚。姑志其概，以彰節義，俾死封疆、死社稷者含笑九地，曰：「吾名不泯矣！」寧不少慰忠魂於千載乎？寧不為明時風化之一助乎？於是乎書。[29]

　　其動機與父親的相似，皆欲保存故宋忠臣的事蹟。固然，文中未直接提及劉壎，不能斷言〈昭忠逸詠〉是〈補十忠詩〉的續篇。然父子的序文確有不少一脈相承之處。尤其劉壎預想「更後幾年」會有遺老將盡的危機，而至劉麟瑞的時代，「遺老凋謝，舊聞銷泯」已是確實出現的困境。存史的需要更為迫切，撰寫的方式亦當更詳盡和全面。故此，劉麟瑞之作不單採用了宏大的篇幅，事前亦先「搜討遺事」，而不是完全依賴一時的感懷和個人記憶。全組五十首七言律詩中，每一作後皆附與歌詠對象相關的史事，與詩作內容互相印證。其中，於〈樞密張公〉後，他嘗以千餘字記述張世傑於崖山之役的始末，而〈江東制置使謝公〉後有關謝枋得的生平更達二千餘字。可見劉麟瑞手握充足資料，絕非寫於一時之間。

---

29 趙景良：《忠義集》，卷2，頁2下至3上（總頁918-919）。

論〈昭忠逸詠〉的特色，有兩點尤其值得討論。首先是對地理資料的執著。諸作一律以職稱為題，故除了許多人物的頭銜都附有地名。劉麟瑞往往在詩題後加入注釋，介紹這些地方。例如卷首〈西和知州陳公、守將楊公〉下有注云：

西和州在利州西路。秦隴西郡，臨洮縣西。魏岷州，隋唐改臨洮郡。政和，郡復岷州。宋以金人請和，改西和州。[30]

首句說明西和州的位置，後句由秦代說起，追溯這地方的名稱變化。這些資料看似無關「忠義」的題旨，惟從史著角度而言，則是標記了事發位置，助讀者在漫長的宋元戰爭全局中尋找線索。這對精確地記憶往事不無用處。同時，這亦間接保存了南宋版圖的原本模樣，令故國的存在，於遼闊的蒙元帝國中不至於無跡可尋。由此可知，〈昭忠逸詠〉不純粹是詩作，當中還有史著的成分。劉麟瑞寫作時對「詩」和「史」兩種元素都有強烈的需求；第二點需留意的，就是範圍極廣的歌頌對象。劉壎挑選的十人，大多是名臣。反觀劉麟瑞的書寫對象有時不限於單一的人物，如〈都統曹公及大安夜戰死節諸將〉和〈同慶知府李公偕死節諸公〉，以及尾段的〈死節諸公〉，都是以群體為歌頌的對象。另外，卷末又有〈美人乎氏〉和〈孺人林氏〉二詩，前者記自縊明志的宮人，後者哀協助義軍而受株連的婦女，並且與《宋史‧烈女傳》的記載互相印證。[31]在此，劉麟瑞一方面呈現出對宋朝的忠誠不為少部分人獨有，一方面亦表明「忠義」之道不只是名臣大將的本分，而是屬於宋廷治下的所有臣民，包括無名兵卒、婦女，警世意味深遠。無可否認，劉麟瑞的目光和心思高於其父。

---

30 趙景良：《忠義集》，卷2，頁4上（總頁919）。

31 脫脫等：《宋史》，卷460，頁13492-13493。

（三）趙景良附錄諸公詩

　　趙景良合劉氏父子之作為一編，顯示他認同二人的寄意。他以「附」的形式，在末二卷載錄了二十多家遺民詩，對照前五卷的內容。當中有劉壎的詩，亦有和應劉氏父子之作，如卷一有王介夫（生卒年不詳）的〈題劉如村昭忠逸詠〉，補充全書的核心部分。另外亦有不少作品述說他們在宋元之際的切身感受。〈補史十忠詩〉和〈昭忠逸詠〉都是由旁人的角度切入有關人事的事後追述，終究有猶隔一膜的遺憾。趙景良補入的，正好是出自當事人的第一手材料，令諸位義士的形象更全面、真切。特別他選錄了文天祥之作，呼應劉氏父子對他的歌頌之辭。如〈太和〉一詩云：

> 書生曾擁碧油幢，恥與群兒共豎降。
> 漢節幾回登快閣，楚囚今度過澄江。
> 丹心不改君臣誼，清淚難忘父母邦。
> 惟有鄉人知我瘦，下帷絕粒坐蓬窗。[32]

此詩寫於文天祥淪為階下囚後，被移送北方的時期，為忠臣明志之作。詩中既言獄中生活困苦，然他堅持「丹心不改」，恥於投敵。而劉壎的詩代入先賢的處境，謂「天乎復不濟，道窮竟成俘。一死事乃了，吾頭任模糊」。[33]兩者互相引證，說明了劉壎所賦與文天祥當時的想法是契合的。趙景良藉此加強劉氏父子之作的說服力，令諸作在存史和抒情方面更有效力。

　　論趙景良選取的詩人，方回是備受爭議的。清人嘗質疑：「方回

---

32 趙景良：《忠義集》，卷7，頁1下至2上（總頁951）。

33 同上註，卷1，頁2下（總頁916）。

背宋降元,為世所笑,其人最不足道,而景良列之忠義中,亦所未解也。」[34]方回不戰而降,及後仕元,史著多載。列其於「忠義」之列,與文天祥等以死節傳世者相提並論,確實令人疑惑。本研究推斷,這與編者未能掌握足夠的材料有關。二十餘位入選的詩人中,大多都是生平不可考者,甚至有「無名氏」一人。趙景良的介紹亦限於片言隻語,或是僅錄姓字而已,遠不如劉麟瑞編寫的詳細。名聲較大者,除了方回之外,實只有文天祥與汪元量(1240-1310)二人。而觀其選詩數量,居卷首的唐涇(生卒年不詳)共十作,不但遠多於其他詩人,更超越了僅五首詩的文天祥,以及各有一詩的方回和汪元量。失衡的比例難以歸納出清晰而嚴謹的編選原則。反而可以相信,此書的編纂時間不長,趙景良搜羅到的亦可能只是來自個人的記憶、閱讀和見聞,數量有限。顧及全書的說服力,難得覓得詩意契合,作者詩名亦響之作,自然不欲捨棄。尤其從總集對其〈挽呂襄陽〉的處理手法可見,編者肯定此詩乃「忠義之辭」,但方回作為「忠義之士」的資格則迴避不談。[35]這可視之為編選時的折衷辦法。

固然,除了元文宗外,元代統治者普遍對中原文藝漠不關心,所以長期對漢族臣民的言辭、文字採取相對放任的態度,從現有的官方記錄和野史中皆鮮見以文入罪的例子。[36]但加拿大古典歷史學者珍妮

---

34 永瑢等:《四庫全書總目》,卷188,頁1709。

35 按總集所錄,方回的〈挽呂襄陽〉如下:「將軍報國寸心丹,滿眼兒孫盡好官。一品已頒新印綬,九重猶許舊衣冠。碑存峴首懷羊祜,箭著浮圖恨賀蘭。公論百年應自定,且留忠節後人看。」趙景良未有就詩句撰寫注釋,僅於詩題下注曰:「詞婉意切,蓋譏之,非美之也。」意謂本作雖題為挽詞,卻是明褒暗貶,譏諷當年鎮守襄陽的呂文德(?-1296)兄弟降元。在此,編者沒介紹方回的生平或相關史事,只扼要地點明詩歌如何以反面教材的形式勾連「忠義」的精神。這種處理手法或是有意淡化、迴避方回降元的污點,把焦點放於詩歌文本上的意義,即肯定此詩為「忠義之辭」。見趙景良:《忠義集》,卷6,頁4上(總頁945)。

36 楊鐮:《元詩史》(北京:人民文學出版社,2003年),頁9-11。

弗・傑（Jennifer W. Jay）強調，透過營造難以摸清，彷彿充滿各式禁忌和危機的政治氣氛，文人自然有所忌諱，心知時世不許他們自由表達意見，進而形成自我審查（self-censorship）和自願修訂（voluntary editing）之類的現象，就如文天祥的門生鄧光薦（1232-1303）不欲公開陸秀夫的日記，鄧氏一族又拒向元室交出其遺著《填海錄》。[37]激烈如《忠義集》的著作，終究不便廣傳。何喬新就《忠義集》的流傳稱：

> 當是時，元有天下，諱言宋事，諸儒於是集私相傳錄而已。……而是集幾與塵埃蟲鼠共弊於敗篋之間。上舍生趙君璧，二先生之鄉人也。得是集於老農之家，讀而悲之，迺校補其訛缺，持以示予。[38]

所謂「諱言宋事」或有誇大之嫌，但印證了就算無案例可見，宋人在新時代中還是抱著人人自危的心態。依何喬新言，此書一直限於私下流傳，故名氣不大。至元亡以後，明人方重新發掘此書。文中「讀而悲之」一語，揭示他們認為這總集有效見出元代宋遺民的情感與精神面貌。《四庫提要》的史部記《宋遺民錄》時言：「毛晉刻之，附於《忠義集》之後。」[39]本無直接關連的著作，毛晉（1599-1659）卻因主題相似，而附《宋遺民錄》於《忠義集》後。可見《忠義集》視詩為保存記憶與情感的工具，使它往後時代中，於「宋遺民」這命題上獲得代表性，深得認同和重視。

---

37 Jennifer W. Jay, *A Change in Dynasties: Loyalism in Thirteenth-century China* (Washington: Western Washington University, 1991), pp. 73-77.

38 同上註，序頁1下（總頁914）。

39 永瑢等：《四庫全書總目》，卷61，頁548。案：這部《宋遺民錄》成書於元末明初，編者不詳，並非明人程敏政（1445-1499）的同題著作。

三　文化抗衡：《月泉吟社詩》

入元以後，文辭激憤如劉氏父子的遺民只屬少數。不少人深知亡
國定局無以逆轉，亦懼怕冷酷強硬的異族政權，不敢正面反抗。退而
求其次之策是自覺地與新政權保持距離，採取不合作和不妥協的態
度。他們相信，只要以遺民身份保持活動，就等於延續宋代的存在。
名聲較大又胸懷抱負的遺民，更欲把這種想法由一人之信念，推展為
各地宋人的集體意志。堅定的信念配合足夠的聲勢，即能組成統一的
群體，退能存宋，進可抗元。為此，謝枋得、汪元量、謝翱（1249-
1295）等致力奔走四方，高調地進行唱和、遊覽故宋勝地等活動，結
果成功引起各地遺民的興趣，逐漸建構出具規模的群體網絡。鑑於中
國的傳統學術系統鮮有能有效探究這類行動理念的論述，本研究在此
嘗試借用美國媒體文化學者史蒂芬‧鄧甘比（Stephen Duncombe）的
「文化抗衡」（Cultural Resistance）概念，以補不足。

（一）有關「文化抗衡」的定義

按鄧甘比的定義，所謂「文化抗衡」就是透過利用文化的力量，
對抗或改變當時具有主流地位的政治、經濟和社會結構──不管行動
者本身是有意為之還是不經意而行，而行動最後的成敗亦不會動搖其
「抗衡」的性質。[40]鄧甘比特別強調，「文化抗衡」可被視作等同於
「政治抗衡」（political resistance）的概念，其運作原理就是把文化當
作達成政治活動的踏腳石。[41]究其原因，遭受抗衡的對象往往是由權

---

40 Stephen Duncombe, *Culture Resistance Reader* (New York: Verso, 2002), p. 5. 案：固
　然，其原來的論述對象是存在於現代社會的文化現象，但就抗衡的動機和方式而
　言，本研究認為實可比擬宋遺民的處境和行動。
41 同上註，頁6。

力支撐而成為主流的主張、價值觀或意識形態，抗衡者難免會牴觸抗衡對象背後的權威。就宋遺民的個案而言，他們要抗衡的，是作為當時社會大眾之主流共識的政治現實，亦即元室的統治地位。否定此項陳述，是他們寄託於文化中的內容（content）。至於他們實行「文化抗衡」的方法，一般是以詩歌為「形式」（form），再採取結社、唱和、遊覽等活動（activity）。

　　鄧甘比亦提到，由於文化的元素往往具可供分享的性質，所以它容易成為團結人們的焦點，最終建立出統一的社群（community）。[42]他們對抗元英雄的崇拜正是如此。以文天祥為例，奮戰到底，從容就義的經歷使他被奉為忠君愛國的典範人物。從他生前至死後，藉由鄧光薦等人迅速且反覆地寫作相關的傳記、詩詞，令英雄的故事傳頌於各地遺民圈子中。是以許多遺民活動的內容都是圍繞著文天祥。例如，於其在囚的時期，汪元量等人多次犯險探望，只求與其對話、唱和，再把詩文傳播外界，從而彼此激勵；至其死後，祭祀他的活動依然時有舉辦。值得注意的是，按照當時的情勢，解救為元室囚禁的宋人由始至終都是不切實際的，王炎午（1252-1324）等更幾次撰寫作〈生祭文〉，勸文天祥「可死矣」，免得「伯夷久不死，必有飯之矣」。[43]此舉顯示這批遺民對局勢不抱希望，不認為文天祥的命運以至趙宋的滅亡會奇蹟地逆轉。他們透澈地理解，文天祥的唯一生機就是向敵人妥協，以至投降。事實上，根據其於下獄時寫下的書信，他不但不責怪親弟文璧（1237-？）背宋降元，出仕新朝，又嘗向王積翁（1229-1284）表示，在不仕元的前提下，願以在野道士的身份偶爾為元朝天下出主意。姚大力就此兩例認為，在大都經歷了四年的囚禁

---

42 同上註。

43 王炎午：〈生祭文丞相文〉，收於熊飛、漆身起、黃順強校點：《文天祥全集》（南昌：江西人民出版社，1987年），附錄二，頁795。

後，文天祥縱有必死的準備，但在外部條件允許的情況下，還是不曾排除「活下去」這個選項，難免令時人生出「所以久不死者」的疑惑。[44]顯然，「文丞相偷生」絕非宋人欲見之結局。

反之而言，若他從容就義，則是有助於成就精神上的價值，而這對在生的遺民來說具重大的號召力。換言之，作為遺民群體中的領袖人物，他們對在囚者的關注，並不是企圖解救對方，以至在任何程度上改變事態的發展。這些活動也不求於恢復宋代的國運。他們的目標在於把那些在囚者塑造成對外宣示的符號，也就是功業未成但精神不滅的英雄。如是者，遺民群體的活動獲得一致的明確焦點，一方面易於感召原來不活躍的成員，一方面加強群體內部的信念和士氣。霍爾特別提到，文化作為對抗政治的工具，往往會整合不同階層與個體，令原來在不同層面上存有等差（divided），或者對不同事情存有分歧（separated）的人組成新的群體。[45]宋遺民群體正好具有這類特徵，尤其汪元量在南宋時本來只是後宮的琴士，如劉辰翁言，其工作就是「侍禁時，為太皇、王昭儀鼓琴奉卮酒」而已。[46]他的地位與朝廷的文武百官乃是天淵之別，不可能參與任何軍國政務。但這無礙他在元初時與貴為丞相的文天祥溝通、唱和，文天祥更有一段〈書汪水雲詩後〉對他稱頌有嘉。[47]而在他遊於江右、杭洲、瀟湘、四川等地期間，非但無人質疑其地位，反而對他多有敬重。例如，周方（生卒年不詳）言：「水雲生長錢塘，晚節聞見其事，奮筆直情，不肯為婉孌含蓄，

---

44 姚大力：《追尋「我們」的根源：中國歷史上的民族與國家意識》（北京：生活・讀書・新知三聯書店，2018年），頁325。

45 Stuart Hall, "Notes on Deconstructing 'the Popular'," p. 239.

46 劉辰翁：〈湖山類稿序〉，收於汪元量撰，孔凡禮輯校：《增訂湖山類稿》（北京：中華書局，1984年），附錄一，頁185。

47 同上註，頁186。

千載之下，人間得不傳之史。」[48]如此熱烈的崇拜，足以見出在遺民圈子中，成員的行動和決心比昔日的地位尊卑更為重要。原來屬於不同階層的官吏、伶人都可同心一致，形成了結構異於朝廷體制的群體。

（二）體現過渡階段的《柴氏四隱集》

無從否認，對從戰亂中僥倖生還的文人而言，就義犧牲未免是過高的要求，生於一時激憤的感召亦難以長久維持。遺民圈子的關注點，無非是不仕新朝。因此，另一類受推崇的人就是拒絕仕元，逃遁野外的逸民。在傳統文化中，「遺」和「逸」的概念關係密切。作為遺民傳統的根源，先秦的伯夷（生卒年不詳）、叔齊（生卒年不詳）被《論語》歸類為「逸民」之列。[49]古人成為「逸民」的原因各有不同，有的是出於宗教信念，有的是基於人生信念，亦有的確實是因為不捨與前代故國的連繫。在不少遺民眼中，「逸」既可清晰彰顯對新時代的否定，又不至於主動挑起掌權者的惡意，算是較安全的宣示方式。欲推崇這類隱逸的遺民，常見途徑是讓人讀其言而知其人。傳世的總集中就有《柴氏四隱集》三卷。嚴格而言，這總集編成於明代萬曆年間，但其編纂工作實始於元代，不宜忽略。

柴氏為江山縣嵩高里的大族。在宋理宗一朝，柴望（1212-1280）為太學上舍，雖一度獲罪下獄，幸而後來獲釋歸田，並再度被舉薦為史館國史編校。其堂弟隨亨、元亨、元彪亦先後進士及第，大大振興了家聲。入元後，四人拒絕出仕，終日賦詩吟詠亡國之悲，世稱「柴氏四隱」。《柴氏四隱集》結集了他們的詩文，然柴元亨之作已

---

48 劉辰翁：〈湖山類稿序〉，收於汪元量撰，孔凡禮輯校：《增訂湖山類稿》，頁186-187。

49 何晏注，邢昺疏：《論語注疏》，收於李學勤主編：《十三經注疏（標點本）》（北京：北京大學出版社，1999年），第10冊卷18，頁252。

佚，故書中實餘三人之作，並以柴望的為多數。[50]本於萬曆祖本的四庫本《柴氏四隱集》收錄了編者柴復貞和明人張斗（生卒年不詳）的序之外，還有元人楊士弘（生卒年不詳）的〈宋國史柴望詩集原序〉。[51]這顯示收錄柴望所作的卷一在元代已有雛型，即楊士弘所見的詩集。此序如此形容柴詩：

> 公詩秉於忠義而攄於危迫，摛詞琢句，動諧音律。雄豪超逸，如天馬之騰空；瀟灑清揚，如春花之映日。[52]

在楊士弘對柴詩的評價中，「忠義」一詞再度出現。但風格「雄豪超逸」和「瀟灑清揚」的柴詩，明顯不同於《忠義集》的激昂憤慨。在四庫本《柴氏四隱集》中，柴望之作共七十三首，當中鮮有頌揚忠良或控訴叛徒的言辭，只是充滿了思憶故國和歸隱田園的情懷。思憶故國的作品，如〈越王勾踐墓〉、〈鳳凰臺〉、〈即事〉、〈重到都門效轆轤體〉等，多是訴說故國破滅已久，生者只能藉舊物、古蹟記念日漸模糊的過去。至於有關歸隱之作，則是遍及卷內的五首五律，還有七律

---

50 現存的《柴氏四隱集》版本頗為混亂，較著名的有《四庫全書》本、嘉慶三年知不足齋鈔本和道光二十五年（1845）本。三者的序跋、選錄篇章皆有不同。其中，前兩者皆是源自明人柴復貞的祖本，只是知不足齋鈔本嘗以《陽春白雪》、《天地間集》、《江山縣志》等書補入佚文。而道光本則是柴氏後人在編修《江陽嵩高柴氏宗譜》時另行編纂而成的。詳細情況見周揚波：〈道光本《四隱集》的版本價值〉，《古籍整理研究學刊》第6期（2012年11月），頁46-48。

51 四庫本中誤記撰文者為「襄陽楊仲弘」，正確的撰文者實為襄城人楊士弘，即《唐音》的編者。四庫本或混淆了楊士弘和「元詩四大家」之一，生於蒲城的楊載（字仲弘，1217-1323）。詳細考證參張劍、呂肖奐、周揚波：《宋代家族與文學》（北京：中國社會科學出版社，2009年），頁160。

52 柴望等撰，柴復貞輯：《柴氏四隱集》，收於《景印文淵閣四庫全書》，第1364冊卷1，原序頁1下（總頁874）。

〈靈芝寺別祖席諸友〉、〈歸來〉、〈寄徐編校〉、七絕組詩〈上忠齋丞相〉。又有〈子陵臺〉和〈富春嚴子陵祠〉二詩，都是認同東漢人嚴光（生卒年不詳）拒為漢光武帝出仕之事，多少是他本人的自況。而卷末的文類中甚至有〈和歸去來辭〉一篇，可見歸隱的決心相當堅定。或問柴氏何以歸隱？這可從〈和通判弟隨亨書感韻〉中找到頭緒：

> 風沙萬里夢堪驚，地老天荒只此情。
> 世上但知王蠋義，人間惟有伯夷清。
> 堂前歸燕春何處，花外啼鵑月幾更。
> 莫話淒涼當日事，劍歌淚盡血霑纓。[53]

憶及國破家亡這宗「淒涼當日事」，此詩展現出罕見於卷內的悲壯情調。頷聯處引用了兩個先秦典故，代表遺民的兩種取向。戰國時，齊將王蠋（生卒年不詳）拒為燕國所用，便「經其頸於樹枝，自奮絕脰而死」；[54] 殷人伯夷則不恥仕周，決心「義不食周粟，隱於首陽山，採薇而食」。[55] 透過對仗的句式，柴望認為兩者的義舉實不相上下，王蠋一死固然稱「義」，但留在「人間」的伯夷也是清高可敬的。他自身正是選了後者。再觀楊士弘言，可知入元後，所謂「忠義」尚有另一異於《忠義集》的詮釋，就是以故國之民的身份隱逸不仕。藉推崇柴望這類典範人物，「逸」於「遺」的意義得到確立，為未有選擇就義，仍偷生於世上的宋遺民找到釋懷的新路向。

　　不過，偶像的影響力不可能永恆不衰。隨時光流逝，現實局勢不

---

53 柴望等撰，柴復貞輯：《柴氏四隱集》，卷1，頁10下（總頁880）。

54 司馬遷撰，裴駰集解，司馬貞索隱，張守節正義：《史記》（北京：中華書局，1963年），卷82，頁2457。

55 同上註，卷61，頁2123。

斷變化，宋遺民的信念不時受到挑戰。元初，科舉停辦，宋人幾乎無
路可進。只有加入遺民之列，他們才覓得生活的支援，並慰藉亡國之
痛。每當元室的敵對行為變本加厲，尋求同胞支援的意欲都會增強。
如至元十五年（1278）的盜掘宋帝陵事件就是一例。《明史》記：

> 夏人楊輦真珈為江南總攝，悉掘徽宗以下諸陵，攫取金寶，哀
> 帝后遺骨，瘞於杭之故宮，築浮屠其上，名曰「鎮南」，以示
> 厭勝，又截理宗顱骨為飲器。[56]

西域僧人楊璉真珈（即引文的「楊輦真珈」，生卒年不詳）恃朝廷授
權，挖掘大量南宋宗室陵墓，不單搶奪陪葬品，更藉玩弄諸帝遺骸羞
辱南人。宋人既驚且怒，紛紛冒死抗爭。元人章祖程（生卒年不詳）
記下林景熙（1242-1310）一行人「相率為采藥者至陵上」，以草囊收
拾遺骸，又買來魚網，從湖中撈出宋理宗的顱骨，秘密地葬於越山
上。[57]這等同挑戰元人的權威，只是受激情驅使，一行人已置生死於
度外。行動後，眾人更結為汐社，成為越中的首個遺民詩社。[58]正因為
元室的過渡敵意與主動示威，宋人的遺民意識才會變得高漲。本不欲
為故國赴死者被迫抗爭，而遺民群體的勢力亦得以擴展至更多地區。

反過來說，當局勢趨於平穩，宋人的信念就會漸漸變得薄弱。拒
仕元者，理論上該與朝廷斷絕一切來往。但對於不事生產的文人來
說，生計實在難以維持。現實艱難，遺民的原則被迫作出調整。最明
顯的一點，莫過於是容許自己在元治下出任學官。雖說職銜是由蒙元

---

56 張廷玉等：《明史》（北京：中華書局，1974年），卷285，頁7315。
57 章祖程：〈夢中作序〉，收於林景熙著，章祖程注，陳增傑補注：《林景熙集補注》
（杭州：浙江古籍出版社，2012年），上冊卷3，頁317。
58 錢汝平：〈楊璉真伽發陵與宋末越中遺民詩社〉，《紹興文理學院學報》第29卷第3期
（2009年5月），頁81。

政權授予，但誠如方勇的分析，其職能不干軍機政要，亦無權於統治百姓，稱不上是真正的仕途。[59]如此界定，他們主觀上解決了尷尬處境，但客觀而言，始終與元朝保持著曖昧的關係。況且，一旦習慣了身處在元廷的體制中，部分文人難免會生出仕宦之心，日後容易對招賢、舉薦之事動搖。宋遺民的意志在這般環境中默默遭受蠶食。心存憂慮者只好嘗試為遺民圈子注入活力，以挽救淪喪的士氣。總集《月泉吟社詩》乃此形勢下的產物。

（三）《月泉吟社詩》的抗衡與焦慮

有別於前文提及的幾部總集，《月泉吟社詩》收錄的是時人之作。縱然當時已是蒙元的天下，但諸人皆是宋遺民的中堅分子，故其表現與傳承的仍屬宋詩之範圍。事緣至元二十三年（1286），宋遺民吳渭（生卒年不詳）於浦江建立月泉吟社，並邀來方鳳（1241-1322）、謝翱和吳思齊三人加入，合力舉辦一場徵詩活動。按公告，活動以「春日田園雜興」為題，參與者需在限期前呈上律詩一篇，供方鳳等人品評，並按次第授予布帛、筆墨之類的獎品。[60]結果，各地詩社反應熱烈，收得詩篇共二千七百三十五卷，中選者亦達二百八十人。[61]現存的《月泉吟社詩》輯錄了前六十名之作，並且附有事前的題解公告、〈誓詩壇文〉，以及揭榜後的〈摘句圖〉、〈送詩賞小劄〉、〈回送詩賞劄〉，完整記錄了整場活動的始末。前人討論這部總集的意義，焦點每每集中於活動的形式和用語。不論是品評次第、糊名批改的步驟，還是「揭榜」、「選中」等見於公告上的字眼，都反映出對宋代科舉制度

---

59 方勇：《南宋遺民詩人群體研究》（北京：人民出版社，2000年），頁2。

60 吳渭編：《月泉吟社詩》，收於《景印文淵閣四庫全書》，第1359冊，頁1上（總頁619）。

61 同上註，頁27下（總頁634）。

的模仿。吉川幸次郎形容，這是場私設的科舉，是為對舊有制度的懷念與延續。[62] 就在眾文人落泊於四方，只能眷戀舊日夢想之際，吳渭等人舉辦這場詩賦比賽，重新給予他們實踐自我價值的機會。這正如楊鐮言，月泉吟社重新開闢類近宋代的競爭場域，使文人可重操故業，尋回尊嚴和榮耀，是為對整個文人階層的心理補償。[63]

但除了上述一點外，《月泉吟社詩》其實還體現了宋人對同胞失節的恐懼。回顧元代入主南方的過程，忽必烈向來不太積極起用南人，傾向行鎮壓之策，但到至元二十三年，他起用南宋降臣程鉅夫（1249-1318），又命他「搜訪遺逸於江南」，最終成功請出大批宋人出仕，而忽必烈亦確實給予他們中央朝臣之職。[64] 這批人當中最為人熟知者，當數曾大力抨擊權臣賈似道（1213-1275），被宋人奉為忠臣的葉李，還有身為宗室之後的趙孟頫。趙孟頫後來更是深受忽必烈賞識，成為最著名的元代館閣文人之一。種種情況在堅持守節的宋人眼中，是嚴重的威脅，甚至是遺民圈子崩潰的象徵——宗室和忠臣都認同新政權，天下遺民豈不困惑？故月泉吟社的徵詩定於至元二十三年至翌年春天，顯然有意從速回應元室的招賢政策。

這場活動選「春日田園雜興」為題，實有寄意於其中。在〈詩評〉一段，吳渭清楚指明詩題「蓋借題於石湖」。[65] 此「石湖」即南宋人范成大（1126-1193）。范成大晚年閒居石湖，期間寫下一批〈四時田園雜興〉詩，分為「春日」、「晚春」、「夏日」、「秋日」和「冬日」五組，合計六十首。錢鍾書認為，田園詩的發展過程中，這首組詩集

---

62 〔日〕吉川幸次郎撰，鄭清茂譯：《元明詩概說》，頁87。

63 楊鐮：《元詩史》，頁631。

64 宋濂等：《元史》，卷172，頁4018。

65 吳渭編：《月泉吟社詩》，收於《景印文淵閣四庫全書》，第1359冊，頁2下（總頁620）。

合了來自《詩經》、陶潛（365-427）和元積三者的脈絡，是「中國古代田園詩」的集大成。[66]鄒艷進一步提出，吳渭選定此題，有意遷就時人對南宋詩藝的熟識和掌握之餘，也是特意引導參加者想起范成大過去出使金國時，在異族君王面前抗節不屈，義無反顧的事跡，以激勵處境相似的南宋遺民。[67]假如范成大當日沒有表現出這種民族節氣，晚年亦不可能以名臣賢公的身份過著優厚的閒居生活，也無法寫下廣受傳頌的〈四時田園雜興〉。對南宋遺民而言，這近世而有名的史例，無疑是有力而易於理解的。是以「借題於石湖」的決定含有深遠的意味。另一方面，吳渭亦從詩藝技巧的角度闡釋了詩題背後的用意：

> 詩有六義，興居其一。……作者固不可舍田園而汎言，亦不可泥田園而他及。舍之，則非此詩之題；泥之，則失此題之趣。有因春日田園間景物感動性情，意與景融，辭與意會，一吟風頃，悠然自見，其為雜興者，此真雜興也。[68]

傳統詩學以「詩六義」為核心概念，而他把當中的「興」奉為首位，意味著這詩題代表了詩學的精髓，最後脫穎而出者則是出色的詩人。這日後的中選者奠定地位，助其成為遺民詩人的榜樣。其後則是對題旨的解釋。在以「興」為尊的前提下，參加者的寫作方向實受到極大的限制，基本上不離由景物「感動性情」的套路。那麼是否可隨意抒發個人情感呢？此則需要從公告上的解題文字考究。為了示範「興」的手法，吳渭引用陶潛的《歸去來辭》，結尾處更慨嘆：「時文氣習未

---

66 錢鍾書：《宋詩選注》（北京：生活・讀書・新知三聯書店，2002年），頁311-312。

67 鄒艷：《月泉吟社研究》（北京：人民出版社，2012年），頁203-204。

68 吳渭編：《月泉吟社詩》，收於《景印文淵閣四庫全書》，第1359冊，頁2下至3上（總頁620）。

除,故多不認得此題之趣。識者當自知之。」[69]所謂「此題之趣」在
此有兩重含義,一是字面上對解題方法的分析,二是在遺民語境下,
從引文見出的寄意。換言之,引《歸去來辭》為例的目的不止於展示
句式與技巧。身負遺民身份的參加者,在「春日田園」的意象和陶詩
的範例誘導下,都不難意會到此詩當述歸隱不仕的心態。

從中選的作品可見,吳渭的誘導是有效的。全集六十篇作品,基
本上都是環繞著隱逸田園的命題。按照方勇的歸納,眾人的隱逸意識
既含有對古代高士的追慕,又譏諷俗人追求名利;他們一面享受田園
生活,矢志終生不變,一面提防受到世俗名利的誘惑。[70]試以位列首
名的羅公福,即連文鳳(1240-?)所賦為例:

> 老我無心出市朝,東風林壑自逍遙。
> 一犁好雨秧初種,幾道寒泉藥旋澆。
> 放犢曉登雲外壟,聽鶯時立柳邊橋。
> 池塘見說生新草,已許吟魂入夢招。[71]

首聯以「無心出市朝」的心態為綱領,引起後文對田園生活的描寫,
還有悠閒度日的自在心態。張宏生指出,在故國破亡的現實束縛下,
連文鳳等人不可能完全沉醉在所謂的「田園之樂」中。[72]詩中的描寫
只是婉轉地表達立場的手段。在徵詩活動的語境中,「市朝」可能不
限於泛指與田園對立的官場,而是專指當世的蒙元朝廷。品評者以

---

69 吳渭編:《月泉吟社詩》,頁1下(總頁619)。

70 方勇:《南宋遺民詩人群體研究》,頁202-203。

71 吳渭編:《月泉吟社詩》,收於《景印文淵閣四庫全書》,第1359冊,頁1下(總頁
  621)。

72 張宏生:《感情的多元選擇》(北京:現代出版社,1990年),頁95。

「粹然無疵，極整齊而不窘邊幅」為標準，認為此詩最成功。[73]然這亦不能否定品評者對其態度的認同。

至於名列第二的，則為署名「司馬澄翁」的馮澄（生卒年不詳）。其詩如下：

> 編闌春思倩吟鞭，著面和風軟似綿。
> 黃犢烏犍秧穀候，雄蜂雌蝶菜花天。
> 把鉏健婦踏煙壟，抱甕丈人分野泉。
> 忙事關心在何處？流鶯不聽聽啼鵑。[74]

首聯先從明媚淡雅的春日風光起興，配合徵詩活動要求的主題。頷聯和頸聯集中表現田園生活的情趣，先是鳥獸與蜂蝶在農作物間的活動，接著把焦點移至人類，寫「健婦」與「丈人」如何勤快地工作。順序描寫了「景」、「物」、「人」三個層次以後，詩人在尾聯對這些事物下一總結，提出「忙事關心在何處」一問，又以對「流鶯」和「啼鵑」的取捨為回答，揭示安身於田園，享受以樸實生活為「忙事」的快樂與滿足。藉清新的詩歌語言、分明的四聯層次，詩人表現出「雜興」所在。

不難發現，順應解題引文，提及陶潛本人的作品就有十數篇之多，名列第三名至第六十名之間。如斯平均的分佈，可見品評者並不介意有關意象的陳套與泛濫，反而認同這是遺民共有的寫作樣式。陶潛之為詩歌意象，在元人，特別是宋遺民的創作中，是普遍現象。這源於他被宋人奉為「隱逸」的象徵，而其「隱逸」行為又被詮釋為無

---

73 吳渭編：《月泉吟社詩》，收於《景印文淵閣四庫全書》，第1359冊，頁1上（總頁621）。

74 同上註，頁1下（總頁621）。

法匡扶故國而逃避時局，以及本忠憤而恥仕二姓的義舉。[75]正如鄧甘
比言，「文化抗衡」不一定由文化符號的生產者提供的內容和形式主
導，接收者（audience）對符號的解釋（interpretation）也可表現出抗
衡的立場，包括為既有符號賦予新意義。[76]宋遺民作為接收者，對陶
詩的解釋產生了新的意義。在梁代，蕭統的〈陶淵明集序〉言：

> 嘗謂有能讀淵明之文者，馳競之情遣，鄙吝之意祛，貪夫可以
> 廉，懦夫可以立，豈止仁義可蹈，亦乃爵祿可辭！[77]

蕭統也欣賞陶淵明的人格，以為其文字可見出清廉、仁義等價值觀，
卻從未提及「忠憤而恥仕二姓」之類的形象。換言之，宋人為了抗衡
元室的統治權威，遂藉由「尊陶」的文化為手段，並在解釋陶詩的過
程中，加入了配合元代時局，有利於抗衡活動的意義。詩人引陶潛以
自況，為拒仕元之志提供正當理據，亦找出有助於堅持隱逸的精神寄
託。要注意的還有〈摘句圖〉的部分。顧名思義，吳渭以精益求精的
態度，從六十首詩中節選佳句。其中，在「起句」和「結句」兩欄
中，他各選四聯：

> 起句　名利有危機，老於農圃宜。（無機老農）
> 　　　驅卻餘寒碎土牛，田園生計又從頭。（子問）

---

75 薛寶生：〈宋元之際詩論家的陶淵明論〉，《成都大學學報（社會科學版）》第172期
　　（2017年8月），頁48-50。

76 Stephen Duncombe, *Culture Resistance Reader*, p. 7. 案：鄧甘比在這部分又補充，儘
　　管文化符號本身可能擁有訊息，但若不獲解釋，那麼相關訊息將不能發揮其作用與
　　意義。換言之，在「文化抗衡」的過程中，符號的意義傾向由接受者決定，其角色
　　地位或比符號的創造者重要。

77 蕭統：〈陶淵明文集序〉，收於袁行霈：《陶淵明集箋注》（北京：中華書局，2003
　　年），頁614。

　　桃李場中已免參，只將農圃繫頭銜。（田農夫）

　　風暖柴荊鳥語幽，麥高麻矮野桑柔。（唐人機軸）[78]

結句　晴原望新麥，一片綠雲香。（藍田道人）

　　桃李公門者，將蕪胡不歸。（林泉生）

　　笑他思著蓴鱸者，卻感秋風始去官。（傅九萬）

　　山翁不識時宜甚，猶學淵明裹葛巾。（才人）[79]

就〈摘句圖〉的取捨標準，吳渭並無多言。只是就其結果來看，八個句子的形式似乎具一致的傾向。在起句部分，除了唐人機軸一句外，其餘三句皆如宣言般，像「名利有危機」、「桃李場中已免參」者，反對求仕的立場清晰；而結句方面，林泉生、傅九萬和才人之句，同樣聲明了對「去官」的決心。雖不否認〈摘句圖〉含有表揚詩藝句法的意圖，但作為活動的總結，這些句子無疑再次申述遺民的立場。換言之，在眾聲齊發的效果下，《月泉吟社詩》表達了抗拒仕元就是宋遺民的共識。對外而言，這彰顯了群體的聲勢；對內而言，則是眾成員對共同目標的重新確認，為防離心而互相警醒。

　　長久以來，遺民領袖總是憂慮利祿對節義的侵蝕。面對忽必烈的招攬，《月泉吟社詩》則是努力鞏固遺民群體對不仕的共識。透過警醒眾人安於隱逸，他們要抗拒的不在於名利，而是提供名利的蒙元政權。但如今人的觀察，受形勢限制，他們表現的反抗色彩只能是保守和消極的。[80]在入元已久的時勢，這只是逆時代洪流而行的掙扎手段，

---

78 吳渭編：《月泉吟社詩》，收於《景印文淵閣四庫全書》，第1359冊，頁25上（總頁633）。

79 同上註，頁27上（總頁634）。

80 郭鵬、尹變英：《中國古代的詩社和詩學》，頁683。

士節淪喪的情況有增無減。鄧甘比談「文化抗衡」時亦表示，抗衡不一定是積極的，人們有時只是希望逃離強而有力的現實政治環境，建立一個容許表達非主流立場的「庇護所」——在這屬於小眾的範圍內，問題看似得以克服，理想彷彿有所成就，但真實的外部世界實毫無改善。[81]事實上，至延祐復科，投考者無數，包括從前自居隱士的黃溍（1277-1357），而曾經入選《月泉吟社詩》的白珽（1248-1328）和仇遠（1247-1326）後來也出任學官。願保持純粹的遺民身份者，少之又少。

五　小結

宋亡元立，蒙古鐵騎顛覆江南社會的風尚和規則。新的統治者不如舊朝般看重南方文人的價值，甚至長期停辦科舉，窒礙了社會階級的流動性，令文人身心俱苦。遺民身份成為唯一的出路——他們透過連結各地同道，一面彰顯故宋猶存的聲勢，一面從龐大的人際網絡中尋求支援，免得流落於不承認其社會價值的時代中。文人若要宣示立場，當然會訴諸自身所長，亦即寫作。然在此以外，總集的編纂風氣亦不容忽視。前人探討元代的宋遺民，多言其創作與唱和；而探討宋詩總集時，則只在意其保存文獻的功能。本研究試圖證明，總集——特別是以小眾力量編成的一批——既是文人情志的主觀載體，也是把一己情志連繫至他人、他地，以至是其他時代的媒介，從而協助他們覓得自信與認同。藉編選原則的操作，他們極力顯示對某一信念的堅持並非孤單的決定。諸如趙景良和吳渭，他們的志向都不是當世的主流，但其總集呈現的卻是得到古人、時人呼應不絕的情景。編者以這

---

81 Stephen Duncombe, *Culture Resistance Reader*, p. 6.

種建構出來的情景面對當時的現實形勢，既為自我安慰，又是對他者的挑戰。同時，透過編選過程，亦會反映出宋遺民對詩歌這體裁的應用和定位，以見出不同的詩學價值觀，例如是詩用於存史的功能、產生抗衡的手段，還有作為促成文人群體文化的意義等。

第三章
詩家與遺民：《詩林廣記》的詩歌史論述

　　蔡正孫，字粹然，號蒙齋野逸、方寸翁等，福建建安人，曾參與宋末時期的科舉，惜未能及第。宋亡以後，他隱居不仕，持守遺民立場。此後，他編撰了三部著名的詩學著作，即《詩林廣記》、《精刊補注東坡和陶詩話》和《唐宋千家聯珠詩格》。其中，《詩林廣記》和《唐宋千家聯珠詩格》皆是具總集形式，以唐宋詩歌為主要內容的著作，可見他相當重視這段時期的詩學。

　　早在南宋，隨著「江西詩派」等詩人群體出現，宋代詩學開始重視自身與前代詩學的區別，不少宋人更是有意識地提出唐宋兩代詩學之間的關係，力求論證兩者的異同。諸如劉克莊和嚴羽等人，都嘗試就此作出詳細的論述，建構出詩歌史的發展脈絡。至元初，趙宋滅亡，新朝崛起的特殊歷史語境，進一步刺激諸位詩論家生出整理詩歌史，為宋詩成就作一總結的意欲。蔡正孫所編正是此時期的產物。

　　蔡正孫的三部著作中，《唐宋千家聯珠詩格》和《精刊補注東坡和陶詩話》於刊行不久後即告失傳，至近代方由日本、韓國等地重新傳入中國。反而《詩林廣記》卻是一直受到國內與海外的詩家和論者關注。據馬婧的整理，《詩林廣記》的印刊數量以明代萬曆時期為最高峰，傳播的地區遠至西域，其時更分化出四個主要的版本系統。[1] 此書的特別之處，固然在於集合了總集和詩話的特殊體例，以及編者

1　馬婧：〈《詩林廣記》版本系統述略〉，《古籍整理研究學刊》2009年第6期，頁102。

著力建構的三代詩歌史論述。尤其前一點向來為現代學界注重，研究成果豐富。[2]然本研究認為，此書作為一部成於宋末元初的著作，編者的遺民意識也是不宜忽略的面向。進言之，編纂《詩林廣記》時，蔡正孫實同時背負兩重身份，也就是詩評家和宋遺民。他一方面以詩評家的身份整理詩歌史的發展脈絡，重新評估宋詩的成就與價值；另一方面，他又是忠於故宋的遺民，企圖藉總集選錄的詩人，表達出對昔日王朝的懷念，並堅決表明歸隱守節的志向。本章以此兩條脈絡為線索，嘗試梳理出這段詩歌史論述的要點，從而探究其中的寄意。

一　以「大家數」為中心的三代詩歌史

自宋代以來，受惠於頻繁的文史整理工作，以及發展迅速的出版業，總集的編者易於搜集大量前人與今人的詩文，令著作的編選範圍得以擴展至橫跨多個時代的規模。這類總集又可細分為兩類。一類是鎖定文學史或特定體裁的開端為起點，力求總攬所有時代的作品，如郭茂倩的《樂府詩集》、真德秀的《文章正宗》、樓昉的《崇文古訣》和王霆震（生卒年不詳）等人的《古文集成》等；另一類則是對時代範圍有所取捨，集中發掘特定時代的篇章。終宋一代，較常見的是把唐宋兩代相提並論。王安石的《四家詩選》、呂祖謙的《古文關鍵》、孫紹遠的《聲畫集》、方回的《瀛奎律髓》等，均屬此例。由此可

2　清代四庫館臣雖置《詩林廣記》於「詩文評類」中，又承認此書的體例實「在總集、詩話之間」。見永瑢等，《四庫全書總目》，卷195，頁1790。這發現啟發了不少後人研究此書體例。在現代學界中以此為研究角度，並獲顯著成果的，就有馬婧的〈《詩林廣記》體例的形成與宋代匯編體詩話〉，見《文學遺產》2010年第3期，頁141-145；另外還有李曉黎的〈論《詩林廣記》對宋詩詩注的摘引〉，見《安徽大學學報（哲學社會科學版）》2012年第3期，頁60-66。至於其餘散見不同著作的論述，礙於篇幅有限，則不一一列舉。

見，在宋人眼中，所謂「唐宋」是一個別具意義的文學史觀念。基於
主題所限，且不論「文」方面的情況。就「詩」方面而言，即如戴文
和所論，兩代詩學打從北宋開始就構成了一種辯證關係──宋詩重視
唐詩，視之為最重要的學習對象，卻又復有選擇和批判，強調要在
「唐詩」概念中分辨出需要學習和不值一顧的部分。[3]如是者，「唐
宋」成為宋代詩學的主要議題之一，稍後甚至引發為歷代詩家熟知的
「唐宋詩之爭」。總集乃文學的載體，其編纂概念自然受到這股風氣
影響，紛紛採「唐宋」為名目，定之為選篇的時代範圍。有趣的是，
《詩林廣記》的結構與此同中有異──雖然它同樣把「唐宋」概念定
為主軸，卻又額外加入晉代的位置。這是個與唐宋兩代不相連的時間
點。推陳出新的做法建構出一段橫越三代，見解獨特的詩歌史論述。

　　篇幅合計二十卷的《詩林廣記》分為前後兩集，每集各占十卷。
前集收錄晉唐兩代的作品，後集集中於北宋人的詩歌。兩集之間的清
晰區分相信是蔡正孫刻意設計的成果。由此可推想，其詩學理論一方
面以北宋時期為宋代詩學的代表，另一方面以為上述三個時代就是詩
歌史發展的主要階段。惟須要留意的是，時代不過是表面的分類方
法，蔡正孫其實無意全面呈現出有關朝代內的所有詩學線索。實際
上，在三個朝代中，他都只選取特定的詩人作為該時期的代表。是以
這部總集的重心還是在於由個別詩人組成的線索。此書的編者自序開
首即言：

> 甚矣，詩之難言也久矣。蓋自《國風》、《雅》、《騷》而下，以
> 迄於今，上下千數百年，其間騷人韻士，嘐嘐然曰「詩云詩
> 云」者，無慮數十百計。然求其為大家數，則自陶、韋、李、

3　戴文和：《「唐詩」、「宋詩」之爭研究》（臺北：文史哲出版社，1997年），頁56。

杜、歐、蘇、黃、陳而下，指蓋未易多屈。[4]

蔡正孫在此表明了「言詩」的意欲。而其關注的重點就如後句所述，
乃此「千數百年」之間的「騷人韻士」，也就是由詩人組成的發展脈
絡。這種論述方式的難度在於，歷代詩人多不勝數，加上各人的詩藝
水平參差，往往優少劣多，不值得一一窮盡。因此，他把論述對象收
窄至脈絡中的「大家數」。這塑造出《詩林廣記》的主要結構——前
集卷一專錄陶潛之作，卷二至卷四分別收錄杜甫、李白（701-762）、
韋應物（737-792）和劉禹錫（772-842）四人；錄入後集首六卷者，
依次為歐陽修、王安石、蘇軾（1037-1101）、蘇轍（1039-1112）、黃
庭堅及陳師道六家。無可否認，詩人的名單、排序跟序文所列的存有
少許出入。這大概是因為蔡正孫撰文時需要顧及文氣和修辭，而編書
期間亦得考慮一些實際的操作問題，例如蘇氏兄弟之間關係密切，作
品時常彼此和應，以致難以分割而談。本研究還是以為，總集的面貌
與序文的想法大體上是一致的。

　　明人張鼐（1572-1630）曾在〈重刊詩林廣記序〉大力稱讚：「惟
宋蒙齋蔡先生《詩林廣記》薈萃晉、唐及本朝諸家之詩，長篇短章，
眾體咸備。」[5]然從上述有關總集結構的描述可知，蔡正孫的設計並
不如此處形容的全面。儘管這名義上是橫跨三代的詩歌史，但受到
「大家數」這前提的影響，《詩林廣記》的內容明顯不均，偏重於特
定的部分。諸如晉代一節實際上只是由九首陶潛創作的五言古詩組
成。這難以視之為晉代詩歌的體現，甚至不足以準確無遺地勾勒出陶
詩的藝術面貌。可知蔡正孫希望提出的，實際上是由陶潛一人展開的
詩學傳統。固然，這種構想並非其獨見，而是源自廣泛流傳於南宋的

4　蔡正孫撰，常振國、降雲點校：《詩林廣記》（北京：中華書局，1982年），序頁3。
5　張鼐：〈重刊詩林廣記序〉，收於《詩林廣記》，序頁1。

詩論。如舒岳祥（1219-1298）在〈劉正仲和陶集序〉指出：

> 自唐以來，效淵明為詩者皆大家。數王摩詰得其清妍，韋蘇州得其散遠，柳子厚得其幽潔，白樂天得其平淡。正如屈原之騷，自宋玉、景差、賈誼、相如、子雲、退之而下，各得其一體耳。[6]

此處同樣以陶潛為起點，指出唐代的作詩「大家」皆從淵明處「各得其一體」，構成了詩學發展的系譜。蔡正孫在著作中如此安排陶潛的位置，以此展開其詩歌史的發展脈絡，就是以這種模式為基礎。蔡正孫只是按自身的見解調整了承接陶潛的詩人名單，並把考察的時代範圍由唐代進一步拓展至宋代。當然，除了詩學見解外，蔡正孫對陶詩的重視亦與宋人的遺民身份有關。這點留待後文討論。至於唐代的部分，他選擇直接以盛唐的杜甫為第一人，又是把初唐一段全然抹去。這一方面是編者對初唐詩學成就的輕視，一方面是對杜甫詩學的認同和讚揚。據張宗福統計，《詩林廣記》共選唐詩一百九十二首，杜詩占其中三十首，為集內所有唐代詩人之冠，比位居第二的李白詩多八首。[7]所以按蔡正孫的詮釋，其唐詩傳統實大幅偏重於杜甫和李白等幾位詩人。在李、杜、韋三家以後的部分，就是由來自盛唐、中唐和晚唐三個時期的二十多名詩人交錯組成，大致觸及了唐代詩壇的一些重要面向。

　　相比之下，北宋部分的失衡情況更加嚴重。恰如剛才提及，不計

6　舒岳祥：《閬風集》，收於《景印文淵閣四庫全書》，第1187冊卷10，頁4（總頁425）。

7　張宗福：〈《詩林廣記》杜詩選述評〉，《阿壩師範高等專科學校學報》第32卷第4期（2015年12月），頁92。

附屬於兄長的蘇轍，從歐陽修到陳師道五人已經瓜分了全集十卷中的六卷，即逾一半的篇幅，二十三家的作品則全部置於餘下的四卷內。輕重之分明顯。至於五位「大家數」之中，就如杜甫在唐人詩家中獨樹一幟的情形，蔡正孫亦不是平等地看待他們的詩學地位。他特別傾重蘇軾所作，選詩數量達六十二首，分別見於卷三和卷四的上半部分。當中，卷四所錄乃是關於「烏臺詩案」的專題小輯，旨在網羅全部有關事件的蘇軾詩作。此卷的開首，除了特意標示「烏臺詩案」的名目之外，又在選詩之前先節錄大量歷史材料，包括《年譜》、《聞見錄》、《甲申雜記》、時人舒亶（1041-1103）的評論，還有東坡自己的記敘，清楚交代事件的來龍去脈。及至選詩則分為兩個部分。首先是自〈山村絕句〉三首至〈和劉道原寄張師民〉，共二十二首作品，是為詩案的原由。除了〈塔前古檜〉一詩之外，蔡正孫於每一詩後附上《詩案》的詮釋，展示出蘇軾對朝政的種種不滿，包括新政失當、青苗法禍害平民、朝廷用人急進，以至小人當道等；第二部分則只有〈御史獄中遺子由〉一詩，寫於東坡下獄後，為詩案的後果。

　　固然蔡正孫嘗引用不同資料，證明詩案成因複雜，如王定國和《見聞錄》皆稱此實為王安石與李定（生卒年不詳）對蘇軾的迫害，但同時又錄有舒亶的評論，暗示蘇軾對時政多有意見，處處藉詩訕謗朝廷施政。[8]似乎，蘇軾還是需負上一定責任。更重要的是其於在史料部分列出的最後一條材料，即楊時（1053-1135）的《龜山語錄》。其言：「作詩不知《風》、《雅》之意，不可以作詩。……觀蘇東坡詩，只是譏誚朝廷，殊無溫柔篤厚之氣。」[9]可知楊時有意視東坡的不幸遭遇為反面教材，指出詩作即使旨在諷諫，也不得失卻《詩經》的「溫柔篤厚之氣」。否則，作品將背離詩學傳統的正道，詩人亦要為

8　蔡正孫撰，常振國、降雲點校：《詩林廣記》，後集卷4，頁257-258。

9　同上註，頁258。

此付出慘痛的代價。蔡正孫引用《詩案》解釋有關作品時，最常用的動詞是「譏」。例如〈山村絕句．其一〉後的引文稱此詩「譏鹽法太峻而不便也」，〈秋日牡丹〉為「譏當時執政」，〈和李常韻〉是「譏新法減刻公使錢太甚」，而〈和劉道原〉則是「譏諷當今進用之人也」。[10]稍加數算，在二十二首作品中，十六首被指控為以「譏」或「譏諷」為寫作用意，遍及不同人物與議題。而〈塔前古檜〉一詩，縱使真正的詩意未明，但按照引文所示，各家論者以至涉事的神宗等人，正好都是著眼於詩中是否含有譏諷的問題。如是者，在蔡正孫的編排下，「譏諷」成為貫穿整個詩案的重要特點，與楊時所稱多有配合。而觀乎位列最後的〈御史獄中遺子由〉，可知蘇軾當時以為自身必死，只能絕望地期盼與弟弟「更結來生未了因」。[11]如此作結又與楊時所言構成首尾呼應的效果，令作詩當知《風》、《雅》之意的道理更具警世意味。

此小輯反映出理家學對蘇軾的複雜態度。雖無法肯定蔡正孫與「蔡氏九儒」的關係，但其生於盛行閩學的福建，又師從謝枋得，朱熹學說對其影響理應不輕。[12]事實上，觀乎《詩林廣記》於每一詩作後附錄的評論材料，朱熹的論述不單為數不少，大多更是不按時序排列，獲蔡正孫列於各項材料之首。這見出朱熹思想對蔡正孫的影響。（有關此書的評論體例，見後文。）朱熹早年對蘇軾的人格與學問多有不滿。他稱蘇軾「脫岸破崖，氣盛心粗，知德者鮮矣」，不及「繩趨矩步」的程頤。[13]如此性格與《詩林廣記》對其作詩譏諷之刻劃是

---

10 同上註，頁259、262-265。

11 同上註，頁272。

12 所謂「蔡氏九儒」即南宋時候福建地區的蔡氏家族。以從學於朱熹的蔡元定（1135-1198）為中心，加上其父發、其子淵、沆、沉，以及蔡沉之子模、杭、權，此四代九人被後世視為程朱理學的主要傳承者，對福建閩學的傳播與發展貢獻良多。今有《蔡氏九儒書》傳世。

13 劉剛中編：《師友問答》，收於《朱子全書》，第26冊，頁455。

一致的。至於文章與學問方面，朱熹又不滿蘇軾敗壞儒學正統，如在
〈答呂伯恭〉云：

> 蘇氏於吾道不能為楊、墨，乃唐、景之流耳，……屈、宋、唐、
> 景之文，熹舊亦嘗好之矣。既而思之其言雖侈，然其實不過
> 「悲愁」、「放曠」二端而已。日誦此言與之俱化，豈不大為心
> 害？於是屏絕不敢復觀。今因左右之言，又竊意其一時作於荆
> 楚之間，亦未必聞於孟子之耳也。若使流傳，四方學者家傳而
> 人誦之，如今蘇氏之說，則為孟子者亦豈得而已哉？況今蘇氏
> 之學上談性命，下述政理，其所言者，非特屈、宋、唐、景而
> 已。學者始則以其文而悅之，以苟一朝之利，及其既久，則漸
> 涵入骨髓，不復能自解免，其壞人材，敗風俗，蓋不少矣。[14]

朱熹認為在質素上，蘇軾的文章無異於先秦騷賦之作，為讀者之一大
「心害」。而先秦騷賦流於「悲愁」、「放曠」，尚且影響有限，反而蘇
軾以此「上談性命，下述政理」，對後學害處更大，足以損害一國之
人材與風俗。蔡正孫藉楊時之言，斥蘇軾不識「詩教」旨要，表現可
謂「敗風俗」。以其不幸遭遇為訓斥，剛好糾正了蘇軾之對後世的毒
害。固然，朱熹和推其學說者對蘇軾的態度頗複雜，尤其不宜忽略朱
熹早期對蘇軾的多番批評。[15]《詩林廣記》由此獲得的啟發亦是不

---

14 朱熹撰，劉永翔、朱幼文校點：《晦庵先生朱文公文集》，同上註，第21冊卷33，頁
   1428。

15 按張進的歸納，朱熹早年確實大力批評蘇軾，遍及為人、學問和文章的層面。然
   而，及至晚年，經歷了三次反道學風潮和不絕的政治鬥爭後，滿腔鬱結和憤慨的朱
   熹反而對蘇軾當年的不幸感同身受，進而欣賞其剛直不阿、獨立不懼的人格，甚至
   視對方所賦為精神上的支柱。見張進：〈論朱熹對蘇軾的批評與接受〉，《唐都學
   刊》第24卷第2期（2008年3月），頁106。另一方面，謝枋得對蘇軾的推崇主要按照

少。曹艷貞認為，在復古運動的影響下，北宋詩壇格外強調詩歌當與政治因素結合，致力干預社會現實，而蔡正孫正是欲藉這宗重大的詩案，一方面點明其對北宋詩壇的衝擊，一方面思考北宋人這樣主張，是否體現了物極必反、自招禍患之虞。[16]宋詩壇所倡道理如何，自然是值得商榷。然《詩林廣記》對「烏臺詩案」的詳細記錄，代表了它認為這確為北宋詩學的主要議題之一。蘇軾的經歷不但是他個人仕途的轉振點，於當世詩壇而言亦是具有代表性，能夠呈現出北宋詩人普遍面對的局面。在芸芸「大家數」中，蔡正孫特別重視蘇軾的地位，多選其作，乃是源於這一點。因此，即使北宋一節出現失衡的現象，但循以小見大的手法，蔡正孫大概相信《詩林廣記》已抓緊北宋詩學的重點，故未有窮盡所有詩人的計畫。

　　另一值得討論的是，既然《詩林廣記》對「大家數」有所偏重，那麼其餘地位較低的詩人在集內的情況又是如何？前文提到，觀乎收錄唐詩的九卷，韋應物後的詩人排序基本上都未依時代的先後順序，而難以歸納出統一規律，極其量只能從某些部分找到常見於文學史論述的詩人組合。例如，卷五並列韓愈和柳宗元（773-819），卷十集合白居易和元稹，卷九則由唐彥謙（？-893）、韓偓（844-923）、陸龜蒙

朱熹的見解，集中於古文寫作的範疇，如在其《文章軌範》中錄其文12篇，數量僅次於居首的韓愈。然他嘗在〈重刊蘇文忠公詩序〉如此痛惜蘇軾「屢以詩得禍」，有違儒者一向相信的道統與價值觀，同時讚揚其人格：「世由道升降，有道如蘇文忠公竟為世所屈，始熙寧，訖靖康，權爐消鑠，勢浪摧壓，身後難未歇也。道無損，世變何忍言！」在國變與戰亂的環境下，謝枋得也對蘇軾身陷「詩案」，「為世所屈」的經歷深表同情，並稱之為「有道」之人。見謝枋得著，熊飛、漆身起、黃順強校注：《謝疊山全集校注》（上海：華東師範大學出版社，1995年），卷2，頁36。總之，理學家多在學理上認為蘇軾的表現不完全符合儒學道統，應當批評。然當他們個人落入特定的時空環境下，又會視一代文宗的不幸為一種人格、道德層面的象徵，進而生出同病相憐，引以自勉之心。

16 曹艷貞：〈《詩林廣記》的詩學觀〉（瀋陽：遼寧大學碩士學位論文，2014年），頁36。

（？-881）等晚唐詩人組成。是以亦不能輕率認定這些排序僅是隨機而成的結果。本研究推測，這種具有拼貼色彩的編排方式，或許是源於蔡正孫對其他材料的引錄。其序嘗曰：「尚恨山深林密，既無藏書之素，又無借書之便，所見不廣，所聞不多耳。」[17]這不免是自謙之辭，但足以揭示出《詩林廣記》的編成主要有賴來自其他書冊的材料，而不是單靠編者自身的見聞和記憶。進一步推論的話，為了解決欠缺藏書與無從借書的不便，他當時或用了大量以匯編為形式的文獻材料——他的引錄方式亦不限於個別的作品，而是直接取用那些材料的部分段落。這做法導致總集內的某些部分仍存有「韓柳」、「元白」之類的規律，但把它們串連的話，卻是無法得出任何一以貫之的大原則。細考之，韋應物與劉禹錫並列、王建（767-830）與杜牧（803-852？）並列、陸龜蒙與薛能（817？-880？）並列，以及先論述晚唐詩人，再置白居易於末卷的情況，皆與其老師謝枋得的《注解章泉澗泉二先生選唐詩》相似。[18]況且，在稍後成書的《唐宋千家聯珠詩格》中，他亦是大量使用包括此書在內的總集、類書。總而言之，如此有欠徹底，具有拼貼性質的編纂方法，與談論宋代詩人的後集十卷甚為不同。

後集開首的六卷，如上文言，是以位列最後一名「大家數」的陳師道為結束。至卷七，就改為由時代較早的梅堯臣、蘇舜欽（1008-1048）、石延年（994-1041）和張耒（1054-1114）重新展開記述的脈

---

17 蔡正孫撰，常振國、降雲點校：《詩林廣記》，序頁3。

18 詳見趙蕃、韓淲選，謝枋得注：《注解章泉澗泉二先生選唐詩》，收於阮元編：《宛委別藏》（臺北：臺灣商務印書館，1981年），第109冊。案：其實《詩林廣記》與《注解章泉澗泉二先生選唐詩》的編排方式雖有相似，但並非完全一致。例如，上述提到王建與杜牧的組合，二書的排列次序不同；在謝枋得之作中，陸龜蒙與薛能之間尚有許渾（788-？）和高駢（821-887）二人，而《詩林廣記》未有選錄二人。因此，謝枋得之作只是蔡正孫編書時用上的其中一項材料。在此以外，他應該還參考過不同材料。

絡，繼而收結於卷八的陳與義（1090-1138）以及韓駒（1080-1135）。
從開國初期到北宋末年，排序基本上沒有背離時間的順序。其處理手
法遠比唐代的部分細緻和合理。這既意味著兩部分的編纂手法和態度
存有一定的差異，亦可見蔡正孫作為一名宋人，對生成於自身一朝的
作品更為熟知和注重。問題只是出於最後兩卷——卷九再一次回到身
處五代末期、趙宋初年的陳希夷（872-989），而卷十又是以宋初的司
馬光（1019-1086）為開始，劉攽（1023-1089）作收結，顯然與時間
順序沒有太大關係。他們在總集內的位置反而是根據不同身份扣連起
來的。例如卷九的魏野（960-1019）、林逋（967-1028）、寇準（961-
1023）是崇尚晚唐詩風的代表，卷末的楊億和晏殊（991-1055）則是
「西崑體」的代表。同樣地，卷十的司馬光和范仲淹（989-1052）都
是以散文見稱的名臣，因而被合併為一組。或問何以此兩卷的排序方
式與前文不同？這大抵與詩學成就的高低有關，即在蔡正孫的詩歌史
論述中，此兩卷的人物較次要，不單不能攀附「大家數」的地位，甚
至不適合與卷七、卷八的詩人混為一談。不難發現，在卷九中，他對
獲選詩人的介紹比前幾卷的簡短。例如在談寇準的一節，他僅引述胡
仔（1095-1170）筆下的一句「詩思悽婉，蓋富於情者也」了事。[19]部
分評語則有傾向負面的意味，如關於楊億一節，編者自撰的文字曰：

> 宋自天聖以來，縉紳間為詩者少，惟丞相晏公殊、錢公惟演、
> 翰林楊公億、劉公筠數人而已。然皆未離崑體也。[20]

細考行文，蔡正孫似乎不太喜歡這批詩人，特別是末句以轉折句式帶
出「皆未離崑體」的判斷，語調失望。從推歐陽修、王安石等為「大

---

19 蔡正孫撰，常振國、降雲點校：《詩林廣記》，後集卷9，頁399。
20 同上註，頁404。

家數」的舉動來看，也不難理解他對宋初的「晚唐體」、「西崑體」不
感興趣。[21]而至卷十中，蔡正孫的簡介不時有離題之嫌。例如，關於
司馬光，他沒有談詩作，卻引用范祖禹（1041-1098）和晁補之
（1053-1110）之言，讚揚詩人行事正直，德行高潔。至於范仲淹，
他則引述《後山詩話》對〈岳陽樓記〉的稱讚，同樣與詩作或詩學無
關。這難免引人懷疑，二人的入選原因是否只在於其言行與品德。尤
其從全書的編排方式推斷，這位於全書卷末的部分或許只具附屬地
位，意即在論詩的同時，順帶介紹素有功業的故宋人物，使此書添上
道德教育的面向。綜論之，這兩卷載錄的詩人皆非蔡正孫最重視的一
批，亦不見得在其詩歌史論述中會有重大的影響力。列之於《詩林廣
記》中，大抵旨在聊備一格，以補充北宋詩壇的其他線索罷了。

　　以上考察意在掌握《詩林廣記》的詩歌史論述之真實面貌。縱然
前人研究多稱此書為橫跨三代的詩歌史，但它實無意全面整理各代詩
學成就。蔡正孫只著重個別詩人構成的傳統，並且以這些「大家數」

---

21 關於歐陽修、王安石等人對「西崑體」的態度，歷來多有爭議。誠如張興武指出，
　諸家其實不曾明確地反對「西崑體」，與楊億等人更是友好。然自宋元以來，又有
　不少論者在講述宋代「古文」之風時，反覆強調諸家反對「西崑」的立場，因而形
　成與史實有差的觀念。見張興武：〈歐陽修詩文革新的對象及任務〉，《中華文史論
　叢》2008年第3期，頁218-223。例如，關於歐陽修的立場，葉夢得（1077-1148）的
　《石林詩話》嘗言：「歐陽文忠公詩始矯『崑體』，專以氣格為主，故其言多平易疏
　暢。」蔡正孫在談歐陽修的一卷中，嘗六次引石林的評論，可相信他認同與接受葉
　夢得對歐陽修的定位。見葉夢得：《石林詩話》，收於何文煥輯：《歷代詩話》（北
　京：中華書局，2004年，第2版），卷上，頁407。而王安石的問題更複雜。他年輕
　時嘗習「西崑體」，晚年所作亦時有「西崑」之風，但他主政時卻是明確斥責「西
　崑體」對科舉與詩壇的禍害，著力透過編纂總集、改革科舉的方法掃除之。從《詩
　林廣記》的論述可見，蔡正孫引用多家評論，承認王安石晚年所作成就較高，卻不
　提其與「西崑體」的關係，僅引楊萬里言曰：「五七字絕句難工，惟晚唐與介甫最
　工於此。」這似是有意忽略王安石與宋初「西崑體」的連繫，又指出王安石詩藝出
　眾，足與晚唐詩人比肩，而不是晚唐的追隨者。見蔡正孫撰，常振國、降雲點校：
　《詩林廣記》，後集卷2，頁205。

構成全書的骨幹。其晉代的部分實際上只以陶潛一人為準；唐代的部分以杜甫、李白為重，其餘的詩人則是透過引錄他書，以補充唐代詩壇的其他特色，兩者主次分明；至於代表北宋的後集部分，編者分之為三個層次，一是最重要的「大家數」，其次是體現宋詩發展，成就值得一觀的詩人，而排列於最後則為地位次要，藉品行、詩風或地位反映出宋詩壇不同面向的人物。

二　三代詩學的勾連：附詩與評話

論《詩林廣記》的特點，最為人注意的莫過於它在「總集」概念的基礎上，添上了附詩和評話兩個部分，使全書體例更加貼近詩話之類的「詩文評類」著作。總集本來就具有文學批評的功能，編者透過對作品的編選表達批評觀念，直接的議論則時常被壓縮在序文或對個別作品的點評中。不過，隨著文學史的演進，編者的論述日漸變得宏大而複雜，舊有著作體例難免不足以應付。這促使編者銳意設計嶄新的體例，以滿足他們的需要。《詩林廣記》集附詩與評話於一體的形態，正是產生自這個不斷變化和進步的過程。依馬婧的考究，蔡正孫在編纂時，至少繼承了《詩話總龜》、《唐詩紀事》、《苕溪漁隱叢話》、《詩人玉屑》和《竹莊詩話》等知名的宋代「詩文評類」著作，從而把詩評、詩作匯聚於一書之中，構築出一個以詩人為綱領的大型格局。[22]此為蔡正孫對宋代文學批評傳統的繼承與創新。

或問，蔡正孫為何要特意創造這種異於前人的體例？這不單是希望著作內容變得豐富的緣故。誠然，在論述其三代詩歌史觀念時，附詩和評話發揮著不可或缺的作用。在序文中，蔡正孫如此描述這總集

---

22 馬婧：〈《詩林廣記》體例的形成與宋代匯編體詩話〉，《文學遺產》2010年第3期，頁144。

的編纂背景:「鈔之以課兒姪,並集前賢評話及有所援據摹擬者,冥搜旁引,而麗於各篇之次」。[23]可見《詩林廣記》的編纂目的不止於樹立詩評家的一家見解,還打算把它應用於對後學、晚輩的教育。是以純粹編選作品的做法實有不足。到底後學或讀者未必能夠準確掌握每一作品的入選意義。他因而利用附詩和評話,在其詩歌史脈絡的主線之上多加補充,清晰地表明觀點。就如前文提及,蘇軾陷入詩案的警世意味正是透過評話和選詩的配合表現出來的。可以說,《詩林廣記》的獨特與成就,實在有功於蔡正孫在編纂時付出的心思和創意。以下將分開討論附詩和評話兩者如何協助編者論述。

(一)附詩與詩人脈絡的連繫

按蔡正孫的說法,在《詩林廣記》的編纂過程中,他是先「采晉、宋以來數大名家及其餘膾炙人口者」,以構成總集的主要內容,至後期才編選「有所援據摹擬」的詩作。[24]換言之,集內的附詩並不在其詩歌史論述的主要脈絡中,地位次要之餘,意義亦不同於那些被正式選入集內的詩作。細考之,不難發現這些附詩具多種作用。首先是補充入選詩歌的創作背景。例如,劉禹錫的〈酬柳子厚家雞之贈〉後附有柳宗元的〈寄劉夢得〉,再藉引述《復齋漫錄》所言,證明前者是為應答後者而寫作的。這對理解劉詩的語境大有幫助,尤其蔡正孫引用的《蔡寬夫詩話》和《復齋漫錄》都提到時人大多看不懂詩中對柳家書法的描述。[25]只有結合劉禹錫言之「柳家新樣元和腳」和柳宗元賦之「紙本應勞有自題」兩句,才可確切想像得到柳家書法的講究和藝術價值。另一個例子見於蘇轍的部分。正如剛才所言,蘇轍在總集內

---

23 蔡正孫撰,常振國、降雲點校:《詩林廣記》,序頁3。
24 同上註。
25 同上註,前集卷4,頁74。

的地位主要建基於他和兄長的扣連，入選的詩作不時涉及兄弟之間的
和應。故蘇轍的詩作之後總會附上蘇軾的詩，如〈會子瞻兄宿逍遙堂〉
後有〈和子由逍遙堂詩〉，〈涿州寄子瞻〉後又有〈次子由韻〉、〈送子
由使契丹〉。[26]兩批作品分別環繞兄會宿逍遙堂，以及蘇轍奉命出使
西域之事。附詩之舉引進了蘇軾的觀點，以引證和回應蘇轍的行文，
令詩歌意欲傳達的意義變得更完整，並加強讀者對詩歌的感受。

　　至於第二類型，就是引進意義相關的詩作，以展現入選者的影響
力。所謂「意義相關」可以進一步細分為三個層面。第一層是同題或
仿作之詩。同題者如王建的〈望夫石〉後有劉禹錫和郭功父的同題創
作，又轉引陳師道的評語，謂「望夫石，在處有之。古今詩人，惟用
一律」，繼而說明王、劉、郭三人如何推陳出新，在傳統題材中表現出
勝人一籌的構思。[27]而仿作者，除了陳師道的〈陳留市隱者〉與黃庭
堅的〈擬作陳留市隱者〉等例子外，更多的是次韻之作，如梅堯臣的
〈木山〉後附蘇軾的〈次木山韻〉，陳師道的〈寄外舅郭大夫〉後又
有戴復古的〈思家用後山韻〉。引入戴復古的詩作時，蔡正孫嘗引黃
升（生卒年不詳）之言曰：「趙章泉先生嘗云：『學詩者，莫不以杜為
師。……陳後山〈寄外舅郭大夫〉詩，乃全篇之似杜者也。』後戴式
之亦有《思家》，用陳韻，又全篇之似陳者也。」[28]從陳師道學杜甫到
戴復古仿陳師道，如此附詩即能見出陳師道在學杜方面的成就和影響
力，證明入選詩作的價值；第二層是內容、題材相似之作，如蘇舜欽
的〈絕句〉後附有鄭獬（1022-1072）的〈田家〉，並藉《復齋漫錄》
指出兩首作品的第二句文意相似，同樣「清絕可愛」。[29]而柳宗元的

---

26 蔡正孫撰，常振國、降雲點校：《詩林廣記》，後集卷4，頁273-277。
27 同上註，前集卷6，頁109-110。
28 同上註，後集卷6，頁334。
29 同上註，後集卷7，頁346。

〈江雪〉後有鄭谷（849-911）的〈雪詩〉，中間引洪芻（生卒年不詳）的評語，讚揚：「子厚此詩，信有格也哉？殆天所賦，不可及也。」[30]由此顯出此詩勝於附詩之處，從而確立了柳宗元獲《詩林廣記》選入其詩歌史脈絡的優秀資格；最後一層就是典故的運用，當中又分為選詩用前人典故，以及後人以選詩為典故兩種情況。前者如杜牧的〈木蘭廟〉後有樂府〈木蘭辭〉，後者則如在李商隱（813-858）的〈登樂遊原〉後附程顥的〈道修褉事〉，並指出程詩末句乃用李商隱的詩意而「翻一轉語」。[31]這既呈現出詩歌題材的傳承，又揭示了總集所選錄的詩人如何深遠地影響了後世。由於蔡正孫的詩歌史論述集中於以「大家數」為主的詩人，難免無法完整地顧及古今詩壇的所有線索，故附詩可視作補救的手段，即在不影響原有論述的情況下補入線索。譬如蔡正孫的論述忽略了初唐一段，幸在韓翃（生卒年不詳）的〈寒食〉之後還是補入了一首沈佺期（656-715？）的作品，令初唐詩人的位置不至於完全消失在這總集中——儘管蔡正孫不好初唐詩歌，但隻字不提的做法始終過於極端，不見得有益於後學。

　　當然，附詩的作用並不是僅僅在於這些細微的補充。考察貫穿全書的詩歌史論述，便會發現這種體例其實大大加強了三代詩人之間的連繫。陶潛作為這段詩歌史的起點，與位列第二的杜甫相隔了三百多年的時光，而兩者的詩歌取材亦不似，未免令讀者質疑這安排的合理性何在。然觀其附詩，即能了解箇中的道理——他為九首陶詩附上的，是杜甫、蘇軾、王安石和秦少游（1049-1100）的詩作。這幾家皆為入選稍後部分的詩人，而前三者更是蔡正孫認定的「大家數」。換言之，陶潛能成為首位「大家數」，以及這段詩歌史的開端，乃因後世的詩人不論成就高低，都受其影響。把此思路套用至往後的部

---

30 蔡正孫撰，常振國、降雲點校：《詩林廣記》，前集卷5，頁89。
31 同上註，前集卷6，頁105。

分，則能見出諸位詩人之間的關係，包括對個別作品或題材的承接，以至於整體詩風的連繫。一般而言，傳統的總集體例僅依時代順序或文體類別排列作品，呈現出來的往往只是一條單向的發展脈絡。這亦難以準確且有力地連結不同脈絡中的人或作品，特別是兩詩相隔了好些時段，並非緊密地排列在同一篇卷中的情況。而加入了附詩的體例後，《詩林廣記》所示的發展脈絡則大為不同，變成了一個枝節豐富的網狀形態。例如，在杜甫和李白的兩卷中，蔡正孫都一度附上了蘇軾和黃庭堅的作品，證明二人與宋人的關係。至黃庭堅的部分，他附上蘇軾、陳師道之作，而陳師道的部分又有黃庭堅和蘇軾的附詩。可見在「大家數」這條脈絡當中，蔡正孫不斷利用附詩的手法，把各位詩人串連起來，有時候述其往後的影響，有時候又往前追溯有關作品的淵源。至於其他不在「大家數」之內詩人，還有僅出現在附詩中的詩人，則同樣是以這種方式與那些「大家數」或普通詩人扯上關係。各家關係交錯連繫，使全書建構的詩歌史呈現出緊密、完整的狀態，並有效解決一眾「大家數」在時代上不相接的難題。尤其，它提出了陶潛對唐代詩人的直接影響，令時間點不相連的詩歌史得以成立，晉代的位置不見突兀。

（二）評話與南宋的位置

蔡正孫羅列「前賢評語」的主要目的，當然是配合教育的用途，務求清楚地說明各首作品的價值，以及各項編纂安排的意義。但與此同時，這些評話亦有助於補充在詩歌史脈絡中，未能藉編選過程觸及的部分，特別是缺席於編選範圍的南宋時期。四庫館臣曾指出：「其目錄之末，稱編選未盡者見於續集刊行。今續集則未見焉。」[32]這部「續

32　永瑢等：《四庫全書總目》，卷195，頁1790。

集」存在與否，在不見任何文獻證據的情況下，恐怕難以印證。較穩
妥的看法還是把《詩林廣記》所述——即從陶潛至北宋的一段時期——
當作一個獨立而完整的體系。然而由此引申出來的疑問是，蔡正孫乃
宋末元初人，何以完全忽略最為切身的南宋時期？特別是在序文中，
他明言以「采宋以來數大名家及其餘膾炙人口者」作為編選準則。所
謂「膾炙人口」者，正是把批評觀念由編者個人好惡的層面，提升至
整個南宋時代的品味取向。故此，南宋在總集中的位置十分重要，只
是其表現不在編選方面，而是見於詩評部分。蔡正孫以「大家數」來
稱呼構成其詩歌史的主要詩人，本身就是繼承劉克莊、嚴羽等宋代批
評家的語辭。[33]而觀其收集的前賢評語，南宋詩論的地位更是明顯。

　　剛才提及，蔡正孫利用附詩的體例，令宋末的戴復古得以介入止
於北宋的詩歌史。此外，呂本中、曾幾（1085-1166）和朱熹等屬於南
宋一代的詩人亦是以附詩的形式進入總集內。可知蔡正孫對附詩的處
理相對寬鬆，有限度地接納南宋的作品。只是，由於附詩的主要作用
是串連詩歌史論述內部的線索，故他未有大量使用編選範圍外的作
品。反而在評話方面，如張鼐形容，此書取用「大儒故老佳話」。[34]意
謂其多來自宋代，尤其是南宋的材料。據今人的整理和統計，全書引
用的資料文獻多達一百七十餘種。[35]詩話作為流行於宋代的文獻類型，

---

33 按蔣寅的梳理，以「家數」為論是自宋代興起的詩論形式，並於元代以後成為詩文
　評的通用概念，尤以楊載（1271-1323）的《詩法家數》為成熟的象徵。而「家數」
　大小之辨則是發軔自宋元之際，緣於其時的詩人漸漸重視對師法前人得失的反思。
　至於所謂「家數」者，概括而言就是詩人掌握體制的能力和方式，時而涉及流派、
　風格傾向等範疇，只是發展至明清時期又多有調整與新意。詳見蔣寅：〈家數‧名
　家‧大家——有關古代詩歌品第的一個考察〉，《東華漢學》第15期（2012年6月），
　頁183-185。

34 張鼐：〈重刊詩林廣記序〉，收於《詩林廣記》，序頁1。

35 蔡正孫撰，常振國、降雲點校：《詩林廣記》，點校說明頁2。

是其中的主要部分。事實上，《苕溪漁隱叢話》、《詩人玉屑》和《竹莊詩話》等書不單啟發《詩林廣記》的體例，它們的觀點亦得到蔡正孫大量引用。在此以外，《復齋漫錄》、洪邁的《容齋隨筆》、劉克莊的《後村詩話》、嚴羽的《滄浪詩話》等知名的南宋「詩文評類」著作，也是頻密地見於評話部分的材料。[36]這顯示出蔡正孫編書時，確實廣泛地攝取各家觀點，致使自身的批評提升至南宋一代的主流觀點。

　　當注意的是本書開首的首條材料。《詩林廣記》置陶潛為論述的開端，為罕見於前人總集的安排，難免需要訴諸權威，以論證當中的原由和合理性。蔡正孫的引文選自七家宋人，而排列第一的是朱熹所言：

> 朱文公云：「作詩須從陶柳門庭中來乃佳。不如是，無以發蕭散沖澹之趣，不免局促塵埃，無由到古人佳處。」[37]

此文出自於朱熹在紹興二十年（1150）寫給門人程洵（生卒年不詳）的書信，世稱〈與程允夫書〉，惟文字略經刪改。[38]至於列於其後的材料，乃出自同為北宋理學家，屬於「洛學」分支的楊時。《詩林廣記》引其《龜山先生語錄》曰：

---

36 關於《復齋漫錄》一書，雖常為《苕溪漁隱叢話》和《詩林廣記》引用，惟今人已無法找到任何傳本。錢鍾書嘗指出，南宋人書中所引的《復齋漫錄》多見於吳曾的《能改齋漫錄》，惟沒進一步推論二書的確實關係，僅稱二書一直難辨先後而已。見錢鍾書：《談藝錄》（北京：生活・讀書・新知三聯書店，2007年，第2版），頁186-187。

37 蔡正孫撰，常振國、降雲點校：《詩林廣記》，前集卷1，頁1。

38 原文當為：「某聞先師屏翁及諸大人先生皆言：作詩須從陶柳門庭中來，乃佳矣。蓋不如是，不足以發蕭散沖澹之趣，不免於塵埃局促，無由到古人佳處也。」詳見朱熹：《朱子遺書》，收於《朱子全書》，第26冊卷2，頁615。

> 陶淵明詩，所不可及者，沖澹深邃，出於自然。若曾用力學
> 詩，然後知淵明詩非著力之所能及。[39]

朱熹認為學詩當以「陶柳」為榜樣，楊時則以為用力於學詩無助於達
到陶詩的境界。兩者的重點縱有不同，但從「沖澹」一語即可見出兩
段引文之間的呼應。這似乎是理學家對陶詩風格的共識。由此亦見出
兩名理學家對陶詩的推崇，以為陶詩代表了「古人佳處」，並非普通
學詩者「所能及」。蔡正孫以宋儒的觀點為根據，足以令陶潛之為詩
歌史開端的位置不易受挑戰。至於在此兩條材料以後，就是蘇軾、黃
庭堅、陳師道、劉克莊和葉夢鼎（？-1278）的言論。如此依從時間
順序的排列形式，突顯出蔡正孫特意提前朱熹的位置，以表尊崇之
意。站在編者的角度，這種做法有助於製造先聲奪人的效果，利用大
儒的名聲和權威提升著作的認受性和吸引力。就如張鼐作序，列舉書
中的譎諫作品時，同樣置朱熹的〈聞雷〉於歐陽修和李商隱的作品
前。[40]到底在宋明文人的語境，朱熹作為宋代理學的集大成者，乃是
一代學術思想的代表人物。對《詩林廣記》來說，其貫通「文」與
「道」的觀點有助拓闊宋代詩壇的視野，亦可藉大儒的地位提高編者
所論的價值。蔡正孫的序言以〈國風〉、〈二雅〉入題，已經證明在其
觀念中，詩學始終從屬於儒學，即使不把詩歌史的論述遠溯至先秦，
亦從未打算背離這個大傳統。就如總結「烏臺詩案」的時候，他的奉
勸就是諷諫不當違反「溫柔敦厚」的詩教傳統。況且，既然《詩林廣
記》將用於教學家鄉子弟用途，則更需貼近理學和稱引朱熹。如祝尚
書所述，朱熹在宋末屢次獲朝廷追封，學術地位至高無上，而理學亦

---

39 蔡正孫撰，常振國、降雲點校：《詩林廣記》，前集卷1，頁1。
40 張鼐：〈重刊詩林廣記序〉，同上註，序頁1。

成為了科舉的主要考核內容，借助官方力量登上主流思想學術之高位。[41]蔡正孫如此「言詩」，不單見出其個人的朱熹學說的接受，也是順應了宋末以理學為中心的教育風氣。最後需要補充的是蔡正孫生於福建的背景。自北宋末年以來，楊時、李侗（1093-1163）等人正是在福建大力倡導理學，導致此地的人文風光充滿濃厚的理學風氣，又促成了朱熹的學說。[42]這進一步解釋了《詩林廣記》何以尊崇朱熹之餘，又特別偏好使用楊時的《龜山語錄》。

　　除了「詩文評類」外，宋人撰寫的詩注亦為《詩林廣記》多番使用。參考李曉黎的研究，《詩林廣記》主要引王洙（997-1057）的《分門集注杜工部詩》、任淵（生卒年不詳）的《山谷內集詩注》、《後山詩注》和王十朋（1112-1171）的《集注分類東坡先生詩》，共有九十八條，而不著出處者，又涉及魯訔（1099-1175）、陸游、朱熹和謝枋得等人的詩注。[43]以上幾家中，王十朋和魯訔活於兩宋之際，朱、陸、謝三家則是南宋人。可見於詩注方面，蔡正孫同樣引入了不少南宋時期的觀點。總之，《詩林廣記》雖不以南宋為編選範圍，但附錄的「前賢評話」卻是以南宋的人物、著作為重點。這揭示此書的批評意識緊密扣連南宋的時代風氣，確實是從南宋的角度定義「膾炙人口」此標準。另一方面，收集評話的體例顯然有助於突出南宋一代在這段詩歌史論述中的位置，補足了無法單靠編選形式表達出來的內容。如此設計是為周全。

---

41 祝尚書：《宋代科舉與文學考論》，頁253-255。

42 方勇：《南宋遺民詩人群體研究》，頁94-95。

43 李曉黎：〈論《詩林廣記》對宋詩宋注的摘引〉，頁61。

三 從陶淵明到陳希夷：遺民的詩歌史論述

　　無可否認，《詩林廣記》以「言詩」為主要立意。不過，若視之為純粹的詩學著作，就未免會忽略其另一面向，即對遺民意識的保存。清人厲鶚（1692-1752）在《宋詩紀事》記載，蔡正孫師從拒仕新朝、絕食致死的南宋名臣謝枋得，並且曾於老師被押往元廷時，以一首〈送疊翁老師北行和韻〉作送別，證明師徒二人志向相同。[44]本來，福建一地長期受朱熹的學說影響，文人普遍著重務實躬行，堅守民族節氣。[45]蔡正孫生平如此，自然更加抗拒新朝。自宋亡後，他就退隱家鄉，終日與魏天應（生卒年不詳）等同窗飲酒唱和為樂。他又參與由遺民組成的湖海吟社，且謂自己編成《詩林廣記》和《陶蘇詩話》（即《精刊補注東坡和陶詩話》）後，社內諸公「辱不鄙而下問者眾」。[46]可見，他是這詩社的重要成員，廣為人知。種種行為都顯示他一直看重自身的遺民身份，故成書於宋亡後十年的《詩林廣記》亦可能含有相關的思想。可惜的是，從張鼎的序文已可察知，一旦脫離了宋元之際的場景，蔡正孫的寄意甚少得到世人的關注。卞東波曾考察蔡正孫在宋元之際的各式活動，包括社交、結社、編書工作等，勾勒出他當時作為宋遺民的形象。可是，觀乎有關《詩林廣記》的論述，他主要關注的是陶潛入選的「反常」現象，以及此現象如何呼應《精刊補注東坡和陶詩話》的寫作動機，亦即二書對陶潛忠義形象的致敬。[47]固然，如前文所述，蔡正孫置陶潛於首實有其深遠的詩學見解，

44　厲鶚：《宋詩紀事》（上海：上海古籍出版社，1983年），卷78，頁1891。

45　方勇：《南宋遺民詩人群體研究》，頁95。

46　于濟、蔡正孫編，〔朝鮮〕徐居正等增注，卞東波校注：《唐宋千家聯珠詩格校證》（南京：鳳凰出版社，2007年），序頁50。

47　卞東波指出，蔡正孫的三部詩學著作其實都與其遺民情感有關。他認為《詩林廣記》在大量唐宋詩人之前特意選入陶潛一人是一個「反常」的現象，並以此扣連

不宜視為「反常」的狀態。而本研究在此希望探討的是此書選了什麼類別的陶詩，還有陶潛在精神層面上與集內其他詩人的關係。

　　從序文的部分語句觀之，已不難察覺到強烈的遺民意識。他如此說明編書的初衷：「正孫自變亂焦灼之後，棄去舉子習，因得以肆意於諸家之詩。」[48]所謂「變亂焦灼」就是指稱元室南侵與趙宋滅亡的悲劇。而「棄去舉子習」既是忠於故宋的表現，亦是促使他埋首於「諸家之詩」的契機，故《詩林廣記》的成書與他淪為遺民的經歷關係密切。另外，序文末處的紀年沒有使用「己丑年」或更直接的「至元二十六年」，只書作「屠維赤奮若」。[49]此語實為通行於西漢時期的太歲紀年法，最早見於先秦兩漢時期的《爾雅・釋天》和《史記・曆書》。[50]透過援引古老的文化術語，蔡正孫在異族統治的年代表明漢文化方為源遠流長的正統，對蒙元入主中原持否定的態度。同時，這亦

《和陶詩話》的編纂，認為蔡正孫在宋元之際的歷史語境中，通過如此獨特的著書方式向陶潛致敬。除了《詩林廣記》的刻意安排之外，他亦以《和陶詩話》卷十三的〈歸鳥〉為例，指出蔡正孫藉評陶詩，針對宋人向元室變節的行為加以批判，一方面顯示陶潛的忠義形象如何深入蔡正孫的思維，一方面指出蔡正孫不惜在編書過程中偏離其主要工作，以強調陶潛代表的道德價值觀。卞東波：〈遺民之恨——南宋遺民蔡正孫在宋元之際的詩學活動〉，《華東師範大學學報（哲學社會科學版）》2017年第2期，頁122-123。案，卞東波在另一文章〈《精刊補注東坡和陶詩話》與蘇軾和陶詩的宋代注本〉卻強調，蔡正孫所編注者在闡釋詩意方面整體而言尚算平實，以梳理大意為主，旨在幫助讀者理解東坡之詩意，不如其他宋人的注本般作長篇大論的發揮。見卞東波：〈《精刊補注東坡和陶詩話》與蘇軾和陶詩的宋代注本〉，《域外漢籍與宋代文學研究》（北京：中華書局，2017年），頁86-87。

48 蔡正孫撰，常振國、降雲點校：《詩林廣記》，序頁3。

49 同上註。

50 據《爾雅・釋天》記載，「屠維」即是天干「己」，「赤奮若」則為地支「丑」。見郭璞注，邢昺疏：《爾雅注疏》，收於《十三經注疏（標點本）》，第13冊卷6，頁168-169。至《史記・曆書》，代表地支「丑」的歲名沒變更，但代表天干「己」的歲名則變為「祝犁」，見司馬遷撰，裴駰集解，司馬貞索隱，張守節正義，《史記》，卷26，頁1266。

可能表達了他本人欲停留在舊日，不欲投入新時代的奢想。固然，他
並不打算像另一遺民趙景良的《忠義集》一般，藉集合宋末義士、遺
民的聲勢，開宗明義地反抗元朝的權威。正如西方學者的觀察，宋代
滅亡以後，遺民的聚居地點和活動形式，都明顯與那些反抗元室的武
裝勢力分開。[51]這揭示了遺民無意與元室正面強硬對抗，亦不以此為
盡忠的唯一方式。作為宋遺民的一員，蔡正孫為自己選取的角色是宋
代文化與記憶的保存者。《詩林廣記》收錄約六百七十一首詩作，當
中逾四百首皆是宋人的作品。在這段名義上的三代詩歌史架構中，不
均的比例導致宋詩的存在感遠遠重於晉與唐兩代之作。宋詩成為這論
述的主體，前兩代則是宋詩的源頭，作用在於引證宋詩屬於詩學的正
統傳承。這就是在遺民語境下，三代詩歌史論述的另一面向。

　　若希望繼續深入探討遺民意識在這部總集中的表現，則當從蔡正
孫所編選的詩人入手。首先值得注目的，自然是位處所有論述開端的
陶潛。前文嘗試從詩學層面分析陶潛在總集中的位置，惟蔡正孫的選
擇其實同時含有其他方面的考慮。卞東波綜合蔡正孫筆下的幾部著
作，指出他對陶潛的喜愛，主要是因為陶潛代表了中國隱士「不事王
侯，高尚其事」的獨立人格，亦即他極力渴望汲取與持守的信念。[52]
卞東波在另一期刊文章亦表示，蔡正孫的老師謝枋得、月泉吟社的成
員等，亦普遍持有相同的價值觀。[53]在元代的宋遺民圈子中，對陶潛
的崇拜、研讀和唱和無疑具有特殊的象徵意義。簡言之，自北宋時
期，蘇軾以「和陶詩」聞名於世後，陶潛的文學史地位和「隱逸不
仕」的形象開始受到宋人關注和推崇。而至宋亡元立的時局中，如前
文討論《月泉吟社詩》時的論述，陶潛所代表的「隱逸」行為又往往

---

51 Jennifer W. Jay, *A Change in Dynasties: Loyalism in Thirteenth-century China*, p. 244.
52 卞東波：〈蔡正孫與《唐宋千家聯珠詩格》〉，《古典文學知識》2007年第4期，頁112。
53 卞東波：〈遺民之恨——南宋遺民蔡正孫在宋元之際的詩學活動〉，頁122。

被詮釋為無法匡扶故國而逃避時局，以及本於忠憤而恥仕二姓的義
舉。由此，一眾遺民得以從悠久的詩學傳統中，找到與自身遭遇看似
相似，又深得世道認同的前賢。引之為自況，就是要為拒絕仕元的志
向提供正當理據，並且提供長久堅持隱逸行為的精神寄託。按現存文
獻所示，蔡正孫沒效法時人，透過創作「和陶詩」直接表達抒情。[54]
但《詩林廣記》編選陶詩的傾向其實有著異曲同工之妙。

　　蔡正孫所選取的九首陶詩，依次為兩首〈飲酒〉、〈責子〉、〈問來
使〉、〈桃源〉、〈辛丑歲七月還江夜行途中〉、〈歸田園居〉和〈擬挽歌
辭〉。諸作主要環繞著其歸隱之志和田園生活，主題的取向明確。觀
乎附於詩作之後的前人評話，除了討論詩學問題外，又不時涉及對作
者人格的歌頌。譬如在〈責子〉一詩，蔡正孫引用了黃庭堅的感歎之
辭：「觀淵明此詩，想見其人，慈祥戲謔可觀也。」[55]而第二首〈飲
酒〉後，他又引《韻語陽秋》的見解：

　　　　賢者豹隱墟落，固當和光同塵，雖舍者爭席奚病，而況於杯酒
　　　　之間哉？陶淵明、杜子美皆世偉人也。每田父索飲，必使之畢
　　　　其歡而後去。[56]

---

54 即使沒參與創作，但其編纂《精刊補注東坡和陶詩話》代表了對此風潮的關注與投
　　入。蔡正孫實不曾說明此書的編纂動機，卞東坡嘗引舒岳祥就時人劉莊孫（生卒年
　　不詳）作和陶詩一事的解釋，認為蔡正孫當時亦有相近的情懷與想法。舒岳祥所言
　　如下：「自丙子亂離崎嶇，遇事觸物，有所感憤，有所悲憂，有所好樂，一以和陶
　　自遣……借題以起興，不窘韻而學步，於流離奔避之日，而有田園自得之趣，當徯
　　仰嘯歌之際，而寓傷今悼古之懷。迫而裕，樂而憂也，其深得二公（引者按：指陶
　　潛與蘇軾）之旨哉！」卞東波：〈遺民之恨──南宋遺民蔡正孫在宋元之際的詩學
　　活動〉，頁122。關於舒岳祥的原文，見舒岳祥：《閬風集》，收於《景印文淵閣四庫
　　全書》，第1187冊卷10，頁4下（總頁425）。
55 蔡正孫撰，常振國、降雲點校：《詩林廣記》，前集卷1，頁6。
56 同上註，頁4。

兩段評論均從詩歌內容出發，描繪陶潛的人格魅力。《韻語陽秋》以
「賢者」和「偉人」稱呼他，嘉許其能放下士人的身段，與村老田父
共飲同歡。蔡正孫如此引述，亦是認同了這項評價，以為對陶潛的討
論不當只限於作品內容與詩學範疇之內。後學理應注意到其為人行事
的過人之處。這再次肯定了在《詩林廣記》的詩歌史論述中，蔡正孫
真正重視的不是晉代這個時間點，而是陶潛個人構成的詩學傳統而
已。而且這詩學傳統既涉及詩藝技法之事，同時又與詩人本身的形象
有關。在《詩林廣記》收錄的詩作中，有的以技巧聞名，有的但求見
出作者的高尚人格，如司馬光、范仲淹所賦等等。這正是由蔡正孫描
繪之陶詩傳統分化而成的結果。陶潛兼具兩者而得以成為唐宋的源
流，而後世詩人雖然甚少能夠與前賢比肩，但倘若能得其一端，亦足
以成為學習榜樣。須多加一提的是〈辛丑歲七月還江夜行途中〉後的
兩段評話。蔡正孫先引《陶淵明集》的說法，指出陶詩以甲子紀年與
作者恥事二姓無關，再引述《藝苑雌黃》所言，指出秦觀和黃庭堅仍
採信《五臣注文選》的舊說，無視新說。[57]這等於否定《詩林廣記》
有意藉陶淵明表達遺民不仕元朝的立場嗎？本研究認為，這多少是出
自於詩評家的求真精神，不容無視既有的疑點。但既然秦、黃兩位大
家仍信舊說，則表示在宋人眼中，陶潛不仕二姓的形象仍然有其道理
和公信力。元初宋遺民實為接續包括這些觀點在內的文化傳統。到
底，蔡正孫在此僅作引述，未有加上一己論說，結果為材料的意義增
添詮釋空間。

　　蔡正孫引《韻陽秋語》讚揚陶潛人格的同時，亦提到杜甫同樣具
高尚的形象，把二人相提並論。作為緊接陶潛，位列第二的「大家
數」，《詩林廣記》並未忽略有關杜甫的線索。例如〈秋雨歎〉後附有

---

57 蔡正孫撰，常振國、降雲點校：《詩林廣記》，頁8-9。

蘇軾的自述，稱他在一書齋壁上寫下此詩後，該處的太學正即日辭去
職務，歸田不出，往後一直「白首窮餓，守節如故」。[58]姑勿論事情的
真偽，這材料旨在見出杜詩具有崇高的道德感染力，足以動人心志。
至於〈杜鵑〉一詩後，則先引真德秀的解讀：「此詩譏世亂不能明君
臣之義者，禽鳥之不若也。」[59]這強調了詩人對君臣之義的執著，還
有當時正值「世亂」的寫作背景。蔡正孫刻意加上這材料，除了闡明
詩義之外，或許多少含有自況的意味。固然，觀乎卷二摘取的前人評
論，內容主要環繞杜詩的用字、造句、意境和美感等，重心顯然在於
詩學討論。但從上述例子又可見，蔡正孫對杜詩的關注尚有另一重較
次要的面向，即杜詩的特殊創作精神。卷二開首介紹杜甫時，最先引
用了朱熹對杜甫詩藝的論述，而最後一條材料則是孫僅（969-1017）
的評論，其言嘗曰：

> 先生以詩鳴於唐。凡出處去就、動息勞佚、悲歡憂樂、忠憤感
> 激、好賢惡惡，一見於詩，讀之可以知其世，學士大夫謂之
> 「詩史」。[60]

此話說明了杜詩具備「可以知其世」的「詩史」性質。蔡正孫身處異
代，對此材料的引用大概是別具深意的，使這些詩作在藝術層面以
外，衍生出另一層意義。在《詩林廣記》中，有關線索上接陶詩象徵
的志向，下啟宋人的精神面貌，並且遙遙呼應了後集卷九與卷十的內
容，意義匪淺。

　　在總集開首以陶潛表現出遺民意識的同時，其末處的人選同樣發

---

58 蔡正孫撰，常振國、降雲點校：《詩林廣記》，卷2，頁29。
59 同上註，頁34。
60 同上註，頁15。

揮著相似的意義。最為引人思考的，莫過於位列卷九之首的陳希夷。陳希夷本名陳摶，為五代至宋初之際的人物，在中國道家發展史上頗有貢獻。他曾因隱世高士的身份而屢獲周世宗和宋太宗禮遇，而「希夷」的名號就是太宗在太平興國九年（984）賜予他的。[61]蔡正孫以「陳希夷」標示之，不採本名或周世宗賜予他的「白雲」一號，存有尊崇宋室為正統的含意。《宋史》嘗稱，陳希夷「及長，讀經史百家之言，一見成誦，悉無遺忘，頗以詩名」。[62]可見在隱士以外，他同時具有文人與詩人的身份，入選《詩林廣記》並非不合情理。不過，考察總集收錄的詩作和評論，不難發現全篇幾乎沒有任何有關詩學問題的討論。蔡正孫最關注的，反而是陳希夷與宋室貴冑的關係。置於後集卷九開首的是〈歸隱〉。其詩曰：

> 十年蹤跡走紅塵，回首青山入夢頻。
> 紫陌縱榮爭及睡，朱門雖貴不如貧。
> 愁聞劍戟扶危主，悶見笙歌聒醉人。
> 攜取舊書歸舊隱，野花啼鳥一般春。[63]

從編者的編排手法可以推想，此詩勾勒陳希夷的整體形象，似是為往後的作品作鋪墊，如「入夢」、「睡」諸語可連繫至及後的兩首「睡詩」。至於「走紅塵」、「危主」諸語，則顯示他淡薄功名富貴的人生態度，亦是其歸隱山中的原因。蔡正孫置此詩於開首，可謂簡介了他對陳希夷的定位，以及《詩林廣記》對此段落的側重點，即傾向記人與記事的層面。而列出此詩之後，編者節錄了邵伯溫（1057-1134）

---

61 脫脫等：《宋史》，卷457，頁13420-13421。

62 同上註，頁13420。

63 蔡正孫撰，常振國、降雲點校：《詩林廣記》，後集卷9，頁383。

的《易學辨惑》如下：

> 摶隱居華陰山，自晉以後，每聞一朝革命，顰蹙數日。人有問
> 者，瞪目不答。一日，乘驢游華陰市，聞太祖登極，大笑。問
> 其故，曰：「天下自此定矣。」遁跡之初，作此詩云，豈淺丈
> 夫哉？[64]

此處記述陳希夷歸隱期間，對世間亂事深感擔憂，卻因宋太祖功成一
事而大笑，認定從此天下大定，紛亂不再。邵伯溫由此回顧這寫於
「遁跡之初」的作品，讚嘆陳希夷獨具慧眼，不能輕視。蔡正孫編選
此詩，除了表揚陳希夷之外，也順帶提及太祖有功於平定天下，連得
道高士亦承認他過人不凡，是天命所歸的王者。置入元初的遺民語
境，這是一再強調宋代立國符合天道正統，同時不認同滅絕此正統的
蒙元外族。至於第二首選詩〈題西峰〉，蔡正孫選取《見聞錄》之
言，記陳希夷前赴汴京，應答太宗詔見期間，向時任宰相讚揚太宗
「博達今古，深究治亂，真有道仁明之主，正是君臣同德致理之時。
勤心修煉，無出於此」。[65]按史書稱，陳希夷聲名之大，與太宗對其賞
識不無關係。此引文則顯示二人實為互相欣賞，宋室確有與高士交流
的資格，絕非只為沽名釣譽而攀附對方。錢穆也曾指出，宋初官場受
到五代遺風影響，士大夫的人格精神普遍有所衰退，真正彰顯教化、
德行和思想深度的，反而是和尚、道士、隱士一類人物，而陳希夷正
是代表之一。[66]蔡正孫如此安排，正好標舉陳希夷與宋太宗在人物形
象上的正襯關係。更重要的是，引文還指出北宋君王「有道仁明」，

---

64 蔡正孫撰，常振國、降雲點校：《詩林廣記》，後集卷9，頁383。
65 同上註，頁384。
66 錢穆：《國史大綱》（臺北：臺灣商務印書館，2015年，修訂本），頁556-557。

乃「君臣同德致理」的盛世，反映出人民在宋室治下的美好和諧。懷念之餘，其實又暗示了趙宋滅亡實在不合理。

　　若然從詩學的角度入手，或會對陳希夷在總集內的部分作品感到疑惑，特別是兩首平白如話的「睡詩」——在此卷位列第四的〈睡答金勵〉尚且是五律，其後的〈對御歌〉卻是參差不齊的作品：

> 臣愛睡，臣愛睡，不臥氈，不蓋被，片石枕頭，蓑衣鋪地。震雷掣電鬼神驚，臣當其時正鼾睡。閒思張良，悶想范蠡。說甚孟德，休言劉備。三四君子，只是爭些閒氣。爭如臣向青山頂頭，白雲堆裡，展開眉頭，解放肚皮，且一覺睡。管甚玉兔東生，紅輪西墜。[67]

作品開首幾句無異於日常對話的口語，如「只是爭些閒氣」、「且一覺睡」等句更加是多用虛字和散文句式，詩文不分。無論從技巧、題材還是詩意來評價，這首作品似乎較難與全書建構的詩歌史扯上關係。事實上，蔡正孫對二作的討論亦只是限於本事與史實的範疇。在〈對御歌〉之後，他附上《談藪》的記述：「周世宗召入禁中，扃戶試之，月餘始開，搏熟寐如故。嘗對御歌此詩云。」[68]周世宗是歷史上另一位對陳希夷賞識有加的君主。面對君主的禮遇，他依然故我地擺出「熟寐如故」的姿態，藉神異之跡表現出其非比尋常的一面。這充分刻劃出其高深莫測，隱世得道的形象。在如此陳述陳希夷的逸事後，編者提出其對宋太宗的稱賞，即能進一步襯托出宋太宗的明君形象。綜言之，《詩林廣記》對陳希夷的論述往往勾連北宋朝廷的人事，尤其著力反映宋君的出色一面，表現出北宋王權的治道與正統。

---

67 蔡正孫撰，常振國、降雲點校：《詩林廣記》，後集卷9，頁386。
68 同上註。

這與全書談論的詩學議題沒太大關係，卻體現出濃厚的遺民意識，表現了對故國的嚮往和懷念。

前文提及，考究《詩林廣記》的詩歌史論述，後集卷九與卷十的線索實與卷八以前的部分不太相連。它沒有承接收錄於卷八末處的韓駒，反而回溯至北宋之初的陳希夷，故當視此作為蔡正孫繼「大家數」和普通詩人後，從北宋詩歌史中分拆出來的第三個層次。這一層次的主題是混雜的，有的是被蔡正孫認定為在詩歌史上較次要的文人，包括代表「西崑體」的楊億，和以詞為著名的晏殊、賀鑄（1052-1125）；有的更加是無關於詩學問題，例如論司馬光、范仲淹和劉攽（1022-1088）時，蔡正孫主要談論他們的修身為人和賢臣形象，反而不多分析他們的詩學特色。這種做法具有兩種意義。一者，如同前文提及，作為啟導「兒侄」的教材，除了教授詩藝技巧之外，亦有意遵從理學家的思路，藉詩賦傳揚道統，故在總集的末處設立了這個部分；二者，針對後輩的教學亦是更新故國記憶的手段——蔡正孫以眾人的詩作保存了北宋時代的文化與人事，體現出歷史記錄的意義，進而達至傳承後世的目標。再觀陳希夷一例，位列其後的是魏野、林逋。論詩者如梁崑等大多把二人歸納為宋初的晚唐派詩人。[69]但正如《詩林廣記》的簡介所言，他們其實尚有隱士的身份。這正是他們與陳希夷的共通點，足以解釋何以三人並列在一起。尤其往後的部分尚有同屬晚唐派的寇準，蔡正孫卻不願連結他們，突顯了對隱士身份的側重。這緊密呼應位居全書首位的陶潛；另一方面，細考此三人的結局，陳希夷與宋帝惺惺相惜，魏野迴避帝詔，林逋不得起用，命數可謂天淵之別。蔡正孫藉由三人呈現出各種可能性，如同在思考隱士身份的價值和意義。畢竟他當時也是處於隱居不仕的狀態——固然，

---

69 梁崑：《宋詩派別論》，頁15。

「遺」與「逸」的內涵同中有異，蔡正孫的決定源於遺民的處境，與前人歸隱的原由有異，但從總集對詩人編排來看，其沉思與自況之意味終究是不容忽視的。[70]

四　兩重身份在《唐宋千家聯珠詩格》的延續

在《詩林廣記》成書後，蔡正孫又參與《唐宋千家聯家詩格》的編纂工作。此書的其中三卷初稿為番易人于濟（生卒年不詳）所編，後來經湖海吟社送至當時名聲已顯的蔡正孫手上。蔡正孫賞識此書的主張，卻又以為它「雜而未倫，略而未詳」，於是在舊有的篇幅上加以增潤，最終編成了現今的二十卷本。觀乎今本，首三卷嘗從各個詩句使用疊字、起聯方式、後聯寫法等不同的角度分類羅列作品，確實略有混雜的感覺；反而自第四卷起，諸篇基本上都是集中於作品「用某字格」的問題，思考方式趨於一致。由此可推斷，今本首三卷為于濟所編，餘下的為蔡正孫後來補入的。正因為二人負責的篇幅如此懸殊，後世學者普遍以為，與于濟的原意相比，主導此書的當為蔡正孫的想法──正如《詩林廣記》的情況，蔡正孫作為詩評家與宋遺民的兩重身份同時見於其中，可知他延續了前作的編纂方式。

就《唐宋千家聯家詩格》的性質而言，此書是用以指引後學寫作絕句一體的教材，其編纂亦確實始於對詩學問題的討論。宇文所安嘗

---

70 論「遺」與「逸」的概念，固然不宜輕易視之為等同，古人隱逸不仕的原因眾多，除了以遺民之身份不仕新朝的信念之外，亦涉及宗教原因、個人創傷等。不過，它們又是時而為人所連繫，例如先秦時代的伯夷（生卒年不詳）、叔齊（生卒年不詳）義不食服粟，成為歷代遺民精神的信念根源與代表人物，而如前文言，《論語》則把他們歸類為「逸民」之列。此兩個概念的交疊引導古人以「逸」的行動表現「遺」的精神，甚至在思考「遺」的同時，也會無可避免地牽涉「逸」的範疇。是以蔡正孫對宋初逸民的處理實可延伸至自身的境況。

指出，隨著宋元時代的商業日漸發達，社會下層的士紳和城市資產階段注意到文化活動的社交功能，遂生出快速地學習作詩的需求。如是者，大量論述方式通俗直白，內容偏向技術層面的詩學著作應運而生，以供上述人士及其子弟使用。這些著作明確提供系統性的指導，附以大量例子和分析，但求揭示傳統詩學中某些最基本的假定。[71]于濟所編正是此例。二十卷本成書後，其序文曰：

> 客有難余者曰：「詩，天趣也，可以格而求之乎？」余應之曰：「工書者，字有格；摛詞者，文有格，詩豈可以無格哉？苟得已成之法度而習之，是不難。」蓋常病時人采詩，混雜無統，觀者不識其有格。暇日拈出絕句中字眼合格者，類聚而群分之。[72]

于濟認為詩歌創作並非取決於天成，而是像書法等藝術門類，當有「格」可從。後學只要勤於鑽研詩歌之「格」，掌握和磨練相關的法度，即能寫出出色的作品——這觀點多少建基於宇文氏謂之通俗性面向，強調任何人皆可學懂詩學。于濟編纂總集，就是要藉由絕句一體證明其說，並且向苦於時人採詩不精者提供方便。所謂「詩格」概念早已盛行於唐代，唐人亦時常以此名目為書名，編纂專門討論作詩法度與規則的著作，如崔融（653-706）的《唐朝新定詩格》和王昌齡的《詩格》等。曾經留學李唐的日本僧人空海（774-835）編有《文鏡秘府論》，其〈南卷〉記曰：

---

71 Stephen Owen, *Readings in Chinese Literary Thought*, p. 422.
72 于濟、蔡正孫編，〔朝鮮〕徐居正等增注，卞東波校注：《唐宋千家聯珠詩格校證》，序頁52。

> 凡作詩之體，意是格，聲是律，意高則格高，聲辨則律清，格
> 律全，然後始有調。[73]

按其解釋，其時的詩歌由兩部分構成，一是「格」，一是「律」。
「律」不是本研究的焦點，在此不加論述。而「格」就是指向詩歌之
「意」，亦即行文表意與遣詞用句構成的情狀和藝術效果。空海其後
按照「格」之高低，順序列舉「一句見意」的《尚書》古文、「兩句
見意」的《詩經‧關雎》、「四句見意」的《古詩十九首》，從而闡述
「詩格」的原則。當然，「詩格」的定義稍後亦有轉化。據張伯偉的
歸納，終唐一代，論者定義的「詩格」概念牽涉甚廣，包括聲韻、病
犯、對偶、體勢等。[74]然于濟的討論多集中於用字、對偶，故他強調
以拈出「字眼合格者」為編纂方法。同樣地，蔡正孫補編是書時，亦
是著眼於絕句對特定字眼的使用方法和分佈情況，只有末卷「押無字
韻格」和「就有字押無韻格」兩項，藉由以「無」字為韻腳的現象而
略為觸及聲律的範疇。畢竟蔡正孫的原意是拓展于濟的構思，修正其
三卷中未有充分展示的概念，如同其序曰：

> 故凡詩家一字一意可以入格者，靡不具載，擇其尤者，凡三百
> 類，千有餘篇，附以評釋，增為二十卷。壽諸梓，與鯉庭學詩
> 者共之。正孫固不敢以言詩自任，而乃僭為之增損者，特求無
> 負於默齋之初志耳。[75]

---

73 〔日〕遍照金剛：《文鏡秘府論》（北京：人民文學出版社，1975年），南卷，頁
　128。

74 張伯偉：《全唐五代詩格匯考》（南京：鳳凰出版社，2002年），頁7-12。

75 于濟、蔡正孫編，〔朝鮮〕徐居正等增注，卞東波校注：《唐宋千家聯珠詩格校
　證》，序頁50。

從「一字一意」之語觀之，于濟和蔡正孫所論似乎較接近《文鏡秘府論》的方向，也就是以詩歌的用字為焦點，分析其表意效果，以及由此營造的語境和情狀。所謂「壽諸梓」者即印刻告成，付諸出版的意思。而「鯉庭」一語出自《論語・季氏》，言孔鯉趨而過庭，為其父孔子訓示的典故，後來引申為前輩訓誡後輩之意。[76]換言之，蔡正孫指出，此書乃是以教育有志於作詩的後學，與于濟的「初志」一致，旨在「言詩」。故《唐宋千家聯家詩格》在本質上遠比《詩林廣記》單純，蔡正孫並無意扭曲原作者的意圖。單從序文觀之，誠如前文提及，蔡正孫在《詩林廣記》的序中雖自稱有「言詩」之意，惟處處暗示國變之難與遺民之志；反而《唐宋千家聯家詩格》的序文只是環繞此書的詩學主張、編纂緣由，以及對于濟的勉勵、恭維。篇末的紀年方式，亦是由《詩林廣記》刻意使用的太歲紀年法變回常見的甲子紀年法。雖然甲子紀年同樣是遺民不願承認新朝的表現，然對比古老的太歲紀年法，蔡正孫的做法可視作淡化抗衡的色彩，不如《詩林廣記》般藉漢文化突顯對外族統治者的敵視。蔡正孫在此傾向把焦點放於詩學問題上。

　　當然，作為終生之志，蔡正孫不可能完全拋開遺民的身份，只是表達方式較含蓄，不至於成為全書的要點。卞東波在〈宋元之際古逸書《唐宋千家聯珠詩格》考論〉一文論及此書的史料價值，當中詳細分析蔡正孫編選的絕句如何反映國變前後的人與事，還有他自身的遺民身份。[77]本研究僅欲從補足《詩林廣記》的角度出發，嘗試呈現出《唐宋千家聯家詩格》對蔡正孫之志的延續。《詩林廣記》的編選範

---

76 何晏注，邢昺疏：《論語注疏》，收於《十三經注疏（標點本）》，第10冊卷16，頁230。

77 卞東波：〈宋元之際古逸書《唐宋千家聯珠詩格》考論〉，《域外漢籍與宋代文學研究》，頁226-237。

圍止於北宋，雖然能夠透過附詩的方式援引南宋的詩人，但數量始終
有限，選材和論述亦受制於正式入選的詩作，不可能過分離題。至
《唐宋千家聯家詩格》，編選範圍擴展至南宋，甚至是宋元之際，編
者才得以大量編選存在於這段時期的詩人。強大的外患一直威脅晚期
的趙宋王朝，無可避免地影響當世詩人的創作題材與風格。是以在
《唐宋千家聯家詩格》編選這段時期的作品時，蔡正孫都難免會觸及
亡國的悲劇和自身的遺民身份。例如，關於戴復古的〈廢宅〉，其評
語曰：「桑田滄海，世變如此，寧不興懷舊之思？」[78]在「世變」之際
生出「懷舊之思」，正是遺民心境的寫照。至於文天祥的作品，更是
著力勾勒出他身為抗元義士的形象。蔡正孫編選的文詩共有四首，分
別是卷六的〈與楊通州〉、卷七的〈重九〉、卷十的〈發通州〉和卷十
四的〈贈鑑湖相士〉。前三首均是文天祥在奮力抗元至失敗被俘期間
的所感所想。蔡正孫對此多有感慨和認同，遂藉由注文表達之。譬如
〈與楊通州〉首句「仲連義不帝孤秦，萬死逃來住海濱」下，他注
曰：「以魯仲連自況，文山之本心也。」[79]解說詩意之餘，他點明文天
祥的「本心」，強調其義無反顧地抵抗蒙元的英雄形象。相似的注文
亦見〈發通州〉一詩的注文中。[80]至寫於被俘以後的〈重九〉，蔡正孫
的注則直言：「傷時感慨，且可痛哭。」[81]讀到義士窮途末路，孤身無
助的情境，蔡正孫不再分析詩意，只是記下了自己的激動情緒，宋遺
民的身份一時取代了詩論家的身份。而最後一作〈贈鑑湖相士〉的內
容未有明確觸及國變之事，蔡正孫還是就「月黃昏裡疏枝外，認取半

---

78 此詩在《全宋詩》中以〈淮村兵後〉為題，感慨時局的意味更顯著。于濟、蔡正孫
　　編，〔朝鮮〕徐居正等增注，卞東波校注：《唐宋千家聯珠詩格校證》，卷8，頁332。

79 同上註，卷6，頁235。

80 在此詩首兩句後，蔡正孫分別作注曰「可見歷險阻艱難處」和「有魯仲連之志」。
　　同上註，卷10，頁457。

81 同上註，卷7，頁293。

天孤鶴飛」一聯注曰：「意在言外，亦以自喻。」[82]他在此提出「孤鶴」的形象為文天祥自喻，一再加強其孤身奮戰的悲劇英雄形象。可見，透過四首絕句，蔡正孫不斷回憶和描繪文天祥的事蹟，以至趙宋亡國時候的狀況，既牽引著他的情感，又促使他把義士的形象保留於這部供後學使用的教材中。當然，以編選情況觀之，蔡正孫大概不是刻意把這些宋末人事引入總集中。始終多達三百餘項的分類極為複雜，每類可選的作品實在不多，編者本來就沒有太多發揮空間。而且各條注文簡短扼要，點到即止。可以相信，上述情況都是源於蔡正孫的遺民意識受到個別作品瞬時刺激，希望借機抒發而已。

　　另一值得關注的現象，是蔡正孫編選了自己所作。與止於北宋的《詩林廣記》不同，《唐宋千家聯家詩格》的編選範圍下逮宋元之際，即蔡正孫身處的時代，故他可以理所當然地把自身的作品置於總集內。事實上，扣除重複收錄的兩首，見於書中的蔡詩多達五十八首，超越李白、杜甫、蘇軾、朱熹等唐宋詩歌史上的重要人物，為全書詩人之魁首。固然，對比不同時期的「詩格」類著作，可知不少著作皆礙於分類系統過於瑣碎，以致在收集教學範例時，難以為每一類覓得足夠的古人詩作，故一眾編者往往傾向依賴自己的創作。從《唐宋千家聯家詩格》的分類模式觀之，蔡正孫恐怕同樣面對這方面的困難。大量錄入蔡詩的現象實不足為奇。重點在於，觀乎這批作品，不難發現蔡正孫沒明確區別編者與原作者的身份，注文既會客觀地討論詩學，亦會以作者的口吻提供種種資料，例如〈贈山〉和〈訪僧〉等均取回憶逸事的筆調說明其寫作背景。〈訪友人不遇〉、〈西湖晚景〉、〈客程尋詩〉和〈寄訊王秋江〉諸詩的注文更加使用第一人稱「僕」為自稱。在此嘗以〈訪友人不遇〉末句後的注文為例：

---

82 于濟、蔡正孫編，〔朝鮮〕徐居正等增注，卞東波校注：《唐宋千家聯珠詩格校證》，卷14，卷656。

> 丙戌，僕訪陳氏山居，主人有出，推扇淪茗而去，詩題此絕於
> 壁。故友魏梅墅甚稱末聯，前此無人寫此意。[83]

他於起句即以「僕」為自稱，代表注文是以原作者的身份寫下的。這
條材料出自他記憶中的個人經歷，而後句的評價亦不如《詩林廣記》
般訴諸權威，而只是述及他與友人的交流。可見，注文的寫法充滿了
私密性質，態度異於《詩林廣記》，以及不少產生於唐宋時代的總集。

　　以上情況亦導致蔡正孫容易在評詩過程中流露個人的感情，使注
文添上一份抒情的色彩。在〈寄艮弟〉的末句注文中，他說：

> 弟名壽翁，以艮齋自號。壬戌後數年留京庠，遠遊忘歸，甲子
> 歲以此詩寄之。鴈行中斷，今成孤飛，痛哉！[84]

藉為總集編選作品的機會，他重讀了昔日寄予弟弟的舊作，憶起舊日
親情之餘，又想到如今二人離散，重逢無期，不禁以嘆息一聲「痛
哉」。編者作注的權力與原作者的情感在此結合起來，令總集轉化為
個人情感的表達媒介，偏離了原來的編纂動機。按此情況，一旦詩作
內容涉及國變之事，蔡正孫亦會表露出遺民的一面。就像〈兵後社日
無酒〉一詩，詩題已經點明戰亂的背景，注文亦說明了首聯為「即景
語，賦一時之事實」，強調詩文記錄的是即時且真實的情感，而次聯
「寄言莫送治聾酒，世事年來不願聞」之下，則引述他人評語曰：
「此聯有感慨意」。[85]此處的「感慨」正是出自其遺民情懷。此詩其後

---

83 于濟、蔡正孫編，〔朝鮮〕徐居正等增注，卞東波校注：《唐宋千家聯珠詩格校
　　證》，卷7，頁265。
84 同上註，卷6，頁252。
85 同上註，卷12，頁529。

又見卷二十，題為〈社日無酒〉。這或為編者的失誤，但不難發現，詩後注文與卷十二的同中有異，尤其針對次聯之詩意，此處說明更詳細：「反治聾事，出脫無酒好，有概嘆意。」[86]他以編者的身份解釋了「慨嘆」的原因，令原來含蓄婉轉的詩人話語變得清晰明確。兩段的異同揭示出蔡正孫或許當時未有意識到作品在他卷重出的情況，只是每次提到此詩時，都難免勾起國變後，自己「世事年來不願聞」的傷感。卷二十的情況又見出，透過編者與詩人的身份差異，還有賦詩與作注的時間差距，他以不同方式反覆表達遺民的觀點。相近的模式又見於〈觀猴戲〉一詩。此詩為蔡正孫欣賞猴戲表演時的感想，寫作時間、地點和背景本為不明。然至《唐宋千家聯家詩格》，他在「不知還似孫供奉，認得當時舊主人」一聯下解釋句中典故：

> 唐昭宗時，有猴頗馴，能隨百官朝班，時號孫供奉。後朱全忠弒昭宗篡立，百官朝賀，猴於殿陛見全忠，知非其主，趨進跳擊。[87]

典故意在諷刺禽獸尚知忠義，反而為官者或是貪生怕死，或是見風使舵，居然認賊作主。蔡正孫在宋亡元立的局勢下以此為詩，難免令人猜測是否有所影射。就如為總集作增注的朝鮮人徐居正（1420-1492）所稱，此詩「非止詠猴，意有所指」。[88]有趣的是，由於編者同時身兼原作者的身份，故這些注文對作品擁有絕對的詮釋權力，不存過渡詮釋之嫌。姑勿論蔡正孫最初的創作意圖如何，他透過解釋典

---

86 于濟、蔡正孫編，〔朝鮮〕徐居正等增注，卞東波校注：《唐宋千家聯珠詩格校證》，卷20，頁909。
87 同上註，卷14，頁657。
88 同上註，卷14，頁657。

故，以猴子「知非其主，趁進跳擊」的情態，繪聲繪影地突出了詩歌的諷刺意義，令讀者對作品內涵有更深入和具體的理解。面對原作者直接加上的解說、延伸或申述，讀者一般難以否定，注釋的內容遂成為詩意的一部分。換言之，蔡正孫利用了編選自身作品的特殊情況，不單回顧過去，再度感受昔日傷痛，甚至進一步把當日未有道盡的情與事，以注文形式一一吐露。注釋由此兼有創作的成分，與原作的界線變得模糊，不再停留於分析、理解作品的位置。此亦見出蔡正孫對總集形式的創新與突破。

受制於《詩林廣記》的編選範圍，蔡正孫的詩歌史論述僅僅止於北宋，南宋時期的一段淪為空白。為于濟增編《唐宋千家聯家詩格》遂為補足這一遺憾的機會。于濟以詩歌的「格」為全書骨幹，又表明編書旨在闡明「詩有格與否」的問題，固然令他不可能把《詩林廣記》的模式直接套入此書。但他其實延續了身兼詩評家和宋遺民的編輯思維，有限度地把遺民情感滲入詩學討論中。尤其晚宋詩人，包括他自身，都曾經寫下不少關於抗元戰爭、亡國大禍之作。《詩林廣記》未能直接觸及的部分，《唐宋千家聯家詩格》多少有所承接。

五　小結

元代初年，宋遺民蔡正孫放棄求仕的進路，回到家鄉鑽研詩學，終於編成了《詩林廣記》二十卷。有感於詩學之難言，他選擇以晉、唐宋的詩人為線索，建構出一段橫跨三代的詩歌史論述。這部著作涉及宋遺民對宋詩學的總結和溯源，意義深遠，惟過去的研究者大多把注意力集中在其創新的體例上，漠視了它的內容。本研究因而希望梳理書中論述的一些要點，以探究蔡正孫於詩學範疇內外的寄意。誠然，元代詩壇上其實不乏對宋代詩學的總結和討論。在直接的詩論以外，

蔡正孫利用總集連結唐宋兩代，為宋代詩學追本溯源，建構宏大的詩歌史論述，乃為值得探討的現象。同時，受世變的殘酷現實打擊，編者又難以放下遺民的意識，還有對個人命運的感傷，使其編選與論述變得複雜。本章以《詩林廣記》為例，藉考察蔡正孫的兩重身份——即詩論家與宋遺民——互相交疊之情況，嘗試展現出此一特色。

第四章
繼承與救弊：《瀛奎律髓》對「江西詩派」的再建構

　　宋代中葉，一批詩人以「宗派」名號自居，形成了世稱「江西詩派」的群體。跟過去由後人歸納出來的詩人派別不同，「江西詩派」這概念出於群體成員的自覺意識，蘊含在詩壇上開宗立派的動機，為中國詩歌史上前所未有的現象。[1]為鞏固「江西詩派」的派別意識，強調它與同時代的文人圈子、詩風潮流有別，《江西詩社宗派圖》與總集《江西詩派》相繼面世。前者詳列成員名單，後者收錄成員的作品，具體地呈現出這群體的風格取向和創作成果，從而彰顯聲勢與影響力。可惜兩部文獻至今已亡佚。由於《江西詩社宗派圖》的內容與形式相對簡單短小，所以後人可循其他文獻的轉引而知其輪廓；相反，關於總集的記錄僅餘下篇卷數目等零碎的資料，其他內容細節始終難以考證。[2]後人為免「江西詩派」淪為空有名號而不知主張的群體，遂改奉宋末元初人方回的《瀛奎律髓》為代表「江西詩派」的總集。

　　如四庫館臣的觀察，《瀛奎律髓》「大旨排『西崑』而主『江

1　許總：《唐宋詩體派論》，頁28-29。
2　關於總集《江西詩派》的存在，最明確的資料見於陳振孫的《直齋書錄解題》。其卷十五中有《江西詩派》一百三十七卷及《續派》十三卷的著錄。見陳振孫：《直齋書目解題》，卷15，頁449。黃寶華從卷數總量推斷，這批總集應該是由眾人的詩歌別集結合而成的，即這批著作分散則為個人別集，聚合則為代表詩人群體的總集。見黃寶華：〈《江西詩社宗派圖》的寫定與《江西詩派》總集的刊行〉，《文學遺產》1999年第6期，頁70-71。

西』，倡為『一祖三宗』之說」。[3]無論是選詩抑或評論，此書不但在立場上偏重「江西詩派」，也提供了許多關於「江西詩派」的理論、解說和分析，包括備受重視的「一祖三宗」說等，左右了無數後人的論述，影響甚至延及現代。現時關於「江西詩派」的研究專著，主要有莫勵鋒的《江西詩派研究》、龔鵬程的《江西詩社宗派研究》以及伍曉蔓的《江西宗派研究》。莫氏遵從方回提出的組織結構為論述框架，直接於書目標題中使用「三宗」的字眼；龔氏和伍氏同樣標榜以《宗派圖》的名單為根本，惟伍氏另闢一章談陳師道時，亦言篇章安排與方回尊之為「三宗」之一有關。[4]龔氏則是有意識地迴避方回所論。龔氏於另一論文中更稱方回所倡「與原來的江西詩社宗派差別很大」。[5]的確，「江西詩派」出現於兩宋之際，《瀛奎律髓》卻是成於元初，時間和環境相距甚遠。直接視方回的觀點為「江西詩派」的本意，誠有不妥。

本研究認為，方回曾藉由《瀛奎律髓》修改「江西詩派」的架構與宗旨。對於這個動作，各家描述不盡相同。例如，詹杭倫稱之為「確立江西詩派的骨幹」，以為他能夠貫通唐宋兩代的源流，整齊派別的陣營，最終為「江西詩派」定下作為詩壇正宗的歷史地位；[6]許總言之為「提出江西詩派的完整體系」，並指出呂本中的《宗派圖》只是勾勒了「江西詩派」的大致輪廓，而方回則是以之為基礎，加以完善和補正。[7]惟所謂「確立」、「提出」，以至「繼承」和「補正」等用語，大概都未能準確詮釋方回的心思與功夫。方回對《宗派圖》的

3　永瑢等：《四庫全書總目》，卷188，頁1707。

4　伍曉蔓：《江西宗派研究》（成都：巴蜀書社，2005年），頁179。

5　龔鵬程：〈江西詩社宗派〉，收於黃永武、張高評編：《宋詩論文選輯》（高雄：復文圖書出版社，1988年），冊一，頁541。

6　詹杭倫：《方回的唐宋律詩學》（北京：中華書局，2002年），頁117-120。

7　許總：〈論《瀛奎律髓》與江西詩派〉，《學術月刊》1982年第6期，頁75。

接受實相當有限，難以視之為與前人論說一脈相承。概括而言，他推翻了不少有關「江西詩派」的舊有論述，補救前人未能解決的爭議，再以後設手段重新建構這群體的組織架構、歷史地位和詩學主張，令它得以成為宋詩正統，還有學詩者應當效法的典範。以下將從「三宗」和「一祖」的概念談起，嘗試析論之。

一　從《宗派圖》到「一祖三宗」說

關於「江西詩派」的名號與架構，最先由兩宋之際的呂本中提出。他編製了一份稱作《江西宗派圖》或《江西詩社宗派圖》的文獻，以介紹「江西詩派」之架構與成員。[8]其寫作背景，見於南宋紹興年間人吳曾（生卒年不詳）的《能改齋漫錄》卷十：

> 蘄州人夏均父，名倪，能詩，與呂居仁相善。既沒六年，當紹興癸丑二月一日，其子見居仁嶺南，出均父所為詩，屬居仁序之。序言其本末尤詳。已而居仁自嶺外寄居臨川，乃紹興癸丑之夏。因取近世以詩知名者二十五人，謂皆本於山谷，圖為「江西宗派」，均父其一也。[9]

呂本中於宋高宗紹興癸丑年間（1133）寫定《宗派圖》，內容以黃庭堅

8　關於《宗派圖》的全稱，早期的記載如《苕溪漁隱叢話》和《陵陽先生室中語》等，都稱之作《江西宗派圖》。至南宋人陳巖肖（生卒年不詳）的《庚溪詩話》，才初次使用《江西詩社宗派圖》一名。宋人趙彥衛（生卒年不詳）的《雲麓漫鈔》和清人張泰來（1734-？）的《江西詩派宗派圖錄》等皆沿用此稱。詳見陳巖肖：《庚溪詩話》，收於丁福保輯：《歷代詩話續編》（北京：中華書局，1983年），頁182。

9　吳曾：《能改齋漫錄》（上海：上海古籍出版社，1979年，新1版），上冊卷10，頁280。

為首，下取二十五名於近世有名的詩人，又確立「江西宗派」的名
號。儘管今人對此圖的寫成時間尚有爭議，但其形式、人數，以及尊
黃庭堅為「本」的要旨，大致已成共識。[10]

　　追溯前代，晚唐人張為（生卒年不詳）有《詩人主客圖》，以
「主」與「客」的概念解釋詩人之間的傳承關係。清人李調元（1734-
1803）為之敘曰：「所謂主者，白居易、孟雲卿、李益、鮑溶、孟郊、
武元衡，皆有標目。餘有升堂、入室、及門之殊，皆所謂客也。宋人
詩派之說實本於此。」[11]這觀察不單為宋代冒起的「詩派」概念覓得
基礎，更加暗示了呂本中寫作《宗派圖》的行為或許就是受到張為
啟發。

　　不過，細考《主客圖》與《宗派圖》，可知有不少相異處。一
者，《主客圖》分五層，在「主」以下，依次為「上入室」、「入室」、
「升堂」和「及門」，顯然要評價諸人高下。不少爭議由此而生，如
元稹（779-831）僅為白居易之「入室」，反不及位列「上入室」的楊
乘（生卒年不詳），有違不少批評家的認知。至於《宗派圖》，就如後
文將論及的，呂本中是否要為諸家分高下，仍是未知之數。至少現存
的文本未有如《主客圖》般呈現清晰的等第意識；二者，從文本和編
者的背景推敲，張為和呂本中身處於不同的語境。《主客圖》記錄了
六門主客的脈絡，有如描述當世詩壇的眾生相，而他並未為自身在這

---

10 關於《宗派圖》的寫成時間，今人學者的觀點主要分兩派。一派採納吳曾的記述，
　　另一派則認為吳曾誤記，改以南宋人范季隨（生卒年不詳）的《陵陽先生室中語》
　　為據。根據范氏記載，呂本中曾經就《宗派圖》辯稱：「安得此書？切勿示人，乃少
　　時戲作耳。」見范季隨：《陵陽先生室中語》，收於吳文治主編：《宋詩話全編》（南
　　京：江蘇古籍出版社，1998年），冊10，頁10465。呂本中於紹興年間已經年近五十，
　　絕非「少時」，故學者以為《宗派圖》或成於北宋。不過，反對者質疑呂本中當時
　　所處的語境，指出這可能是他為避免開罪別人而隨意道出的推託之辭，不可盡信。
11 張為：《詩人主客圖》，收於《歷代詩話續編》，頁70。

些脈絡中留一席位。張為與圖中詩人和脈絡存有一定的距離。反而呂本中素以「江西」後學自居，姑勿論他本人是否列於當中，其餘見於《宗派圖》的詩人多為其親友。《宗派圖》所錄是編者自身所屬的詩人圈子，含有對外界宣示聲勢的自豪感。因此，即使《主客圖》已有「詩派」概念的影子，但不宜判定呂本中直接承接了張為。出於種種因素，他不可能沿用張為的設計。

論呂本中的創新，可從「宗派」一詞入手。呂本中好用佛語描述學習寫作的功夫，與之同時且同屬「江西詩派」的韓駒（1080-1135）更直接喻學詩為「參禪」，故不少論者相信「宗」乃取自「禪宗」之「宗」，整個「宗派」概念實模仿佛家禪宗制度。[12]范季隨嘗引韓駒言，稱《宗派圖》刊行後，世人視之「如禪門宗派」。[13]另一南宋人周紫芝（1082-1155）的《竹坡詩話》亦云：「呂舍人作《江西宗派圖》，自是雲門臨濟始分矣。」[14]所謂「雲門」、「臨濟」者，乃指稱「雲門宗」與「臨濟宗」，即禪宗南宗五家中的其中二家。此為以佛門分家的情況，比喻《宗派圖》劃分的，是諸人在傳承詩法技藝時組成的派別門系。當然，在這種看法以外，今人亦有其他創見。例如龔鵬程藉呂本中對自身家世的重視，提出「宗」是「宗族」之意，《宗派圖》等於是「以黃庭堅山谷為祖，其餘諸氏為派，其實則一詩人家譜也」。[15]呂本中的原著已佚，《宗派圖》的書寫形式無從窺見，故是非難以論

---

12 呂本中時常以「悟」為學詩的重要階段，嘗言道：「作文必要悟入處，悟入必自功夫來，非僥倖可得。」此處的「悟入」正是套用佛家禪語。見呂本中：《童蒙詩訓》，收於郭紹虞輯：《宋詩話輯佚》（北京：中華書局，1980年），下冊，頁594。韓駒則在詩作中形容過學詩的過程：「學詩當如初學禪，未悟且遍參諸方。」見韓駒：〈贈趙伯魚〉，收於北京大學古文獻研究所編，《全宋詩》（北京：北京大學出版社，1991年），第25冊卷1439，頁16588。

13 范季隨：《陵陽先生室中語》，收於《宋詩話全編》，冊10，頁10465。

14 周紫芝：《竹坡詩話》，收於《歷代詩話》，頁355。

15 龔鵬程：《江西詩社宗派研究》（臺北：文史哲出版社，1983年），頁220。

定。在此可推斷的是，張為提出的「主客」關係，與呂本中的「宗派」關係，含義不盡相同。一者，家族有家規族例，宗教有信條戒律，對各「派」之詩人的約束與連繫理應更見有力；二者，無論是家族抑或宗教，在下位者往往會對在上位者表現敬意和順從，於《宗派圖》而言，當見於黃庭堅及其詩學對諸詩人的影響力。這揭示了「江西詩派」這一詩人群體的性質。

范季隨嘗稱呂本中之作「連書諸人姓字」。[16]另一宋人趙彥衛（生卒年不詳）同樣以「錄其名字」描述《宗派圖》的面貌。[17]這性質遂構成後世對《宗派圖》的主要印象，亦引起了不少討論。考現存文獻，最早引錄名單的乃胡仔的《苕溪漁隱叢話前集》卷四十八：

> 自豫章以降，列陳師道、潘大臨、謝逸、洪芻、饒節、僧祖可、徐俯、洪朋、林敏修、洪炎、汪革、李錞、韓駒、李彭、晁沖之、江端本、楊符、謝薖、夏倪、林敏功、潘大觀、何覬、王直方、僧善權、高荷，合二十五人以為法嗣，謂其源流皆出豫章也。[18]

這段描述顯示，《宗派圖》以兩層結構表達詩人的「源流」關係，黃庭堅位處較高的一層，代表「源」，自他「以降」的一層「列出」二十五名詩人，是為「法嗣」。除了胡仔之外，其他文獻亦時有引述這份名單，只是在細節上偶有差異。例如，趙彥衛的《雲麓漫鈔》和王應麟（1223-1296）的《小學紺珠》刪去何覬（生卒年不詳），添上呂

16 范季隨：《陵陽先生室中語》，收於《宋詩話全編》，頁10465。
17 趙彥衛：《雲麓漫鈔》（上海：古典文學出版社，1957年），頁199。
18 胡仔撰，廖德明點校：《苕溪漁隱叢話》（北京：人民文學出版社，1962年），前集卷48，頁327。

本中本人；[19]至於陳師道、韓駒、徐俯（1075-1141）等人，因其詩學地位較高，且清楚出現在所有版本的名單上，因而被認定為「江西詩派」中的核心人物。黃啟方嘗從《王直方詩話》的條目入手，提出王直方（1069-1109）論詩時喜好談及的人物，與《宗派圖》的名單大致重合，證明眾人之間有真實、密切的關係。[20]可知《宗派圖》並非呂本中自作聰明地劃定的，而是確實指向當時的詩人圈子。

　　另一點常為後世關注的，是名單的排列次序是否含有價值判斷。尤其對比胡仔跟趙彥衛的版本，洪朋（生卒年不詳）的位置分別處於第八、第四，分歧原因未見解說。觀古人言論，亦不時糾結於排名問題。吳曾引曾慥（？-1155）之《百家詩選》的小序曰：「夏均父自言，以在下列為恥。」[21]孫覿（1081-1169）又記：

　　　呂居仁作《江西宗派》，既云「宗派」固自有次第。……靖康末，呂舜徒作中憲，居仁遇師川於寶梵佛舍，極口詬罵其翁於廣坐中，居仁俯首不敢出一語。故於《宗派》貶之於祖可、如璧之下，師川固當不平。[22]

孫覿不但以為「宗派」含有次第是理所當然的，更記載呂本中藉貶抑徐俯的排名，作為報復對方的手段，暗示了《宗派圖》的排名實經精心設計，還涉及了作者個人的主觀色彩。惟孫覿所記可能只是傳言逸

---

19 趙彥衛：《雲麓漫鈔》，頁199；又，王應麟：《小學紺珠》，收於《景印文淵閣四庫全書》，第948冊卷4，頁54下（總頁477）。

20 黃啟方：〈黃庭堅與《江西詩派宗派圖》〉，《黃庭堅研究論集》（合肥：安徽人民出版社，2005年），頁278-292。

21 吳曾：《能改齋漫錄》，上冊卷10，頁280。

22 孫覿：〈與曾端伯書〉，收於曾棗莊、劉琳主編：《全宋文》（上海：上海辭書出版社、合肥：安徽教育出版社，2006年），第159冊卷3429，頁55。

事，未足取信。不少論者就認為，討論問題之先，應區別呂本中的本
意和後世的接受態度。范季隨表示《宗派圖》有「高下分為數等」乃
後人附會，呂本中「初不爾」。[23]南宋人曾季貍（生卒年不詳）同樣
批評：

> 東萊作《江西宗派圖》，本無詮次，後人妄以為有高下，非
> 也。予嘗見東萊自言少時率意而作，不知流傳人間，甚悔其作
> 也。然予觀其序，論古今詩文，其說至矣盡矣，不可以有加
> 矣。其圖則真非有詮次，若有詮次，則不應如此紊亂，兼亦有
> 漏落。[24]

他斷言《宗派圖》無先後排名，不過是後人曲解其意。且不論「少時
率意而作」是否屬實的問題，曾季貍以「悔」來形容呂本中，證明
《宗派圖》當時廣泛「流傳人間」，而先後排名的概念雖然出於誤
解，卻是深入人心。是以從傳播及接受史的角度而言，《宗派圖》的排
名已由偽命題轉變為後世關心的焦點之一，並招來許多批評和不滿。

　　為了排解紛爭，以及修正呂本中未妥善處理的缺憾，南宋後期已
有人調整《宗派圖》的名單。例如劉克莊為有關「江西詩派」的總集
撰寫小序時，提及了如何取捨呂本中的名單：

> 呂紫微作《江西宗派》，自山谷而下，凡二十六人，內何人表
> 顥、潘仲達大觀有姓名而無詩，詩存者凡二十四家。王直方詩
> 絕少，無可采。餘二十三家，部帙稍多，今取其全篇佳者，或

---

23 范季隨：《陵陽先生室中語》，收於《宋詩話全編》，頁10465。
24 曾季貍：《艇齋詩話》，收於《歷代詩話續編》，頁296。

　　一聯一句可諷詠者，或對偶工者，各著於編，以便觀覽……同
　　時如曾文清乃贛人，又與紫微公以詩往還，而不入派，不知紫
　　微去取之意云何，惜當日無人以此叩之。……派詩舊本，以東
　　萊居後山上，非也。今以繼宗派，庶幾不失紫微公初意。[25]

他否定王直方、何人表（生卒年不詳）和潘仲達（生卒年不詳）的地
位，又更正了呂本中的排名。至於對曾幾不入《宗派圖》的惋惜，除
了劉克莊外，不少後人，包括方回等，均有相類的意見，以為其地位
當不下於呂本中。另外，曾氏一族中又有曾紘（生卒年不詳）、曾思
（生卒年不詳）父子，楊萬里（1127-1206）以「江西續派」稱之，
並表示這名號出於「補呂居仁之遺」。[26]這些都是細節上的修改，整體
上仍遵從呂本中對「宗派」的構想。他們旨在補充《宗派圖》的不
足，譬如擺脫二十五人的人數限制，增添名額，務求擴大並延續「江
西詩派」的影響力。

　　直至元初，《瀛奎律髓》面世，方回才提出「一祖三宗」說，重
新建構出「江西詩派」內的詩人關係。這一說法明確地見於《瀛奎律
髓》卷二十六「變體類」中，方回對陳與義（1090-1138）之〈清
明〉的評價：

　　嗚呼！古今詩人當以老杜、山谷、後山、簡齋四家為「一祖三
　　宗」，餘可預配饗者有數焉。[27]

---

25 劉克莊：〈江西詩派小序〉，收於辛更儒箋校：《劉克莊集箋校》（北京：中華書局，
　 2011年），第9冊卷95，頁4022。

26 楊萬里撰，辛更儒箋校：〈江西續派二曾居士詩集序〉，《楊萬里集箋校》（北京：中
　 華書局，2007年），卷83，頁3346。

27 方回選評，李慶甲集評點校：《瀛奎律髓匯評》，中冊卷26，頁1149。

從「古今詩人」一語推斷,方回的動機遠不止於模仿呂本中劃定「宗
派」架構,而是希望把有關概念放大,進而定下整個詩史的正統。這
點留待後文再論,暫且把討論範圍放於四家的關係上。事實上,在這
總集中,方回一再串連這幾位詩人。例如,在卷十六「節序類」中,
陳與義的〈道中寒食二首〉後有評語曰:

> 予平生持所見:以老杜為祖,老杜同時諸人皆可伯仲。宋以後
> 山谷一也,後山二也,簡齋為三,呂居仁為四,曾茶山為五,
> 其他與茶山伯仲亦有之。此詩之正派也,餘皆傍支別流,得斯
> 文之一體者也。[28]

此處也是以杜甫為首,再依次列出黃庭堅等人。當注意的是,方回再
度以「祖」一字稱呼杜甫。配合「予平生持所見」一句觀之,相信
「一祖三宗」說並非方回隨便拋出的用語。這是他有意標舉的觀點。
當然,方回在此又加入了呂本中和曾幾二人,似乎與「三宗」地位相
等。但是,在卷二十四「送別類」中,方回評陳與義的〈送熊博士赴
瑞安令〉時嘗曰:

> 老杜之後,有黃、陳,又有簡齋,又其次則呂居仁之活動,曾
> 吉甫之清峻,凡五人焉。[29]

雖然名單的次序不變,卻明確地把他們分為三組,先是「老杜」,接
著是山谷、後山和簡齋三人,「其次」則是呂本中和曾幾所位處的第
三層,暗示他們無法攀上「宗」的高位。究其原因,或是出於方回個

---

28 方回選評,李慶甲集評點校:《瀛奎律髓匯評》,卷16,頁591。
29 同上註,卷24,頁1091。

人對陳與義的偏愛，使之超越同代詩人，與作為上一輩的黃、陳，以至更久遠的杜甫扣上緊密關係。

另一方面，上列五人中，其中三人見於《宗派圖》，陳與義跟曾幾在社交和詩學方面亦一直被歸納為「江西詩派」的成員，而杜甫則為黃庭堅的主要學習對象，彼此關係緊密。因此，方回提出的「詩之正派」，即使不一定完全等同「江西詩派」，但是肯定與「江西詩派」這群體概念重疊。

對比《詩人主客圖》，方回的「一祖三宗」說明顯更為靈活。張為把諸位詩人分為六門，每一門都是獨立的脈絡，彼此沒明顯的影響。在同一門之內，四層詩人雖有高下之分，但都是以其所屬之「主」為唯一的學習對象，學習的內容則以該門的名稱和選取的詩例為準。方回提出的「一祖三宗」，雖有杜甫作唯一的「祖」，但「三宗」只是各自效法他的不同面向，而不求全面模仿杜詩。這點見於《瀛奎律髓》的詩歌分類安排。另外，在學杜的同時，方回亦容許「三宗」援入其他詩人的長處。這尤其見於陳與義的風格。（詳後文。）而與《宗派圖》比較的話，方回之說亦是相對複雜。呂本中提出的是個只有兩層的架構，上層單以黃庭堅一人為尊，下層分成二十五人，是為「源流」的關係。方回的則是個三層結構，在「宗」一層之上再添「祖」一層，奉杜甫為尊。然而，杜甫在時代上和人際關係上實與「三宗」沒直接連結，故他是一位「遠祖」。「宗」和「祖」的關係明顯跟《宗派圖》原來所提出以黃庭堅為中心的「詩社」不同；而在「宗」一層，黃庭堅不再是唯一人選，陳師道由「派」升級為「宗」，陳與義則是以新成員的身份取下最後一「宗」的席位。至於最底一層，亦即受到「宗」啟發的詩人，方回所論不如呂本中的名單明確。從剛才的引文推敲，呂本中、曾幾，以及「其他與茶山伯仲」的詩人，大概就是位居這層的人物。此三層代表了「詩之正派」，有別於其他「傍支別流」。

二 「三宗」在《瀛奎律髓》中的地位與關係

按呂本中的框架，黃庭堅作為「宗」的角色定位是明確的。胡仔引其序云：「豫章始大出而力振之，抑揚反覆，盡兼眾體，而後學者同作並和，雖體製或異，要皆所傳者一。」[30]且不論是否有武斷之嫌，依呂本中的認知，二十五家皆為黃庭堅的「後學」，「源流」的關係簡單易明。至方回把「一宗」變成「三宗」之後，「宗」的意義顯然也隨之改變，帶來了不少為後人注意的疑問，包括「宗」這資格的內涵，還有此「三宗」之間的關係。以下先從三家在《瀛奎律髓》中的地位說起。

方回承呂本中的主張，續把「宗」的地位賦予黃庭堅。在〈送李伯英〉一詩，他列出宋代文壇的精英：

> 文名第一歐永叔，詩名第一黃庭堅。
> 節義第一文丞相，三士鼎峙撐青天。[31]

方回極力推舉黃庭堅的地位，奉之為宋詩史上位列首席的詩人。作為「三宗」中時代最早、輩分最高的一人，他尤其看重黃庭堅開創「江西詩派」的貢獻。例如，其〈送羅壽可詩序〉論詩史流變時，如此介紹黃庭堅：「獨黃雙井專尚少陵，秦晁莫窺其藩。」[32]而《瀛奎律髓》卷一再次提到「惟山谷法老杜」，以區別「江西詩派」與蘇舜欽、梅堯臣、歐陽修和蘇軾的風格。[33]從「獨」、「惟」諸用語可見，方回認

---

30 胡仔撰，廖德明點校：《苕溪漁隱叢話》，前集卷48，頁327。

31 方回：〈送李伯英〉，收於《全宋詩》，第66冊卷3506，頁41856。

32 方回：〈送羅壽可詩序〉，《桐江續集》，載《景印文淵閣四庫全書》，第1193冊卷32，頁13下（總頁662）。

33 方回選評，李慶甲集評點校：《瀛奎律髓匯評》，上冊卷1，頁18。

為黃庭堅展現出眾獨特的詩學品味，憑己意選定杜甫為學習對象，拒絕跟從當世大行其道的各式詩風，成功在詩壇上開闢新氣象，為宋詩史上無可取替的人物。

　　黃庭堅素以「點鐵成金」、「奪胎換骨」等主張聞名詩壇。然而，這些都是偏向講究創作技法的主張，歷來引起不少批評，以為他囿於文字技藝，忽視詩歌的實際內容。與之同時的魏泰（生卒年不詳）就曾批評他：「專求古人未使之事，又一二奇字，綴輯而成詩。」[34]部分才力有限的「江西」後學對前輩的說法更是一知半解，結果衍生出一批守舊剽竊之作，進一步加深黃庭堅的負面形象。如金人王若虛視「點鐵成金」和「奪胎換骨」之法與剽竊無異，對黃庭堅開宗立派亦不以為然：

> 古之詩人，雖趣尚不同，體製不一，要皆出於自得。至其詞達理順，皆足以名家，何嘗有以句法繩人哉？魯直開口論句法，此便是不及古人處。而門徒親當以衣缽相傳，號稱法嗣。豈詩之真理也哉？[35]

其言以「論句法」為詩學內涵，境界次於古人。後學以此「衣缽相傳」，自詡為「法嗣」，更是不堪。[36]自南宋興起「四靈」、「江湖」諸

---

34 魏泰：《臨漢隱居詩話》，收於《歷代詩話》，頁327。

35 王若虛：《滹南詩話》，收於《歷代詩話續編》，頁523。

36 固然，山谷提倡的「句法」本來只是一門學詩的方法論，目的在於以具體的詩句分析，取代抽象玄妙的描述，以探究前人如何達至理想的藝術風格、意境和氣勢。他列舉詩人，原意是提供參考的典範，而不是鼓勵盲目模仿，把作詩變成機械式的文字拼湊過程。然，「江西詩派」後來有不善學者，斷章取義地把「句法」之學神聖化、絕對化，結果只見表面形式，卻不懂背後的藝術結構和詩學原理。見黃景進：〈換骨、中的、活法、飽參──江西詩派理論研究〉，收於張高評主編：《宋代文學研究叢刊》（高雄：麗文文化事業公司，1997年），第3期，頁49、64。引文中，王

派，至金元時代，這類批評成為了反對「江西」詩風的主要論點。方回既有「主江西」之意，《瀛奎律髓》自然需作回應，辦法是強調黃詩的深刻思想。據詹杭倫觀察，《瀛奎律髓》藉對〈送顧子敦赴河東〉（卷二十四）、〈見諸人倡和酴醾詩輒次韻戲詠〉（卷二十七）和〈戲題巫山縣用杜子美韻〉（卷四十三）三詩的評語，點出黃詩有「愛民」、「惜才」和「憂時」的寄意。[37]透過這些論述，方回挽救了黃庭堅和「江西詩派」的傳世名聲，還增加了他與杜甫在詩歌思想方面的共通處，令「宗」與「祖」的連結得以成立。

　　奇怪的是，從全書的選詩情況觀之，黃詩的地位不算顯榮，與方回對其人的評價不相稱。《瀛奎律髓》選詩約三千首，黃詩只有三十五首，在諸位入選詩人中排行第十六，單計宋人的話，則名列第十。[38]從分類角度來看，全書四十九類中，黃詩僅見於十二類中，且分佈不均——其中十八首集中於「拗字」、「變體」和「著題」三類，多於另外「二宗」。比起按物象事件劃分作品的其餘四十六類，這三類針對作詩技法，似乎揭示了黃詩的特點確實偏重於此方面。就算方回曾刻意闡釋黃詩的思想深度，卻只是限於片言隻語的少數例子。他無從否認黃詩的整體取向，反映出後人對黃庭堅的印象不全是出於偏見，尤其「拗字」、「變體」等詩法本來就頗有爭議。[39]更重要的是，若比較

若虛譏諷的正是這情況，但大概當時的學子都高舉山谷的旗幟，故他直接把責任歸咎於身為祖師的山谷。

37 詹杭倫：《方回的唐宋律詩學》，頁126-128。

38 張哲愿：《方回《瀛奎律髓》及其評點研究》，收於潘美月、杜潔祥主編：《古典文獻研究輯刊》（永和：花木蘭文化出版社，2008年），六編第21冊，頁136。

39 就方回的「拗字」說，清人馮班（1602-1671）斥：「拗字詩，老杜偶為之耳。黃、陳偏學此等處，而遂謂之格高，冤哉！」即黃、陳對杜詩的認識已有偏差，方回更是錯上加錯。見方回選評，李慶甲集評點校：《瀛奎律髓匯評》，中冊卷25，頁1107-1108；至於「變體」說，馮班之兄馮舒（1593-1645）云，方回以「四實四虛」說立論是「胡說」，「每讀使人笑來」。馮班亦曰：「汲汲然講變體，又嘗一重障礙。」馮氏兄弟皆以為方回立類論說盡是荒謬。見同上註，中冊卷26，頁1128。

他和其餘「二宗」，則會發現，無論是選詩總量抑或類別數目，黃庭堅均居於末席。這位過去於《宗派圖》上定為一尊的詩人，在此「三宗」並列的框架裡不再是諸位詩人的唯一源流，亦非「江西詩派」中詩學成就最高的一人。

陳師道的情況跟黃庭堅相反。在「一祖三宗」的框架，他超越《宗派圖》上的其餘二十四家，由「派」提升至「宗」。事實上，自《宗派圖》面世以來，諸家已對陳師道的位置大感不滿。南宋人陳模（生卒年不詳）斥：「呂居仁作江西詩派，以黃山谷為首，近二十餘人，其間詩律固多是宗黃者，然以後山亦與其中，則非矣。」[40]諸家批評主要針對兩點，一則陳師道本與黃庭堅同入蘇軾門下，分屬同輩，「宗派」之稱不符實際情況；二則從各式詩論、逸聞可見，陳師道不如黃庭堅般為用字、拗律等技法花盡心思，二人的詩風和題材取向似乎大相逕庭。是以方回把二人並列於同一層，實有助於淡化《宗派圖》所示的從屬關係，既肯定陳師道有著高於其他「江西」中人的成就，又回應了眾人對「江西詩派」之架構的質疑。

從選詩而言，方回甚為賞識陳師道的詩。《瀛奎律髓》收錄的陳詩共一百一十一首，是集中少數入選詩作過百首的詩人。此數量於入選的唐宋詩人中位居第五，而單論同代詩人的話，更是名列第三。[41]至於類目，陳詩見於二十七類，每類最多亦不過十首，足見分佈之廣泛。由這些數據觀之，陳師道在《瀛奎律髓》中的地位遠超過黃庭堅，甚至是「三宗」之冠。不難發現，在不少類別中，即使另一「宗」同樣入選，但詩作數目都不及陳詩。特別是在「雪」和「送別」兩類中，「三宗」詩作同時出現，而陳詩之數比另外二人的作品總量還要多。這反映出在方回眼中，陳詩的整體成就較高。

---

40 陳模：《懷古錄》（北京：中華書局，1993），卷上，頁9。
41 張哲愿：《方回《瀛奎律髓》及其評點研究》，頁135。

　　另一方面,《瀛奎律髓》提倡的「詩格」說,可上溯至陳師道的詩學批評觀。方回嘗主張「詩以格高為第一」,認為古今詩人中,以「四人為格之尤高,魯直、無己,足配淵明、子美為四也」。[42]據此,「格」是決定詩作高下的主要準則,而幾位長期受「江西」後學推崇的詩人正是典範。方回在《瀛奎律髓》中把以上觀點落實為評點詩作的方法。集中常以「格卑」批評盲目工於對偶和詞藻之作,以為是不當學習的表現,如言姚合「格卑於(賈)島」、許渾「體格太卑」、劉克莊「詩意自足,但是格卑」。[43]他又諷「永嘉四靈」的「七言律大率皆弱格,不高致也。」[44]這些詩人都屬「四靈」、「江湖」等反對「江西」的群體。換個角度來說,只有「江西」中人,特別是「三宗」,才能達到「格高」的理想境界。杜甫為「江西」之「祖」,當然也是「格高」的代表。方回對其〈狂夫〉一詩評曰:

> 格高律熟,意奇句妥,若造化生成。為此等詩者,非真積力久不能到也。學詩者以此為準,為「吳體」、拗字、變格,亦不可不知。[45]

杜詩的「格高」是長久積力的成果,乃任何學者之「準」。須注意的是,陳師道早就提出了概念相似的言論。張表臣(?-1146)在《珊瑚鉤詩話》中記曰:

---

42 方回:〈唐長孺藝圃小集序〉,《桐江續集》,收於《景印文淵閣四庫全書》,第1193冊卷33,頁23上(總頁682)。

43 方回選評,李慶甲集評點校:《瀛奎律髓匯評》,上冊卷10,頁340;又,卷14,頁509;又,下冊卷44,頁1603。

44 同上註,下冊卷44,頁1601。

45 同上註,中冊卷23,頁993。

> 陳無己先生語余曰：「今人愛杜甫詩，一句之內，至竊取數字
> 以仿像之，非善學者。學詩之要，在乎立格、命意、用字而
> 已。……〈冬日謁玄元皇帝廟〉詩，敘述功德，反覆伸意，事
> 核而理長。〈閬中歌〉，辭致峭麗，語脈新奇，句清而體好。茲
> 非立格之妙乎？」[46]

他亦認為對杜詩的學習當集中於「格」、「意」和「用字」，大致對應方回言之「格高律熟，意奇句妥」。可見杜詩「格高」的特色早為陳師道發現，而二人對學習杜詩的見解亦為相合。固然，他們對「格高」的內涵有著不同的理解。陳師道則以「事核而理長」和「句清而體好」為標準，按詹杭倫解說，就是評價文本的內容和形式，前者著重從現實生活找出深刻獨到的審美發現，後者強調獨特的審美創造能力和表現方式。[47]至方回，則是在這一基礎上加以擴展，例如是承接宋代詩學觀的發展，把對內容的要求從文本層面，延伸至作家的道德品格、精神情感和才學修養，認為蒼勁峭健的詩風與高尚的人格融合為一，才是「江西詩派」追求的理想境界。[48]但就概念的源流而論，方回闡述和運用此批評觀念時，在一定程度上的確受陳師道啟發。

　　至於第三「宗」陳與義，共有六十八首詩錄入《瀛奎律髓》。此數量在宋詩人中排行第六，而比較集內所有詩人的話，則是位列第

46　張表臣：《珊瑚鉤詩話》，收於《歷代詩話》，卷二，頁464。

47　詹杭倫：《方回的唐宋律詩學》，頁161。

48　王琦珍嘗以杜甫為例，指出方回提倡的主要是成於其生平後期的詩作，因為它們都是直接生自詩人之氣節與傲骨，超越了寫作技巧的層面，象徵杜甫由「工至於不工」的階段。方回由此證明了，若然要達至詩藝的最高境界，關鍵應當在於詩人的人格力量。這種把作家人格與作品內涵扣連在一起的論述策略，一方面是要對抗宋末時，「江湖」和「四靈」等充斥衰鄙之氣的詩風，另一方面則是要革除「江西」內部盲目依靠「資書以為詩」的不良風氣。見王琦珍：《黃庭堅與江西詩派》（南昌：江西高校出版社，2006年），頁260-261。

八。[49]從詩作種類來看,陳詩遍及十五類,然比例極不均,其中二十五首集中於「晴雨類」,在其餘入選的類別中卻是寥寥可數。在「晴雨類」的前半部分,方回反省過大量選杜甫的五言詩一事:

> 老杜晴雨詩二十首,似乎太多,然他人無此等氣魄。學者但觀老杜、聖俞、後山、簡齋四家賦雨甚宏大,其工密、其高爽為如何,即知入處。[50]

他曾猶豫過二十首之數是否恰當,惟衡量過這批詩的藝術成就後,還是以為自己的做法合理。至於陳詩的部分,他也提到這批五言詩的總數達「十九首」,只是未就此數字作出回應。[51]此安排的邏輯大抵同於杜詩的部分,有意藉數量提高陳詩的價值。由此歸納,在「三宗」中,陳與義的整體成就看來比黃庭堅理想,卻不及陳師道。

當注意的是,陳與義並非原來見於《宗派圖》的人物。陳與義活於兩宋之際,早年鮮有被論詩者扣連至「江西詩派」。相關的論述基本上都是出現於南渡以後,例如胡銓(1102-1180)稱他為「宗陳師道者」,詩學淵源同於呂本中。[52]嚴羽又形容,陳詩「亦江西之派而小異」。[53]同一時期的劉克莊更揣摩呂本中的想法,以為其詩作充分表現出「江西」推崇的「活法」之說,理當列於派中,只恨與之同輩的呂本中「不及見」。[54]從論述的發展來看,陳與義與「江西詩派」的關係

---

49 張哲愿:《方回《瀛奎律髓》及其評點研究》,頁135。

50 方回選評,李慶甲集評點校:《瀛奎律髓匯評》,中冊卷17,頁645。

51 同上註,頁672。

52 楊萬里:〈宋故資政殿學士朝議大夫致仕廬陵郡開國侯食邑一千五百戶食實封一百戶賜紫金魚袋贈通議大夫胡公行狀〉,收於《楊萬里集箋校》,卷118,頁4505。

53 嚴羽撰,張健校箋:《滄浪詩話校箋》,頁59。

54 劉克莊:〈江西詩派小序〉,收於《劉克莊集箋校》,第9冊卷95,頁4023。又,劉克莊對陳與義的詩學淵源其實不止一說。在《後村詩話》卷二中,他認為自「元祐

確實漸為南宋人建立起來。最後完成這概念的是方回。透過「一祖三宗」說，方回確立了陳與義屬「江西詩派」一說的正當性，還不計較詩人的輩分，直接予以崇高的「三宗」之位，與位處詩派脈絡開端的黃庭堅、陳師道並列。

前人論述大多限於為陳詩溯源，鮮有直接衡量陳與義的詩學地位，方回卻是賦予了他「三宗」之高位，結果引來更多爭議。龔鵬程站在維護《宗派圖》的立場，形容方回所為「很不尋常」。[55]不少意見都覺得，方回對陳與義的推崇出於偏心，未經理性的詩學分析。例如，在《瀛奎律髓》中，大部分有關「一祖三宗」的文字都見於方回對陳詩的評語中，而陳與義與其餘三人的時代差距不少，令人質疑這是否要把他比附古人。在編撰手段方面，如在「晴雨類」中，陳與義的五言詩僅比杜詩少一首，似乎也是蘊含心思的刻意操作。尤其並舉於引文中的尚有梅堯臣和陳師道，惟方回所選之詩分別只有十二首和七首。另一方面，嚴羽對「陳簡齋體」的評語亦多為論者在意。他描述陳詩「小異」於「江西」，意味陳詩在展現「江西」特色的同時，又含有其他風格的面向，不宜簡單視之為單純承接「江西詩派」的一員。[56]那麼其作為「江西」之「宗」的定位是否恰當？這不單是陳與義本身的問題，同時涉及他與另外「二宗」的異同與關係。

後，詩人迭起」，但「要之不出蘇、黃二體而已，及簡齋出，始以老杜為師」。在此，陳與義直接學習杜甫，與宋人無關。見同上註，第14冊卷174，頁6729。

55　龔鵬程：〈江西詩社宗派〉，載黃永武、張高評編：《宋詩論文選輯》，冊一，頁541。

56　關於嚴羽對「陳簡齋體」的判斷，自宋以來已有多人討論，並從不同角度指出陳詩的獨特之處。例如劉克莊認為他超越了蘇軾、黃庭堅二體，達至「造次不忘憂愛，以簡嚴掃繁縟，以雄渾取代尖巧」的境界。見劉克莊著，辛更儒箋校：《劉克莊集箋校》，第14冊卷174，頁6730。然這些獨特之處往往招來他是否該歸入「江西」之流的質疑。此爭議至現代學界仍不時發生，同意者往往針對他與「江西」之同，否定者則集中強調「小異」的部分，而主張調和者，多嘗試以「繼承」、「新變」之類的角度，在扣連陳詩與「江西」之餘，亦保留兩者風格同中有異的可能性。

　　正如有關《宗派圖》上二十五家之排名的爭議，在方回的框架中，「三宗」的關係也引起關注。尤其方回曾言「山谷一也，後山二也，簡齋為三」。從「一」到「三」的表達方式，加上次序上符合三人的輩分排名，語義上似乎指向了詩學的傳承。張哲愿正是由這一角度詮釋之，又稱呼排行三人之後的呂本中和曾幾為「接班人，主導南渡之後的詩壇發展」。[57]的確，方回不時以師承關係連繫「三宗」。他記述黃庭堅決心效法杜甫，在詩壇上開創新氣象後，「陳後山棄所學，學雙井」。[58]陳師道放棄的，就是最初從蘇門所習得的詩法技藝，而他的詩學成就源自對黃庭堅的重新學習。按此定位，二人的師承關係與過去同學於蘇門之下的事實無關，解決了之前有關二人同輩的質疑；至於陳與義，方回在《瀛奎律髓》卷一稱：「老杜詩為唐詩之冠，黃陳詩為宋詩之冠，黃陳學老杜者也。嗣黃陳而恢張悲壯者，陳簡齋也。」[59]方回把「一祖三宗」分拆為兩階段，首先是黃庭堅和陳師道學習杜甫，其次是陳與義對二人的繼承。時間上而言，這是從唐傳至北宋，再接南宋的詩學脈絡，言之成理。

　　不過，上述理解絕非無懈可擊。從山谷至簡齋的排列確實順從了時間順序，但在同一段引文中尚有排行第四的呂本中和第五的曾幾。二人不但與陳與義同時，更比他年長數年，稱他們為陳與義的接班人毫不合理。再觀總集的其他論述，亦不難發現二陳的詩學不是必然上溯至黃庭堅。例如卷十三評陳與義之〈十月〉曰：「簡齋詩獨是格高，可及子美。」[60]卷十六更言：「簡齋詩即老杜詩也。」[61]方回把陳

57　張哲愿：《方回《瀛奎律髓》及其評點研究》，頁61。

58　方回：〈送羅壽可詩序〉，《桐江續集》，收於《景印文淵閣四庫全書》，第1193冊卷33，頁14上（總頁662）。

59　方回選評，李慶甲集評點校：《瀛奎律髓匯評》，上冊卷1，頁42。

60　同上註，上冊卷13，頁492。

61　同上註，中冊卷16，頁591。

與義與杜甫相提並論，以「獨」一語強調這一連繫不涉他人，包括其餘「二宗」。鄧紅梅指出，這違反「三宗」傳承的原則，顯示方回的理論存有矛盾。[62]

　　本研究卻以為，鄧氏或許未能全面掌握方回對「三宗」的定位。方回曾於《瀛奎律髓》卷二十四曰：「善學老杜而才格特高，則當屬之山谷、後山、簡齋。」[63]此句言「三宗」乃各自師法杜甫，且有出色表現。由是觀之，則「三宗」互不從屬，他們的詩學淵源可直接連繫至杜甫，而不用經他人的間接傳授。這亦解釋了為何陳師道的詩風不似黃庭堅，而陳與義又「恢張悲壯」，而「小異」於「江西」諸家——「三宗」對杜甫的學習各有不同，就如前文論述，黃庭堅所學主要是「拗字」、「變體」，陳與義則是「晴雨」等類。事實上，宏觀《瀛奎律髓》的選詩情況，「一祖三宗」皆有詩作入選的類別不多，更常見的情況是，只有某一家或某兩家的作品與杜詩同見一類。況且，黃詩數量最少，在大部分類別都不可能擔當杜詩與其後二「宗」的橋樑，更遑論要見出一脈相承的關係。進一步而言，方回所謂「三宗」者，就是指稱三名成功學杜的典範人物。該引文從「一」到「三」的表示，雖然是順從時間和輩分的排序，卻非主張三家單向傳承。至於呂本中與曾幾，則是實力不及陳與義，故不能成為「宗」，但仍是當代學杜者的首五名人物。

　　理清「三宗」的內部關係之際，杜甫作為「一祖」的定位亦漸漸呈現出來。就如方回所言，他應當為「古今詩人」的學習目標。這位人物才華雄大，代表了詩學的最高典範，奈何到了方回的時代，後學礙於年代差距，加上資力有限，不免無從直接參透箇中竅門。因此，

62　鄧紅梅：〈陳與義詩風與江西詩派辨〉，《學術月刊》1994年第3期，頁80。
63　方回選評，李慶甲集評點校：《瀛奎律髓匯評》，中冊卷24，頁1060。

他們需借鑑時代較近，又能提供大量示例的「三宗」。這正是方回多次把三家詩作比擬杜詩的動機之一。

三 選杜甫為「一祖」的意義

原來的《宗派圖》只呈現了黃庭堅與二十五家的關係，斷限定於兩代人之內，未有繼續上溯此詩學源流。杭勇指出，其因在於及至呂本中的時代，「江西」諸人已視學習黃庭堅與陳師道為不二法門，連呂氏本人的《童蒙詩訓》也是「極論詩文必以蘇黃為法」，反而無意關注黃詩之上的淵源。[64]在這般情形下，《宗派圖》理所當然地把黃庭堅定於一尊，不必探求前代之事。及至《瀛奎律髓》面世，方回才在黃庭堅之上加入杜甫的位置，以「祖」尊稱之，象徵杜甫就是「三宗」，以及「三宗」以下所有詩人的詩學淵源。

固然，黃庭堅以至整個「江西詩派」與杜甫的關係，早已為南宋人關注。當中以胡仔的論述最為明確：

> 就有近時學詩者，率宗江西，然殊不知江西本亦學少陵者也。故陳無己曰：「豫章之學博矣，而得法於少陵，故其詩近之。」今少陵之詩，後生少年不復過目，抑亦失江西之意乎？江西平日語學者為詩旨趣，亦獨宗少陵一人而已。余為是說，蓋欲學詩者師少陵而友江西，則兩得之矣。[65]

陳師道的判斷，今已不可考，但若然胡氏轉引無誤，則代表身為第二

---

64 杭勇：〈論陳與義與江西詩派學杜之差異〉，《學術交流》2009年第8期，頁165。
   又，杭氏所引為清代四庫館臣語，見永瑢等：《四庫全書總目》，卷92，頁779。
65 胡仔撰，廖德明點校：《苕溪漁隱叢話》，前集卷49，頁332。

「宗」的陳師道已注意到，黃庭堅之上理當尚有杜甫的位置，而不應該把黃庭堅當作詩學傳承脈絡的開端。然而，從胡仔的記述可見，當世學詩者「不復過目」杜詩，雖「宗江西」，卻是全然「不知江西本亦學少陵」。這顯示了呂本中對「江西詩派」的錯誤定位，還有《宗派圖》刊行之後帶來的負面影響。胡仔最後提出「師少陵而友江西」，正是希望修正「江西」後學的詩學發展觀，使之重新與杜詩扣連。反之而言，假若忽略了杜詩的存在，則不但無益於學詩者，甚至會導致他們踏上歧途，導致「失江西之意」，也就是危害「江西」詩學的真正內涵。這段文字可謂「一祖三宗」說的雛型，尤其方回向來欣賞胡仔的詩論，二人的承接之處自然不少。[66]總之，他後來奉杜甫為「一宗」，實繼承了自兩宋累積下來的觀點。

引人玩味的是，方回所稱「一祖」之「一」並非單純為客觀的數字，當中相信也包含了「唯一」的意思。換言之，「三宗」的詩學只受杜甫一人影響，其他古詩人通通被排除在外。如此論斷難免引起質疑。以黃庭堅為例，即使杜甫對其影響深遠，但還是可以發現他與其他古詩人的連繫。莫礪鋒就歸納出，黃庭堅自身推崇的詩人，除了杜甫之外，至少尚有陶潛、李白和韓愈等。是以稱杜甫為黃庭堅唯一的「祖」是否恰當？特別值得注意的是陶潛。黃庭堅嘗言：

> 寧律不諧而不使句弱，用字不工不使語俗，此庾開府之所長也。然有意於為詩也。至於淵明則所謂不煩繩削而自合者。[67]

---

66 方回的〈詩思十首〉有云：「苕溪漁隱老，家在績溪東。苦學多前輩，評詩出此翁。」見方回，〈詩思十首〉，收於《全宋詩》，第66冊卷3508，頁41885。

67 黃庭堅：〈題意可詩後〉，收於劉琳、李勇先、黃蓉貴校點：《黃庭堅全集》（成都：四川大學出版社，2001年），第2冊卷25，頁665。

他認為庾信（531-581）的詩藝雖好，奈何脫不掉刻意為詩的痕跡，及不上作品「不煩繩削而自合」的陶潛。「不煩繩削而自合」正是作詩的最高境界，亦是黃庭堅致力追求的詩學理想。這反映出陶潛在其心中的崇高地位。黃庭堅也曾讚許杜甫和韓愈同樣達到了「不煩繩削」的高度，卻又注明評價只適用於二人的部分作品，亦即「子美到夔州後詩」和「退之自潮州還朝後文」。[68]相較之下，陶潛似是技高一籌，全部作品皆為黃庭堅接受，毋須區別創作時期對詩人技藝的影響。

更有趣的是，即使是方回本人，也同樣與陶潛關係不淺。宋末元初，戰亂致使社會動盪不安，改朝換代的恐懼與悽愴纏擾文人的心靈。與陶潛的隔代唱和是其中一種抒解心結的辦法，詩壇上因而掀起了「和陶」之風。方回正是其中一名致力於此的詩人，著名的作品包括〈和陶淵明飲酒二十首並序〉、〈擬詠貧士七首並序〉等，另外還有一些讀陶詩有感而發的作品，數量可觀。據今人統計，在《桐江集》和《桐江續集》中，直接指涉陶潛的部分就有五十多處，可判定這於方回的創作而言是地位不輕的命題。[69]陶潛對方回的影響不限於情感方面，還延伸至美學和詩學的範疇。前文已提及，「格」是方回詩論中的重要元素，而達至此境界的代表人物，除了位列「一祖三宗」的其中三人外，尚有陶潛。而且陶潛身處於更早的時代，成為了後世詩人的詩學源頭，就如方回於〈李寅之招飲同登九江城其八〉後的注文：「予謂蘇李體至陶謝而極，陶勁謝婉，後乃有杜李韋柳。」[70]從「蘇李體」的發展角度切入的話，方回的敘述不再以杜甫為「祖」，

---

68 黃庭堅：〈與王觀復書〉，收於《黃庭堅全集》，第2冊卷18，頁470。

69 劉飛、趙厚均：〈方回崇陶與南宋後期江西詩派的自贖〉，《文藝理論研究》2014年第1期，頁193。

70 方回：〈李寅之招飲同登九江城（並序）〉，收於《全宋詩》，第66冊卷3484，頁41479。

改推陶潛和謝靈運（385-433）為代表，杜甫則淪為承接陶謝的分支，與李白、韋應物（737-792）和柳宗元等唐人並列。方回在論詩之作〈詩思十首〉中，甚至以「萬古一淵明」作為這一組詩的終結。[71]可知杜甫在方回的詩學理論中並非必然處於最高位置，陶潛的地位實可與之相競。這種看似不確定的立場，甚至招致後學質疑「江西」的真正詩學淵源。例如，明人郭子章（1543-1618）云：「江西詩派當以陶彭澤為祖。」[72]清人張泰來重製《江西詩社宗派圖錄》時亦表示：

> 江西之派，實祖淵明。山谷云：「淵明於詩，直寄焉耳。」絳雲在霄，舒卷自如，寧復有派？夫無派即淵明之派也。[73]

黃庭堅是「江西詩派」的正式開端，方回則是詩派架構的確立者，故二人對陶潛的推崇每每引人注視。諸後學正是惑於他們的言論，才以為陶潛方為真正的「祖」，反而無視了杜甫的位置。

　　關於當以陶潛還是杜甫為「江西」之「祖」的論爭，姑不加討論。本研究希望探討的是，既然陶潛的地位同樣崇高，那麼方回在《瀛奎律髓》中只選杜甫為「祖」的意圖是什麼？最直接、簡單的回答是，《瀛奎律髓》以唐宋為斷限，與陶潛毫無關係。況且，這總集只論律體，根本不可能找到容納陶潛的位置。就如他在〈送喻唯道序〉中言：「五言古以陶淵明為根抵。」[74]律詩的概念在魏晉時代尚未成熟，陶潛在詩歌史上僅能代表古體詩的傳統。進一步而論，他與杜

---

71 方回：〈詩思十首〉，收於《全宋詩》，第66冊卷3508，頁41885-41886。

72 郭子章：〈豫章詩話〉，收於吳文治主編：《明詩話全編》（南京：江蘇古籍出版社，1997年），第5冊，頁5607。

73 張泰來：《江西詩社宗派圖錄》，收於丁福保輯：《清詩話》（上海：上海古籍出版社，1978年，新1版），上冊，頁62。

74 方回：〈送喻唯道序〉，《桐江集》（臺北：中央圖書館，1970年），卷3，頁313。

甫分別擔當了不同時代、不同詩體的典範人物，互不相干。問題在
於，論詩實不局限於這些顯淺的層面。於美學技藝的角度，時代與體
裁實不構成隔閡。方回不時並舉二人，如〈詩思十首〉中就先後提到
「更無雙子美，止有一淵明」和「萬古陶兼杜」。[75]是以《瀛奎律髓》
忽視陶潛而單獨頌揚杜甫的做法，不當單純視為總集之編撰範圍對方
回的掣肘。

　　其實，這是方回刻意選取的論述策略。查洪德形容，《瀛奎律
髓》高揚杜甫的旗幟，一方面打破「江西」後學的自我局限，開闊他
們的眼界，一方面要救當時詩壇之弊病，為「一箭雙雕」的做法。[76]
所謂「自我局限」者，就是說後學把黃庭堅、陳師道所論定義為詩學
的根本，把「江西詩派」的脈絡局限於宋一代，失卻了與前代詩人的
連繫，形同一條由今人自以為是地開闢的歧路——畢竟見識獨到如胡
仔者是有限的。於學詩者而言，這大大束縛了他們的學習範圍；於
「江西詩派」及相關詩學的發展而言，這也危害了其於當世詩壇上的
地位。宏觀宋詩史，對「江西詩派」的反抗在宋末成為了一大風潮，
參與者往往高舉重振唐詩的旗號。且以後起於南宋的「永嘉四靈」為
例。這是一個自覺且明確地對抗「江西詩派」的詩人群體。南宋人王
綽（生卒年不詳）指出「永嘉之作唐詩者，首四靈」，又讚許：「永嘉
視昔之江西幾似矣，豈不盛哉！」[77]可見「四靈」不但有意扭轉當世
詩壇風氣，更欲取代「江西」，使之成為過去。其方法是「作唐詩」。
受「四靈」奉為宗師的葉適記曰：

　　初，唐詩廢久。君（引者案：指徐璣）與其友徐照、翁卷、趙

---

75 方回：〈詩思十首〉，收於《全宋詩》，第66冊卷3508，頁41885。
76 查洪德：〈關於方回詩論的「一祖三宗」說〉，《文史哲》1999年第1期，頁76。
77 王綽：〈薛瓜廬墓誌銘〉，收於《全宋文》，第284冊卷6445，頁101。

> 師秀議曰：「昔人以浮聲切響，單字隻句計巧拙，蓋風騷之至
> 精也。近世乃連篇累牘，汗漫而無禁，豈能名家哉？」四人之
> 語，遂極其工，而唐詩由此復行矣。[78]

引文雖多番提及「唐詩」一詞，但嚴格來說，這是個以偏概全的名
號。「四靈」真正重視的，僅是以賈島（779-843）和姚合（781-?）
為主的晚唐詩風。至於所謂「以浮聲切響，單字隻句計巧拙」者，正
是「江西」後學的表現。因為「江西」被定義為宋人自行定立的脈
絡，故「四靈」可理直氣壯地高舉「唐詩」的旗幟，作為反抗手段。
葉適以「唐詩由此復行」來描述「四靈」的努力，也是值得注意的價
值判斷。這意味唐詩之風理應是從前代延續至今的傳統，具正當性，
可惜中間一度為「江西」中斷而已，而「四靈」所為則是撥亂反正，
意義正面。在「四靈」以後，尚有大量新的詩學冒起於晚宋詩壇，即
使主張各有不同，但不少都是選擇把詩學的正統溯源於古典。這對
「江西」一脈而言仍然不利。

　　方回欲重振「江西詩派」，卻無法背逆悠久且有力的詩學傳統，
提出厚今薄古之類的論說。因此，他選擇扭轉「江西詩派」予世人的
印象，強調此一脈絡也是繼承古人的，不是宋人獨開的歧路。其結果
就是選與「三宗」相距甚遠的杜甫為「祖」。這決定固然是繼承前人
的觀察，亦符合「三宗」學杜的事實。不過，為有效達至奉「江西」
為詩學正宗的目的，方回也按照己意，選擇以前人未有言及的角度塑
造杜甫的形象特質。方回的〈跋仇仁近詩集〉曰：

> 詩不可不自成一家，亦不可不備眾體。老杜詩中有曹、劉，有

78　葉適：〈徐文淵墓志銘〉，收於《葉適集》，卷21，頁410。

陶、謝，有顏、鮑，於沈、宋體中沿而下之。[79]

據此，杜詩自成一家，同時又集合漢魏至初唐的各家精華。而「沿而下之」一語，則揭示杜甫對各家的繼承並非片面的，而是符合了詩學源流的正統發展的。及至與之同世或稍後於他的盛唐詩人，方回亦是大膽地歸納如下：

王維、岑參、賈至、高適、李泌、孟浩然、韋應物，以至韓、柳、郊、島、杜牧之、張文昌，皆老杜之派也。[80]

諸家的題材、詩風等雖有差異，卻是無一不受杜甫影響，為杜甫之「派」。以方回的用字來說，杜甫就是「取諸人以為善，集眾美而大成」的偉大詩人。[81]換言之，「一祖」同時又是「諸祖」，後學只要學習杜甫一人，即能習得上述諸家的詩學。就如黃奕珍言，這種詩學史結構是把每代詩歌視為對前代詩歌的學習，後世詩人基本上無一能建立於自行樹立的風格上。凡是方回肯定的作家，都歸入「老杜」一派，從而形成一條集合各時代、各作家的強盛脈絡。[82]在此論述模式的操作下，杜甫之為「祖」的地位詮釋為歷代詩學的中樞，而居於其下的「江西詩派」，也得到最有力的聲勢。

杜甫集大成的形象，不單反覆見於方回筆下的文字，也落實至《瀛奎律髓》的選詩情況。此書中的杜詩共二百二十首，遍及二十八類，在數量和種類兩方面皆為各家之冠。縱然方回對律詩提出「格」

---

79 方回：〈跋仇仁近詩集〉，《桐江集》，卷3，頁302-303。

80 方回：〈恢大山西山小稿序〉，《桐江續集》，載《景印文淵閣四庫全書》，第1193冊卷33，頁25下（總頁683）。

81 方回：〈劉元輝詩摘評〉，《桐江集》，卷3，頁372-373。

82 黃奕珍：《宋代詩學中的晚唐觀》（臺北：文津出版社，1998年），頁348-350。

之類的普遍要求，但按每卷開首的小序，各類內部亦各有不同的特點和寫作要求，如「晴雨類」須見「詩人有喜、有感，斯可以觀」；[83]寫「茶類」詩必先「知茶之味」，超越一般「啜茶者」的平庸境界；[84]反而在「酒類」，由於世上「未有詩人而不愛酒者」，故容許「不能飲者」在詩中言酒。[85]可知方回的分類安排不是單純出於方便查考物象事類而已。他實以為在唐宋律詩這大傳統下，各類詩作又分別形成了獨立的小傳統，各自衍生出發展脈絡。杜詩入選多類，意味杜甫於多條脈絡中都具有典範地位，乃集大成的表現。值得注意的是，杜甫生於較早的時代，故不少類別編年時，皆以其詩作為首。這暗示杜詩就是該類之源頭。或曰，有些類別會以更早之杜審言、沈佺期等人為首，惟從剛才的引文可見，方回留有注腳，明言初唐諸家的詩學都下遞至杜甫，並由杜甫一手發揚光大，進而達到「致廣大而盡精微」的新境界。按此邏輯，杜詩克服了時代晚於初唐詩的事實，在有關類別中仍是典範與源頭。

　　杜詩學之豐富，非任何人能獨力窮盡，是以「三宗」身為詩學的正統繼承人，亦只能分別承接杜詩的部分面向。對後學來說，「三宗」是可親易知的學習對象，而匯聚歷代詩學的「一祖」則如同偶像一般，是詩藝之道上的最高目標。方回如此展現杜甫的形象，與前代「江西」詩人的思路甚為不同。以「三宗」學杜的情況而言，黃庭堅用力於用事、拗律等句法技巧，求取新奇；陳師道師法杜甫的平易自然，功於真實的生活描寫。[86]至於陳與義，則是在兩宋之際的危難

83　方回選評，李慶甲集評點校：《瀛奎律髓匯評》，中冊卷17，頁642。

84　同上註，中冊卷18，頁712。

85　同上註，中冊卷19，頁725。

86　曹鳳前：〈陳師道是「江西詩派」嗎？——兼談黃庭堅與陳師道詩風之差異〉，《徐州師範學院學報・哲學社會科學版》1987年第2期，頁70-71。

中，效法了杜甫憂國憂民的詩學精神。由此可以比較，以杜甫為歷代詩學之集大成者，是方回提出的新角度。

四　以「一祖三宗」為中心的宋詩史敘述

即使《瀛奎律髓》具「主江西」的特色，代表「江西詩派」的詩學宗旨，卻不宜簡單視其性質同於亡佚的總集《江西詩派》。就像同出於宋代的《四靈詩集》、《江湖詩集》等，總集《江西詩派》純粹由二十六家「江西」詩人的詩作構成，排斥對群體以外的詩人。這類「詩派總集」主要是要具體地宣示群體自身的詩藝技法，務求在當世的詩壇和後世的詩歌史上建立聲勢。《瀛奎律髓》倒不以「江西詩派」內的作品為限，編纂目的亦不止於記錄和宣傳「江西詩派」的作品。

方回在〈瀛奎律髓序〉中清楚說明：「『律』者何？五、七言之近體也。」及後又補充：「文之精者為詩，詩之精者為律。」[87]律詩作為總集的收錄對象，方回表明這是一種近世興起的詩歌體裁，又提出了價值判斷，以為律詩就是詩學，以至是一切文字篇章的精華。這番申述肯定了《瀛奎律髓》的編纂特點，包括把古體詩被排除在外，集中討論律詩脈絡的決定，還有以唐宋兩代為斷限的編纂範圍。從立論的角度可見，方回關心的並非詩人群體或風格派別的層面。他的考察對象是律詩這種體裁。

不少學者均注意到，《瀛奎律髓》並非平等地看待唐宋兩代的詩作，因而引起了方回所宗孰唐孰宋的爭議。部分意見則認為，方回當以唐人的詩學為根本，奉之為最高典範。尤其「瀛奎」之「瀛」出於唐代「十八學士登瀛洲」的典故。[88]這是方回對文治盛世的憧憬，直

---

87 方回：〈瀛奎律髓序〉，收於《瀛奎律髓匯評》，上冊，序頁1。
88 同上註。案，根據《資治通鑑・唐紀五》的記載，唐武德四年（621）十月，太宗

接透露他的文人理想。不過，從統計數字來看，《瀛奎律髓》收錄的宋詩與宋詩人都多於唐代的，全書重心顯然易見。若以宋詩為重心，那麼唐詩的位置又在何處？這點可從詹杭倫的分析中得到啟發：

> 方回在評論唐代詩人詩作時，具有史家的貫通眼光，往往將詩人詩作放在詩歌發展的歷史長河中加以評述。[89]

詹氏以「史家眼光」稱許方回對唐詩人的見識，又認為其論述全繫於「詩歌發展的歷史長河中」。換言之，方回認為唐詩人是連繫詩歌發展史的重要線索。這落實至《瀛奎律髓》中，體現於唐詩與宋詩之間的啟發和傳承。如前文所言，在當世學詩者的認知中，「江西詩派」本來只是宋一代人內的詩學風氣，然方回在「三宗」之上追述杜甫這位「祖」，就是把唐宋兩代連接起來，形成詩歌史的線索。詩作數量在《瀛奎律髓》中排行第二、第三的唐代詩人分別是白居易和賈島。他們在方回的論述中，都代表宋詩史上的特定階段。方回在〈送羅壽可詩序〉言「宋剗五代舊習，詩有白體、崑體、晚唐體」。[90]白居易代表宋初人李昉、王禹偁等崇尚唐詩遺風的時期。且據莫礪鋒的歸納，

「以海內浸平，乃開館於宮西，延四方文學之士，出教以王府屬杜如晦、記室房玄齡、虞世南、文學褚亮、姚思廉、主簿李玄道、參軍蔡允恭、薛元敬、顏相時、咨議典簽蘇勗、天策府從事中郎于志寧、軍咨祭酒蘇世長、記室薛收、倉曹李守素、國子助教陸德明、孔穎達、信都蓋文達、宋州總管府戶曹許敬宗，並以本官兼文學館學士，分為三番，更日直宿，供給珍膳，恩禮優厚。世民朝謁公事之暇，輒至館中，引諸學士討論文籍，或夜分乃寢。又使庫直閻立本圖像，褚亮為贊，號十八學士。士大夫得預其選者，時人謂之『登瀛洲』。」見司馬光編著，胡三省音注，中華書局標點資治通鑑小組校點：《資治通鑑》（北京：中華書局，1956），第13冊卷189，頁5931-5932。

89 詹杭倫：《方回的唐宋律詩學》，頁3。

90 方回：〈送羅壽可詩序〉，《桐江續集》，收於《景印文淵閣四庫全書》，第1193冊卷32，頁13下（總頁662）。

方回實認為，白居易的詩風傳承至後期，更與「江西」後期的詩人，即陳與義、呂本中等人有關。[91]這進一步增加了白居易在方回筆下的分量。至於賈島，則是下啟「格卑於島」的姚合、許渾，又影響宋初的「晚唐體」風潮，最終由宋之「四靈」承接；[92]可知在《瀛奎律髓》中位居重要位置的三家來看，方回的編選與其宋詩史敘述有互相呼應之處。

惟不難發現，同樣出現在〈送羅壽可詩序〉中的「崑體」，其源流於總集中卻不太受到關注。胡仔引《古今詩話》曰：「楊大年、錢文僖、晏元獻、劉子儀為詩，皆宗義山，號『西昆體』。」[93]李商隱（813-858）乃宋初「崑體」一派主要源流，但方回所選的李詩，數量僅二十四首，評價亦不高。[94]這與白、賈二家無法同日而語，似乎不能準確地表現「崑體」當時的流行情況。究其原因，大概是出於方回的價值判斷。正如四庫館臣所見，《瀛奎律髓》含有「排西崑」的立場。在方回而言，「西崑體」不好杜詩，而反對「西崑體」者，又正是「江西」，或與「江西」有正面影響的詩人。故他在選詩和評論方面都強硬地「排西崑」，以達至推崇「江西」的目的。由此可知，方回書寫的詩歌史有明顯的立場和主觀的價值判斷，而不是以保存客觀事實為首要考慮。方回視貶抑西崑體的價值為確立自身的詩學取向的手段，其「江西後學」的身份徹底壓倒了「文學史家」的身

---

91 莫勵鋒：《江西詩派研究》（濟南：齊魯書社，1986年），頁185。

92 方回嘗言：「姚之詩專在小結裡，故『四靈』學之。」由此即可建立一條從賈島至姚合，再由姚合至「四靈」的發展線索。見方回選評，李慶甲集評點校：《瀛奎律髓匯評》，上冊卷10，頁340。

93 胡仔撰，廖德明點校：《苕溪漁隱叢話》，前集卷22，頁145。

94 例如，方回評李商隱之〈茂陵〉時曰：「義山詩織組有餘，細味之格律亦不為高。」所謂「格律亦不為高」者，正好與「江西詩派」的藝術追求，尤其是方回強調的幾點，構成對比。見方回選評，李慶甲集評點校：《瀛奎律髓匯評》，中冊卷28，頁1235。

份。[95]可以說，透過《瀛奎律髓》呈現出來的詩壇發展，更能揭示方回如何利用總集編者的身份，扭曲對過去的記錄，以塑造迎合自身立場的詩學史敘述。

至於在宋代之內，除了「一祖三宗」外，方回特別推崇的尚有幾家。呂本中和曾幾本就屬於「江西」的脈絡，在此不再詳論。不當忽略的，還有梅堯臣、陸游（1125-1210），即作品數量於《瀛奎律髓》之宋詩中排行第二、第三的兩家。方回認為：「宋人詩善學盛唐而或過之，當以梅聖俞為第一。」[96]單就「詩學盛唐」來說，梅堯臣是宋人之冠。這就是其詩凌駕他人，大量入選的理由。張哲愿補充，梅堯臣，以及張耒（1054-1114）等都是學習以杜甫為代表的一群足為後人學詩的模範典型，故他們自身都不失為典範。[97]問題只在於，根據「一祖」的定位，杜甫是為集大成的正宗，而其他詩人的長處只是詩學的一端，不夠全面。以之為效法對象的話，價值始終不及直接學杜的「三宗」。陸游方面，《瀛奎律髓》卷四對其詩學淵源析述如下：「少師曾茶山，而不專用江西格，間出一二耳。有晚唐，有中唐，亦有盛唐。」[98]相近的文字還見於卷二十四：

> 放翁詩萬首，佳句無數。放少師曾茶山，或謂青出於藍。……茶山專主山谷，放翁兼入盛唐。[99]

---

95 就如他讚揚梅堯臣時，以「一掃『崑體』，與盛唐杜審言、王維、岑參諸人合」為論點之一。「西崑體」在此成為了盛唐諸家的對立面，不合方回的價值取向。見方回選評，李慶甲集評點校：《瀛奎律髓匯評》，上冊卷4，見170。

96 同上註，中冊卷24，頁1060。

97 張哲愿：《方回《瀛奎律髓》及其評點研究》，頁61。

98 方回選評，李慶甲集評點校：《瀛奎律髓匯評》，上冊卷4，頁181。

99 同上註，中冊卷23，頁1006。

方回判斷陸游的詩學出於曾幾，即衍生自「江西詩派」的脈絡。只是，陸游具備出眾的才華，所以不像老師般只隨黃庭堅一家，而是在此之外自行發揮，「兼」有唐代多家的風格。這些風格，按方回之前的說法，其實全都從杜甫發展出來，所以陸游的變化超出了「江西詩派」的範圍，也離不開杜甫之「派」。《瀛奎律髓》大量收錄其詩，既是因為他多產，亦與他詩藝多變，風格遊走於「江西」正統和「傍支別流」之間有關。故從詩人的選擇可見，方回著力推崇的宋詩人，大致上都與杜甫或「江西詩派」重重扣連。

　　方回以律體為媒介，敘述宋詩的發展，又以這批詩人為重心，等同表示，宋代詩史就是以杜甫和「一祖三宗」為骨幹。杜甫是集大成的人物，承襲大批古詩家的詩學精華。單是在唐一代而言，初唐詩學由他發揚，盛唐詩人也是他的派生。因此，「一祖三宗」的線索影響的不止於「江西」，而遍及「古今詩人」，亦即從古累積至今的整個詩學系統。前人談論宋詩，往往把「江西詩派」視為一支，「西崑」、「四靈」、「江湖」等又是別的支派，各方彼此對立。但根據「一祖三宗」說的建構，方回重新把宋詩敘述成以杜甫這位「祖」為唯一的發端，「三宗」一脈是為優秀、正統的繼承者，是為「詩之正派」，而其餘各家皆為「傍支別流」。「傍支別流」的質素不及「三宗」，但還是或多或少由杜詩處得啟發，在宋詩史上確實占一席位，因而有收錄和參考的價值。考《瀛奎律髓》的四十九類，不難發現，就算方回有多推崇「一祖三宗」，也無法把他們的詩置入所有類別。有的是因為四家鮮以此為題材，如「論詩」、「茶」等，有的是因為他們一生未有相關經驗，如「邊塞」、「宮閨」和「俠少」等。反而其他詩人因應興趣、際遇之不同，而有相關詩作，如岑參（715-770）之於「邊塞」、賈島之於「閑適」。方回敘述的詩歌史無法否認客觀事實——「一祖三宗」的作品不能覆蓋宋詩史或律詩史的全部範疇。他須為空白的類

別填補具代表性的詩人，令詩史得以圓滿。當然，這並無損於「一祖三宗」的地位，因為他們是所有詩人的「祖」或「宗」，就算未觸及《瀛奎律髓》中的部分類別，也能在更高層次上，即古今詩學的傳承中，影響其他詩人。

方孝岳形容，方回是「江西詩派護法，而且也是江西詩派的救弊者」。[100]此評價是精準的。作為「護法」，方回採取的手段不同於前人，不再固守詩人群體之間的派系區別，突破了「詩派」概念的封閉性質。過去的「江西」後學深受《宗派圖》的意識影響，獨以黃、陳二家為學習對象，無視於其他詩人的詩學價值，最終導致守舊僵化的局面。各家的批評經過南宋一代的累積，「江西」的種種弊端暴露無遺，成為了詩壇的共識。同時，北宋滅亡後，由女真族建立的金朝政權占據了北方文化圈，興起了以蘇軾為典範的豪放文風。至於流行於南方的「江西」之風，王若虛和元好問等大家都是排斥的。故入元後，無論是南北文壇，基本上都是反對「江西」的。至此，盲目重提《宗派圖》的架構，或者輯錄「江西」前輩的作品已無作用。方回唯有擔當「救弊者」的角色，試圖為「江西」之詩學注入新養分。首要工作乃擺脫《宗派圖》的束縛，為「江西詩派」的架構提出較靈活的面貌。這就是「一祖三宗」說的由來。由此，在《瀛奎律髓》中，他可廣納「江西」以外的詩人，承認並推舉他們的詩風、技藝，例如是梅堯臣「平淡而豐腴」的風格。[101]但大量引入他人風格，難免會導致「江西」原來的內涵變得模糊，失卻崇高地位。為防止這尷尬情況，方回不能純粹把「江西」之作與其他詩作混為一談，遂從零開始論述詩歌史。他選了能代表近世詩史，且對「江西」最為有利的律體為焦點，再塑造出杜甫這位集大成的人物，安放他在最高的位置，從而順

---

100 方孝岳：《中國文學批評》，收於《中國文學批評、中國散文概論》，頁129。
101 方回選評，李慶甲集評點校：《瀛奎律髓匯評》，上冊卷1，頁42。

理成章地置「三宗」於這段詩史的中心。至於其他詩人則居次要地位，旨在為「江西」後學提供新思維，卻無從挑戰「三宗」的位置。

當留意的是，《瀛奎律髓》書成時，元人已一統天下。在時移勢易的年代，過渡至新朝的方回要追述前代的詩史，無疑存有總結一代的意味。藉由此特殊的時空與身份，方回表面上保存了舊世代的學術成就，實際上是要按己意重新述說，頭頭是道地重新建構一段以「江西」為尊的詩史，製造如同定論的效果。如斯浩大而複雜的操作，正是方回為重振「江西詩派」而花費的心思。

五 小結

自呂本中的《宗派圖》面世後，宋人對「江西詩派」的架構得到清晰的認識。及至元初，方回的《瀛奎律髓》誕生，成了新一部代表「江西詩派」的總集。但細考其中的編選範圍和各項評點論述，即可發現方回並非重彈前輩的舊調，而是按照南宋一代的種種批評，嘗試調整「江西詩派」這個群體的內涵，務求有效地達至重振「江西」詩學的目的。過去，不少學者形容「一祖三宗」是「繼承」呂本中之說，差異之處只在於是前者對後者的修訂、補正。然此說實不準確。就「江西詩派」的架構，兩者的描述存有根本性的差異，例如「三宗」的意義並不等同於《宗派圖》對黃庭堅之為「宗」的定位。至於杜甫的加入，更令「一祖三宗」說變成一條貫穿唐宋兩代詩史，扣連各家的脈絡，作用遠遠超出用於宣示聲勢的《宗派圖》。另一方面，「一祖三宗」作為敘述詩歌史的線索，部分學者忽略了方回欲重振「江西詩派」的動機，僅視之為一種客觀討論。事實上，方回在易代之際，利用文學史編者的權力，強行建構一段有利於自身立場的詩歌史。《瀛奎律髓》在這方面的功能，以至總集重振舊世詩學的可能性，值得重視。

第五章

詩道重建與風雅正變：論《濂洛風雅》的構成與編選

　　早在宋元戰爭時，南宋人趙復（生卒年不詳）遭蒙軍擄至燕京，被迫於官辦的太極書院「以所學教授學子，從者百餘人」，使程朱之學突破「南北不通」的局面，進入北方的儒學體系。[1]稍後又有許衡（1209-1281）、劉因和吳澄（1249-1333）諸儒，或出仕於朝，定禮立制，或在野講學，著書立說，大力推動儒學發展。而元仁宗復行科舉時，還指定選「四書」為設題範圍，程、朱之說為作答依據。[2]理

1　黃宗羲原著，全祖望補修：《宋元學案》（北京：中華書局，1986年），卷90，頁2994。

2　論理學在元代的發展，最關鍵的時刻當在元仁宗皇慶二年，即「延祐復科」之年。除了復行科舉之外，其時還出現兩項值得注意的政策。一是於六月奉朱熹等理學家於孔廟。《元史・仁宗本紀》記曰：「以宋儒周敦頤、程顥、顥弟頤、張載、邵雍、司馬光、朱熹、張栻、呂祖謙及故中書左丞許衡從祀孔子廟廷。」這是從文化層面確立朱熹及其理學思想的地位，使其成為中原文化與儒學的正統。見宋濂等：《元史》，卷24，頁557；二是定朱熹學說為科舉的作答依據。按《元史・選舉志》記述，元仁宗於十一月詔曰：「蒙古、色目人，第一場經問五條，《大學》、《論語》、《孟子》、《中庸》內設問，用朱氏章句集註。其義理精明，文辭典雅者為中選。第二場策一道，以時務出題，限五百字以上。漢人、南人，第一場明經經疑二問，《大學》、《論語》、《孟子》、《中庸》內出題，並用朱氏章句集註，復以己意結之，限三百字以上；經義一道，各治一經，《詩》以朱氏為主，《尚書》以蔡氏為主，《周易》以程氏、朱氏為主，已上三經，兼用古註疏，《春秋》許用《三傳》及胡氏《傳》，《禮記》用古註疏，限五百字以上，不拘格律。第二場古賦詔誥章表內科一道，古賦詔誥用古體，章表四六，參用古體。第三場策一道，經史時務內出題，不矜浮藻，惟務直述，限一千字以上成。」可見，惟有熟讀理學家的著作，方能通過有關考核。自此，理學就成為了元代的官學。見同上註，卷81，頁2019。

學從此成為朝廷推崇的官學,以及元代學術思想的重心。張晶描述,論理學的發展,元代是宋、明之間的過渡,承上啟下,意義重大。[3]這一時期的理學家致力承接並拓展宋儒的觀點。例如,就理學對詩賦的看法,自宋代中葉以來討論不絕,直至元代,一眾儒者方對道統和文統的關係得出相對成熟、穩定的看法。[4]詩賦之於理學體系的意義也隨之變得明朗。金履祥此時編成《濂洛風雅》,正好象徵有關討論的成果。

金履祥,字吉父,號次農,世稱仁山先生,宋亡後避居金華山中,以講學、著書為業。後人常把他與王柏(1197-1274)、何基(1188-1268)、許謙(1270-1337)合稱為「金華四先生」或「北山四先生」,以表彰眾人的理學成就。詩歌總集《濂洛風雅》是金履祥的代表作之一,其專門收錄理學詩的特點在傳世的宋元文獻中實屬少數。無怪乎清人曰:「自履祥是編出,而道學之詩與詩人之詩千秋楚越矣。」[5]誠如前人研究所示,它全面呈現出「道學之詩」的面貌,形成迥異於與「詩人之詩」的風采。[6]惟不宜忽視的是,此書還意圖重新探討詩歌發

3　張晶:《遼金元詩歌史論》,頁294。

4　查洪德:《理學背景下的元代文論與詩文》(北京:中華書局,2005年),頁10。

5　永瑢等:《四庫全書總目》,卷191,頁1737。

6　現時學界對《濂洛風雅》的研究頗為有限,成果多見於短篇論文和學位論文。期刊方面,主要有內地學者王利民的〈濂洛風雅論〉(2006)、王友勝的《《濂洛風雅》的選詩標準及其文學史意義》、高雲萍的《《濂洛風雅》與理學詩觀》(2008)和王建生的〈《濂洛風雅》問題舉隅〉(2009)等。王建生的文章以版本校勘為主,姑且不論。王利民和高雲萍集中分析詩歌內容及其對理學義理的表現,而王友勝則關注金履祥的選詩標準,對編選問題初有涉獵;至於學位論文方面的成果則多限於碩士論文,包括湯蓓禎的〈金履祥《濂洛風雅》研究〉(1996)、郝維乾的〈金履祥《濂洛風雅》研究〉(2013)和劉立葳的〈金履祥《濂洛風雅》所形塑的理學詩典範〉(2015)。湯蓓禎和郝維乾的文章都是針對全書的整體研究,並涉及編者的生平和思想,對《濂洛風雅》的內容分析詳細。湯蓓禎則從理學義理入手,探究金履祥的選詩如何表現之。各篇材料出處見引用書目。

展的正確方向，亦即理學家常謂之「詩道正統」。換言之，這是依從理學俠使詩歌典律化的過程此發展觀又可分作兩重層次。小者是「道學之詩」在兩宋時期的傳承，見於總集對詩人的挑選，還有附於總集前的〈詩派目錄〉；大者則為「詩」自出現於先秦以來的發展，以總集序文提出的「四變」說為綱領。概言之，《濂洛風雅》整理了宋代理學詩的發展，並建構出一段符合宋元理學立場的詩歌史。

一　理學家論詩的緣起：濂、洛諸儒對詩歌的取態

考究總集的名稱，「濂洛風雅」當中的「濂」與「洛」分別意指「濂學」、「洛學」，即宋代理學四大流派的其中兩家，前者以江西廬山的周敦頤（1017-1073）為宗師，後者以洛城的程顥、程頤兄弟為代表。[7]至於其細緻的源流，可以參考清人王崇炳（1653-1739）的解說：

> 「濂洛風雅」者，仁山先生以「風雅」譜婺學也。吾婺之學，宗文公，祖二程、濂溪則其所自出也。以龜山為程門嫡嗣，而呂、謝、游、尹則支；以勉齋為朱門嫡嗣，而西山、北溪、撝堂則支。由黃而何而王，則世嫡相傳。[8]

7　所謂宋代理學的「四大流派」，除了「濂」與「洛」之外，其餘二家為「關」、「閩」，分別以張載（1020-1077）和朱熹為代表。四家之分主要取自各人出身與講學之地，即周敦頤辦學於廬山下的濂溪，張載家居關中，二程世居洛城，朱熹則在福建考亭授業。四者畢分不同，主張異中有同，其中更有不少一脈相承處，尤其朱熹所學來自二程一脈，世有「程朱理學」之稱，而他本人又極推崇周敦頤，奉之為先師。因此四家其實並非門戶分明，分庭抗禮，其義理論述反而是互有交錯。包括金履祥在內的論者就算只標舉「濂」與「洛」，但實際上還是難以完全迴避另外兩家的存在，充其量是有主次之分而已。

8　金履祥輯：《濂洛風雅》（臺南：莊嚴文化事業公司，1997年《四庫全書存目叢書》影印南京圖書館藏清雍正刻本），王序頁1上至1下（總頁218）。

王崇炳生於浙江東陽，即宋元以前稱之「婺州」，所以此處自言為「吾婺之學」。本來「婺學」專稱呂祖謙創立的金華學派，但在「金華四先生」的時期後，「婺學」基本上已改由朱熹的嫡傳弟子主導，呂祖謙退居旁枝。如引文描述，從周敦頤到程、朱的後學，橫跨兩宋的師生網絡構成「濂洛」一脈。而作為《濂洛風雅》的編者，金履祥當然也是其中一分子。《元史・儒林傳》嘗記曰：「及壯，知向濂、洛之學，事同郡王柏，從登何基之門。基則學于黃榦，而榦親承朱熹之傳者也。」[9] 從王柏、何基到黃榦（1152-1221），金履祥的學問實來自朱熹一脈。因此，在《濂洛風雅》一書中，金履祥的身份不單是理學家，更為程、朱的繼承者。在收錄理學詩之餘，其主張亦是緊密地扣連著濂、洛諸家的觀點，值得多加留意。

　　宋代理學家對詩學的關注，始於討論「文」與「道」的關係。周敦頤雖不見任何直接針對詩歌的意見，卻提出了「文所以載道」的綱領。其《通書・文辭》有言「文辭，藝也；道德，實也」，以為「文辭」不過是用於傳播「道德」的工具而已，「不知務道德，而第以文辭為能者」就是本末倒置，淪為弊端。[10] 他用雕飾車輪為喻，稱車輪不能應用於實際生活，雕飾就沒有意義，還浪費了整台車的價值。套用於「文辭」的情況，人不知道德而只務於文辭，文辭就只是徒然的技藝。固然，他認同「言之無文，行而不遠」的道理，相信美辭會使人喜愛，有助於傳播載道的文章。[11] 關鍵在於主次分明，文辭只有工

9　宋濂等：《元史》，卷189，頁4316。

10　周敦頤撰，陳克明點校：《周敦頤集》（北京：中華書局，1990年），卷2，頁35。

11　周敦頤所引出自《左傳・襄公二十五年》，聲稱是孔子之語，原意為不言則無人知其志，但言之無文又是行而不遠。反過來說，有文之言有助於傳達君子之志，所以「晉為伯，鄭入陳，非文辭不為功」。這段文字其實肯定了「有文之辭」的價值。見左丘明傳，杜預注，孔穎達正義：《春秋左傳正義》，收於《十三經注疏（標點本）》，第7冊卷36，頁1024。

具的性質，書者必須以「篤其實」、「務道德」為前提。換言之，周敦頤以為文辭的價值只能發揮於與道德的從屬關係。

除了周敦頤外，邵雍（1011-1077）也是這時期的重要人物。程頤和朱熹均以「振古豪傑」稱許之。[12] 邵雍素來熱愛賦詩，有《伊川擊壤集》傳世。其詩作不但為《濂洛風雅》所選，更象徵理學與詩賦的結合方式。他以孔子刪《詩》一事區分古今詩歌，孔子保存的是「垂訓之道，善惡明著」的古詩，遠勝「近世」的詩歌：

> 近世詩人，窮戚則職於怨憝，榮達則專於淫泆。身之休戚發於喜怒，時之否泰出於愛惡，殊不以天下大義而為言者，故其詩大率溺於情好也。[13]

對他來說，近世詩人沉溺於個人的一時情好，不為「天下大義」而賦詩，有失修身的分寸之餘，又違背了詩歌應有的價值。他認為理想的詩歌定當如孔子編定的作品一般，具備弘揚大道的教化功能。除了理念之外，他也說明了具體的賦詩方法：

> 所作不限聲律，不沿愛惡，不立固必，不希名譽，如鑒之應形，如鐘之應聲。其或經道之餘，因閒觀時，因靜照物，因時起志，因物寓言，因志發詠，因言成詩，因詠成聲，因詩成

---

12 按照朱熹的《名臣言行錄》記述，程頤稱讚邵雍曰：「昨從堯夫先生游，聽其論議，振古之豪傑也。惜其無所用於世。」詳見朱熹撰，李偉國點校：《八朝名臣言行錄》，收於《朱子全書》，第12冊卷14，頁848；而《朱子語類》亦記載，朱熹讀邵雍的〈冬至吟〉後，也許之為「振古豪傑」。見黎靖德編，王星賢點校：《朱子語類》（北京：中華書局，1986年），卷71，頁1793。

13 邵雍：〈伊川擊壤集序〉，收於郭彧整理：《邵雍集》（北京：中華書局，2010年），頁179。

音，是故哀而未嘗傷，樂而未嘗淫。雖曰吟詠情性，曾何累於
性情哉！[14]

賦詩是「經道之餘」的行為，主次相當分明。至於詩歌的生成，則是
始於「因閒觀時」的狀態，不用刻意醞釀情感，免於陷入過渡的哀
樂，而過程中的每一個階段也是自然而致的，詩人不受「愛惡」、「名
譽」等因素限制，形式上也是「不限聲律」——在北宋時期，這大概
是針對律詩而提出來的。對聲律的重視，以至律詩的存在，理學家普
遍認為是對古人詩道的背棄。「不限聲律」因而成為了理學詩的一大
特色，以突出其與一般時人所賦的分別。楊鐮稱，如同語錄的「擊壤
體」對宋詩具有破壞性，情況與西崑體相若。[15]且不理論者的價值判
斷，這裡指出了理學詩怎樣在形式上與宋詩壇的主流風氣抗衡，影響
深遠。金履祥在〈題青岡時兄友山樓〉一詩中就稱：「莫把律詩較聲
病，聖賢工夫不此如。」[16]律詩的聲律被視為層次低下之事，遠不及
「聖賢工夫」般重要，與邵雍所言一致。可知，邵雍為理學詩的創作
奠下理論基礎，成為後世理學家的典範。

　　可惜，儘管邵雍不斷力倡詩道，但是宋詩壇的發展並沒有偏向道
學的一方。[17]這加深了理學與當世詩學的矛盾。至二程的時代，前人
的立場固然未受動搖，如程顥曰：「『行有餘力』者，當先立其本也。

---

14 邵雍：〈伊川擊壤集序〉，收於郭彧整理：《邵雍集》，頁180。
15 楊鐮：《元詩史》，頁411。
16 北京大學古文獻研究所編，《全宋詩》，第68冊卷1562，頁42589。
17 程頤一度藉朝中地位，以及獲准為君主講學的契機，把「洛學」的發展推上高峰，
　後來更加與張載的「關學」合流。惟整體而言，在北宋後期，「洛」、「關」二家代
　表的理學仍無法超越流通於同一時期的「蜀學」和「新學」。尤其在詩文方面，「新
　學」之王安石、「蜀學」之三蘇父子都是享負盛名的文章家和詩人，門人眾多，影
　響甚廣，地位非理學一派能及。詳見許總：〈論宋詩興盛與理學文化思潮〉，《西南
　民族大學學報（人民社科版）》第186期（2007年2月），頁87-88。

有本而後學文，然有本則文自至矣。」[18]其稱「有本而後學文」的順序，與邵雍賦詩於「經道之餘」一說十分接近。不過，與此同時，程頤又曾經針對詩學的價值，予以苛刻的批評：

> 或問：「詩可學否？」曰：「既學時，須是用功，方合詩人格。既用功，甚妨事。……某素不作詩，亦非是禁止不作，但不欲為此閑言語。且如今言能詩無如杜甫，如云『穿花蛺蝶深深見，點水蜻蜓款款飛』，如此閑言語，道出做甚？某所以不常作詩。」[19]

儘管沒有正面回答學詩與否的問題，但從「妨事」和「閑言語」等字眼，已表明蔑視詩學的立場，以之為傷神費時、毫無必要之事。那麼為學詩所妨礙的「正事」是什麼呢？答案見於程頤與門人的另一場對答中：

> 問：「作文害道否？」曰：「害也。凡為文不專意則不工，若專意則志局於此，又安能與天地同其大也？《書》曰：『玩物喪志。』為文亦玩物也。……古之學者，惟務養情性，其他則不學。今為文者，專務章句悅人耳目。既務悅人，非俳優而何？」[20]

程頤針對的不限於學詩，而是範圍更廣的「文章」概念。所謂「作文

---

18 程顥、程頤：〈河南程氏外書〉，收於王孝魚校點：《二程集》（北京：中華書局，1981年），卷6，頁378。

19 程顥、程頤：〈河南程氏遺書〉，同上註，卷18，頁239。

20 同上註。

害道」者，正好說明他以求道為先，詩文不過用於「悅人耳目」。以「玩物」稱之，又以「俳優」為喻，都見出程頤對為文者的厭惡。對比周、邵所言，程頤把「文」和「道」置於對立，認為「文」非但不能為「道」所用，更會反過來妨害求道的過程，立場出現了重大轉變。

當然，誠如王鵬英強調，程頤並不是全盤否定「文」，只是宋人沉溺詩藝的歪風迫他從此角度議論。[21]論學詩時，他引杜甫的〈曲江二首〉為例，已揭示他著眼的主要是環繞唐宋近體詩的寫作風氣；論「作文害道」之後，他對舉「古之學者」和「今為文者」，也意味著其「作文」一語是專指近世文人的情況。在程頤眼中，「溺於文章」早已成為「今之學者」的弊端之一，遠不如專一於求道的「古之學者」。[22]另一方面，縱然「古之學者」不曾費神於「文章」，然而他們尚有著作傳世，甚至被奉為恆久的經典。何以古今不能相提並論？程頤解釋：

> 曰：「古者學為文否？」曰：「人見六經，便以謂聖人亦作文，不知聖人亦攄發胸中所蘊，自成文耳。所謂『有德者必有言』也。」[23]

古代聖人從不刻意「作文」，也不用「學為文」。聖人只是直接展示心中所藏，自然能夠成就今人看到的經典。程頤最後還加上「有德者必

21 王鵬英：〈程頤「作文害道」辨析〉，《名作欣賞》2008年第2期，頁25。

22 依《河南程氏遺書》所記，程頤謂：「古之學者一，今之學者三，異端不與焉。一曰文章之學，二曰訓詁之學，三曰儒者之學。欲趨道，舍儒者之學不可。」其後一條再曰：「今之學者有三弊，一溺於文章，二牽於訓詁，三惑於異端。苟無此三者，則將何歸？必趨於道矣。」見程顥、程頤：《河南程氏遺書》，收於王孝魚校點：《二程集》，卷18，頁187。

23 同上註，頁239。

有言」的總結，稱聖人「成文」的發端在於其德——有「德」即能「成文」，而「文」的生成是自然而至，無需用心或求於外力，更無任何變數，一切表現實屬必然。「德」成為唯一的因素，於詩學亦然：

> 問：「『出辭氣』，莫是於言語上用功夫否？」曰：「須是養乎中，自然言語順理。若是慎言語不妄發，此卻可著力。」[24]

換言之，依靠內在修養就足以培養文辭功夫，而這因果關係乃是出於「自然」的，不用接受刻意的訓練。一如前引，程顥亦有「有本則文自至」的說法，只是程頤進一步明確否定「言語功夫」。這種說法否定了學詩的意義，甚至抹去了詩學的存在。經過程頤的論述，即使「文以載道」的大原則不變，但是「文」與「道」的分歧難免成為論辯的焦點，兩者關係變得緊張。究其原因，則是「文」日漸遠離「道」，令理學家更急於強調「道」的主導地位，以遏止「文」步向的獨立趨勢。

隨著二程學說的流傳，程門後學奉「作文害道」為垂訓。根據《宋元學案》記述，程頤的弟子劉安節（？-1116）在其語錄留下「作文害道」一點，以警門人。[25]另外，轉引此說的著作亦是不少，如朱熹和呂祖謙合編的《近思錄》、薛季宣（1134-1173）的《浪語集》、真德秀的《讀書記》等等。獲王崇炳推舉為「程門嫡嗣」的楊時，縱未言此語，但同樣主張「學詩者不在語言文字，當想其氣味，則詩之意得矣」。[26]如此否定「言語功夫」的立場，多少承接了程頤的

---

24 程顥、程頤：〈河南程氏外書〉，收於王孝魚校點：《二程集》，頁208。

25 黃宗羲原著，全祖望補修：《宋元學案》，卷32，頁1138。

26 楊時：《楊龜山先生全集》（臺北：臺灣學生書局，1974年影印清光緒癸未（1883）七月延平守張國正重刊本），卷10，頁8上（總頁479）。案：楊時稱學詩時當「想其氣味」者，大意是作者在表情達意時把握的尺度，也就是楊時一向重視的「溫柔敦

主張。

　　當然，在傳承過程中，亦有後學嘗試調整先師的說法。朱熹是當中最重要的一人。身為理學家，他仍然以修德求道為首要，嘗有立場近於程頤的論述，如問：「近世諸公作詩費工夫，要何用？」再曰：「今言詩不必作，且道恐分了為學工夫，然到極處，當自知作詩果無益。」[27]這還是置「作詩」與「為學」於對立面；不過，他同時理解排斥詩學之不可行。如吉川幸次郎稱，詩至宋代變得貼近日常生活。[28]作詩在文人的生活中是為最常見的環節，加上朱熹交遊廣闊，更是難以迴避需賦詩的場合。羅大經在《鶴林玉露》中嘗記載，朱熹一度立下「不復作詩」的誓言，可惜終究「不能不作」，就像與張栻同游南岳的時候，興致勃勃的二人還是要酬唱助興。[29]現實的狀況促使他承認了作詩的需要。只是這當以不違背道統為前提。他在〈答何叔京〉第三十二書中有言：

> 天下之理有大小本末，皆天理之不可無者。故學者之務有緩急先後而不可以偏廢，但不可使末勝本、緩先急耳。觀聖人所謂「行有餘力則以學文」者，其語意正如此。[30]

只要認清「道」為根本的原則，在沒有「末勝本、緩先急」的情況

厚」之風。楊時認為，只有忠於「溫厚」之氣之作，方能見道顯教，有補於世。換言之，此批評標準實立於「詩教」的實用目的上。見陳忻：〈楊時的文學思想〉，《重慶師範大學學報（哲學社會科學版）》2010年第5期，頁28。

27 黎靖德編，王星賢點校：《朱子語類》，卷140，頁3333。

28 〔日〕吉川幸次郎撰，鄭清茂譯：《宋詩概說》（臺北：聯經出版事業公司，2012年），頁14。

29 羅大經撰，王瑞來點校：《鶴林玉露》，甲篇卷6，頁112

30 朱熹撰，劉永翔，朱幼文點校：《晦庵先生朱文公文集》，收於《朱子全書》，第22冊卷40，頁1844。

下，「學文」是容許的。他又借助聖人的權威，強調這看法從來不違道統。此相對溫和的立場，促使理學體系對「文」、「道」關係的詮釋重新回歸至程顥，以至邵雍、周敦頤的階段。同樣地，他也不排斥寫作詩歌的意義。《朱子語類》嘗記其言曰：

> 作詩間以數句適懷亦不妨。但不用多作，蓋便是陷溺爾。當其不應事時，平淡自攝，豈不勝如思量詩句？至如真味發溢，又卻與尋常好吟者不同。[31]

偶然賦詩，以求「適懷」的行為，他並不反對。在推敲的過程中，倘若能達至「真味發溢」的狀態，就足以勝過那些「尋常好吟者」，有其價值所在。詩在朱熹的論述中，不再是一無是處的「閑言語」，甚至具其獨特的益處。而於「文」與「道」的層面上，他有以下判斷：

> 道者，文之根本；文者，道之枝葉。惟其根本乎道，所以發之於文，皆道也。[32]

論主次，必為「道」先而「文」後。要注意的是，朱熹藉根本與枝葉之喻，實已把兩者歸納為一個整體，分別只在於「本」與「發」的位置。如是者，「文」與「道」得以貫串起來，兩者的關係變得比周敦頤、邵雍所論緊密——於「道」而言，「文」成為固定的部分，為其向外展露的表現方式，而不再是單純的工具。許總指出，從周敦頤的「載道」到程頤的「害道」、朱熹的「道文一貫」，「文」在理學體系中經歷了由附屬品淪為妨害物，最終與「道」結合的歷程，而這變化

---

31 黎靖德編，王星賢點校：《朱子語類》，卷140，頁3326。
32 同上註，卷139，頁3319。

的因由完全在於理學家不斷累積有關「文」的作用的想法，以致判斷愈見深刻。[33]

隨著宋理宗大力表彰朱熹，使理學由「偽學」升為官學，「文」在道統中的定位也順著朱熹的見解，漸漸成為定論。[34]而在認同作詩的行為以後，理學家接下來的工作，就是倡議由「道」統御的詩道。理學家遂積極作詩、論詩，以及編纂總集，以彰顯詩道的理想形態。一如楊鐮指出，及至宋末元初，儒者兼為詩人已是相當普遍的現象。[35]就在這段時期，《濂洛風雅》集合宋代理學家的詩作，為歷代濂、洛大家的討論作一總結。此即金履祥編書的意義所在。

二 〈濂洛風雅詩派目錄〉與金履祥的編選範圍

論「濂洛」的性質，清人戴錡（生卒年不詳）指出，此乃是「宋儒講學傳道之邦也。所言者道德，所行者仁義」。[36]這是傳播儒學的學派，不干詩學。然而金履祥編集時，卻提出名為「濂洛詩派」的群體概念。不同版本的《濂洛風雅》分別有〈濂洛風雅詩派目錄〉（下稱〈詩派目錄〉）、〈濂洛詩派圖〉和〈濂洛風雅姓名目次〉等圖。許玉

---

33 許總：〈論宋詩興盛與理學文化思潮〉，頁90。

34 宋寧宗一朝，慶元黨禁爆發，把持大權的韓侂胄（1152-1207）稱理學為「偽學」，下令禁絕。十二年後，史彌遠（1164-1233）等人設計殺害韓侂胄，及後又立理宗為新君，北伐一派終告失勢。宋理宗鍾情理學，亦欲洗韓侂胄一朝之風，遂恢復朱熹的名聲，推舉理學為儒學正宗。淳祐元年（1241），他把韓侂胄一派推崇的王安石逐出孔廟，同時下詔：「朕惟孔子之道，自孟軻後不得其傳，至我朝周敦頤、張載、程顥、程頤，真見實踐，深探聖域，千載絕學，始有指歸。中興以來，又得朱熹精思明辨，表裡渾融，使《大學》、《論》、《孟》、《中庸》之書，本末洞徹，孔子之道，益以大明於世。朕每觀五臣論著，啟沃良多，今視學有日，其令學官列諸從祀，以示崇獎之意。」見脫脫等：《宋史》，卷42，頁821。

35 楊鐮：《元詩史》，頁411。

36 金履祥輯：《濂洛風雅》，戴序頁1上（總頁220）。

敏稱，前者見於明鈔本與清鈔本，當成於原編者之手，後者乃後人改編〈詩派目錄〉而成，既有誤會總集原意的表述，又有不少發生於傳抄過程中的錯漏。[37]諸圖見出金履祥對「濂洛詩派」的構想。且不理晚出的〈濂洛詩派圖〉和〈濂洛風雅姓名目次〉，只要對比〈詩派目錄〉和王崇炳描述的師承關係，自然會發現兩者多有重疊，但在細節部分還是存有差異。（原圖見本研究的附錄三。）作為學派名稱的「濂洛」並不直接等同指稱詩派名稱的「濂洛」。唯有從〈詩派目錄〉入手，方能準確掌握金履祥的編選理念。

關於「詩派圖」之類的圖錄概念，晚唐人張為的〈詩人主客圖〉當為雛型，至呂本中的〈江西詩社宗派圖〉則告成熟。最早自稱「詩派」的詩人群體正好也是「江西詩派」。呂本中的圖分兩層，首層奉黃庭堅一人為「宗」，次層列陳師道等二十五名詩人為「派」，代表諸家詩學以黃庭堅為「本」的關係。（詳見第四章。）以此推斷的話，〈濂洛詩派圖〉也是旨在描繪濂、洛諸家的詩學傳承。理學家素來著重學問傳承的系譜。楊立華稱，自韓愈在〈原道〉一文中建立道統觀念後，儒者為自身所學建立正當的基礎，解決了面對其他學術思想時的焦慮，而這種論學策略更由宋明理學發揚光大，其時幾乎「每個人

---

37 論述詳見許玉敏：〈北山學派文道合一發展脈絡之研究〉（臺南：成功大學中國文學系碩士論文，2003年），頁87-88。又，按王建生考證，《濂洛風雅》的初刻本成於元成宗元貞二年（1296），惟此本早已亡佚。除了上述明鈔本外，現時最早的傳世刻本為明孝宗弘治十三年（1500）重刻本，惜已殘缺。幸好，此版本後為清鈔本、《粵祖堂叢書》本、《金華叢書》本、《叢書初編集成》本等承接，而諸本皆附〈濂洛詩派圖〉和〈濂洛風雅姓名目次〉，故推測明刻本中亦有二者。王建生未明言它們是否後人所增，也無提及〈詩派目錄〉的存在。他只提到因元本亡佚，故未能判斷〈濂洛詩派圖〉和〈濂洛風雅姓名目次〉的錯漏是否原編者不慎所致。這似是暗示兩圖為原編者所編。見王建生：〈《濂洛風雅》問題舉隅〉，《中國典籍與文化》第69期（2009年6月），頁80-84。

都講自己的道統」。[38]另一學者林啟屏亦稱,為了應對各式異端,朱熹格外重視「道統系譜」,甚至生出近於宗教的「護教」心態,以為在邪說橫行的年代,循系譜流傳下來的聖人學說能發揮排拒的功能。[39]在論學過程中,理學家往往視建立系譜為首要一步。透過呈現匯集先賢,橫跨世代的系譜,理學家試圖證明自身所倡實為長久累積先賢智慧而來的正統。所謂「正統」者,乃是論學者的力量來源。他們與先賢連成一線,既可獲取權威,對抗他者的質疑,又有自我推崇之效。在〈詩派目錄〉中,儘管金履祥不曾填上自己的名號,但列於全圖最後一層的是王柏、何基,二人之上又是黃榦、朱熹,恰好就是金履祥的學問淵源。可以想像,假如此圖往下延伸,則必納入包含金履祥在內的一輩——金履祥的位置早已經隱藏於此脈絡中。他就是「濂洛詩派」發展至當下一代的繼承者。

在〈詩派目錄〉中,從最頂部的周敦頤到最底層的王柏,構成一以貫之的傳承線索。然每層其實尚有大量自此主要脈絡分離出來的小枝。對比呂本中兩層結構,金履祥的設計分八層,前後共二百餘年,人物之多、傳承之繁複,皆超越前人的狀況。當留意的是,按金履祥示,「濂洛詩派」的傳承並非單純由少數推衍至眾家——在每一階段,部分人能延續其學,部分人卻無以為繼。例如,周敦頤以下有二程、張載、邵雍四家,但真正得以長久延續的唯有二程一脈;而承二程的諸家中,又僅有楊時、呂希哲(1039-1116)和胡安國(1074-1138)繼續推展詩派的脈絡;又如比較朱熹、呂祖謙二家的話,後者只能再傳一代,前者卻可發展至全圖的最底層;當然,所謂「底層」者,實際上只有學於劉炎(生卒年不詳)和何基的王佃(?-1267)、

---

38 楊立華:《宋明理學十五講》(香港:香港中和出版公司,2017年),頁14-15。

39 林啟屏:〈朱子讀書法與經典詮釋:一個信念分析的進路〉,《中正漢學研究》第23期(2014年6月),頁9。

王柏二人，另加葉采（生卒年不詳）和劉圻（生卒年不詳）為旁枝。是以全圖呈現出上下狹窄，中間寬闊的形狀。

這樣安排旨在區分諸家的主次地位。王利民就〈濂洛詩派圖〉的內容指出：「從書中的〈濂洛詩派圖〉可見，此書以師友淵源為統紀，以周敦頤八傳而至王柏為正傳，其餘源流所漸，也多屬濂洛一脈。」[40]如前言，〈濂洛詩派圖〉源於〈詩派目錄〉，上述見解也適用於後者。在圖中，貫穿上下的是悠久的正統，在各層延伸出來的就是旁枝。旁枝同樣是源自上一代的正統，卻未能如同時代的正統傳人般，充分展現「濂洛詩派」的風采，甚至是有所偏離。湯培禎除去一些無以歸類，師承不清的詩人後，把全圖歸納為三條線索，一是由周敦頤至王柏，二是由胡安國至張栻，三是由呂本中至呂祖謙，並以首條脈絡為正統，其餘是發展有限的旁枝。[41]而基於〈詩派目錄〉是附屬於《濂洛風雅》的文獻，所以其表述當等同金履祥的詩學立場及編選思維。王崇炳嘗提及此總集的編選範圍：

> 直接濂洛程門之詩以共祖收，朱門之詩以同宗收。非是族也，則皆不錄，恐亂宗也。[42]

據此，獲選用的詩人可以分作「共祖」於濂、洛與「同宗」於朱熹兩類。而因為「濂洛程門」諸家都是北宋人，朱熹則是南宋人，故此判斷會劃分「濂洛詩派」為兩階段，早段由「共祖」濂、洛者組成，後段為朱熹一門獨尊。在〈詩派目錄〉中，全圖的最後三層幾乎只見朱

40　王利民：〈濂洛風雅論〉，《文學遺產》2006年第2期，頁65。

41　湯培禎：〈金履祥「濂洛風雅」研究〉（臺北：政治大學中國文學研究所碩士論文，1994年），頁68-73。

42　金履祥輯：《濂洛風雅》，王序頁1下（總頁218）。

熹及其後學。這亦可見出「同宗」與「共祖」的分野——「同宗」於
朱熹者多為正式歸入其門下的後學，組成了集中、悠久和強盛的脈
絡；而以濂、洛為「共祖」的一批詩人，只是有著共同的詩學來源，
彼此不一定有連繫。[43]尤其不同分枝普遍都是各自發展，交涉不多。

更重要的是，金履祥把上述見於〈詩派目錄〉的表述，落實為總
集的內容。在入選的四十八名詩人中，朱熹的作品最多，共七十八
首，於全書四百四十八首作品中，占約百分之十七點四的篇幅；（詳
細統計數字見附錄四。）其次是王柏之作，計四十八首，亦占逾一成
篇幅。撇除無詩入集的劉炘，若一拼計算朱熹和居於其下的十八位詩
人，作品總數達一百九十五首，占全書四成以上的篇幅，無疑是金履
祥著重之處。另外，「北宋五子」，即周敦頤、張載、邵雍、程頤、程
顥，也是值得注意的一群。數算五人的作品數量，編者共選七十八
首，剛好等於朱熹的作品量。對比〈濂洛詩派圖〉的安排，五人位處
最高兩層，為諸家所本，代表「濂洛詩派」之發端，而與最底部的朱
熹一門構成了源與流互相呼應的效果。再者，合併統計「北宋五子」
和朱熹一門，還有連繫這兩個群體的楊時、羅從彥（1072-1135）、李
侗（1093-1163），數量則達三百零一首，占全書逾百分之六十七的篇
幅，是為總集的骨幹。雖說部分理學家不好作詩，限制了作品數目，
但整體而言，《濂洛風雅》的編選傾向還是立場清晰的。[44]它確認了

---

43 同樣在元初，方回為「江西詩派」的架構提出「一祖三宗」說，以唐人杜甫為
「祖」，宋人黃庭堅、陳師道、陳與義則為「三宗」。對於出現在宋代的「江西詩
派」而言，「三宗」是近世的，不少成員還與他們有直接的社交關係。反而「祖」
是遙遠不可親的，後學縱能讀其作，亦不一定輕易學懂其詩藝。（詳見第四章。）
金履祥與方回時代相近，加上〈詩派目錄〉又有仿〈江西詩社宗派圖〉的意味，故
王崇清以前人的術語和概念來理解「濂洛詩派」中人的關係，實不足為奇。

44 金履祥的選詩數量，除了反映其好惡之外，亦可能受制於該詩人的詩作總量。這點
於程頤尤其顯著。《濂洛風雅》選其詩僅一首，遠不及「北宋五子」中的其餘四

濂、洛諸位先賢具有卓越、崇高的地位，亦奠定了朱熹一門於「濂洛詩派」裡的正統位置——固然，「北宋五子」所作總量等於朱熹一人的情況，又顯示出金履祥始終以後者為重。

在本質上，濂學、洛學都是宋代的儒學流派，故在此〈詩派目錄〉的名單中，不少成員都強調自身作為理學家的身份，不可能置詩學先於道學，甚至不屑以詩人的身份為自稱。只有曾幾和呂本中的情況較為特殊。如前文言，在南宋時，二人常為劉克莊等論詩者納入「江西詩派」的名單之中。至元初，方回又在《瀛奎律髓》中幾次把二人與「三宗」相提並論，證明他們在「江西詩派」中地位不低。且呂本中就是〈江西詩社宗派圖〉的製作者，有功於「江西詩派」的建立。其時，理學家與「江西詩派」的主張和風尚已見明顯差異，何以金祥履會選擇把此二人納入「濂洛詩派」的體系？這或許是由於他們以詩聞世之餘，亦確實介入了理學的發展，令金祥履無法略去之。

論曾幾，如〈詩派目錄〉示，他是「湖湘學派」開創人胡安國的弟子，即為「濂洛詩派」的旁枝。今傳〈答贛川曾幾書〉顯示曾幾不時問道於師，惟其成就終究在詩學。就如陸游在其墓志銘稱：「道學既為儒者宗，而詩益高，遂擅天下。」[45]在《濂洛風雅》中，其作共六首，五律、七律、七古各二。偏重律詩的取向，與其身為「江西詩派」一員的身份相合，尤其入選的〈種竹頗有生意〉、〈食笋〉都見於

人，卻不能輕易斷言金履祥輕視其詩。這是因為程頤的傳世詩作相當有限，見於《全宋詩》者僅七首而已，可知金履祥的取材範圍本已狹小，難以多選。見北京大學古文獻研究所編：《全宋詩》，第12冊卷724，頁8373-8374。又，在集內情況相近的詩人尚有徐存（生卒年不詳）、時瀾（生卒年不詳）、劉炎（生卒年不詳）等。按《全宋詩》所列，他們的傳世詩作分別只有一首，即《濂洛風雅》所選者。見同上註，頁15740、32110、40661。

45 陸遊：《渭南文集》，收於中華書局編輯部編：《陸遊集》（北京：中華書局，1976年），卷32，頁2306。

《瀛奎律髓》。[46]可見曾幾的律詩水平備受認同之餘,「濂洛詩派」與
「江西詩派」的批評觀念實存有相通之處,致使兩者選錄相同作品。
當注意的是,曾幾在〈詩派目錄〉中並無傳人,編者只留一段注文:
「茶山之詩,一傳陸務觀,再傳劉後村,集中不收入。」此謂曾幾的
詩學實先後為陸游和劉克莊承接,只是此圖與總集皆不收著錄。套用
王崇炳的用語,「非是族」者皆不獲錄入,故這意味曾幾的詩學傳至
此二人後,內涵已徹底變改,不合「濂洛詩派」的主張。當然,這種
改變不盡歸咎於二人,因為他們只是延續曾幾所開展的趨勢。曾幾長
久遊走於「濂洛詩派」與「江西詩派」間的表現,揭示他在「濂洛詩
派」中只處於邊緣位置,與這群體若合若分。如前文言,方回謂陸游
「少師曾茶山」,又說「茶山專主山谷」。陸游學詩於曾幾蓋無疑問,
惟茶山詩學專主黃庭堅一點,則與〈詩派目錄〉所說不同。這說明胡
安國對曾幾的教導只在道學,而詩學方面,曾幾實學於濂、洛一脈以
外,故與「濂洛詩派」的宗旨存有分歧。至於何以他沒被剔出「濂洛
詩派」?關鍵或在於其為呂祖謙之外祖父的身份,畢竟在宋代理學的
發展史中,家族關係一直左右學術思想的傳承。呂氏家族以理學為家
學,傳承二百多年之久,實為全族致力經營的成果,而除了父兄之
外,母系一方的家庭教育亦是貢獻良多。[47]故此,曾幾縱然不屬於呂
氏宗族,但他對呂祖謙的成長還是具有相當重要的影響。金履祥選曾
幾的〈贈外孫呂祖謙〉,正是意在強調二人的親屬關係,從而為曾幾
在「濂洛詩派」中覓得一席。

　　對比曾幾,呂本中作為呂祖謙的伯祖,人物關係更密切。在〈詩

---

46 二詩皆獲收入《瀛奎律髓》的「著題類」,惟詩題略有更改,〈種竹頗有生意〉作
　　〈種竹〉,〈食筍〉則從異體字形,作〈食筍〉。見方回選評,李慶甲集評點校:《瀛
　　奎律髓匯校》,卷27,頁1128、1204。
47 羅瑩:〈論東萊呂氏家族的家族與家風〉,《殷都學刊》2009年第3期,頁50。

派目錄〉，呂本中與曾幾同居第四層，上承祖父呂希哲，下啟林之奇（1112-1176），再傳至呂祖謙。這符合四人的師承關係，只是略有簡化之嫌，例如呂祖謙早年確實一度師從林之奇，但後來又從學於汪應辰（1118-1176）和胡憲（1086-1162）。[48]此圖卻抹去二人，令林之奇成為呂祖謙唯一的師法對象，由此塑造出單一的傳承脈絡。至於呂本中的情況，《宋史》曰：「祖希哲師程頤，本中聞見習熟。」[49]這同於〈詩派目錄〉所述，惟全祖望又曰：

> 原明再傳而為先生（引者按：即呂本中），雖歷登楊、游、尹之門，而所守者世傳也。先生再傳而為伯恭，其所守者亦世傳也。故中原文獻之傳獨歸呂氏，其餘大儒弗及也。故愚別為先生立一〈學案〉，以上紹原明，下啟伯恭焉。[50]

呂本中曾從學於楊時、游酢（1053-1123）、尹焞（1071-1142），但〈詩派目錄〉不提。在圖中，三人僅僅為與呂希哲同輩的二程後學。楊時與呂希哲其後各自發展。可見〈詩派目錄〉往往受其表述形式限制，縱能忠於「上紹原明，下啟伯恭」的主要脈絡，卻無從呈現其兼容並包，承學於多家的情況，以致「濂洛詩派」的形態與眾人的真正師承關係有出入。於主張「不名一師」的呂氏家族而言，此缺失格外顯著。[51]

---

48 脫脫等：《宋史》，卷434，頁12872。

49 同上註，卷376，頁11635。

50 黃宗羲原著，全祖望補修：《宋元學案》，卷36，頁1234。

51 汪俊言，呂氏家族的學術師承統緒不一，在宋代亦只有「呂氏家族的學術風格達到了廣聞多師、惟善是從的境界。故時人多稱之不立涯岸，不作黨同伐異之論，以博采之實，收集益之功。」見汪俊：〈宋代呂氏家族學術特點述略〉，《揚州大學學報（人文社會科學版）》第5卷第1期（2001年1月），頁46。

呂氏家族「不名一師」的風氣，也導致諸位家族成員的興趣和觀
點不盡相同。呂本中熱衷於詩文，詩歌的成就深得徐俯和謝逸
（1068-1113）等「江西詩派」成員認同。這與呂希哲、呂祖謙等一
生宗於道學者不同。理學雖為呂本中的家學，但他早年卻是靠詩才成
名的，認識饒節（1065-1129）後則轉向禪學，晚年才重新懷抱理
學。對他來說，各種思想的衝突難以調和，如〈試院中作兩首・其
一〉曰：「稍知詩有味，復恐道相妨。」[52]其〈喜章仲孚朝奉見過十
韻〉又感嘆：「語道我恨晚，說詩我不還。」[53]這種長期在詩學與道學
之間游移不定的表現，不同於「濂洛詩派」的其他成員。奇怪的是，
當呂本中倡言學詩當以杜甫、蘇軾、黃庭堅等近世詩人為榜樣時，其
見於《濂洛風雅》的律詩只有兩首，餘下六首都是古風。[54]金履祥並
不著重其為「江西詩派」推崇的近體作品。這見出「濂洛詩派」對呂
本中的定位大概在於「上紹原明，下啟伯恭」一點，而不是其為人熟
知的詩藝。

王建生指出，呂本中和曾幾一生「出入於文學、理學之間」，體
現詩學與道學在宋代由衝擊及至融和的歷程。[55]從另一角度來看，這
表示二人皆非忠實於道統的理學家，卻又在理學的傳承過程發揮作
用，夾在兩個範疇之間。在〈詩派目錄〉中，周敦頤至王柏的脈絡是
「濂洛詩派」的骨幹，呂本中和曾幾等旁枝則標示出其邊界。「濂洛
詩派」的概念與形態由此得以完整。

---

52 北京大學古文獻研究所編：《全宋詩》，第28冊卷1611，頁18094。

53 同上註，頁18057。

54 呂本中曾言：「學詩須熟看老杜、蘇、黃，亦先見體式，然後遍考他詩，自然工夫
度越過人。」見呂本中：《童蒙詩訓》，收於《宋詩話輯佚》，頁603。

55 王建生：〈兩宋之際詩、道衝突與平衡——以呂本中為中心〉，《北方論叢》2014年
第5期，頁28。

三　《濂洛風雅》的「風雅」觀及其正體

考金履祥設計的書名，「濂洛」指向入選總集者的學術背景，組織出「濂洛詩派」的群體概念；至於「風雅」，則是代表這部詩歌集的收錄內容。固然，這可以簡單地視之為詩歌的代稱。然理學家歷來討論詩歌問題時，往往反覆使用此語詞。而且觀乎其他出於宋元儒者手筆的詩歌總集，也是不時以「風雅」為書名，如蔣易（生卒年不詳）的《皇元風雅》、傅習（生卒年不詳）和孫存吾（生卒年不詳）的《皇元風雅前後集》、袁懋昭（生卒年不詳）的《風雅類編》，以及劉履的《風雅翼》等。由此推斷，在理學家眼中，「風雅」除了指稱作品的體裁之外，背後當有更為重要的詩學含義。這既是《濂洛風雅》之編纂宗旨所在，也決定了其結構與編排方式。

依字眼而言，「風雅」本是《詩經》的體裁，即《國風》和二《雅》。基於其數量之多、篇幅之重，加上治經者對有關內容的重視，「風雅」逐漸成為《詩經》的別稱。值得注意的是，每當論者提及「風雅」時，除了實指其書外，每每會延伸至經典的價值。例如〈文選序〉有「風雅之道，粲然可觀」一句，言「風雅」有其道，並會隨「正始」至「亡國」的時代發展而改變。[56]理學家以儒學為本，自然更重視這出自經典的概念，亦不會如普通詩人般泛泛而談，以之為空洞的創作理想。其提倡的「風雅」明確指向《詩經》的價值，強調詩作當如何承接源自經典的古老傳統。這於《濂洛風雅》中可概括為三個面向，即詩歌功能、作品內容，以及時代的傳承。

論詩歌的功能，自周敦頤提出「文以載道」的綱領後，理學家都把詩歌視作弘揚道統的工具，務求發揮「詩教」的功能。《禮記・經

---

56 蕭統編，李善注：《文選》（上海：上海古籍出版社，1986年），序頁2。

解》云：「溫柔敦厚，《詩》教也。」[57]在聖人的教育方式中，《詩經》
培養學子的性情，故理學家都以之為詩道的意義。從學於金履祥的唐
良瑞（生卒年不詳）如此讚揚《濂洛風雅》內的作品：

> 皆涵暢道德之中，歆動風雩之意，淡平者有淳厚之趣，而浩壯
> 者有義理自然之勇。言言有教，篇篇有感。[58]

其謂諸詩都有使讀者歸化於「道德」的能力，並以「淳厚」與「義理
自然」等特質塑造人的性情。而「言言有教，篇篇有感」一語，強調
了金履祥的選篇乃經過細心思量，使全書前後具有統一且鮮明的教化
目的。戴錡更是從編者的角度出發，述說編纂此書的緣起和動機：

> 既著《大學疏義》、《論孟考證》，慮後之學者徒知務本為重，
> 不知有玩物適情之義，未免偏而不全，執而鮮通，大失先賢垂
> 訓之本意。是誰之過歟？於是每讀遺編，見其中有韻語可以正
> 人心，可以敦風俗，可以考古論世者，撮而錄之，使人洗心滌
> 慮，非勸則懲。扶道之功，何大也！[59]

據此，金履祥編《濂洛風雅》的用意就在「扶道」，把古人的價值觀
用於今世。從著作成書的先後來看，《大學疏義》、《論孟考證》這些

---

57 鄭玄注，孔穎達疏：《禮記正義》，收於《十三經注疏（標點本）》，第6冊卷50，頁
　　1368。
58 金履祥輯：《濂洛風雅》，唐序頁1上至1下（總頁221）。案：清代的《四庫全書總
　　目》嘗記「唐良瑞」為「韓良瑞」，然據蔡根祥的考證，當以「唐良瑞」為是。見
　　蔡根祥：〈《碧琳琅叢書》本《金氏尚書注》十二卷偽作補考〉，收於林慶彰、錢宗
　　武主編：《第二屆國際《尚書》學學術研討會論文集》（臺北：萬卷樓圖書公司，
　　2014年），頁90。
59 同上註，戴序頁1下至2上（總頁220）。

經義之書在前，是為「務本」；收錄韻語的《濂洛風雅》晚出，代表「玩物適情」。鮮明的主次關係見出「道本文末」的精神，諸作用於「扶道」，不是道統本身。難怪王錕言，金履祥的「風雅」觀表面上不提「文」或「道」，但編纂中實隱含了有關觀點，置教化的功能先於詩歌文辭的審美標準。[60]金履祥的立場與前人相近——當然，斟酌「玩物」一語，程頤有「玩物喪志」之語，以之為絕對不可取的價值；而金履祥則承朱熹在《論語集注》的說法，以為「玩物適情」方為孔子留予後人的教誨。[61]對於程、朱義理的取捨，《濂洛風雅》展現了金履祥身為朱熹後學的身份。

　　為了達到教化目的，詩歌內容無疑是非常關鍵的。金履祥的編選結果理當能見出共通點。清人胡鳳丹（1828-1889）曰：「濂洛諸子詩，率皆天籟自鳴，出入風雅，無一不根於仁義，發於道德。宣尼復起，其必采之。」[62]諸作皆「出入風雅」，所以內容上都以仁義道德為根本。而「宣尼復起」一語，則進一步言明諸詩與孔門義理的契合。另一方面，唐良瑞介紹《濂洛風雅》的理念時，選擇從詩歌的生成過程入手：

　　　　詩者，志之所之也。志有正有偏，有通有蔽，則詩有純有駁，
　　　　有晦有明。故偏滯之詞，不若中正之發，而放曠悲愁之態，不

---

60 王錕：〈北山四先生理學化的文學觀述論〉，《浙江師範大學學報（社會科學版）》2010年第4期，頁44。

61 在《論語‧述而》中，孔子嘗有「游於藝」一語，朱熹注之曰：「游者，玩物適情。」見朱熹：《論語集注》，收於《四書章句集注》（北京：中華書局，1983年），卷4，頁94。

62 胡鳳丹：〈濂洛風雅序〉，收於《退補齋文存二編》（上海：上海古籍出版社，2010年《清代詩文集匯編》影印清光緒七年（1881）退補齋刻本），卷1，頁8上（總頁365）。

若和平沖淡之音。生於其心則發於其言，發於其言則作於其
事，所關非細故也。[63]

承接漢儒提出的「詩言志」一說，詩人心中所想與其寫出的內容是一
致的整體。唐良瑞進而指出，詩人的「志」各有不同，所以他們的詩
歌良莠不齊，既有純而明者，又有駁而晦者。按照儒家論性情的標
準，當以中正平和的內容為優，絕不認同放任地發洩情緒，偏滯一端
的文字。因此，關於詩歌內容正當與否的問題，最終必會轉移為討論
詩人的思想和心性。如此，《濂洛風雅》獲得了極大優勢，因為理學
家正是以修德進學，探求道統為本業，其「志」之正與通可謂毋庸置
疑。值得關注的是，在這個詩歌生成的過程中，唐良瑞不曾提及詩藝
技巧的位置，似乎「志」就是決定詩作表現的唯一因素。王利民提
出，這些理學詩人透過「圓融溫潤的人格、心平氣和的氣象使得他們
的詩歌氣體充和、標格雅秀，整體上呈現出一種柔性的美」。[64]作品的
美感源於詩人本身的修養，並不是由藝術技巧刻意營造出來。受到這
種「風雅」觀影響，《濂洛風雅》關注的往往是詩人的性情，個別作
品的形式、技巧倒不是焦點所在。金履祥當初編纂此總集時，僅「以
師友淵源為統絕，而未分類例」，即出於這原因。[65]

　　至於「風雅」的最後一個面向，就是作為時代的座標，象徵一種
有別於今世的古老詩學價值。前文已言，邵雍以孔子刪詩為界線，把
詩歌的發展區分為古今兩段，尊崇代表聖人詩道的古詩。在論述之
末，他嘗豪言：「人謂風雅之道行於古而不行於今，殆非通論。」[66]其

---

63 金履祥輯：《濂洛風雅》，唐序頁1上（總頁221）。

64 王利民：〈濂洛風雅論〉，《文學遺產》，頁74。

65 金履祥輯：《濂洛風雅》，唐序頁1上（總頁221）。

66 邵雍：〈伊川擊壤集序〉，收於《邵雍集》，頁180。

謂「殆非通論」者，旨在說明他本人有志重振古詩而已。重點在於，北宋時，「風雅之道」已被定義為屬於古代的價值觀，與當世詩壇隔絕，而理學家的志向，正是把這種失落「風雅」重新引入現世。謝桃枋指出，宋代的詩學流派普遍都是以唐詩為淵源，其所宗者包括李白、韓愈、杜甫、李商隱（813-858）等等，而「理學詩派」卻是引古代的「風雅之遺」為淵源，顯得與眾不同。[67]目光與淵源之遠近，成為理學家賦詩與當世詩壇的分別。此處引用「風雅之遺」一語，實出自唐良瑞對《濂洛風雅》的描述：

> 竊以為今之詩非風雅之體，而濂洛淵源諸公之詩，則固風雅之遺也。[68]

一如邵雍等人的想法，他視「今之詩」與「風雅之體」為對立，按照時代區別詩歌的價值。在芸芸「今之詩」都無法與古人水平扣連之際，唯有「濂洛諸公」能突破時代的限制，上溯至古詩的「風雅」精神，如同宋代詩壇的清泉一般。

　　事實上，這種上溯古詩的精神是宋代理學家的一貫取態。除了上述有關作品內容和詩學價值外，亦見於用韻等細緻的層面。《鶴林玉露》記曰：

> 楊誠齋云：「今之《禮部韻》，乃是限制士子程文，不許出韻，因難以見其工耳。至於吟詠情性，當以〈國風〉、《離騷》為法，又奚《禮部韻》之拘哉！」魏鶴山亦云：「除科舉之外，閒賦之詩，不必一一以韻為較，況今所較者，特《禮部韻》

---

67 謝桃枋：〈略論宋代理學詩派〉，《文學遺產》1986年第3期，頁39。
68 金履祥輯：《濂洛風雅》，唐序頁1下（總頁221）。

耳。此只是魏晉以來之韻，隋唐以來之法，若據古音，則今
麻、馬等韻元無之，歌字韻與之字韻通，豪字韻與蕭字韻通，
言之及此，方是經雅。」[69]

此處引述楊萬里和魏了翁（1178-1237）對《禮部韻》的批評。宋室嚴
格控制科舉制度下的詩賦考核模式，要求士子的用韻必須依從朝廷頒
佈的《禮部韻》。然在當世論詩者眼中，這項措施不免嚴苛、無理，又
是無益於日常賦詩抒情之事。楊萬里和魏了翁二家都是從時代的角度
判斷《禮部韻》的不足。前者強調作詩當以《詩》、《騷》為法，不當
為宋人額外加添的韻書規律所拘束。後者更特別點明《禮部韻》是以
「魏晉以來之韻」為根據，比古韻系統多出了許多不必要的分化或增
潤，有失古韻的「經雅」之風。在用韻問題上，他們都以「古」為法
度或雅正，排斥代表今人觀點的《禮部韻》。而在朱熹所屬的閩學系
統中，因應方言的特點，古韻與今韻的衝突尤其明顯。蕭振豪從朱熹
一脈對韓愈詩文用韻方式的看法入手，指出朱熹、嚴羽等閩北理學家
對韓愈作品的古韻問題甚為關注，而其原因就在於閩音與《禮部韻》
的規範多有分歧，卻與古韻有明顯的雷同之處，令他們格外留意三者
的異同。[70]這導致他們偏向源流已久的古韻，而排斥不合閩人利益的
近世詩韻系統。可見，受種種因素影響，「古」成為閩學論詩時所重
視的價值。以此再觀《濂洛風雅》的編選理念，其設定「風雅」為具
有時代意義的定位，指向古典詩學的根源，實為合理之舉。它以錄入
總集的詩作直接扣連經典的時代、價值，發揮朱熹一門，以至宋代閩
地的學風。

---

69 羅大經撰，王瑞來點校：《鶴林玉露》，丙編卷6，頁339。
70 蕭振豪：〈韓愈〈此日足可惜〉、〈元和聖德詩〉的古韻問題〉，《中國文學學報》第6
   期（2015年12月），頁112-113。

　　須留意的是，唐良瑞僅以「風雅之遺」稱呼《濂洛風雅》內的作品，似乎意味著它們不完全等同於「風雅之體」。在他的眼中，「風雅」概念歷經流變，而這些變化主要體現在作品體式的層面。其曰：

> 第風雅有正有變，有小有大，雖頌亦有周魯之異體。[71]

他引《詩經》的體式為例子，認為〈大雅〉與〈小雅〉有別，〈周頌〉和〈魯頌〉也是截然不同的體式，證明了早在經典的時代，「風雅」已呈現出隨時代而變化的特質。而在種種變化當中，最值得注意的乃「正變」之分。按漢儒的觀察，在《詩經》中，無論是十五〈國風〉抑或二〈雅〉，歸入同一體式的作品實不盡一致。他們遂進一步把它們分作兩類，一為原初的「正體」，一為後來生成的「變體」。〈毛詩序〉曰：

> 上以風化下，下以風刺上。主文而譎諫，言之者無罪，聞之者足以戒，故曰風。至於王道衰，禮義廢，政教失，國異政，家殊俗，而「變風」、「變雅」作矣。[72]

本來〈國風〉是君上用以教化、臣下用以諷諫的作品，是為「正體」。後來王道衰微，社會狀況大變，作品內容轉為對各種亂象的不滿和控訴，是為「變體」。經典的內容並不是一成不變的，而是與時代情勢共同演進。而「正」之所以化為「變」，乃源於社會充滿失德與不當的事情。故此，在道統價值來看，「變」實不如「正」。至宋

71　金履祥輯：《濂洛風雅》，唐序頁1下（總頁221）。

72　毛亨傳，鄭玄箋，孔穎達疏：《毛詩正義》，收於《十三經注疏（標點本）》，第3冊卷1，頁13-14。

代，朱熹對「風雅正變」提出更詳細的解釋：

> 惟〈周南〉、〈召南〉親被文王之化以成德，而人皆有以得其性
> 情之正，故其發於言者，樂而不過於淫，哀而不及於傷。是以
> 二篇獨為風詩之正經。自〈邶〉而下，則其國之治亂不同，人
> 之賢否亦異。其所感而發者，有邪正是非之不齊，而所謂先王
> 之風者，於此焉變矣。若夫雅頌之篇，則皆成周之世，朝廷郊
> 廟樂歌之辭，其語和而莊，其義寬而密，其作者往往聖人之
> 徒，固所以為萬世法程而不可易者也。至於雅之變者，亦皆一
> 時賢人君子，閔時病俗之所為，而聖人取之，其忠厚惻怛之
> 心、陳善閉邪之意，尤非後世能言之士所能及之。[73]

他把二〈南〉和其餘十三〈國風〉分開，前者出於周文王對世人的教
化，含有正當的性情，是「風詩之正經」；後者混雜了不同，甚至互
為相對的價值觀，好壞參半，是為「變」。同樣地，〈雅〉本是朝廷樂
歌，用辭祥和且莊重，含義廣大又慎密，但成為「變」後，就變為君
子用以反映社會不幸之作。此論又強調「正」與「變」之間是時間先
後的關係，即「變風」後出於先王之風，「變雅」又成於周室治世不
再之時。

　　固然在經學角度，「風雅正變」只牽涉《詩經》的時代，不適用
於經典以外之作。不過，宋代理學家介入詩學，欲樹立符合道學價值
的詩歌正統，遂著手把「風雅正變」延伸為貫通古今的詩學發展模
式，但求接上《詩經》的傳統。今本《濂洛風雅》的編排方式正是按
此設計的。唐良瑞在其序中如此表明：

---

73 朱熹撰，朱傑人校點：《詩集傳》，收於《朱子全書》，第1冊，頁351。

今日「風雅」之編，不可不以類分也。於是斷取詩、銘、箴、
誡、贊、詠、四言者，為風雅之正體；其《楚詞》歌操、樂府
韻語，則風雅之變體；共五、七言古風，則風雅之再變；其絕
句、律詩，則又風雅之三變也。[74]

據他記述，金履祥最初編《濂洛風雅》時僅以人物為線索，各種詩體
未分次第。唐良瑞以為各種體式相混不甚理想，於是以「風雅正變」
的概念重新編排諸作，形成四言古體、雜言古體、五言古風、七言古
風、五言絕句、五言律詩、七言絕句、七言律詩的次序。這正是今人
所見的版本。[75]依照唐良瑞的邏輯，詩體跟隨時代而演變，從而引導
「風雅」詩道由「正」及於「變」。如是者，最原始的古體成為了
「風雅之正體」，衍生於後世的各體就是「變體」。唐良瑞如此歸納總
集的內容，辨明了諸詩人的創作傾向。在「濂洛詩派」中，諸家各有
長處或喜好，使總集編選其作時偏向某類體裁。由此帶來的問題是，
《濂洛風雅》對「正」與「變」的評價並不相同，故詩人的地位和成
就亦有高下之分。如本研究首章所言，傑洛瑞對布爾迪厄的理論多有
承接。就「文化資本」概念而言，傑洛瑞認為「經典」的資格和篇目
將會成為文學教育的知識內容，故這涉及「經典化」如何創造「文化
資本」的問題。他指出，在精心遴選的過程中，得以晉身「經典」位
置的文本（canonical texts）將會負上傳播「文化價值」的功能，而
「經典文本」的整體則成為「價值的儲藏庫」（repositories of cultural

---

74 金履祥輯：《濂洛風雅》，唐序頁1下（總頁221）。

75 傳世本《濂洛風雅》分為六卷本、七卷本兩種，分別在於前者合七言古風和五言近
體為卷四，後者把二體分為卷四和卷五。至於分類方式與作品的排列次序，兩個版
本並無差異。王建生指出，七卷本當為原初的版本，六卷本為後期衍生出來的。見
王建生：〈《濂洛風雅》問題舉隅〉，頁81。

value）。[76]套用至《濂洛風雅》的情況，「風雅」就是理學家用以定義「經典」資格的用語。獲總集選錄的作品即為理學家主張的經典，而其儲藏與傳播的「文化價值」就是理學家的詩學思想。如此，理學家憑「經典」的崇高與權威，介入本為詩人所主持的詩壇，並獲得正當性與話語權──此即為其「文化資本」的體現。

在此先討論「風雅正體」的部分。唐良瑞嘗列詩、銘、箴、誡、贊、詠等為「正體」，相當於《濂洛風雅》的首卷內容。有趣的是，這似乎異於許多文人的看法。六朝乃古典文體論趨於成熟的關鍵階段。曹丕（187-226）的《典論‧論文》有言：「奏議宜雅，書論宜理，銘誄尚實，詩賦欲麗。」[77]在這一段世稱「四科八體」的論述中，銘與詩兩類並不是同一類別的體式，亦各自以「實」和「麗」作為批評標準；稍後，陸機（261-303）又有〈文賦〉一篇曰：「詩緣情而綺靡，賦體物而瀏亮。碑披文以相質，誄纏綿而悽愴。銘博約而溫潤，箴頓挫而清壯。」[78]詩、銘、箴三體是分開論述的，藝術特色各異，不見連繫；再如《文選》，其序對「文章」發展的述說以詩一體為起始，又以賦、騷、頌為其派生，箴、誡、銘、贊則與論、誄屬次於詩的階段。[79]從《文選》的編排亦可見，詩賦見全書之首，贊置於中間部分，箴、誡、銘等卻在全書的收結處。零散的分佈見不出緊密關係。同一時期，劉勰（465-521）的《文心雕龍》又安排〈明詩〉為第六篇，〈頌贊〉為第九篇，〈箴銘〉為第十一篇，同樣把各體分開處理；[80]至於同一時期的任昉（460-508）則在其《文章緣起》列舉了

---

76 John Guillory, *Cultural Capital: The Problem of Literary Cannon Formation*, p. 22.

77 曹丕：〈典論論文〉，收於郭紹虞主編：《中國歷代文論選》（北京：中華書局，1963年），頁123。

78 陸機撰，金濤聲校點：《陸機集》（北京：中華書局，1982年），頁2。

79 蕭統編，李善注：《文選》，序頁2。

80 詳見劉勰撰，范文瀾注：《文心雕龍注》，北京：人民文學出版社，1962年。

八十餘體，詩依然居於首位，而銘、箴、贊、誡依次位列三十三、三十四、三十六和五十八，差距更大。[81]其後的唐宋詩文集、詩文評普遍受《文選》等典範著作影響，對文體排序更動不大。可知，唐良瑞引為「風雅正體」的文體組合與不少詩文評著作的看法相差甚遠。而觀乎總集實際所收者，四言古體中又有朱熹的〈小學題辭〉和〈祭延平先生文〉，令「題辭」和「祭文」也混入「正體」的範圍。作為詩歌總集，《濂洛風雅》大幅放寬了「詩」的定義，使之幾乎囊括所有韻文類型。時至宋代，近體詩的形制與文體的概念都可謂發展完善。即使是開「理學總集」先河的《文章正宗》亦不曾採取如此廣泛的定義。[82]可以說，《濂洛風雅》提出如此分類方式，形同重返文體未分的古老時代，似是有意識地挑戰時下的詩學觀念。尤其前文提到，宋代詩壇各派普遍視近世唐詩為淵源，而《濂洛風雅》載錄的詩作形式，正好拓闊這種狹隘的目光。值得補充的是，及後清人沈德潛（1673-1769）編選《古詩源》時，同樣在「古逸詩」一類中混雜辭、戒、銘、謠諸體。對於這個做法，他申述如下：

> 凡《三百篇》、楚《騷》而外，自郊廟樂章訖童謠里諺，無不備采。書成，得一十四卷，不敢謂已盡古詩，而古詩之雅者略盡於此，凡為學詩者導之源也。[83]

---

81 任昉撰，陳懋仁注：《文章緣起注》，收於《文章序說三種》（臺北：臺灣大學出版中心，2016年），頁215-217、225-226、233。

82 在《文章正宗》的詩選部分，真德秀以「歌詩」開編，選〈康衢謠〉和〈擊壤歌〉等等，其後即為漢代的歌行、樂府和五言詩等，並無銘、箴、誡、贊之類。詳參真德秀：《文章正宗》，收於《景印文淵閣四庫全書》，第1355冊卷22-23，總頁657-762。

83 沈德潛選：《古詩源》（北京：中華書局，1963年），序頁1。

不論作品出處還是形式,他都盡量收錄,達至「無不備采」的程度。
這是因為其首要目標在於啟導學詩者,應當「盡古詩」之貌。過分拘
泥於某類或某體的古詩,反而是不利之舉。以此觀照《濂洛風雅》的
編纂,金履祥的用心亦大概如此。藉由開放當時過於狹窄的觀念,重
新樹立「詩」的原始定義,它同時引入了這個定義所連繫的詩學思
想,即於經典時代以後漸告失落的詩道。

統計《濂洛風雅》的第一卷,古體詩作共有四十五首,對比其餘
體裁,顯然不算多數。而以作者數量計算的話,此卷有十名詩人,於
全書四十八人之總數而言亦為少數。就算是標榜探求道統的「濂洛詩
派」,也是只有部分成員能創作「正體」之作,從而達至「風雅」詩
道的根源。當中,入選作品最多的是朱熹,計十七首,遠超名列第
二,只有八首作品的程顥。緊隨二人之後的還有張栻和王柏,二人的
作品數量分別有七首和五首。其餘的詩人則是以一、二首入選。此編
選結果意在推崇朱熹的地位。這批作品包含銘、箴、贊、祭文、題辭
等體式,證明了朱熹致力創作「風雅正體」之餘,對這概念的掌握亦
是透澈和全面──當然,若把「變體」之作都計算其中的話,即會發
現除了七言古風之外,朱熹的作品遍及總集內的各種體式,是以其詩
學成就實足以貫通「風雅之正變」,不會像其他入選者般僅僅局限於
某個體式。總之,無論是作品數量還是體式種類,《濂洛風雅》都非
常注重朱熹的作品,甚至營造了其他詩人望塵莫及的效果,從而肯定
朱熹為整個「濂洛詩派」的中心,以及詩學成就最高者。

至於從作品的內容來看,《濂洛風雅》的選篇大致集中於道德教
化,旨在勸導讀者當如何立身處事、修德求道。當中不少作品都不立
意象,採取通篇說理的手法,如程顥的〈四箴〉分為視、聽、言、動
四段,敷演孔子的「四勿」觀念。[84]張載的〈女誡〉、朱熹的〈君子

---

84 金履祥輯:《濂洛風雅》,卷1,頁2下至3下(總頁225)。又,此處所謂「四勿」

吟〉、〈學古齋銘〉、〈求放心齋銘〉、〈尊德性齋銘〉、〈敬恕齋銘〉、〈敬齋箴〉和張栻的〈顧齋銘〉等，也是直言各種道德教訓。難怪清人紀昀（1724-1805）稱「《擊壤》流為《濂洛風雅》，是不入詩格者也」，諸作不過「據理而談」而已。[85]此「詩格」當是指稱唐宋以來對詩歌的定義，以及寫法、體式等方面的要求，意謂理學家言之「詩」與時人的印象大有差距，近於談理。這於上述作品尤為顯著。此外，這些「風雅正體」的另一內容重點是歌頌賢人，如朱熹的〈六君子贊〉稱頌「北宋五子」和司馬光六人，王柏的〈三君子贊〉則讚揚朱熹、張栻和呂祖謙，其餘作品還涉及諸葛亮（181-234）、劉子羽（1086-1146）、李侗等。正如論者的觀察，對比孔子和顏回之類常見於儒者作品的文化符碼，這些近世或現世的人物更見具體，甚至直接得到詩人的歌頌。[86]其中不少人物又是指向「濂洛詩派」的內部。如此以「風雅正體」歌頌之，即是把經典的價值套落至這些成員身上，意味著他們與古聖人一脈相承，而「濂洛詩派」也是道統的正當繼承者，意義深遠。

四　以朱子學說為中心的「風雅三變」

關於「風雅」流變，在《濂洛風雅》以前，朱熹早已在〈答鞏仲至〉第四書中提到。他提出，不同時代各有詩道風氣，而從上古及至

者，即是孔子在《論語·顏淵》一篇中言之「非禮勿視，非禮勿聽，非禮勿言，非禮勿動」。見何晏注，邢昺疏：《論語注疏》，收於《十三經注疏（標點本）》，第10冊卷12，頁157。

85 紀昀：〈嘉慶丙辰會試策問五道〉，收於孫致中、吳恩揚、王沛霖、韓嘉祥校點：《紀曉嵐文集》（石家莊：河北教育出版社，1991年），卷12，頁271。

86 劉立藏：〈金履祥《濂洛風雅》所形塑的理學詩典範〉（新竹：清華大學中國文學系碩士論文，2015年），頁44。

北宋，期間共有三變，即「虞夏以來，下及魏晉」、「自晉宋間顏、謝以後，下及唐初」和「自沈、宋以後，定著律詩，下及今日」這三階段。（詳見第六章。）至於唐良瑞，則是在時代與「風雅」詩道之間加入有關詩歌體裁的考慮，畢竟《濂洛風雅》只錄宋人的作品，時代的角度不太適用。當注意的是，縱然唐良瑞同樣提出了「三變」的概念，但連同「正體」計算的話，其詩歌發展模式其實共有四個階段，而朱熹謂之「三變」者，則已經涵蓋了詩歌史的全部範圍，其第一「變」等於古人詩道的原始狀態。故此，唐良瑞並非單純取用前人的論述語言，其言之「變」的實際含義值得再加考察。

（一）風雅之變：雜言古體

據〈濂洛風雅序〉的論述，在「正體」以後，《楚辭》歌行、樂府韻語是為「風雅」詩道的第一種變體。在總集裡，構成卷二的雜言古體代表了這個階段。觀乎這個部分，雖然仍有銘、箴、贊這些見於卷一的文類，但它們的形式顯然不同於那些「風雅正體」。除了採取長短不一的雜言句式外，諸作普遍頻密使用虛詞，如程顥有〈李仲通銘〉一篇：

> 二氣交運兮，五行順施。剛柔雜揉兮，美惡不齊。稟生之類兮，偏駁其宜。有鍾粹美兮，會元之期。聖雖可學兮，所貴者資。便儇皎厲兮去道遠，而展矣仲通兮，賦材特奇。進復甚勇兮，其造可知。德可完兮命何虧？秀而不實聖所悲，孰能使我無愧辭。後欲有考觀銘詩。[87]

虛詞「兮」字貫穿了全詩大半篇幅，用作連接四言句或三言句，惟至

---

87 金履祥輯：《濂洛風雅》，卷2，頁1上至1下（總頁235）。

最後三句，卻改為採用七言長句。韻腳方面，短句部分會於雙數句句末押韻，長句部分則是每句之末皆押韻。此作承襲先秦騷體風氣之餘，形式亦見自由多變。

　　另一方面，雜言古體中又有許多新見文類，包括歌操、樂府、辭。這幾類作品多以仿作前人名篇為創作路向。例如，張載的七首樂府均取自古人舊題，乃出於其觀漢魏人所賦後，以為「有名正而意調卒卑者，嘗革舊辭而追正題意」。[88] 朱熹的〈招隱操〉又聲言以西漢作家群淮南小山的〈招隱士〉為源，繼而斥左思（250-305）、陸機（261-303）的仿作皆「與本題不合」，並強調自身方為「推小山遺意」者。[89]二人皆指出，諸道古題雖不斷為後人繼承，但那些仿作總是無法切合原作的本意，招致詩道價值的失落。他們因此以身作則，藉由自己的創作重現之。這些選篇突顯出諸家直接承傳古人詩道的雄心壯志。

　　不過，與此同時，多選古人之作的現象也反映出及至宋代，雜言古體已經難以推陳出新，僅能偏向參照古人的舊題或詩意。進而言之，此體在總集中的表現亦是有限。事實上，《濂洛風雅》只收錄了十九篇雜言古體之作，數量遠少於古風和近體，甚至不如卷一的四言古體。在「風雅正變」的四個階段中，這是內容最少的一個部分。可見在「濂洛詩派」以至整個宋詩壇中，詩人普遍對太久遠的體式缺乏興趣，而善為之者更加是鳳毛麟角，與盛行於世的古風、近體難以相提並論——雖說四言古體的歷史同樣悠久，但是「風雅正體」地位崇高，創作價值和吸引力自然高於「變體」。按金履祥的編選，涉及此體的詩人只有五位。其中，張載獨占九作，朱熹也占七首，程顥、張栻和真德秀則各占一首。極度不均的情況足以顯示出作品之稀少與寫

88　金履祥輯：《濂洛風雅》，卷2，頁6下（總頁238）。

89　同上註，頁9下（總頁239）。

作之艱難,唯有張載和朱熹兩位大儒較能掌握之。固然,綜觀總集內的朱熹詩作,雜言古體是入選數量較少的類別,可知這並非其詩學成就的重點。反而,對只有二十二首作品入選的張載而言,這批雜言古體的意義可謂不容忽視。

在卷二中,張載的作品以七首古樂府為主。這些作品旨在重現古人初作該題時的本意,以糾正後人僅視之為樂調名稱,不顧古人寄意的風氣。其方法就是直接在作品呼應標題,如〈日重光〉、〈度關山〉、〈雞鳴〉、〈東門行〉和〈鞠歌行〉都是直接把題目的字眼放入首句中。[90]至於餘下二作,則是〈東銘〉和〈西銘〉。兩首作品本為張載記於學堂雙牖上的文字,原名〈砭愚〉、〈訂頑〉,後來張門後學又合稱它們作〈乾稱篇〉,輯入《正蒙》之末。《正蒙》乃張門就橫渠學說建立理論體系,代老師著書立說之作。此二篇得以錄入其中,足見其議論、說理的面向,性質理當異於張載的其他詩作。此情況再一次證明,《濂洛風雅》對「詩」的定義實比一般文人所認識的寬鬆。

雖云〈東銘〉和〈西銘〉二篇並行存世,但後者無疑較受注意。方世豪稱,〈西銘〉論述長篇而完整,內容又是關涉「民胞物與」的儒家理想,形塑出歷來儒家大同理想的典型,不單受程顥讚賞,對後世儒者更是多有影響。[91]在《濂洛風雅》中,編者似乎同樣認同〈西銘〉的特殊價值,遂於此篇後附上長篇注文。綜觀整部總集,編者對大部分詩作的處理手法只限於分類排序而已,詩後附注顯然不是一種常態。據許玉敏的統計,附有注文的作品只有六十首左右,未及全集作品總量的一成半。[92]這些注文,除了金履祥自行撰寫的一批之外,

---

90 金履祥輯:《濂洛風雅》,卷2,頁6下至7下(總頁238)。

91 方世豪:〈張橫渠的人生理想——《西銘》解讀〉,《人文月刊》第160期(2007年4月),頁5。

92 許玉敏:〈北山學派文道合一發展脈絡之研究〉,頁103。

其餘大致都是出自朱熹、王柏、何基等「濂洛詩派」的骨幹成員，內容包括作品釋讀、義理演繹、寫作背景等。考慮到金履祥的師承情況，即可推斷有關注文正是他平日在學習過程中接觸到的材料，包括老師的語錄和先賢的文獻。就如〈西銘〉的注文其實就是朱熹在〈西銘解〉中對〈西銘〉的逐句梳理。朱熹向來認同二程對〈西銘〉的程視，並欲透過〈西銘解〉闡釋「天人一體」、「理一分殊」等重要理學概念，而至宋元時期，朱熹此文已廣為流傳。[93]金履祥身為朱門後學，對〈西銘〉和〈西銘解〉的熟習可謂理所當然。有趣的是，〈西銘〉全文僅二百五十三言，〈西銘解〉的篇幅則有接近一千四百字之長，如此懸殊的篇幅在本已無甚注釋的卷二，以至整部的總集中，都不免顯得誇張。這一方面代表了金履祥認為張載諸篇中，確實以〈西銘〉為最重要的一篇，必須細心處理；另一方面，他又強調對〈西銘〉的解釋必須嚴格地以朱熹所言為依歸——畢竟在南宋，汪應辰、陸九韶（1128-1205）、林栗（生卒年不詳）等人曾經激烈地反對朱熹的見解，主張另行解釋此篇，導致此篇的意涵多有歧說。金履祥表面上是在選取張載之詩歌，表現橫渠的詩學，實際上卻是把它歸入朱熹的學術體系中，成為朱門學說的一部分。在〈詩派目錄〉上，張載縱然名列「北宋五子」之一，但其脈絡始終不屬貫穿全圖的骨幹。惟有藉由如此操作，他的作品才成功從師承以外的途徑與此一骨幹的主要人物扣連起來。這促使「濂洛詩派」的成員更見緊密之餘，也使諸作的意義進一步集中於朱熹一脈。《濂洛風雅》所選與所注的關係，即在於此。

（二）風雅之再變：五、七言古風

　　雜言古體演化自「正體」，及後又變為古風。這正是唐良瑞言之

93　朱傑人：〈西銘解校點說明〉，收於《朱子全書》，頁139-140。

「風雅之再變」。如同張思齊稱,「古風」的基本定義就是五言或七言的非律詩。[94]換言之,這體式概念實為相對於近體詩而言,而「五言古風」與「七言古風」之稱也就在初唐後,近體詩日趨成熟時始見流通——比起新穎的近體詩,非律者當然沾有「古」的色彩;不過,它們的時代又近於近體,所以並非真正的「古體」,正如唐良瑞置之於雜言古體之後,律詩、絕句之前。相對於形式多變,包含幾種文體的雜言古體,古風之作雖然還是長短不一,但限於五、七言的句式,已表現出相對穩定的寫作方法。在此可引張載的〈古樂府君子行〉為例:

> 君子防未然,見幾天地先。開物象未形,彌醮憂患前。文公立無方,不恤流言喧。將聖見亂人,天厭懲孤偏。竊攘豈甘思,瓜李爰足論。[95]

張載的古樂府大多收錄於雜言古體的部分,惟獨此詩見於五言古風一卷。此詩以「君子防未然」為開篇首句,既是承襲了古辭寫法,也符合張載寫古樂府時,好於首句點題的做法。[96]兩批作品的最大分野在於句式,屬古體的一批短則三言,長則七言,變化多端,而此詩則是通篇五言,形式工整。同為張載的樂府之作,這個例子不單點明了古體與古風之差異,亦突顯出從「風雅之變」過渡為「風雅之二變」的情況。

---

94 張思齊:〈淺論古風中的齊雜問題〉,《暨南學報(哲學社會科學)》第16卷第1期(1994年1月),頁109。

95 金履祥輯:《濂洛風雅》,卷3,頁1下(總頁241)。

96 按照《樂府詩集》的考證,〈君子行〉屬於平調曲,古辭所作如下:「君子防未然,不處嫌疑間。瓜田不納履,李下不正冠。嫂叔不親授,長幼不比肩。勞謙得其柄,和光甚獨難。周公下白屋,吐哺不及餐。一沐三握髮,後世稱聖賢。」見郭茂倩:《樂府詩集》(北京:中華書局,1979年),卷32,頁467。

　　金履祥選了八十一首古風，數量比四言古體、雜言古體多出不少，顯示出諸位詩人對此體的興趣較為濃厚，創作成果亦較豐富。究其原由，一則在於古風的發展較接近宋代，詩人易於考察和掌握相關寫作技巧，二則與古風的內容和功能有關。觀乎總集內的諸首古風，固然仍有像張繹（？-1108）的〈書座右〉般，通篇論道說理的作品。惟在此以外，還有贈答用的〈寄友人〉和〈寄臨川學者〉等，詠物紀事的〈種菜〉、〈飲租戶〉和〈微雨〉等，紀行的〈遠遊篇〉和〈度石棟嶺〉等，送別的〈送八兄歸濂溪〉、〈送湯伯紀〉等，即事感興的〈暮雨感興〉、〈冬日雜興〉，以及成於會飲唱和期間的〈王剛仲惠詩醉筆聊和〉。古風題材之廣泛由此可見一斑。更重要的是，這些作品普遍能用於日常生活的不同環節，滿足社交、抒情、紀事等需要，令眾詩人不得不大量應用此體——當然，更為流行的近體詩也是以這個原因勝過古風。有關情況稍後再論。

　　按唐良瑞的設計，古風可進一步細分為五言和七言，兩類各自成卷。這安排，除了是顧及篇卷長短的問題之外，也是源於編者認為兩類確實不得相混。尤其在七言古風一卷的開首，編者刻意標上「今體」的字眼，似乎有意與上一卷的五言古風作出區別。[97]明人胡應麟（1551-1602）在《詩藪》中指出：「五言古御轡有程，步驟難展；至七言古，錯綜開闔，頓挫抑揚，而古風之變始極。」[98]據此論述，五言古風演變為七言古風的現象，並非單純地為形式上的擴充。其於藝術特色方面的拓展更為關鍵。七古呈現的特點比五古靈活、多變，是古風一體發展至最高峰的象徵。而在詩歌史當中，亦如論者指出，七古詩藝的發展高峰就在宋初，此亦是當時各詩體中最早鮮明地見出

97　金履祥輯：《濂洛風雅》，卷4，頁1上（總頁253）。
98　胡應麟：《詩藪》（上海：上海古籍出版社，1979年，新1版），內篇卷5，頁81。

「宋調」面目的一體。[99]大抵是七古於宋代的興起，決定了其與五古的古今之分。進一步而言，六卷本的《濂洛風雅》合七古與五絕、五律為一卷，實非隨意所致，而是說明了三者皆是通行於宋代的「今體」，故可並排在一起。當注意的是，唐良瑞一方面把古風歸為「風雅之二變」，一方面又分五古與七古為古今二體，使七古與五言近體歸為一類，形成兩套標準不同的分類系統。如此設計，意味著古風就是「風雅」詩道從「古」過渡為「今」的階段，「風雅之二變」隱含的意義正在於此。

在古今之間，《濂洛風雅》偏向了「古」。其編選的五古達六十五首，七古只有十六首。從作家角度而言，五古一類共收十七人之作，同樣多於只涉十二名詩人的七古——固然其中八人實同時見於兩類。須注意的是，五古數量雖多，分佈卻是極不平均。朱熹的作品多達二十四首，居次的王柏僅有六首，其餘詩人的作品更是寥寥可數。而細觀朱熹的五古，當中又以獲得全部錄入的〈齋居感興二十首〉為主體。這首組詩與〈西銘解〉、〈太極圖說〉等重要理論著作成於同時，向來被視作朱熹學說的關鍵，備受推崇。胡應麟嘗讚揚如下：

> 〈齋居感興〉雖以名理為宗，實得梓潼格調。宋人非此，五言古益寥寥矣。世以儒者故爾深文，非論篤也。[100]

此詩既代表了宋人寫作五古一體的成就，也一洗當世儒者不善作詩的形象，其價值可謂無可取替。故除了金履祥之外，其他總集諸如《風雅翼》、明人吳訥的（1372-1457）《文章辨體》、清人吳之振（1640-

---

99 成瑋：〈論北宋初年的七言古詩——以田錫、張詠、王禹偁為中心〉，《名作欣賞》2007年第3期，頁13。

100 胡應麟：《詩藪》，外編卷5，頁211

1717）的《宋詩鈔》等都完整地予以收錄，而節選者亦是不計其數。
誠如前言，朱熹乃《濂洛風雅》中最重要的詩人，而此篇作為朱熹筆
下最重要的詩篇，編者必予以重視。其表現之一就是附上大量注文，
使之成為繼〈西銘〉後，另一大量出現注文的部分。

　　透過這些注文，編者清晰地標示出各章之分，並且詳盡地引述以
何基為主的評語。[101]細觀之，其內容主要是解釋文句意義，進而推演
朱熹的學術思想。無可否認，理學家對詩作的討論，方向和焦點總是
迅速地放在道學範疇上，體現出以詩論理，循詩及道的本質。作為朱
熹的名篇，解釋〈齋居感興二十首〉者不勝其數。《濂洛風雅》大量
引何基所言，無疑是出於金履祥與他的師生關係。這既是出於編者的
尊師意識，也強調了他與老師所屬的一脈方為朱門正統。組詩首章的
注文有以下一段：

> 蔡仲覺謂此篇言無極、太極。不知於此章指何語為太極，況無
> 極乎？太極固是陰陽之理，言陰陽則太極已在其中。但此篇若
> 強摙作太極說，則一章語脈皆貫穿不來。此等言語溔漾，最說
> 理之大病也。[102]

解釋文意之後，何基特意引述蔡模（1188-1246）的說法。蔡模也是
理學家，常問學於朱熹等濂、洛大家，只是不屬黃榦一脈而已。何基
認為蔡模搞不清「陰陽」、「太極」和「無極」等理學概念的關係，以
至對詩篇的解釋有誤。然何基的話不止於糾正對方，接著又指出若按

---

101 數各章注文，何基的評語凡十五處，內容貫穿全篇組詩。在此以外，黃榦所言見
　　於第二章；王柏所言見於第十四章。詳見金履祥輯：《濂洛風雅》，卷3，頁7下至
　　18下（總頁244-250）。
102 同上註，頁7下至8上（總頁244-245）。

其理解而行，此章語意將不可解。這暗示蔡模實掌握不到朱熹的想
法，是一位不及格的學生。最後，他甚至把這錯誤定為「說理之大
病」，意味著問題已由解詩的對錯提升至治學的層面，也就是學術師
承之間的高下。何基歿後，金履祥有〈輓北山子何子‧其一〉如下：

> 道自朱黃逝，人多名利趨。獨傳真統緒，惟下實工夫。
> 粹德兩朝慕，清風四海孤。斯文端未喪，千古起廉隅。[103]

詩中依然強調，何基才是唯一成功繼承朱熹、黃榦之學的人物，是為
「真統緒」。他對老師的學問，以至自身師承的地位，一直是都是充
滿信心。《濂洛風雅》透過何基抨擊別家學說，無非旨在強調這一支
最貼近朱熹的想法，解釋對朱熹詩作和學術思想時，當以他們為權
威。如此亦能體現出「濂洛詩派」以學派師承為核心的結構。

(三) 風雅之三變：絕句與律詩

隨著近體詩律確立，絕句和律詩相繼出現，「風雅」詩道進入第
三變的階段。五古和七古象徵了古體過渡至今體的情況，故排於七古
之後的絕句、律詩，就是今體的主要部分。它們也是在宋元時期，即
《濂洛風雅》成書時，依然大行其道的詩體。一如前文提及，對於近
體詩，特別是形制最為嚴謹的律詩，部分理學家的取態頗為極端，如
程頤以之為全不可取，朱熹也覺得齊人制定詩律後，詩歌的發展已走
上了歧路，古人的詩道不復存在。不過，在《濂洛風雅》中，近體詩
卻是篇幅最多的部分。稍作統計，近體詩的數量高達三百〇三首，其
中絕句計一百九十首，律詩亦有一百一十三首，為全書作品總量的七

---

103 北京大學古文獻研究所編：《全宋詩》，第68冊卷3563，頁42581。

成左右。另一方面，在四十八位詩人中，只有張繹（1071-1108）、范念德（生卒年不詳）、劉清之（1033-1189）、李仲貫（生卒年不詳），以及劉炎（生卒年不詳）五人沒有近體之作，反而僅見近體作品者就有二十三人之多。可以說，近體詩的創作於「濂洛詩派」中是不可或缺的，絕不可能如程頤所倡一般，徹底摒棄此體。

金履祥偏重近體，主要原因大概在於對宋人而言，近體詩的寫作難度相對低，作品產量可觀。自唐代科舉以詩律取仕以來，近體詩藝成為童蒙教育的一環，風氣延至宋代。就如呂本中嘗編《童蒙訓》為家塾訓本，書中「言理學則折衷二程，論詩文則取法蘇、黃」。[104]所謂「取法蘇、黃」者，就是指向二人的近體詩法，尤其黃庭堅正是以講究律詩技巧聞名詩壇。寫作近體詩幾乎是宋代文人必備的技能。觀《濂洛風雅》的選篇數目，古風不及近體，古體又不及古風，證明詩人對久遠的詩體往往感到陌生，既不常應用，亦不熟習幾近失落的技巧。儘管理學家的理想指向古詩之道，惟落至現實，他們還是不時使用近體。其詩藝在成長與學習的過程中亦已磨練得相當成熟。這無疑為總集提供大量值得選取的素材，以致此方面的內容比其他體裁豐富。

為免與前賢的立場相抵，金履祥始終得循學理解釋這批近體詩的價值。其辦法就是強調出自「濂洛詩派」成員筆下的作品，有著高於一般文人所作的境界。關於這一點，則可從大量作品獲得選用的詩人入手。事實上，對比其餘類別，近體詩的編選結果並未形成一家獨大的狀況。深受編者推崇的朱熹，在此類中只見三十首詩歌，數量次於合共有三十五首作品入選的王柏。其餘詩人如程顥、邵雍、楊時、張栻、何基等，又有十數至二十餘首作品入選。較平均的分佈，致使此類的內容與風格具多種面向。

---

104 郭紹虞：《宋詩話考》，頁169。

　　王柏居首的原因，主要在於其傳世作品數量可觀，加上好以理學題材入詩。根據王錕的數算，不計自成一類的挽詩，王柏有一百八十六首近體詩傳世，當中約有一百三十首均涉理學命題。[105]金履祥的選詩中，嘗有〈有人說用〉一作：

> 寄語紛紛利欲人，不知何者是經綸。
> 行藏未可便輕議，學問先須辨得真。
> 莫把空言來誤世，要明明德去新民。
> 大凡體立方言用，且著工夫檢自身。[106]

全詩直說理學義理，頸聯以「明明德」和「新民」，即〈大學之道〉一篇的關鍵字眼入詩，尾聯又點明了「體立」、「言用」、「工夫」這些理學義理的重要概念。這類顯然就是理學詩的典型作品，表現出王柏的學術思想。其餘作品，包括〈野〉、〈和劉叔崇晚春〉、〈葉西盧惠冬菊・其三〉、〈何無適同宿山中次韻〉、〈科舉〉等，則是從時事或即景起題，及後深入為對義理的感悟。再如〈迷道有感次韻〉曰：

> 未識大安道，行行多路歧。人言訛近遠，山路倍嶔巇。
> 自有康莊處，多因便捷移。我今知堠子，萬里不須疑。

於詩後，金履祥特地附上倪公武（生卒年不詳）的和詩：

> 著腳爭些子，公私只兩歧。正途元自穩，捷徑不勝巇。

---

105 王錕：〈北山四先生理學化的文學觀述論〉，頁45。
106 金履祥輯：《濂洛風雅》，卷6，頁18上（總頁284）。

見透行須透，心移境亦移。前人須指點，進步莫遲疑。[107]

如此注明和詩的做法在整部總集中並不常見，意圖引人玩味。本研究以為，這或是旨在闡釋王柏的詩意。王柏全詩前後多用實指迷路一事的詞語，如「大安道」、「山路」、「堠子」等，令詩意緊扣魯齋迷失的感受，別無他言。然倪公武藉由和詩把事情轉化為道德教化。除了首聯之外，其餘三聯皆有抽空其事，側重說理的跡象。特別是末聯，倪公武以意義較為空泛的「指點」置換王柏筆下的「堠子」，令全詩的總結脫離了「迷於山中」的實景，指向一種純粹的「迷失」狀態。如是者，令詩意能用於任何同於此理的景況，等同於一項人生道理的說明。以此觀感回顧王柏的原作，即會從詩句中找到一種隱喻的可能性，從而對詩意得出深層的理解。金履祥附上此詩，正是引導觀者的思考方向，同時強調其作品著重思想性的一面，確保理學詩有別於普通「閒言語」。另一方面，金履祥所選之作，有的刻意扣連朱熹。如〈三閭大夫〉、〈張子房〉、〈陶淵明〉等，都是朱熹特別關注的歷史人物。[108]而〈題諸葛武侯畫像〉一詩更遙遙呼應著卷一中，朱熹書寫的〈諸葛忠武侯畫像贊〉。藉相同的取材和立場，金履祥展現出兩家的性情、思想有共通處，恰如志同道合。這同樣是金履祥抬舉自身師門的手段。總之，王柏的創作傾向與《濂洛風雅》的編纂目的同出一轍，自然受編者重視——誠然，金履祥對理學詩的關注，以及編纂理

---

107 金履祥輯：《濂洛風雅》，頁16上至16下（總頁260）。

108 朱熹有《楚辭集注》，《朱子語類》亦多言陶淵明，本研究在此不加詳論。至於張良，《朱子語類‧歷代》記朱熹言曰：「為君報仇，此是他資質好處。後來事業則都是黃老了，凡事放退一步。若不得那些清高之意來緣飾遮蓋，則其從衡詭譎，殆與陳平輩一律耳。」又曰：「張良一生在荊棘林中過，只是殺他不得。任他流血成川，橫屍萬里，他都不知。」可見他對張良的生平多有考究和評價。詳見黎靖德編，王星賢點校：《朱子語類》，卷135，頁3222。

學詩總集的志向，本來就與王柏編纂的總集甚有淵源。[109]尤其從書名推論，王柏有《濂洛文統》在前，金履祥編《濂洛風雅》在後，似是刻意承接先師想法的行為。故此，《濂洛風雅》奉王柏為成就僅次於朱熹的詩人，亦是合於情理。

在近體詩部分的主要詩人中，邵雍是另一值得探討的人物。在《濂洛風雅》中，其作品合計二十一首，其中二十首為近體，而近體中又是以律體為主。這無疑點明他的詩學成就全在於此體。然而問題在於，邵雍獨有一套世稱「擊壤體」的律詩體式，與時人常用的差別分明。四庫館臣於《擊壤集》一條曰：

> 沿及北宋，鄙唐人之不知道，於是以論理為本，以修詞為末，而詩格於是乎大變。此集其尤著者也。……邵子之詩，其源亦出白居易。而晚年絕意世事，不復以文字為長。意所欲言，自抒胸臆，原脫然於詩法之外。毀之者務以聲律繩之，固所謂謬傷海鳥，橫斥山木；譽之者以為風雅正傳。[110]

此處指出邵雍之詩旨在論理，對修辭以至詩格之事毫不在意。其詩發展至後期，甚至變成隨己意而書寫，完全不受詩法拘束。世俗的文士以格律評判其作，自然以為是不合法度。可是，於堯夫及其同道者來說，格律本就不值得計較，其內容能否作為「風雅正傳」才是重點。觀《濂洛風雅》所選者，不少作品皆有使用頂真和鄰韻通押的情況，體現了隨意抒懷的風格。部分例子更有特別體式，如〈首尾吟〉一

---

109 王柏所著多已亡佚。據《宋史》記載，王柏一生著作多達四十一部，與詩學相關的就有《詩辨說》、《文章復古》、《文章續古》、《濂洛文統》、《詩可言》、《正始之音》、《發遣三昧》和《文章指南》等。見脫脫等，《宋史》，卷438，頁12982。

110 永瑢等：《四庫全書總目》，卷153，頁1322。

作，首句和尾句皆是「堯夫非是愛吟詩」，並以同一韻部和書寫套路
重複七遍。程顥許之為「真風流人豪」，正是由此不尋常的詩法，言
及其豪放性情。而論形式最古怪者，當數〈身心安〉一詩：

> 心安身自安，身安室自寬。心與身俱安，何事能相干。
> 誰謂一身小，其安若泰山。誰謂一室小，寬如天地間。[111]

以嚴格律詩形式審視之，且不理寒、刪二韻通押的情形，其不合律之
處至少有三：一者，首聯、頷聯的上下句皆押平聲；二者，頷聯的上
句「心與身／俱安」的句構不合詩律；三者，頷聯和頸聯皆無對仗。
可見此詩的形式違反不少當世詩人對「律詩」的定義——固然，從詩
中若干的律句、拗句觀之，邵雍在此仍抱有一定的詩律概念，只是處
理方式相當寬鬆，顯然不以之為重。金履祥依然選此詩為五言律詩一
類的代表作，則代表《濂洛風雅》同樣不太注重詩歌格律形式的問
題，不以為這類缺失會損害詩歌的價值。大概從理學家的角度觀之，
詩的價值不在於章法與形式，而是在於其內容是否具有「文以載道」
的效果。一般詩人講求格律的做法，在他們眼中反而淪為捨本取末的
小道。理學家的詩歌既要與這類庸俗的作品有所區別，就不用計較一
般詩人用以作繭自縛，卻是無益於載道的各種寫作規則——在《濂洛
風雅》中，固然存有合律的近體詩，證明理學家明白格律的規範，亦
能妥當地應付之；而像邵雍所作的一類，則強調他們早已超越規範，
旨在追求更高的詩歌價值，非一般詩人所能及上。從另一角度來看，

---

111 金履祥輯：《濂洛風雅》（北京：中華書局，1985年《叢書初刻集成》本），卷4，
　　頁59。案：在南京圖書館藏的清雍正刻本中，此詩所處的第十二頁剛好為缺頁，
　　是以此注以《叢書初刻集成》本為代替。據王建生考證，此本據金華叢書本排
　　印，為目前其中一個最通行的版本。見王建生：〈《濂洛風雅》問題舉隅〉，頁80。

這種有違一般文人認識的「律詩」，揭示了這部總集從不求苟合於當世詩壇的認同或稱許。打從「近體」以至「詩」的定義，它就旨在標榜一種獨立自清，高於時人崇尚的詩學價值。這就是「理學詩」與「文人詩」的重大分別。

五　小結

　　自北宋以來，理學家不時關注詩學與道統的關係，意見不一。後來，朱熹藉其學術地位確立「文道一貫」的原則，認同儒者作詩是正當而有意義的。諸家焦點隨之轉移至如何依循道統建立詩道的問題上。至元初，金履祥選取四十八人之作，編成總集《濂洛風雅》，正是為歷時一代的討論下一總結。本章嘗從全書結構、編纂策略和選詩結果入手，探討《濂洛風雅》的理念和價值。過去，四庫館臣介紹《濂洛風雅》後，嘗謂：「然而天下學為詩者，終宗李、杜，不宗濂、洛也。此其故可深長思矣。」[112]此處以李白和杜甫為「詩人之詩」的象徵，意謂古典詩學的發展終究沒選上「理學之詩」，甚至不以之為真正的「詩」。換言之，其塑造「經典」以搶奪文化話語權的盤算以失敗告終。事隔數百年，清人固然明瞭這部總集無法達成宏願，還遭到學詩者輕視。這與「理學之詩」從根本重建詩道，無視當世詩學發展形勢的策略不無關係。然這不足以全盤否定《濂洛風雅》的價值。它代表了宋元儒者對詩學的想像和期望。古典詩學經歷長久發展，似乎獲得獨立地位，然其源出《詩經》的現實終不可抹掉。儒者有志藉道學統御一切學問，詩人也希望筆下的作品上及經典的價值，道學和詩學一直存有交疊與衝突。《濂洛風雅》的出現正是這角力的一個高峰，也是考察儒學史與詩學史如何共同發展的鑰匙。

---

112 永瑢等：《四庫全書總目》，卷191，頁1737。

第六章
理學家與《文選》詩歌的重編：
以陳仁子、劉履為例

　　上溯至梁代，《文選》奠定「總集」概念的基礎，更為文學史的發展立下里程碑。此書對篇章的取捨原則，改變了「文章」在傳統學術體系中的地位──其〈文選序〉說明，來自經、史、子三部的篇章都超出編選目的，不予收錄，又提出以「事出於沈思，義歸乎翰藻」為選錄原則，不取其他範疇的批評標準。[1]意即他把自己所選的「文」從其他學術範疇中分割出來，為之定下獨立地位。及至隋唐，李善注、五臣注等版本告成，官方又循科舉、學校教育等途徑加以推動，「《文選》學」迅速形成。而宋初承前代推崇《文選》之風，坊間也有「《文選》爛，秀才半」之說。[2]俗語雖不是嚴謹論說，卻足以印證《文選》在士子心中的地位。按胡仔所引，郭思（？-1130）甚至稱「《文選》是文章祖宗」，為詩者「不可不熟」之。[3]可見這總集及其代表的詩文風格、觀念深深影響當時的文人。[4]

1　蕭統編，李善注：《文選》，序頁2-3。

2　陸游撰，李劍雄、劉德權點校：《老學庵筆記》（北京：中華書局，1979年），卷8，頁100。

3　胡仔撰，廖德明校點：《苕溪漁隱叢話》，前集卷9，頁56。

4　宋代對《文選》的接受情況頗為複雜，特別是自熙寧變法取消科舉的詩賦一門後，《文選》失去最重要的存在價值，後人普遍以為其傳播與影響至此告終。然據郭寶軍整理，進入南宋後，熙寧時期的禁令接連取消，科舉正式分立經義、詩賦兩門，往後的制度調整都不曾動搖局面。同時，《文選》的傳播在版本、刊刻數量、刊刻機構等方面都超過北宋的規模，可見《文選》的影響力實一直延續，甚至是更進一

　　然同樣在北宋，理學日盛，「文」與「道」的關係成為爭論焦點。按理學家的基本主張，「道」為根本而「文」為枝條，後者沒有獨立的存在意義。若果「文」無資於「道」，則應摒棄。他們進而以為士子當用心於修德求道，不必學文。這與《文選》的「文章」觀念截然相反，道統與文統的角力由此展開。南宋的理學家曾經積極地編纂符合道學理論的總集，意圖取代《文選》的地位。有趣的是，及至元代，除了上述另立典範以對抗《文選》傳統的手段之外，部分理學家又採取了另一策略──介入《文選》的傳統，使之歸入道學之下。陳仁子（生卒年不詳）的《文選補遺》和劉履的《風雅翼》等都是顯著的例子。尤其《風雅翼》聚焦於《文選》的詩歌，集「補註」、「補遺」和「續篇」三種形式，體制完備。王書才認為，劉履所編對《文選》詩歌多有發掘，論述方法和串講深度皆有不少優點，在《文選》的研究史上具另闢新路之貢獻，值得後世重視和讚揚。[5]

　　本研究旨在探討劉履如何重新詮釋《文選》的詩學傳統，令《文選》得以與朱熹的學說接上，從而展示出元代理學家對《文選》，以及其代表之詩學觀的回應。學者過去討論理學、總集和宋元詩學的關係時，大多限於《宋文鑑》、《文章正宗》等新創於宋代的著作，強調理學家在文統之爭中另闢蹊徑的策略。《文選補遺》和《風雅翼》對《文選》傳統的介入卻鮮受注意，實在可惜。[6]

　　步。詳見郭寶軍：《宋代文選學研究》（北京：中國社會科學出版社，2010年），頁296。

5　王書才：《明清文選學述評》（上海：上海古籍出版社，2008年），頁68。

6　在現時的學界，關於劉履及其《風雅翼》的研究，成果大多限於期刊文章。這些文章大致分作三類：一是考證劉履的著作，如張劍的〈劉履著述考〉；二是《風雅翼》之《選詩補註》的特色，如宋展雲的〈詩教傳統與劉履《選詩補註》詩學詮釋論〉和馮淑靜的〈《文選》詮釋史上的一部立異之作──劉履《選詩補註》探論〉。三是《風雅翼》對個別詩人的接受與評價，例如楊鑒生和王芳的〈劉履對謝靈運詩歌的接受與評價〉、譽高槐和廖宏昌的〈《風雅翼》看宋元理學「新文統」影響下的

一　朱熹對《文選》詩學傳統的推崇

　　細數《文選》匯聚的三十多種文體，編者最重視詩賦。單是計算諸作數量，《文選》的賦體分作十五類，共五十六篇，詩體則分二十三類，共二百五十一篇，加上十三篇騷體，三類總量為全書七百六十一篇作品的四成以上。[7]如此比例，既是源於歷代詩賦眾多，難以只選一二了事，亦可見出編者對詩賦的體系和發展認識深入，不得不使用複雜細緻的小類系統表達之。相反，箴、連珠、行狀、墓誌等僅錄一篇作品，即代表有關文體的特點和發展相當有限，單篇足以言盡。

　　同時，〈文選序〉進一步印證了此想法。蕭統在此段論述中追溯了「文」從誕生到發展至齊梁的歷程，而詩學正是其中最重要的部分，占去整篇序文的一半篇幅。按它的論述，「文」創始於伏羲氏，並「隨時變改」。其最早的階段是《詩經》，而《詩經》後分化出賦體、騷體。及後，隨著詩歌風格的演進，原來的《風》、《雅》衍生出頌詩、五言詩等，最後變成「少則三字，多則九言，各體互興，分鑣並驅」的盛況。[8]可見「詩」源遠流長，隨時分化。從廣義言之，賦、騷、頌等均能以分枝的地位，連結宏大的文體系體。詳述詩體演變後，蕭統轉而顧及其他文體，但寫法大為不同──自「次則箴興於補闕，戒出於弼匡」一句起，他以短句形式草草講述各體情況，終以「眾制鋒起，源流間出」收結所有線索，不如對詩的詳細考察。[9]且

李白詩接受〉等。（各文出處見引用書目。）學位論文方面，羅琴的碩士論文《元代文選學研究》等止於描述其體例與特點，誠可再加擴展。總之，論者鮮從宋元詩學、道統與文統之爭的角度入手，而此即本研究重點。

7　統計數字採自日本學者清水凱夫的研究。詳見〔日〕清水凱夫：〈從全部收錄作品的統計上看《文選》的基本特徵〉，《長春師範學院學報》第18卷第1期（1999年1月），頁45-47。

8　蕭統編，李善注：《文選》，序頁2。

9　同上註。

以「次則」啟句，既有與詩體區分主次的意味，亦暗示諸體發展後於詩賦，不接近「文」的根源。故無論從編選結果還是蕭統的文學史觀來看，詩都是格外重要的文體。《文選》象徵的觀念，包括「文」的獨立性質與「沉思翰藻」的批評標準等，亦當以這種體式為代表。[10]

按《直齋書錄解題》所述，南宋已有獨立刊行《文選》詩歌的情況。[11]另一宋人高似孫（1158-1231）又有《選詩句圖》一卷，稱欲效法杜甫寄予兒子「熟精《選》理」的訓示，從《文選》收錄的詩作中摘句製圖，並藉注文展示各句如何為後世詩人承襲，印證「宋襲晉，齊沿宋，凡茲諸人，互相憲述」的源流。[12]郭寶軍稱《選詩句圖》本是工具書，然句圖形式的體例，還有編者的編纂技巧，使之成為集合藝術品評、意象分析和推源溯流等功能的文學批評，亦是宋代《文選》專書中非常獨特的著作。[13]可知在宋代，詩從《文選》的眾體中突圍而出，成為特殊的範疇——諸作代表了詩歌史的特定發展階段，即一種獨特的詩學傳統。

可是，從理學的角度而言，詩學與文統的意義不盡如《文選》所提倡。前文已提到，周敦頤、邵雍等人均強調詩賦只為彰顯道統的工具，不具獨立的存在價值，亦無為人費力學習的必要。他們認同的詩

---

10 有關〈文選序〉大要，可參考駱鴻凱在《文選學》中的概括：「此篇首論文之起源，與文章遞變之故。次論賦，次論騷，次論詩，次論各體文，而總之以作者之致，蓋云備矣。中敘選文之由，在集古今之清英，便來學之省覽。末復述經史子所以不選之意。而於史之論贊序述有詞采文華者，仍採錄之。而總其大旨曰：『事出於沉思，義歸乎翰藻。』此昭明自明入選之準的，亦即其自定文辭之封域也。」此段重點有三，一是先詳論詩賦，後略述各體文類的策略；二是對「詞采文華」的採錄；三是「沉思翰藻」代表「文辭之封域」，引申出文辭具獨立價值的命題。以此基礎對比後文的理學立場，已略見兩種觀念之差異。見駱鴻凱：《文選學》，頁15-16。

11 陳振孫：《直齋書錄解題》，卷15，頁451。

12 高似孫：《文選詩句圖》（臺南：莊嚴文化事業公司，1997年，《四庫全書存目叢書》影印南京圖書館藏清鈔本），頁1上（總頁2）。

13 郭寶軍：《宋代文選學研究》，頁347-350。

賦，僅限於《詩經》等經典所載的作品，並且強烈排斥生成於孔子以後，特別是唐宋的詩歌。至南宋，朱熹緩解「文」與「道」的對立關係後，近世詩賦始受接納，創作活動亦得認可。在此情況下，朱熹進而論及學詩的需要。他不如程頤般，視完善內在修養為培養文辭能力的唯一正途。「文」需要另行學習，詩藝自然不出此理。張健指出，撇開以性理為尊的原則後，朱熹把學詩詮釋為「格物窮理」的一環，詩既然是事物之一，學詩則是「窮詩之理」，符合理學邏輯。[14]其〈跋劉病翁詩〉談學詩方法時，就觸及《文選》：

> 此病翁先生少時所作〈聞箏詩〉也，規模意態全是學《文選》樂府諸篇，不雜近世俗體，故其氣韻高古而音節華暢，一時輩流少能及之。逮其晚歲，筆力老健，出入眾作，自成一家，則已稍變此體矣。然余嘗以為天下萬事皆有一定之法，學之者須循序而漸進。如學詩則且當以此等為法，庶幾不失古人本分體制。向後若能成就變化，固未易量，然變亦大是難事，果然變而不失其正，則縱橫妙用，何所不可？不幸一失其正，卻似反不若守古本舊法以終其身之為穩也。李、杜、韓、柳初亦皆學《選》詩者，然杜、韓變多而柳、李變少。變不可學而不變可學，故自其變者而學之，不若自其不變者而學之，乃魯男子學柳下惠之意也。[15]

萬事皆有法度可循，學詩不為例外。學詩者要先懂法則，方能在法則上尋求變法。這過程很困難，須按部就班，「不失其正」。一旦偏離正

14　張健：《知識與抒情──宋代詩學研究》，頁397。

15　朱熹撰，劉永翔，朱幼文點校：《晦庵先生朱文公文集》，收於《朱子全書》，第24冊卷84，頁3968。

道，則必不如終生堅守法度者。為了引證此論，他引李白、杜甫、韓愈和柳宗元為例，指出諸家的成就源自「學於《選》詩者」，只是杜、韓及後比李、柳多變。藉「變不可學而不變可學」一語，他認定忠於《選》詩的李、柳更佳。在《朱子語類》，他也言：「杜子美詩好者多是效《選》詩，漸放手，夔州諸詩則不然也。」[16]這突顯出其寧願詩人「不變」古道的取向。另外，朱熹多番提及《文選》詩風的，稱四家高下源於是否忠於《文選》詩風，又以「學《文選》樂府諸篇」為由，力讚其師劉子翬（1101-1147）之作。他形容此詩「氣韻高古而音節華暢」，既非同輩能及，甚至「不雜近世俗體」，即以古為優的標準。更重要的是，既然這是學習《文選》的效果，就意味他認為《文選》也有高古風韻，並以此為可貴。如是者，《文選》之作成為了詩學法度的一部分。

至〈答鞏仲至〉第四書，朱熹把目光擴展至詩歌史的整體發展，論述「變」的現象如何破壞古人詩道：

> 然因此偶記頃年學道未能專一之時，亦嘗間考詩之原委，因知古今之詩，凡有三變。蓋自書傳所記，虞夏以來，下及魏晉，自為一等；自晉宋間顏、謝以後，下及唐初，自為一等；自沈、宋以後，定著律詩，下及今日，又為一等。然自唐初以前，其為詩者固有高下，而法猶未變。至律詩出，而後詩之與法，始皆大變，以至今日，益巧益密，而無復古人之風矣。故嘗妄欲抄取經史諸書所載韻語，下及《文選》漢魏古詞，以盡乎郭景純、陶淵明之所作，自為一編，而附於《三百篇》、《楚辭》之後，以為詩之根本準則，又於其下二等之中，擇其近於

---

16 黎靖德編，王星賢點校：《朱子語類》，卷140，頁3326。

　　古者，各為一編，以為之羽翼興衛；其不合者，則悉去之，不
　　使其接於吾之耳目，而入於吾之胸次。[17]

朱熹把詩歌的發展分作三階段，亦即所謂「三變三等」的詩歌史發展
觀。一如對四位唐代詩人的取捨準則，朱熹抗拒詩歌之「變」，以為
貼近古詩源頭方為理想。故此處以「三變」描述詩歌史，就隱含今不
如古，愈變愈劣的批評。從「下二等」諸語觀之，三等之間高下立
見，尤以「定著律詩」的第三等最為不堪。後二等中，只有「近於古
者」的作品值得一看，是為學詩時的「羽翼興衛」。重要的是第一
等，即「詩之根本準則」的範圍。按其劃分，除了經典所屬的虞夏時
代外，及至魏晉的詩歌亦納入了這個階段，《文選》亦屬其中。對於
宋人來說，《文選》是保存魏晉詩歌的主要文獻——儘管《文選》實
際上同時收錄了顏延之（384-456）、謝靈運等人的作品。事實上，早
在北宋，不少人嘗以時代為框架，討論詩歌的發展。蘇軾及其父朱松
（1097-1143）之論對朱熹影響尤深。[18]朱松的〈上趙漕書〉論詩歌發

---

17 朱熹撰，劉永翔，朱幼文點校：《晦庵先生朱文公文集》，收於《朱子全書》，第23
　　冊卷64，頁3095。
18 張健認為，蘇軾的〈書黃子思詩集後〉啟發朱松於〈上趙漕書〉中的觀點，而朱熹
　　則是受父親影響而提出「三變三等」之說。見張健：〈尊古與崇律：對南宋後期兩
　　種詩學取向的歷史考察〉，《北京大學學報（哲學社會科學版）》第46卷第6期（2009
　　年11月），頁75。案：蘇軾在〈書黃子思詩集後〉總結漢魏至晚唐的詩學發展如
　　下：「蘇、李之天成，曹、劉之自得，陶、謝之超然，蓋亦至矣。而李太白、杜子
　　美以英瑋絕世之姿，凌跨百代，古今詩人盡廢，然魏晉以來，高風絕塵，亦少衰
　　矣。李、杜之後，詩人繼作，雖間有遠韻，而才不逮意，獨韋應物、柳宗元發纖穠
　　於古簡，寄至味於淡泊，非餘子所及也。唐末司空圖，崎嶇兵亂之間，而詩文高
　　雅，猶有承平之遺風。」他以漢代的蘇、李詩為起點，列出其後幾代的詩人精英。
　　然行文中，他又提及魏晉以來有「少衰」之象，李、杜以後更出現了「才不逮意」
　　的趨勢。可知蘇軾認同整體而言，詩道實隨時代推移而慢慢步向衰落。見蘇軾撰，
　　孔凡禮點校：《蘇軾文集》（北京：中華書局，1986年），卷67，頁2124。朱松的

展，讚揚李、杜諸家的成就，卻又曰：

> 竊嘗歎夫自詩人以來，莫盛於唐。讀其詩者，皆粲然可喜，而
> 考其平生，鮮有軌於大道，而厭足人意者……蓋嘗以為，學詩
> 者必探賾《六經》，以浚其源；歷觀古今，以益其波；玩物化
> 之無極，以窮其變；窺古今之步趨，以律其度。[19]

論唐詩，他以為諸家作品雖可觀，但諸詩人的生平往往不合「大道」，
令人不滿。據此品評標準，詩人的品德凌駕作品的表現。這是理學家
的一貫主張，亦可溯源至宋初文人對重建道統與文統的議題。[20]更重
要的是，他主張學詩者需回歸經典，以包含《詩三百》在內的《六

〈上趙漕書〉亦曰：「至漢蘇、李渾然天成，去古未遠。魏晉以降，迨及江左，雖
已不復古人制作之本意，然清新富麗，亦各名家而皆蕭然有撥俗之韻。至今讀之，
使人有世表意。唐李、杜出，而古今詩人皆廢。」從以蘇、李為論述起點，至稱
李、杜致使「古今詩人皆廢」，都與蘇軾所論相似。然朱松更明確地稱「魏晉以
降，迨及江左，雖已不復古人制作之本意」，則提出了時代推移與古道漸廢的關
係，可謂朱熹「三變三等」之說的雛型。見朱松撰，朱熹編，朱傑人校點：《韋齋
集（附玉瀾集）》，收於朱傑人、嚴佐之、劉永翔主編：《朱子全書外編》（上海：華
東師範大學出版社，2010年），第3冊卷9，頁146。

19 同上註。

20 雖然理學家後來對宋初文人多有批評，以為他們沉迷於玩賞文辭，然回顧諸家論
述，他實有意改革自唐末、五代時期日漸沉淪的文風，強調建基於道德的寫作方
法。余英時指出，宋代古文運動突破了唐人韓愈的想法，其參與者如柳開（948-
1001）、石介（1005-1045）、孫復（992-1057）、歐陽修等人已不滿足於補偏救弊的
工作，而是主張據堯、舜、三王的治人之道重建社會整體的政治和文化秩序。見余
英時：《朱熹的歷史世界：宋代士大夫政治文化的研究》（北京：生活・讀書・新知
三聯書店，2003年），頁36。就開導文風而言，張健則稱，在這重建過程中，他們
主張重建文學的道德基礎，即以道作為文的基礎，並強調作者的道德修養，而培養
修養的方法，就是學習經典。見張健：《知識與抒情──宋代詩學研究》，頁17。換
言之，朱熹在〈答鞏仲至〉第四書就「三變三等」說和學習經典等方面的主張，實
不限於理學體系內的脈絡，而是總結了宋初以來，文人反覆討論的議題。

經》為學習對象，先究其源而後窮其變，從而在「古今之步趨」中找出法度所在。由此再觀〈答鞏仲至〉第四書，朱熹論學詩方法時，多少繼承了父親推崇經典，探究詩道源頭的主張。為了呈現「詩之根本準則」，他以《詩經》、《楚辭》兩部最古老的經典為重，而在二書之後，則可附以包括《文選》和漢魏古詞之作，以編成詩學教材。朱熹嘗在《楚辭集注》一書後附編《楚辭後語》，收集秦漢以來與《楚辭》相關的辭賦與歌謠等，可視之為掇取「漢魏古詞」的部分成果。[21]但就《文選》而言，朱熹確實不曾流傳相關的著作，因而不少後學認定此為先師未遂之志。

　　理學對《文選》詩歌的定位轉變，全賴朱熹提出新的詩歌史發展模式。按蕭統的原意，《文選》透過收錄不同時代的篇章，理應見出「文」的演變，詩本身就從經典的時代歷經數變，如魏晉的五言詩是一種變體；而宋初的邵雍亦是以孔子刪《詩》一事為判別詩之古今，使經典以後的詩歌與經典對立。這些劃分方法難免驅使理學家大力排斥《文選》。幸而朱熹承認詩歌的價值，進而兼及詩論家的身份，闡釋詩的內部法度和演變歷程。在這過程，他明白到「經典」與「非經典」的二分式框架實不能有效說明宋代面對的情況，遂改以更符合時人認知的原理區分古今。他特別注意的，乃古體詩和近體詩的分別。正如其言之第三變，齊梁人創四聲之法，最能孕育出律詩的形式，直接影響朱熹所處的時代。這種嶄新的形式固然不是經典，亦不如古詩般保留任何經典色彩，不容於理學的主張。朱熹因而認為，時至宋代，認識和學習古詩風韻的有效辦法就是參考《文選》。

---

21 其實《楚辭後語》不純粹是朱熹的著作。據文獻的記載，朱熹在辭世時未及完成《楚辭集注》，特別是《後語》的部分。至嘉定十年（1217），即朱熹死後十七年，其子朱定方輯《後語》遺稿成編，與《集注》、《辨證》二者並行，形成今人所見的版本。見朱熹撰，蔣立甫校點：《楚辭集注》，收於《朱子全書》，第19冊，點校說明頁2。

隨著理宗奉理學為官學，朱熹對「文」與「道」的定位廣為後學接受。因應朱熹承認詩文自有法度，繼承其說者都能積極編纂總集，期望把理學價值落實為具體的教材，例如《文章正宗》。在同一時期，亦有編者著眼於朱熹對《文選》的推崇，嘗試轉化這總集為真正體現朱熹學說之作。另外，如王書才稱，及至宋元，《文選》的注釋學已發展至瓶頸，編者唯有轉向至評論、評點等範疇，使文人對《文選》的內容和意義有所思考、檢討。[22]而羅琴也認為，《文選》的注釋風氣衰落後，文人轉向評點之學，又興起「廣」、「續」之風，同時加入了理學特色，縱然成就不大，卻體現出時代風氣，並成為《選》學在唐宋、明清之間的橋樑。[23]例如，方回的《文選顏鮑謝詩評》在評價作品以外，同時著重知人論世的傳統批評方法，「考年論人，考時論事」，還深入分析詩人的為人和心理狀態。[24]陳仁子的《文選補遺》模仿《文章正宗》的文體排列方式，以理學家對各式文體的主次評價重編衡量《文選》的選篇；至於劉履的《風雅翼》成於元代晚期，更總結了《選》學這個改編現象。

二　陳仁子《文選補遺》的詩學觀及其示範作用

在《文選》被奉為一門學問後，以其為鑽研對象的各類著述與日俱增。除了注解和音義外，廣、擬、補、續等也是常見的形式。據《新唐志》所錄，唐人孟利貞（生卒年不詳）和卜長福（生卒年不

22　王書才：《明清文選學述評》，頁33。

23　羅琴：《元代文選學研究》，收於《古典文獻研究輯刊》（新北：花木蘭出版社，2015年），第21編第5冊，頁122-125。

24　詹杭倫：〈《文選顏鮑謝詩評》發微〉，《樂山師專學報（社科版）》1989年第3期，頁45。

詳）皆曾經編纂《續文選》，而處士卜隱之（生卒年不詳）則有《擬文選》。[25]至於宋代，官方鉅著《文苑英華》聲言要接續《文選》的編選範圍，而《宋史》又載有卜鄰（生卒年不詳）編纂《續文選》的記錄。[26]這類著作的編者普遍有感《文選》所錄尚未齊全，應當補入更多篇章，務求進一步提升《文選》的價值與影響力。陳仁子的《文選補遺》在形式上固然是上述著作的同類，但其內容卻是以道學為宗旨，不時非議蕭統的主張，性質和態度與《文苑英華》等著作迥異，絕不是純粹搜遺、補充之作。

　　陳仁子出生於宋末，其友鄧光薦稱讚他「年少學贍」，舉子業與詩文俱善，曾在度宗咸淳十年（1274）的漕試考獲首名。[27]可惜及後遭逢國變，他拒絕出仕新朝，遂退守家鄉茶陵（今湖南省內）的東山書院，終日埋首於講學和刻書。據今人考證，陳仁子所刻之書至今尚存十一種，當中與《文選》有關的有《增補六臣注文選》、《文選補遺》和《續文選補遺》三種，後二者都是他自行編纂之作。[28]不管是用於書院講學，抑或是自身的興趣使然，他一直關注《文選》一書，並兩度為之進行「補遺」之事。趙文（生卒年不詳）在〈文選補遺序〉記，陳仁子自少閱讀《文選》時，總「以漏網吞舟為恨」，認為蕭統的選篇多有錯漏。[29]其理據不止於對個別篇章的評價，還涉及「總集」這種文獻體裁的價值。正如趙文言：

　　　　子在陳，曰：「歸與！歸與！吾黨之小子狂簡，斐然成章，不

25　歐陽修、宋祁等：《新唐書》，卷47，頁1622。

26　脫脫等：《宋史》，卷209，頁5393。

27　陳仁子：《牧萊脞語》（上海：上海古籍出版社，1995年《續修四庫全書》影印清初影元本），頁252-253。

28　劉志盛：《湖南刻書史略》（長沙：岳麓書社，2013年），頁62。

29　陳仁子：《文選補遺》，收於《景印文淵閣四庫全書》，第1360冊，序頁1下（總頁3）。

知所以裁之！」所謂「成章」者，庸知其非著書、立言之謂？
蓋歸而刪《詩》、定《書》、贊《易》、作《春秋》、正禮樂，以
垂世立教。所以「裁之」者在此矣。聖師既沒，諸子百家騖於
立言，或著書，或為文，使有聖喆出而裁之。取其合者，去其
離者，以清天下之耳目，而能言者亦得以自見。豈非後學之深
幸？[30]

其先引《論語·公冶長》的文字，把「裁之」一語與編定「六經」之
事連結起來，以為孔子藉編選當世「成章」者以「垂世立教」。至孔
子死後，世人皆欲著書立言，使篇章文辭湧現於世，情況變回編定
「六經」以前般混亂。故後世的總集編纂工作，按此論所稱，就是要
重複聖人之舉。文中以「聖喆」稱呼編選者，又以「聖師」作比擬，
揭示編選行為不單是滿足文辭賞玩的需要，而是當如經典一般具備
「垂世立教」，彰顯道統德行的教化功能。以此標準，其對《文選》
的評價自然好壞參半，認為蕭統雖有整理與保全之功，卻是「去取不
免於失當」，需要「有志斯文者，補之正」。[31]能擔此重任者，唯有陳
仁子的《文選補遺》。可見，無論是文獻功能、編纂動機，抑或選篇
標準，陳仁子與趙文都跟蕭統的主張不同。這倒近於真德秀所倡。真
德秀素來質疑《文選》和由之派生的一系列總集於「文章」觀念上全
都不得「源流之正」，進而強調「明義理，切世用」方為正確的文評
標準。[32]他和陳仁子均視「文章」為經學教化的一途。清人遂稱《文
選補遺》全然「襲真德秀《文章正宗》之說」。[33]

---

30 陳仁子：《文選補遺》，序頁1上（總頁3）。

31 同上註，序頁1下（總頁3）。

32 真德秀：《文章正宗》，綱目頁1上（總頁5）。

33 永瑢等：《四庫全書總目》，卷174，頁1543。

　　論《文選補遺》對《文章正宗》的承襲，最顯著的一點莫過於是
文體的排序。承前言，蕭統透過〈文選序〉的論述，還有文體在總集
中的排序，處處表現出對詩賦的偏重。可是，《文章正宗》依朱熹的
理念，採取辭命、議論、敘事、詩賦的次序，詩賦被置於全書最後的
兩卷。真德秀還在〈綱目〉中注明，在《詩經》以後的作品與經典
「未可同日而語」，只是部分作品偶爾有助於「性情心術」而已。[34]相
較之，就排首位的辭命，他稱學者以《書》為祖，「參之以此編，則
所謂『正宗』者，庶乎其可識矣」。[35]肯定的語氣反映出其對辭命的傾
重。陳仁子承真德秀的想法，也質疑《文選》置詩賦於首的做法。趙
文引其言曰：

　　　　詔令，人主播告之典章；奏疏，人臣經濟之方略。不當以詩賦
　　　　先奏疏，矧詔令？是君臣失位，質文先後失宜。[36]

陳仁子引奏疏和詔令的功能為據，稱用於經國治道的兩者比詩賦重
要，排序當先於詩賦。末句言及「質文先後」的問題，立場與先秦儒
家言之「文質彬彬」不同。[37]其說近於朱熹在《論語集注》提出的
「先質後文」觀。[38]陳仁子套用此說至文體排序，意謂詩是「文」，奏

---

34 真德秀：《文章正宗》，綱目頁5下（總頁7）。

35 同上註，綱目頁2下（總頁5）。

36 陳仁子：《文選補遺》，序頁2上（總頁3）。

37 按《論語・雍也》記，孔子曰：「質勝文則野，文勝質則史。文質彬彬，然後君
　 子。」只有「文」與「質」達至平衡，才是君子的理想狀態。原文見何晏注，邢昺
　 疏：《論語注疏》，收於《十三經注疏（標點本）》，第3冊卷6，頁78。

38 在「林放問禮」一節，朱熹注曰：「凡物之理，先有質而後有文，質乃禮之本
　 也。」此固然是論禮制，然觀「凡物之理」一語，可知「先質後文」實不獨為禮的
　 原則，而是適用於所有範疇的大原則。見朱熹：《論語集注》，收於《四書章句集
　 注》，卷2，頁62。

疏、詔令是「質」，後者應為優先。至於「君臣失位」之喻，則等於
把問題提升至道德層面，視諸文體為君臣倫理的象徵，而蕭統所為形
同亂倫。在此，道學觀念是指導「文章」的關鍵。

按照以上原則，陳仁子的《補遺》無視了《文選》的原貌，提出
了全新的文體順序。全書四十卷中，前半部是供君臣用於朝堂對答的
文類。列於首三卷的是歷代君主的詔誥，還有璽書、賜書、策書、敕
書、告諭等漢制文書，而卷四至卷十一全為人臣的奏疏，其後就是封
事、上書、議、對、策、論、書等。文體之次第，篇章之多數，皆體
現了陳仁子中對君臣尊卑和典章制度的重視，恰如趙文序所示。至於
屬詩歌一類的文體，則始於卷二十八，即全書後半部，位處史敘論和
序之後。整體而言，此安排與《文章正宗》對四類文體的歸納與排序
是一致的。[39]這進一步反映出真德秀之學對是書的影響。

細觀關於詩歌一類的十卷，當中的文體依次序為離騷、賦、樂
歌、謠、詩、銘、箴、頌和贊。銘、箴二體在《文選》中本來與誄、
哀等同屬一類，與詩賦一類分別見於全書的首尾。惟在此書，二體後
尚有被蕭統認定為直接派生自「詩」的頌、贊，顯示出陳仁子把這些
文體都歸為詩歌一類。如同前文所述，金履祥在《濂洛風雅》中同樣
在「詩歌」的名目下加入銘、箴等體，與陳仁子所為如出一轍。是以
這點可視之為宋元理學家的慣常看法。另一方面，原本在《文選》位
居第二，取其狹義的「詩」一體，在此書中亦顯著地後退至第五位。
這一變動固然出於蕭統、陳仁子對這些文體的價值判斷有異。例如，

---

39 在詩歌一類的文體之後，《文選補遺》的末兩卷還收錄了誄、哀策文、哀辭、祭
   文、碑、祝文諸體。這部分的安排近於《文選》。但與其說這是在真德秀的四類框
   架外再加一類，不如視之為次要的附錄。一來，正如《文選》的立場，這些文體的
   寫法多有公式可循，變化較少，並無詳論之必要；二來，諸體多用於喪禮死事，歷
   代不少編者都會遵從習俗禮儀的思維，列之於全書的最後。

陳仁子置「離騷」於首，又於小序引淮南王劉安（179-122）之言，
曰《離騷》兼得《國風》與《小雅》之好，無非是要強調《離騷》乃
經學的延伸，價值高於後世的詩賦。[40]不過，值得注意的是，陳仁子
在詩之前還加入了樂歌和謠。此二體大致相等於在《文選》中從屬於
詩的「樂府類」，如今卻成了兩個獨立的文體。且從小序可見，陳仁
子特別強調二體的源流當早於狹義的詩。如言樂歌「並載祀神之歌，
前乎屈原〈九歌〉，後乎昌黎〈南海廟〉」云云，而言謠「始於〈康衢
歌〉，始於〈擊壤〉，其實皆詩之所由始也」。[41]篇卷的排序乃是根據文
體生成的先後次序，而在陳仁子看來，所謂的「詩」是晚成的，亦比
諸體都要遠離經典，故位置較後。進一步而言，無論是從廣義還是狹
義而言，陳仁子都徹底否定了蕭統的觀念：廣義方面，蕭統藉《詩
經》的經典地位抬高「詩」這種文體，視騷、賦諸體皆為其旁枝，形
成龐大體系。陳仁子則一方面把更多文體添入此大類中，一方面防止
「詩」的廣義與狹義相混，論述上改為注重諸體與經學價值的關係。
狹義方面，抽走樂歌和謠後，「詩」的範圍收緊了，成為一種純粹晚
於樂府的文體，使之價值下降，與經典的關係更見疏離。

　　清人整理《文選補遺》時嘗有可堪玩味的批評：「其說云補《文
選》，不云竟以廢《文選》。」[42]儘管陳仁子聲言其書為「補遺」，但觀
乎全書結構、內容，實難以與原來的《文選》扣連。羅琴甚至形容，
此書「雖有《文選》之名，而無《文選》之實」。[43]陳仁子所為更似是
推翻蕭統的主張，從根本的「文章」觀念開始，以道學價值重新詮釋
這部總集的意義。這些正是理家學補編《文選》的基本原理——他們

---

40 陳仁子：《文選補遺》，卷28，頁1上（總頁452）。
41 同上註，卷34、頁1上（總頁537）；又，卷35，頁1上（總頁558）。
42 永瑢等：《四庫全書總目》，卷187，頁1704。
43 羅琴：《元代文選學研究》，頁49。

架空了原編者的地位，無視了源自梁代的《文選》傳統的源流，旨在另立新說。換言之，藉強奪《文選》的著作權（authorship），再託之於遙遠且崇高的儒學經典，理學家以儒家後學的身份，成功把對此著作的話語權轉移至自身一方。陳仁子的「補遺」概念無異於重編整部著作，使之連上儒家經典的方法。作為最先介入《文選》傳統的理學家之一，他無疑做了一次重要的示範。劉履的《風翼雅》正好在此基礎上加以改進，方能得出完善的結構。

三　《選詩補註》與《選詩補遺》對《文選》詩歌的重編

劉履，上虞（今浙江紹興內）人，生於元仁宗延祐年間。根據考證，其高祖劉漢弼（1188-1245）師從朱熹弟子李孟傳（1136-1219），從高祖劉漢傳（生卒年不詳）則師從何雲源（生卒年不詳），與蔡元定（1135-1198）、蔡沈（1167-1230）父子一脈相承，等同朱熹的嫡系傳人。[44]閩學對劉氏一族影響甚深。而劉履的《風雅翼》作為旨在談論《文選》詩歌的總集，在形式和觀念上亦是以朱熹學說為宗。

如前文言，《文選》內備眾體，展現出範圍甚廣的「文章」觀念。而劉履的《風雅翼》則排除了其他文體，著眼於狹義的「詩」，亦即《文選》中從〈詩甲〉至〈詩庚〉的七卷，焦點明確。觀傳世本《風雅翼》，當中有戴良（1317-1383）寫於元惠宗至正二十三年（1363）的序，然范志新綜合《天祿琳瑯書目後編》和《四庫提要補正》諸說後，稱佚本尚有謝肅（生卒年不詳）寫於至正二十一年（1361）的序，故或可把成書年份再上推兩年。[45]全書十四卷中，首八卷是《選詩補

---

44 劉雪陽：《劉履《選詩補註》研究》（上海：華東師範大學碩士學位論文，2016年），頁7-8。

45 范志新：《文選版本論稿》（南昌：江西人民出版社，2003年），頁112-114。

註》，次兩卷為《選詩補遺》，末四卷是《選詩續編》。[46]本節先論前兩者。顧名思義，《補註》和《補遺》按《文選》的編選範圍有所增補，以求完備。然細考之，劉履實有刪削，又有增編，近於重新編選。

（一）《選詩補註》：對朱子的效法與突破

若論《文選》與《選詩補註》的差異，最顯著者當為二書的結構。本來，《文選》區分文體後，再分「詩」為二十三類。這源於蕭統以為「詩賦體既不一」，唯有「又以類分」。[47]意謂「詩」與「賦」體系龐大，脈絡繁複，文體層面的分類實為不足，遂按作品題材多增一層，在「詩」之下再立「補亡」、「述德」諸類。此形式方便查找和閱讀之餘，亦代表每類詩歌特點不同，含獨立的發展線索。就如胡大雷指出，按內容分類的詩作呈現以事言之和以情言之的兩種趨勢，各有特殊性質。[48]從指導為文的角度來看，各類寫法不能一概而論，後學得分類學習。但劉履編《選詩補註》時，卻抹去上述的分類辦法，改以時序編排作品——其卷一為漢詩、卷二至卷三前半為魏詩、卷三後半至卷五為晉詩，卷六至卷七為劉宋詩，最後一卷則是齊梁詩。新的編排方法模糊了《文選》細緻劃分的發展線索，難以再見出「體既不一」的面向。這反而更接近朱熹的詩學觀。如前文所言，朱熹把詩歌的發展分為「虞夏以來，下及魏晉」、「顏謝以後，下及唐初」和「沈宋以後」三階段，並指出詩學價值隨時代而遞減。而《選詩補

---

46 因應《風雅翼》的結構，部分目錄的著錄僅以《選詩補註八卷、補遺二卷、續編四卷》稱呼之。但據孫振玉的考證，此書在編成初期已有「風雅翼」之名，而傳世本中的戴良序亦清楚表明此書「可為風雅之羽翼也，通號之曰《風雅翼》」。可以相信，「風雅翼」一名並非後人妄自增添，而是見於原書的。見孫振玉：〈山東大學圖書館藏《風雅翼》敘錄〉，《古籍整理研究學刊》2011年第6期，頁43。

47 蕭統編，李善注：《文選》，序頁3。

48 胡大雷：《文選編纂研究》（桂林：廣西師範大學出版社，2009年），頁195。

註》的篇幅安排剛好偏重於漢、魏、晉三代，以謝靈運為首的劉宋詩
次之，包含沈約（441-513）在內的齊梁詩最少。這如同把「三變三
等」概念化為具體的總集形式。

　　除了作品的編排方法外，劉履撰寫「補註」的形式也是效法朱
熹。其〈凡例〉說明有關構思：

> 補註者，補前人之所不足也。大意竊取朱子《詩傳》為法，先
> 明訓詁，次述作者旨意。間有先正論及此者，亦附焉。庶幾詞
> 達而義明，使初學易入也。[49]

簡言之，這是把《詩集傳》的注詩模式搬移過來。在「明訓詁」之
前，劉履還於每一詩注的開首都會如《詩集傳》般，以「詩三義」，
亦即「賦」、「比」或「興」來概括作品的性質。事實上，除了《詩集
傳》之外，朱熹的《楚辭集注》同樣以「詩三義」理解《楚辭》的構
成。[50]故此，如此運用「詩三義」的方式，並不單是一書之體例，而

---

49 劉履：《選詩補註八卷、補遺二卷、續編四卷》（哈佛大學漢和圖書館藏明嘉靖年間
　　刻本，約公元16世紀），補註凡例頁2下。案：現存的《風雅翼》版本紛繁複雜，且
　　各有缺頁或節取。按照羅琴的考證，諸本大致分為四個系統：明宣德九年（1434）
　　陳本深刻本、明正統三年（1438）何景春刻本、明天順四年（1460）刻本和明萬曆
　　喬山堂劉李萬象增訂本。除了最後一者外，其餘三個系統與原書面貌無異。見羅
　　琴：《元代文選學研究》，頁90-91。本研究以缺頁較少，原序與正文俱存為由，使用
　　哈佛漢和圖書館所藏的《選詩補註八卷、補遺二卷、續編四卷》，而這版本正是屬
　　於天順四年的系統。至於此本的少量缺頁，本研究會以屬於同一個版本系統的北京
　　國家圖書館藏明嘉靖年間刻本輔助注釋。此本正文俱全，獨欠戴良與夏時的序，僅
　　有明人為重刻時撰寫的序。在本研究往後的部分，除了注明使用此本的條目之外，
　　其餘皆以漢和圖書館藏本為準。
50 朱熹的《楚辭集注》在注《離騷》時有按語如下：「楚人之詞，亦以是而求之，則
　　其寓情草木，托意男女，以極游觀之適者，變風之流也。其敘事陳情，感今懷古，
　　以不忘乎君臣之義者，變雅之類也。至於語冥婚而越禮，攄怨憤而失中，則又風雅

是一種源自朱熹的閱讀方法和學習法門。劉履效法朱子，延續閩學的意圖明確，也反映出此書的真正立意。戴良引謝肅言曰：

> 先儒朱文公嘗欲掇經、史韻語及《文選》、古辭，附于《詩》、《楚辭》之後，以為根本準則，又欲擇夫《文選》以後之近古者，為之羽翼輿衛焉。書未及成而即世，吾鄉劉先生蓋聞文公之風而興起者也。[51]

其言所據為〈答鞏仲至〉第四書。考傳世文獻，朱熹有《詩集傳》和《楚辭集注》二書，但不見任何掇取「經、史韻語及《文選》、古辭」之作。劉履依《詩集傳》的形式編撰《選詩補註》，即欲代朱子完成「附于《詩》、《楚辭》之後」的一步。無怪乎近人朱自清形容，劉履繼承朱熹的志願，編成一部有關《文選》詩歌的教材。[52]固然，朱熹是否真的定下龐大的著作計畫，未免值得商榷。但從謝肅所言可知，至元代，後學重視〈答鞏仲至〉的內容，相信「《詩經》──《楚辭》──《文選》」成一脈絡，為朱熹倡議的學詩門徑。而在此前設下，《選詩補註》是附於《詩》的「羽翼輿衛」，故除了形式外，其主張與論述亦當以《詩集傳》為宗。〈詩集傳序〉談及學詩之事，曰：

之再變矣。其語祀神歌舞之盛，則幾乎頌，而其變也，又有甚焉。其為賦，則如騷經首章之云也；比，則香草惡物之類也；興，則托物興詞，初不取義，如九歌沅芷澧蘭以與思公子而未敢言之屬也。然詩之興多而比、賦少，騷則興少而比、賦多，要必辨此，而後詞義可尋，讀者不可以不察也。」他認為《楚辭》是「變風」之流，亦可以賦、比、興歸納內容。見朱熹撰，蔣立甫校點：《楚辭集注》，收於《朱子全書》，第19冊卷1，頁20。

51 劉履：《選詩補註八卷、補遺二卷、續編四卷》，補註序頁1上。

52 朱自清：《詩言志辨》（上海：開明書店，1947年），頁101。

於是乎章句以綱之，訓詁以紀之，諷詠以昌之，涵濡以體之；
察之情性隱微之間，審之言行樞機之始，則修身及家，平均天
下之道，其亦不待他求而得之於此矣。[53]

朱熹以為，不論以何種角度研究《詩經》，最終目標都是修身達道。
如今套用《詩集傳》之模式於《文選》中，意味著劉履補註的目的也
正是如此。宋展雲就指出，劉履的詮釋旨趣既是關注詩歌的情志，也
著重發挖道德意涵和政治諷諭，履行了儒家「詩教」觀。[54]於這層
面，《選詩補註》可謂《詩集傳》的延續。另一方面，反觀《文選》
的編選標準，蕭統一方面強調不取象徵「孝敬之准式，人倫之師友」
的篇章，有意與弘揚道德教化的經部保持距離，一方面又提出「沉思
翰藻」的原則。前文已引駱鴻凱所言，指出這標準側重文辭的層面，
更劃定「文辭之封域」，彰顯其獨立價值。理學和文辭的差異，多少
代表了劉履的立場與原編者蕭統存有距離。

　　正因為劉履真正尊崇的是朱熹，而非蕭統，故他不如一般注家般
慎重對待原典文獻的每字每句。從內容可知，他甚至增刪《文選》的
選篇。他於開篇的〈凡例〉首條即時表明，其書乃是依蕭統所著「重
加訂選」，得詩共二百一十二首，又補入「《文選》所遺者」，使選詩
總量變為二百四十六首。[55]劉履的表述是《文選》有遺漏，故需補充
新材料。然而《文選》所錄實為編選的結果，其不取之篇或是不合編
選標準而落選。換言之，劉履言之「遺」乃是主觀判斷。至於重選準
則則見〈凡例〉第二條：

53 朱熹撰，朱傑人點校：《詩集傳》，收於《朱子全書》，第1冊，頁351。

54 宋展雲：〈詩教傳統與劉履《選詩補注》詩學詮釋論〉，《文學遺產》2017年第2期，
　　頁84-87。

55 劉履：《選詩補註八卷、補遺二卷、續編四卷》，補註凡例頁1上。

重選之法，必其體制古雅，意趣愍遠，而所言本於性情，關於
世教，足為後學準式者取之。間有篇中一章可摘取者，亦不舍
去。且《三百篇》，有美有刺，惟十三國「變風」或載男女淫
奔之詞，聖人固已垂戒於前矣。今所選專以〈二南〉、〈雅〉、
〈頌〉為則，其詞意稍有不合於此者，一切刪去。[56]

朱熹已表明，其對《文選》的推崇只限於部分作品，故得加以掇取。
劉履正是進一步以《詩經》的價值來實行增刪的工作。按〈凡例〉第
二條言，刪去的詩作共三十九首，撇除少量「其說并已見各人詩
註」，不必補充之作，餘下的確實受其斥責：

樂府〈傷歌行〉，乃後人掇拾模擬，淺近易到；應休璉〈百一
詩〉，詞多鄙俚，殊非雅製；傅長虞〈贈何劭〉等，雜冗而不
精潔；潘安仁〈悼亡〉，徒發乎情，而不止禮義；謝宣遠〈從
戲馬臺集〉，景有餘而意不足，顏延年〈侍遊京口〉，雕斲藻
繢，而乏蕭散之趣，故皆不得而錄，其餘自可類推矣。[57]

這番批評可分成三層，一是形式淺陋，不合雅正，如〈傷歌行〉和
〈百一詩〉；二是內容混雜，不合詩教，如傅咸（239-294）和潘岳
（247-300）之作；三是意境不足，流於雕琢，如謝瞻（387-421）和
顏延年之詩。劉履以為《文選》沙石不少，絕非「略其蕪穢，集其清
英」。尤其上述第三種情況僅涉寫作技巧，顯示在道統與文統上，他
皆對《文選》感到不滿。兩種編選標準的差異亦突顯了理學家重塑

---

56 劉履：《選詩補註八卷、補遺二卷、續編四卷》，補註凡例，頁1下。
57 同上註，補註凡例，頁2上。

「經典」的意圖與手法。在《風雅翼》中，劉履代表了宗於朱熹學說的理學家集團，以位居儒學正統的理學主張否定蕭統的判斷，進而獲取權力，把重定《文選》篇目的工作定義為合情合理之事。而以《詩經》、《楚辭》扣連《文選》的做法，則是置後者於詩歌史的脈絡中，以證古老的經典價值當為決定《文選》篇目的最終權威，使劉履所倡得以凌駕蕭統的主張。

事實上，對比《文選》和《選詩補註》的選篇，可知不少詩人之作都不獲劉履全數取用。相對完整地得以保留的，只有《古詩十九首》、謝靈運詩等少數例子。《古詩十九首》位列《選詩補註》的開首部分。按照採取時代順序的體例，它不但代表最早期的漢詩，更是整個古詩傳統的源流。劉履全數收錄之，清晰地反映出其以古詩為尊，重視詩學傳統的原則。至於謝詩，除了組詩〈擬魏太子鄴中集詩〉外，其餘二十五首見於《文選》的作品皆為劉履保留。在作品數量和保留程度而言，這都反映出劉履的偏好。劉履言：「康樂陶寫性靈，往往深造自得，誠有它人所不能及者。」[58]其「陶寫性靈」的能力正是深得劉履認同之處。今人進而指出，劉履對謝詩的詮釋一方面發掘了謝詩具符合儒家道德倫理規範的思想情感，一方面認為他怡情山水是感恩懷舊的表現，與宋元理學對忠君愛國、遺民情感的肯定有關。[59]在刪削與否的問題上，劉履的取向已見出《選詩補註》的基本旨趣。

觀劉履所增者，當中有蕭統沒選錄的詩人，如卷一補入東漢人酈炎（150-177）的兩首作品。劉履特意在二詩後加一按語，說明此增補的意義：

---

58 劉履：《選詩補註八卷、補遺二卷、續編四卷》，補註卷6，頁36上。

59 楊鑒生、王芳：〈劉履對謝靈運詩歌的接受與評價〉，《合肥師範學院學報》第26卷第2期（2008年3月），頁99-100。

> 漢詩氣度渾厚，興趣悠遠，多得《三百篇》流風餘韻。下至張
> 衡〈四愁〉，亦未失漢人詞調。酈炎當桓、靈時，語特矯峻，
> 已有曹魏風氣。今故錄於卷末，可以觀世變矣。[60]

劉履指出，酈炎身處漢末，作品已見曹魏時代的風氣，代表兩個階段之間的過渡，故置之於漢詩之末，下啟卷二的魏詩。過去《文選》採「以類區分」的體例，並不強調詩歌發展與時代推移的關係，故在編選時不用特別考慮「世變」的因素。然《選詩補註》以時為綱，旨在呈現詩歌史的發展，像蔡炎這類風格跨越兩代的詩人自然是意義重大，需要補入。事實上，在整部《風雅翼》中，劉履對時代流轉、詩風轉變、詩人革新的現象都格外關注，《選詩補遺》和《選詩續編》中皆見大量例子。（詳後文。）另一方面，新增之作中，亦有如曹植（192-232）的〈怨歌行〉般，作者見《文選》原編，其作卻不為蕭統所選。劉履認為，此詩寫於曹植獲魏明帝批准入朝後的宴饗期間，旨在藉「周公之事，陳古以諷今」，惜只換來陳王的虛名，「終不見信」於君上，鬱鬱不得志。[61]劉履補上此詩，似乎意在補足曹植的生平資料。在較前的部分，劉履對曹植的生平介紹止於明帝太和年間，述其遷往浚儀、雍丘、東阿等地，再封陳王，最後早薨。[62]在《風雅翼》選錄多首曹植詩中，唯有〈怨歌行〉能對應此時期。劉履補上此作，實有助於讀者完整地了解詩人下半生的經歷與心理。除了詩歌發展的歷史外，不少論者指出，劉履也重視梳理、還原歷史事實。[63]大

60　劉履：《選詩補註八卷、補遺二卷、續編四卷》，補註卷1，頁19下。

61　同上註，補註卷2，頁31上。

62　同上註，補註卷2，頁6下。

63　劉雪陽如此總結這特色：「劉履在闡釋詩歌的過程中，既重視發微詩志，探究詩人的寫作背景及其政治背景，也往往能透過詩歌還原歷史事件，從而對詩人有新的認識、新的解讀，即『以詩證史』。」見劉雪陽：《劉履《選詩補註》研究》，頁28。

如一代之興衰,小如詩人之生平,他皆欲透過編選結果和注解文字呈現之。其補上〈怨歌行〉的手法正好引證這一點。至於其對一代歷史之整理,後文將再加闡述。

細數新增的作品,陶潛所賦最多。《文選》只選九首陶詩,劉履補入了二十九首。數量占去了整個卷五的篇幅,等於晉詩部分的三分之一。從現存的文獻可知,蕭統素來崇拜陶潛的人格與作品。他藉〈陶淵明傳〉記下陶潛多次解官,隱於田園農居的一生,突出其「少有高趣」、「任真自得」、「不慕榮利」的形象。[64]而〈陶淵明文集序〉進一步講解陶潛詩文的影響力:

> 嘗謂有能讀淵明之文者,馳競之情遣,鄙吝之意祛,貪夫可以廉,懦夫可以立,豈止仁義可蹈,亦乃爵祿可辭,不勞復傍游太華,遠求柱史,此亦有助於風教爾。[65]

蕭統認為陶潛所撰反映出安貧樂道,不貪不懦的態度,「有助於風教」。由此可推斷,收入《文選》的陶詩大概都能體現此價值觀。而對照《選詩補注》的注,劉履不時認同這種看法,例如言〈讀山海經〉可見出詩人以「俯仰宇宙為樂」的趣味;[66]而〈始作鎮軍參軍經曲阿〉就代表詩人「豈為形跡所拘」,「終當歸隱」的想法。[67]這些詮釋不出蕭統的方向。不過,亦有作品引起他對政治含義的猜想,如他強調〈詠貧士〉作於「靖節更歷世變」之時,把安貧之志連結至世變的經歷。[68]而〈擬古詩‧日暮天無雲〉更徹底成為對時局的隱喻:

---

64 蕭統:〈陶淵明傳〉,收於《陶淵明集箋注》,附錄一,頁611。

65 蕭統:〈陶淵明文集序〉,收於同上註,附錄一,頁614。

66 劉履:《選詩補註八卷、補遺二卷、續編四卷》,補註卷5,頁29下。

67 劉履:《選詩補註八卷、補遺二卷、續編四卷》,頁13下。

68 同上註,頁27上。

　　此詩殆作於元熙之初乎？「日暮」以比晉祚之垂沒，「天無
雲」而「風微和」以喻恭帝甏遇開明溫煦之象。……是時，宋
公肆行弒立，以應昌明之後，尚有二帝之讖，而恭帝雖得一時
南面之樂，不無感歎於懷，譬猶雲間之月，行將掩蔽，葉中之
華，不久零落，當如何哉？其明年六月，果見廢為零陵王，又
明年，被弒。此靖節預為憫悼之意，不其深歟。[69]

　　劉履判斷此詩作於東晉末年，又把詩中意象一一對應晉亡的歷史。在
他看來，陶潛胸懷忠憤，亦有預知亡國的智慧，結果如悲劇英雄般無
奈地歷盡世變。此番解說不免值得思疑，畢竟原詩中並無實據。唐代
「五臣」就只以「榮樂不常」概括詩旨，認為是詩人的感悟。[70]此詮
釋方向似乎更穩妥。正如今人的評價，劉履對陶詩的詮釋大多游移於
田園生活和政治隱喻之間，雖見靈活，卻未能辨清兩類，不時導致過
渡引申、牽強附會，只知證史而浪費了其文學價值。[71]這亦見出劉履
不受制於過去的《文選》注家，以至原編者。即使同以陶詩為「風
教」，但劉履言之教化內容實異於蕭統所想。
　　為《文選》大量補入陶詩的情況，早已見於陳仁子的《文選補
遺》。在此成書於元初的著作，其卷三十六把大半篇幅用於收錄陶
詩。[72]可知理學家重編《文選》時普遍有此傾向。這與朱熹對陶詩的
欣賞有關。其〈答鞏仲至〉第四書談編選《文選》與漢魏古辭時，就

---

69 同上註，頁23下-24上。
70 蕭統編，李善、呂延濟、劉良、張銑、呂向、李周翰注：《六臣注文選》（北京：中
　　華書局，2012年），卷30，頁38上（總頁578）。
71 王文、張建偉：〈劉履《選詩補註》陶詩注評議〉，《紹興文理學院學報・哲學社會
　　科學版》第35卷第5期（2015年9月），頁60。
72 陳仁子：《文選補遺》，頁1上-37下（總頁569-587）。

指明要「盡乎郭景純、陶淵明之所作」。論藝術特色，其言陶詩「平淡，出於自然」，後學無法模仿。[73]然他同時點出陶詩的另一面向：

> 陶淵明詩，人皆說是平淡。據某看，他自豪放，但豪放得來不覺耳。其露出本相者是〈詠荊軻〉一篇，平淡底人如何說得這樣言語出來！[74]

此言陶詩不獨為平淡，偶然會顯露豪放的「本相」。用作例子的〈詠荊軻〉見於《選詩補注》，劉履的注解亦是以朱子此言作結。只是，劉履在有關文句前加了一句：

> 此靖節憤宋武弒奪之變，思欲為晉求荊軻者往報焉，故為是詠。[75]

朱熹言之「豪放」只是寫作風格，不指向具體史事。他曾解釋，陶潛「高於晉宋人」，皆因他崇尚清高的同時，堅拒出仕，言行合一。[76]其針對的是淡薄名利的精神。至劉履以上引一句下啟朱子所言，所謂「豪放」變成了生自忠義，不恥新朝的情感。〈詠荊軻〉因而沾上忠君愛國的色彩，多少扭曲了朱子所言。究其原因，則涉及宋人入元而崇拜陶潛的風潮。其時，宋遺民多番刻劃陶潛不仕二朝之義舉，使其歷史形象由過去的不求名利者，變成忠憤的遺民。劉履雖非宋遺民，然《選詩補註》成於元末，加上不仕朱明之舉，可知他有相近的遺民

---

73 黎靖德編，王星賢點校：《朱子語類》，卷140，頁3324。
74 同上註，頁3325。
75 劉履：《選詩補註八卷、補遺二卷、續編四卷》，補註卷5，頁28下。
76 黎靖德編，王星賢點校：《朱子語類》，卷34，頁874。

精神。[77]觀卷首，劉履以「入宋終身不仕」收結陶潛的生平，是有意引導讀者以忠憤角度理解陶詩。[78]據黃世錦所考，《選詩補註》的箋注，以至釋讀文字時使用的反切法、直音法，都受晚宋人李公煥（生卒年不詳）的《箋註陶淵明集》影響，而此書又可溯源至理學家湯漢（1202-1272）的《陶靖節先生詩集》，然對比三書，則劉履受前人啟迪之餘，又積極地投射出活於亂世的悲苦與民族氣節。[79]這既見出理學家著作在詩文註解方面的傳承情況，亦體現了劉履的創新及箇中原由。因應時局狀況與崇陶風氣，他對朱子的言論有新的理解，進而稱陶詩具啟發忠義的功能。《選詩補註》改易蕭統之意，效法朱子之餘，又嘗試以己見突破前人所論。

（二）《選詩補遺》：時代拓展與忠君思想的強化

完成《選詩補註》後，劉履仍未滿足，因為除了《文選》之外，朱熹欲意編選的還有「經史諸書所載韻語」、「漢魏古辭」的部分。他便另行編纂了《選詩補遺》兩卷，置於《補註》之後。同樣是以「補遺」為名，此篇與陳仁子之作異中有同。差異在於，陳仁子的「補遺」工作涉及不同層面，包括選篇、文體分類、排序等；[80]劉履因已有《補註》在前，故此篇的焦點更集中。其序表明此篇收錄的「皆古

---

77 謝肅嘗撰：〈草澤先生行狀〉講述劉履的生平，文中記曰：「久之，天下大亂，先生避地邑之太平山，自號草澤間民。辟一室，補注《選》詩八卷，又編注古詞及五言六卷，計一十四卷，名曰《風雅翼》，行于時。」詳見謝肅：《密庵稿》（上海：上海書店出版社，1936年，《四部叢刊三編》影印江安傅氏雙鑑樓藏明洪武刻本），文稿壬卷，頁22上-22下（總頁397-398）。

78 劉履：《選詩補註八卷、補遺二卷、續編四卷》，補註卷5，頁1下。

79 黃世錦：〈試論湯漢《陶靖節先生詩集》的內涵及其影響〉，《成大中文學報》第55期（2016年12月），頁138-139。

80 詳見羅琴：《元代文選研究》，頁35-53。

歌謠詞，散見于傳記、諸子之書，及樂府集者也」。[81]其目的在於拓展「古歌謠詞」，即不獲《文選》重視的體式，對應了朱熹提及的「經史韻語」、「漢魏古辭」。誠如前文的論述，陳仁子在重編《文選》的文體時，特意從「詩」中抽出「樂歌」和「謠」為獨立門類。劉履雖未明言要分開這些文體，但其對「古歌謠詞」的重視，看法實與前人相通。尤其《選詩補遺》以上古的〈康衢謠〉、〈擊壤歌〉起首，與《文選補遺》在序文所論一致。

關於《選詩補遺》的編纂理念，劉履言：「唐虞以降，久至于晉，懸歷二千七百餘載。其間詞章，不見錄于梁《昭明》者無限。今所補僅止于此。」[82]按《文選》原來所編，在「詩」類中，最早一篇是荊軻（？-227 AD）之歌，劉邦（256？-195 AD）之歌次之。劉履如今標榜長達二千七百年的詞章，大幅推前蕭統定下的斷限，使編選範圍拓展至前人未及處。他在悠長的時段中選了四十二首作品，以「唐虞三代」和「漢、魏、晉」兩段時期區分上下卷，前者錄詩二十首，後者則有二十二首，各卷內再按時序排列作品。除了選編外，劉履亦於作品的前後加入解題、注釋，惟形式比《選詩補註》簡單，亦未繼續模仿《詩集傳》的注詩形式。他僅稱：「若其微詞奧旨，當訓釋者，則略疏于本篇之下。」[83]從表述方式來看，其目的是輔助讀者閱讀，不視敷演詩旨為必要。諸如〈獲麟歌〉、〈接輿歌〉、〈滄浪歌〉、〈曳杖歌〉等篇均只有解題，不附注釋，反而〈詠懷〉三首卻是不加解題。其編纂之不嚴謹可見一斑。

值得一提的是，上述處理手法突顯劉履對真德秀的效法。觀《文章正宗》，其兩卷詩歌以「古辭」一類啟首，選篇以〈康衢〉、〈擊

---

81 劉履：《選詩補註八卷、補遺二卷、續編四卷》，補遺自敘，頁1上。
82 同上註。
83 劉履：《選詩補註八卷、補遺二卷、續編四卷》，補遺自敘，頁1下。

壞〉、〈南風〉為始，又以〈楚狂接輿〉、〈滄浪〉、〈獲麟〉、〈曳杖〉、〈黃鵠〉和〈紫芝〉諸歌為終。[84]兩家的選編大致相近。就注釋的內容和材料而言，二書亦見不少重合之處，尤其在〈接輿歌〉等四首有關孔子的作品中，它們也用了《論語》、《孔叢子》、《孟子》和《禮記》為材料，只是真德秀所引大多較短，劉履則補上較完整的版本。由此推斷，《文章正宗》編成的「古辭」一節實為《選詩補遺》的基礎，劉履承接前人成果，加以擴充。事實上，觀《文章正宗》的編纂理念，二書的關係更是清晰。在〈綱目〉的「詩賦」一項，真德秀先詳述朱熹在〈答鞏仲至〉第四書中的「三變三等」說和編書計畫，再表明：

> 今惟虞、夏二歌與《三百五篇》不錄外，自餘皆以文公之言為準，而拔其尤者，列之此編。律詩雖工，亦不得與。若箴、銘、頌、贊、郊廟、樂歌、琴操，皆詩之屬，間亦採摘一二，以附其間。至於辭賦，則有文公集註《楚辭後語》，今亦不錄。[85]

他不但表示整個「詩賦」的部分皆根據朱熹的理念，更指出其選編刻意配合朱熹的著作情況，如見《楚辭後語》而不選辭賦之作。這與劉履的編纂理念大致相通，可知劉履對《文章正宗》的效法不限於選篇與注釋的操作，更涉及編纂動機和中心旨要等重要層面。清人遂認為《風雅翼》的「去取大旨，本於真德秀《文章正宗》」。[86]有趣的是，前文提及，真德秀編書旨在挑戰《文選》的地位，另闢理學家的總集傳統，然劉履卻以其原則改編《文選》，化對抗為融合。總之，真德

84　真德秀：《文章正宗》，頁1上-5上（總頁657-659）。

85　同上註，綱目頁5上-5下（總頁7）。

86　永瑢等：《四庫全書總目》，卷188，頁1711。

秀在此成為了劉履與朱熹之間的橋樑,對《風雅翼》多有啟迪。

　　縱然序文未有道明編選取向,但從實際篇目可見,劉履依舊重視作品「詩教」功能。在記錄上古時代的上卷,不少作品與歷代君臣的賢德有關,如〈擊壤歌〉和〈南風歌〉分別載堯、舜的德治,〈黃澤謠〉述周穆王巡國風采,〈采薇歌〉記伯夷、叔齊不食周粟,而〈商歌〉則是甯戚困窮不屈,終獲齊桓公賞識的關鍵。諸作或宣揚德行,或描寫治世之美好;另一方面,亦有少數作品從負面角度入手,述失德與怨憤之事,如〈夏人歌〉言夏桀不肖,時代「將去桀而歸於湯,殆有時日曷喪之意」。[87]至於〈侏儒歌〉則是說敗於莒人手下的邾國「反後痛切,亦可見其怨之深也」。[88]兩類風格的歸納可扣連《詩經》。〈毛詩序〉言:「治世之音安以樂,其政和;亂世之音怨以怒,其政乖;亡國之音哀以思,其民困。」[89]漢儒視「治世之音」為《詩經》原初的「正風正雅」,「亂世之音」和「亡國之音」即「變風變雅」,只會見於世道失落以後。朱熹進一步解釋:

> 惟〈周南〉、〈召南〉親被文王之化以成德,而人皆有以得其性情之正,故其發於言者,樂而不過於淫,哀而不及於傷,是以二篇獨為風詩之正經。自〈邶〉而下,則其國之治亂不同,人之賢否亦異,其所感而發者有邪正是非之不齊,而所謂先王之風者於此焉變矣。若夫雅、頌之篇,則皆成周之世,朝廷郊廟樂歌之詞。其語和而莊,其義寬而密;其作者往往聖人之徒,固所以為萬世法程而不可易者也。至於雅之變者,亦皆一時賢

---

87 劉履:《選詩補註八卷、補遺二卷、續編四卷》,補遺卷上,頁3下。

88 同上註,頁8上-8下。

89 毛亨傳,鄭玄箋,孔穎達疏:《毛詩正義》,收於《十三經注疏(標點本)》,第3冊卷1,頁8。

人君子，閔時病俗之所為，而聖人取之。其忠厚惻怛之心，陳
善閉邪之意，猶非後世能言之士所能及之。[90]

他進一步分析了「風雅正變」的特徵，以及具體的內容指向，對理學
家的詩學觀影響深遠。以此對照劉履所選，〈擊壤歌〉一類與〈夏人
歌〉一類的分野近於《風》和《雅》之「正變」關係。此卷的編纂實
深受經義之說影響。

　　值得討論的還有此卷末四作的故事性。它們出自儒家經籍，與孔
子有關。〈接輿歌〉記楚狂譏孔子「不能隱去以避亂」；〈獲麟歌〉與
〈曳杖歌〉是孔子步向死亡的前奏，他最後「寢疾七日而終」。[91]而
〈滄浪歌〉本是孟子用以教化的典故。[92]然劉履在題解中只引錄「孔
子曰」一句，句前僅說「孟子曰有〈孺子歌〉云云」，使作品的意義
脫離《孟子》的文本，如同成為孔子生平的一節。[93]由於此篇列於
〈接輿歌〉後，孔子解釋歌辭時的一句「自取之」，彷彿是回答對前
一篇中受辱於楚狂，謂他深明自己的人生選擇，無所悔恨。而以〈曳
杖歌〉接之，則有賢人擇善固執，終於隕歿的含義。透過連結此四
作，孔子逝去的故事得以完整地呈現於讀者眼前。更重要的是，作為
上卷之末，孔子之死象徵了時代流轉，詩歌史將進入新階段，即下卷
的漢、魏、晉時期。劉履在《選詩補註》好於詩歌內容中考究歷史背

---

90 朱熹撰，朱傑人校點：《詩集傳》，收於《朱子全書》，第1冊，頁351。
91 劉履：《選詩補註八卷、補遺二卷、續編四卷》，補遺卷上，頁9上-10上。
92 據《孟子‧離婁上》，孟子曰：「不仁者可與言哉？安其危而利其菑，樂其所以亡
　者。不仁而可與言，則何亡國敗家之有？有孺子歌曰：『滄浪之水清兮，可以濯我
　纓；滄浪之水濁兮，可以濯我足。』孔子曰：『小子聽之！清斯濯纓，濁斯濯足矣。
　自取之也。』夫人必自侮，然後人侮之；家必自毀，而後人毀之；國必自伐，而後
　人伐之。《太甲》曰：『天作孽，猶可違；自作孽，不可活。』此之謂也。」詳見趙
　岐注，孫奭疏：《孟子注疏》，收於《十三經注疏（標點本）》，第11冊卷7，頁196。
93 劉履：《選詩補註八卷、補遺二卷、續編四卷》，補遺卷上，頁9下。

景，在此則藉散落經史文獻的韻語，重組歷史線索。而對比《文章正宗》，劉履更動了四作的次序，將〈獲麟歌〉提前，又刪去無關孔子的〈黃鵠歌〉和〈紫芝歌〉，似是有意加強四作的象徵意義。[94]由是觀之，清人只稱劉履的旨要本於《文章正宗》，實忽略了其細節處如何超出前人所論。

至下卷，雖仍有歌頌君王治世之作，如傳由唐山夫人（生卒年不詳）寫作的〈安世房中歌〉和班固（32-92）的〈東都詩〉三首等，但諷喻詩的數量明顯增加。如〈戰城南〉、〈東門行〉、〈拊缶歌〉、〈黃雀銅謠〉等，不是描寫官場黑暗，朝政失當，就是訴說社會不公，弱小受苦。似乎在唐虞三代過後，世道日趨淪喪，詩作的內容取向因而大大轉變。面對古人控訴，劉履特別欣賞能轉化怨憤為德行者。例如〈艷歌何嘗行〉以夫妻對答的形式，講述將要遠行的新婚者被迫與病妻分離。劉履這樣評價妻子的回答：「情義切至，雖以死誓，終無怨傷，且以延年為祝，其忠厚和平之氣藹然可見。」[95]相似的情況又見相傳由甄后（183-221）創作的〈塘上行〉。劉履認為，此詩的文筆抒發其為魏文帝曹丕冷落之悲，並就結尾一段的寫法曰：「且以『獨樂延年』為祝，無怨意，忠厚之至也。」[96]甄后的哀怨得以化解，並體現德行。另外，〈東門行〉中，主人公之妻力阻丈人鋌而走險，亦得劉履稱賞：「婦人於此既能守約處常，且又不忘警戒勸勉，而有忠愛和平之氣，可謂性情之正矣。」[97]可見劉履在意的不是剖析古人之苦，而是發掘詩歌的道德教化意義，即「詩教」的效果。出於不同情

94 在《文章正宗》裡，四作依次為〈楚狂接輿歌〉、〈滄浪歌〉、〈獲麟歌〉和〈曳杖歌〉。見真德秀：《文章正宗》，卷22上，頁3上-4上（總頁658-659）。

95 劉履：《選詩補註八卷、補遺二卷、續編四卷》，補遺卷上，補遺卷下，頁8上。

96 劉履：《選詩補註八卷、補遺二卷、續編四卷》，頁13下。

97 劉履：《選詩補註八卷、補遺二卷、續編四卷》（北京國家圖書館藏明嘉靖年間刻本，約公元16世紀），補遺卷下，頁7下。

由，三篇中的女性皆因其丈夫的決意而蒙受苦厄。劉履反覆強調，無
論有多大的不幸，人都不應沉溺於怨憤，當保持「忠厚」的心態，以
成就德行。注文提及「性情之正」一語，實直接承襲自朱熹之說。朱
熹曾提出《詩經·關雎》把「憂止於『輾轉反側』」的程度，是為
「樂而不淫，哀而不傷」的體現，又謂此非出於「詩之詞意」，而是
詩人本身「得性情之正」的結果。[98]另外，在《楚辭後語》，朱熹談班
婕妤（公元前48-公元2年）的〈自悼賦〉時又曰：

> 至其情雖出於幽怨，而能引分以自安，援古以自慰，和平中
> 正，終不過於慘傷。又其德性之美、學問之力，有過人者，則
> 論者有不及也。嗚呼賢哉！〈柏舟〉、〈綠衣〉，見錄於經，其
> 詞義之美，殆不過此云。[99]

朱熹也讚揚女性雖有幽怨，卻能保持「和平中正」，不會陷入「慘
傷」，顯然是《選詩補遺》的理論來源。引文最後提及〈柏舟〉、〈綠
衣〉諸詩，則強調了在朱熹的學說系統中，這種女性的美德與《詩
經》的「變風」精神一致，乃「詩教」的重要一環。[100]如前文的引
述，朱熹認為「正風」的作品發自中正平和的性情，而「變風」之所
發者則有「邪正是非」之不齊。故這類女性作品皆屬「變風」。陳志

98　黎靖德編，王星賢點校：《朱子語類》，卷25，頁626。

99　朱熹撰，蔣立甫校點：《楚辭集注》，收於《朱子全書》，第19冊卷2，頁246-247。

100　朱熹素來強調《詩經·邶風》為「變風」之首的位置，亦重視啟首的詩作。如
〈柏舟〉一詩，朱熹曰：「婦人不得於其夫，故以柏舟自比……今考其辭氣卑順柔
弱，且居變風之首，而與下篇相類，豈亦莊姜之詩歟？」此詩正是婦人為夫君冷
落之作；又如〈綠衣〉一詩，朱熹曰：「莊公惑於嬖妾，夫人莊姜賢而失位，故作
此詩，言綠衣黃裡，以比賤妾尊顯，正嫡幽微，使我憂之不能自已也。」此處更
加點明婦人的憂怨。見朱熹撰，朱傑人點校：《詩集傳》，同上註，第1冊卷2，頁
422-424。

信稱，在朱熹眼中，楚騷基本上都是「變風」、「變雅」，故作者的憂
憤終要如《詩經》的作品般歸本中和、返回平和，亦即履行理學修為
的本業。[101]更有趣的是，〈文選序〉中，蕭統曾言：「臨淵有懷沙之
志，吟澤有憔粹之容，騷人之文，自茲而作。」[102]對他來說，《楚
辭》的生成價值只是見於屈原的高潔志向和忠憤憔粹，以及最終沉江
明志，不曾著墨於回歸平和的特點。這些詮釋顯出蕭統與朱熹的差異
之餘，更牽涉劉履在兩者之間的傾重。劉履從三作結尾論及作者、敘
述者的「忠厚」性情，其邏輯和內容均與朱熹如出一轍。[103]《選詩補
遺》縱不取《詩集傳》的形式，但還是銳意繼承朱子學說，延續《詩
集傳》和《楚辭集注》的脈絡。

　　阮籍（210-263）的〈詠懷〉三首亦列於下卷，但其地位與其他作
品略有不同。劉履特地在三首後作一案語，謂一系列〈詠懷〉從未得
到完整流傳，而「近見版本，因得遍閱而精考之，又獲此三篇」。[104]
在《選詩補註》中，他本已在蕭統所選取的十七首之外補入兩首。如

---

101 陳志信：〈從理學修為面向論朱熹的《楚辭集注》〉，《政大中文學報》第24期
　　（2005年12月），頁246。

102 蕭統編，李善注：《文選》，序頁1。

103 案，儒家最初以「溫柔敦厚」為「詩教」，旨在結合道德和審美，陶鑄人的性情。
　　及至宋代，朱熹在〈詩集傳序〉說：「人心之感物而形於言之餘也。心之所感有邪
　　正，故言之所行有是非。惟聖人在上，則其所感者無不正，而其言皆足以為教。
　　其或感之之雜，而所發不能無可擇者，則上之人必思所以自反，而因有以勸懲
　　之，是亦所以為教也。」詩是由心之所感而發之為言的結果，因為聖人所感必然
　　為正，故其言必可為「詩教」。見朱熹撰，朱傑人校點：《詩集傳》，收於《朱子全
　　書》，第1冊，頁350。韓國學者趙顯圭又言，朱熹的審美學教育結合對美的感動，
　　使它影響人的感情與理智，陶鑄人的心靈，培養道德情操。見〔韓〕趙顯圭：《朱
　　熹人文教育思想研究》（臺北：文津出版社，1998年），頁55。相較之，劉履雖崇
　　尚朱熹的「詩教」觀，但《風雅翼》僅重詩歌的道德教訓和政治隱喻，有流於表
　　面和零碎之嫌，境界有限，未充分發揮先師的理念。

104 劉履：《選詩補註八卷、補遺二卷、續編四卷》，補遺卷下，頁16下。

今再次增補，不免破壞了《補遺》以「古歌謠詞」為對象的初衷，卻突顯出《補註》和《補遺》的緊密關係——先後完成的兩部分並非獨立的著作，而是環繞同一價值觀的不同層次。一脈相承的關係進一步見於它們對〈詠懷〉的闡釋。歷代論者對多首〈詠懷〉的詩旨都不太肯定。李善注《文選》時曰：

> 嗣宗身仕亂朝，常恐罹謗遇禍，因茲發詠，故每有憂生之嗟。雖志在刺譏，而文多隱避。百代之下，難以情測，故粗明大意，略其幽旨也。[105]

礙於詩意隱晦，唐人已經無從確定這批作品的實際指向，只能粗略地解說數句。劉履則大概是受「志在刺譏」一語啟發，致力以此角度闡明作品與曹魏沒落的關係。如前文提及他處理陶詩的方式，在《選詩補註》卷三，每首〈詠懷〉都被詮釋為對魏晉政局的控訴。除了居首的〈夜中不能寐〉略有自我書寫的色彩外，劉履視其餘諸篇皆為諷刺，每每針對曹魏失勢以至司馬氏奪權的歷史事件。[106]至於《選詩補遺》增補的三作，劉履仍從阮籍對魏晉二朝的態度入手。有趣的是，三詩的內容層層推進——〈楊朱哭歧路〉是在嚴峻的時代中「憂己而後憂君」，〈於心懷寸陰〉表明他自身「無仕晉之志」，〈夏后乘靈輿〉則是他對「魏之復興」的期許。[107]這是從陷入困境到立定決心，最後重拾希望的心路歷程。就諸篇〈詠懷〉的寫作時間和關係，今人未有

105　蕭統編，李善注：《文選》，卷23，頁1067。

106　劉履詮釋〈夜中不能寐〉一詩如下：「此嗣宗憂世道之昏亂，無以自適，故託言夜半之時，起坐而彈琴也。」縱然主題還是與時局相關，但此說把詩歌書寫焦點判辨為阮籍自身，與另外幾首諷刺時弊，以他人、外物為對象的〈詠懷〉不盡相同。見劉履：《選詩補註八卷、補遺二卷、續編四卷》，補註卷3，頁4上。

107　同上註，補遺卷下，頁15下-16下。

定論，而劉履則成功把它們串連成完整思路，效果與上卷對孔子亡沒的書寫相近。換言之，劉履實非隨意安排三篇作品。他利用《補遺》特有的編纂手法，從有別於前文的角度延續《補註》的詮釋。

下卷的最後一篇是最初見於《晉書‧載記》，出自前秦人趙整（生卒年不詳）手筆的〈琴歌〉。劉履總結此作的水平和意義如下：

> 此詞格氣韻雖漸遠於漢魏，然託諷懇切，有可采者。況自是以後，古道愈降，而流靡日茲，復欲求一二合作如前所錄，不可得矣。姑存此篇於卷末，以為之準焉。[108]

儘管對此作頗有微言，他仍選之，不單源於其辭尚有「可采」者，更與此作在詩歌史上的位置有關。劉履視作品為其所屬之時代的寫照，作品的內容和風格會隨歷史發展而轉變。上卷以記孔子離去的詩篇為結束，代表唐虞三代的過去；下卷以〈琴歌〉作結，亦是象徵漢魏終結，歷史過渡至新一階段，詩學風氣會再有轉變。所謂「古道愈降，而流靡日茲」者，預視了新的詩風將遠離古人之道，流弊日生，價值必不如前代。按照朱熹的「三變三等」說，虞夏至魏晉是最早期且最崇高的一等，與劉履在此處的安排正好一致──當然，劉履在虞夏和漢魏晉之間再加區分，進一步豐富了朱子的舊說。故《選詩補註》在文體層面標舉「古歌謠詞」之際，在時代的斷限上也傾重於魏晉前的作品，改變了《文選》詩歌傳統原來的意義。

誠如前言，《選詩補註》和《選詩補遺》並非割裂的獨立著作。由是推論，《風雅翼》以三篇合一的形式傳世，也是劉履刻意設計的成果。只有連結三篇的內容，方能完整地理解這部著作的意義。在

---

108 同上註，頁18下。

《選詩補遺》中，〈琴歌〉作為最後一篇，收束了漢魏時代之餘，也佈下後世詩歌發展的伏筆。與此對應的就是緊接於《選詩補遺》之後的《選詩續編》。

四　《選詩續編》論《文選》詩歌傳統的延續

從編選範圍而言，《選詩補註》不出蕭統設定的時代斷限，《選詩補遺》亦是止於東晉。於元末人而言，梁人編成《文選》已經是近七百年前之事。去古甚遠，不免令後人憂慮應如何承接久遠的詩學傳統。為證明古人詩道可行，劉履遂於二篇之後再編纂《選詩續編》四卷。他以唐宋兩代為焦點，選取了一百三十三首古體詩，涉及十三名詩人，當中不乏李白、杜甫、韓愈等聞名詩歌史的著名詩家。藉此，他試圖展現出《文選》的古詩傳統——準確而言，當是其於《選詩補註》和《選詩補遺》中提出的古詩傳統——並無中斷，而是一直為唐宋詩家傳承，並以大儒朱熹為集大成者。經過此番演繹，元人對有關傳統的接續顯得可行且正當。

據朱熹的「三變三等」說，詩歌史「自沈、宋以後」進入了一蹶不振的階段。這個轉變的關鍵，他歸咎於「定著律詩」的現象。他從詩歌體式的層面入手，認為律詩的出現與興起有違自古以來的詩學價值。與此同時，作為新興詩體的對立面，古體詩也因而被視為詩歌正統的象徵。在〈選詩續編序〉中，劉履承接了朱熹的觀點，改為從五言古詩沒落的角度描述同一過程：

> 嗟夫！五言古法之壞萌於宋，滋於齊梁，而極於陳隋，餘風披靡，施及唐之初載。故雖傑出如王、楊、盧、駱，尤未能去其故習。至陳子昂，始克一變，而後李、杜諸人，相繼迭起。近

世之言詩者，蓋莫盛於斯焉。[109]

南朝四代至初唐時期孕育了律詩體式，同時引致「五言古法之壞」的
不幸趨勢。劉履強調，問題並非出於個別詩人的喜好，而是涉及整個
時代的風氣，致使詩才高如「初唐四傑」者亦未能免俗。幸而，及後
亦有少數詩人能別樹一幟，為沉淪的詩道帶來重振之勢。《選詩續編》
的編纂正是旨在記錄這些見於「近世」的情況。在獲選的十三名詩人
當中，共十一位唐人。這無疑反映出劉履對唐代的偏重。這是因為他
認為在這時代，古體詩與律詩尚在角力。即使後世詩家多關注唐代的
律詩，但古體詩的傳統實仍有跡可尋。他以陳子昂為四卷之首，正好
配合了序中所言，具體地點出其使詩壇「始克一變」的成就。固然，
此非劉履的一己之見。朱熹早已提及唐人如何學《文選》詩歌，尤其
獲劉履於序中點名的李白、杜甫，就是朱熹幾度標舉的典範人物。
《選詩續編》的唐詩更是以此二家為多數，貼近朱子的詩歌史論述。

　　然而就李、杜之優劣，劉履與朱熹實各有說法。朱熹推崇李白，
嘗言：「李太白終始學《選》詩，所以好。」[110]他又稱李白的詩更貼近
古詩風格：

李太白詩非無法度，乃從容於法度之中，蓋聖於詩者也。《古
風》兩卷多效陳子昂，亦有全用其句處。太白去子昂不遠，其
尊慕之如此。[111]

---

109 劉履：《選詩補註八卷、補遺二卷、續編四卷》（北京國家圖書館藏明嘉靖年間刻
　　本），續編目錄，頁2上。

110 黎靖德編，王星賢點校：《朱子語類》，卷140，頁3326。

111 同上註。

從「聖於詩者」一語足以見出朱熹對李白的認同。此處言之「法度」，當指向古詩的標準，尤其下句提到重振古詩的陳子昂，還有李白的《古風》。朱熹以為組詩《古風》是李白的古體代表作，論述中多有稱道。劉履對此是認同的──《選詩續編》所選的十九首李白詩中，除了〈白鳩拂舞歌〉外，其餘的皆出自《古風》。處理這批這作品時，他把諸作分為四組，以扣連李白一生的四個階段──他初期「諷刺朝廷」，後來「在朝廷不得意，將放歸山」，及至「放黜已後，流寓既久，有所感歎」，最後生出「棄世之心」。[112]劉履透過編選整理出李白的生平與志向。惟他同時對《古風》不無微言：「今觀其詞，宏麗儁偉，雖未必盡合軌轍，而才逸氣邁，蓋亦劉越石、鮑明遠之儔歟？」[113]從稱李白學鮑照（414-466）一點可知，他與朱熹對李白詩的認知大致相通。[114]只是二人的評價截然相反，劉履看到的是其「未必盡合軌轍」的不完美狀態，而不是「從容於法度之中」，「聖於詩者」的境界。至於更大的分歧，則是見於二人對〈古風・大雅久不作〉的評價。朱熹大力讚賞李白所賦「不專是豪放，亦有雍容和緩底，如首篇〈大雅久不作〉，多少和緩！」[115]此處指出此詩有「雍容和緩」的一面，不失為佳作。反而劉履不言此事，還一面倒地批評：

此篇「自從建安來」五字淺俚，而「躍鱗」、「秋旻」及「映千春」等語，尚多點綴，似未得為純全。特以其居〈古風〉之首，有志復古，姑存之。且太白所論，夸大殊過，其實其亦孔

---

112 劉履：《選詩補註八卷、補遺二卷、續編四卷》，續編卷1，頁5上-13上。

113 同上註，頁5上。

114 朱熹曰：「鮑明遠才健，其詩乃《選》之變體，李太白專學之。」見黎靖德編，王星賢點校：《朱子語類》，卷140，頁3324。

115 黎靖德編，王星賢點校：《朱子語類》，頁3325。

子所謂「狂簡」者歟？[116]

劉履大概認為此詩水平不足，若非其首列於〈古風〉的特殊位置，恐怕不獲選錄。誠如前文論述，「狂簡」一語出自《論語・公冶長》中。朱熹釋之為「志大而略於事」，又表示「狂士志意高遠，猶或可與進於道也，但恐其過中失正而或陷於異端耳」。[117]劉履在此不僅批評此詩風格「夸大殊過」，還有意指向李白的詩人形象。譽高槐和廖宏昌指出，劉履是從「知人論勢」的邏輯出發，視李白一生為性格狂狷褊急的表現，與儒家的價值觀截然相反。[118]評價杜甫的〈述古三首〉時，他又把李、杜二人相提並論，繼而再度突顯出李白的形象：

> 二公詩雖齊名，而趣各不同。蓋太白出於天資，子美得於學問。太白志尚縱橫，時有俠氣；子美抱負經濟，自比稷契。……此其學問之功，有不容掩者，豈太白所能企及哉？[119]

李白的「縱橫」之志和「俠氣」的形象皆不受道統推崇，而視其藝術成就為天資所致，又暗示後學實無從習之。是以李白難以成為《選詩續編》中的最高典範。相比之下，劉履顯然更欣賞「抱負經濟，自比稷契」的杜甫。

劉履選錄的杜甫詩共三十七首，數量之多不但冠絕唐宋詩人，更於全書四卷的篇幅中獨占了整個卷二。在小序中，劉履如此介紹杜甫的詩藝：

---

116 劉履：《選詩補註八卷、補遺二卷、續編四卷》，續編卷1，頁5下。
117 朱熹：《論語集注》，收於《四書章句集注》，卷3，頁81。
118 譽高槐、廖宏昌：〈從《風雅翼》看宋元理學「新文統」影響下的李白詩接受〉，《廣東社會科學》2016年第2期，頁161。
119 劉履：《選詩補註八卷、補遺二卷、續編四卷》，續編卷2，頁12下-13上。

> 其涉歷艱虞，無所不備，故其為詩徃徃憂國傷時，陳事切實，
> 世號「詩史」。況又學博才贍，兼得古今體裁。元稹稱：「詩人
> 以來，未有如子美者。」[120]

杜甫把自身經歷轉化為詩歌，體現出「詩言志」的傳統精神。而「無所不備」、「兼得古今體裁」諸語，則是從不同層面強調其全能形象，並引述元稹的評價作定論，使他成為最出色的詩人——尤其「陳事切實」一點剛好與李白的「夸大殊過」形成了對比，令二人的高下更見分明。固然朱熹也認同杜甫的成就，卻是從不如劉履般視之為完美。如前文提及，他最在意的是杜甫晚年遷居夔州後的詩風轉變，以為這已經脫離了《文選》詩歌的風格與法度。這批「自出規模」之作，他明言「不可學」。[121]因此，對比貫徹始終的李白，朱熹對杜甫的成就難免有所保留。那麼劉履是否認為「夔州諸詩」沒有問題？考其所選之杜詩，最早的是〈前出塞九首〉，大約作於天寶年間；最晚的是〈述古三首〉，作於寶應元年（762）。[122]其時杜甫尚在梓州，三年後方遷夔州。故劉履亦無選取任何夔州時期的杜詩，原則上不違朱熹的論述。只是，在推崇杜甫詩藝時，他抹去「夔州諸詩」的存在，避而不談，不如朱熹般幾次以此攻擊杜詩之不足。換言之，就李杜詩學的特點，劉履大致繼承了朱熹所倡。惟因應對「詩教」觀念和詩作諷諭功能的重視，他透過編選和作注的方式，突出李白的不足，又隱藏杜

---

120 劉履：《選詩補註八卷、補遺二卷、續編四卷》，頁1上-1下。

121 同上註，頁3324。

122 就〈前出塞九首〉的作年，明人王嗣奭（1566-1648）稱，此詩所云「當天寶間，哥舒漢征吐蕃時事。詩亦當作於此時，非追作也。」見王嗣奭：《杜臆》（北京：中華書局，1963年），卷3，頁100；至於〈述古三首〉，南宋人黃鶴（生卒年不詳）曰：「此當是寶應元年，代宗即位後作。時公在梓州。」見黃希原注，黃鶴補注：《補注杜詩》，收於《景印文淵閣四庫全書》，第1069冊卷8，頁22下（總頁179）。

甫的缺憾。此消彼長之下,《選詩續編》遂呈現出「杜優於李」的傾向,與朱熹的立場迥異。

在李、杜以外,劉履普遍以為其餘入選此篇的唐代詩人都是好壞參半,包括時為朱熹提及,亦得〈選詩續編序〉點名的陳子昂、韓愈和柳宗元。就僅有四首詩作入選的柳宗元,劉履清楚地指出:

> 評其時發纖穠於簡古,寄至味於淡泊,與韋應物並稱,宜矣。然必較其等差,則子厚之務求工緻,乃不若韋之蕭散自然者也。[123]

在他看來,柳宗元所賦弊在「務求工緻」,不及與其並稱的韋應物。韋應物在《選詩續編》中地位頗高,其作達十八首,僅次於李白。考朱熹言,韋應物並非突出的詩人,雖因「無一字做作,直是自在」而得肯定,但只是高於「王維、孟浩然諸人」。[124]劉履倒注意到其德行對詩藝的正面影響:「性高潔,鮮食寡慾,所居掃地焚香而坐,故其詩清深閒淡,而詞格不減沈、謝云。」[125]他引唐人李肇(生卒年不詳)在《唐國史補》的記述,認為其高潔性情與生活方式有資於詩藝,產生「清深閒淡」的風格,可與六朝詩人比肩,高於朱熹作出的評價。按《風雅翼》的詩歌史觀,詩道隨時間推移而淪喪,韋應物能抗逆此趨勢,追上古人,於劉履的批評標準中自然位居高位。劉履特別著重其擬古之作,選錄仿《古詩十九首》的〈擬古五首〉,以及〈效陶彭澤〉等作,從而印證韋應物對古詩傳統的承接。固然,凡入選《選詩續編》者,縱有著數量和優劣之別,卻皆具有繼承《文選》

---

123 劉履:《選詩補註八卷、補遺二卷、續編四卷》,續編卷3,頁12下-13上。

124 黎靖德編,王星賢點校:《朱子語類》,卷140,頁3327。

125 劉履:《選詩補註八卷、補遺二卷、續編四卷》,續編卷3,頁1上-1下。

詩歌傳統的意義，已勝過當時的新興詩風。三卷唐詩中，以一詩入選的張籍（767-830）位列末席。劉履注曰：

> 今觀籍所作，詞雖古淡，音調則唐而已。獨此〈離怨〉一篇庶幾近之，餘皆似是而實非。大抵貞元以後，稱學古者類如此。夫唐以詩名世者，無慮三百家而欲求古作之純全，合乎風雅之遺響者，何其不易得也。嗚呼！世降風移，一至於此也夫。[126]

張籍所作混合古詞與唐風，象徵詩歌史正過渡至另一階段。恰如其序言：「貞元以降，迄于五季，詩道又一衰矣。」[127]此後，欲擬古者亦無從擺脫唐風影響，落入「似是而非」的境地，使真正的古人詩道幾近成為絕響。慨嘆「世降風移」之際，劉履展開了《選詩續編》以至整部《風雅翼》的最後一卷，即宋詩的部分。

　　雖說此卷以「宋詩」為目，但實際收錄的其實只有兩名詩人，而二人的作品比例亦是懸殊。究其原因，劉履認為詩道衰落至此，已不值討論。他言：

> 趙宋文運復興，而歐、蘇、黃、陳並以詩名當世，然其力超邁，各自為家，而于古人之風格，漫不暇顧。唯王臨川間出一二。[128]

宋代文教強盛，人才輩出，奈何古詩之道不曾恢復，諸家如何自成風

---

126 劉履：《選詩補註八卷、補遺二卷、續編四卷》，頁15上。
127 劉履：《選詩補註八卷、補遺二卷、續編四卷》（北京國家圖書館藏明嘉靖年間刻本），續編目錄，頁2下。
128 劉履：《選詩補註八卷、補遺二卷、續編四卷》（北京國家圖書館藏明嘉靖年間刻本），續編目錄，頁2下。

格亦屬枉然。觀北宋一代,只有王安石可「間出一二」之作,故劉履選其〈雲之祁祁答董傳〉和〈雲山詩送孫正之〉。他頗推崇王安石所作,以為「詞調近古,而意思簡淡,較之宋諸家語,似亦未有能過之者」。[129]可是,就王安石的整體詩學成就,他又說:「聞有古體,惜不多得。」[130]這意味優秀的古體詩乃鳳毛麟角,此二詩已道盡王安石的古詩特色,又概括了北宋的整體情況。

另一位入選的宋人,就是南宋的朱熹。朱熹之作在《選詩續編》中達二十七首,多於李白而少於杜甫,於全篇位列次名。劉履所好顯然易見。在詩人小序,他讚揚朱熹「繼絕學之統」的詩學精神:

> 又曰:「《選》詩及韋蘇州詩固當熟觀,更須讀《語》、《孟》以探其本。」今觀先生所為詩,大概出入陶、韋之間;至義理精微處,則皆本於《六經》、《四書》者,又豈它人所能窺測哉?[131]

從韋應物、陶淵明到《文選》,朱熹的詩學直接上連古詩的根源。更重要的是,他突破了文統與道統的藩籬,使詩作的內容,即其「義理精微」處,達至以儒家經典為根本的狀態。本於道統的古體詩之藝,可說是劉履與陳仁子,以至真德秀等理學家編選詩歌時素來強調的詩學理想。朱子在〈齋居感興詩二十首〉的序中表示,其詩皆「切於日用之實」。[132]此語與真德秀筆下「切世用」之語相似,更加顯出各代理學家如何他們的詩學觀。而觀乎《選詩續編》所挑選之首七篇朱熹詩作,劉履又是多番點出它們與儒家經典的關係。例如,〈述懷〉、

---

129 劉履:《選詩補註八卷、補遺二卷、續編四卷》,續編卷4,頁2下。
130 同上註,頁1上。
131 同上註,頁3上。
132 劉履:《選詩補註八卷、補遺二卷、續編四卷》,續編卷4,頁6下。

〈古意〉和〈社後一日作〉都是說朱熹有感世道之不可行。特別是
〈述懷〉原詩曰：

> 夙尚本林壑，灌園無寸資。始懷經濟策，復愧軒裳姿。
> 效官刀筆間，朱墨手所持。謂言殫塞劣，詎敢論居卑。
> 任小才亦短，抱念一無施。幸蒙大夫賢，加惠寬箠苔。
> 撫己實已優，於道豈所期。終當反初服，高揖與世辭。[133]

劉履稱，此詩述說朱熹「初就仕同安主簿時，已知道不可行而將隱
也」，描繪了其過人的目光，還有從小已有大志的形象。在《論語・公
冶長》中，孔子也曾說過：「道不行，乘桴浮于海。」[134]兩句之相似，
突顯了朱熹與聖人的性情與志向是一致的。另外，於〈將遊雲谷約同
行者〉後，劉履注曰：「頃以多言害道，不作詩。兩日讀《大學》『誠
意』章有感，至日之朝，起書此以自箴，蓋不得已而有言云。」[135]雖
有「不作詩」之誓，然讀經有感，使他抑制不了發言為詩的意欲。這
反映出朱熹讀經的認真與投入，也點明典與詩歌、道統與文統在其手
上相輔相承。

　　劉履編選的二十七首朱熹詩歌中，重心無疑在於占去了大半篇幅
的〈齋居感興詩二十首〉。早在〈選詩續編序〉，他已援引此篇為例，
說明朱熹的古詩成就：

> 及吾朱子識趣高明，極意追復，遺音未泯，庶幾在茲。至若
> 〈感興〉諸篇，論其詞藻，未能超軼前古。而所以探萬化之

---

133 同上註，頁3下。
134 何晏注，邢昺疏：《論語注疏》，收於《十三經注疏（標點本）》，第10冊卷5，頁57。
135 劉履：《選詩補註八卷、補遺二卷、續編四卷》，續編卷4，頁6上。

原，達至理之奧，足以垂世立教，則又《三百篇》後之所絕無
而僅有者，故置諸卷終。[136]

縱使受時代局限，此詩的詞藻尚能超越前人，但論其內容，卻是「識
趣高明」，極盡天理萬物的根源與奧秘。劉履認為，諸詩上承《詩
經》傳統，又以「垂世立教」頌揚之，再度揭示此詩體現儒家經典的
崇高價值。事實上，早在南宋至元初，像《濂洛風雅》等理學家著作
已承認此作之重要，不斷加以引錄、分析和稱頌。而比較各家的處理
手法，劉履最重視的乃是二十首之間的層次遞進。如胡迎建形容，這
組詩眼光遠大，旨在「以意論宇宙、歷史之大道，格局恢宏，精義疊
出」。[137]唯有細緻區分各層次，方能道盡字裡行間的複雜意義。據其
區分，「其一」至「其四」言太極、天地與人心變化之理；「其五」至
「其七」歎東周、東唐與中唐王制衰道，治道不返；「其八」至「其
十一」由大世轉至個人，言君子修身之法；「其十二」至「其十九」
述歷來聖賢傳承大道的苦心，又分別駁斥了佛、道的歪理，進而肯定
儒道才是南宋與後世的正統。至於「其二十」，劉履就綜合諸家意
見，從「天本無言」的道理，接以孔子、子思與周敦頤諸聖賢之語，
斥歷來「誇大阿諛之人，徒騁口才，務美於外，而卒迷其內」，同時
肯定朱熹希望「收奇功於一原」的大志，收結全詩。[138]可見〈齋居感
興詩二十首〉既是朱熹終生之志，亦描繪出其學說的基本體系。劉履
置之卷終，突出了朱熹的成就，也呈現出「由詩及道」的詩學理想。

本來，朱熹只是《文選》的閱讀者，其作品批評，還有節選舊本

---

136 劉履：《選詩補註八卷、補遺二卷、續編四卷》，（北京國家圖書館藏明嘉靖年間刻
　　本），續編目錄，頁2下。
137 胡迎建：〈論朱熹的哲理詩〉，《中國韻文學刊》第32卷第3期（2018年7月），頁52。
138 劉履：《選詩補註八卷、補遺二卷、續編四卷》，續篇卷4，頁17上-17下。

詩作的意欲，亦是希望指導後學而已。他不曾說明自己在此《文選》詩歌傳統中的位置，亦沒刻意接續《文選》詩歌而創作。但劉履如此安排後，朱熹成為此脈絡的一分子，與古人詩道一脈相承。且在傳承過程中，朱熹的位置更是關鍵，有別於脈絡中的其他詩人——他是唯一入選的南宋人，又是全書諸卷的終結，相當於一位集前人之大成者，總結了虞夏以來的詩學成就，並在古風頹喪已久的時代中，以非凡表現向時人與後人提出重振詩道的可能。上文已言，總結朱熹之志時，劉履同時斥責「誇大阿諛之人」。除了與朱熹同時，不賦古詩的近代詩人外，他針對的還包括歷代不合詩道者。換言之，《選詩續編》實為由近代古詩的發展，回望與呼應長久的詩道，即《選詩補註》與《選詩補遺》的部分，並藉朱熹的成功，說明《文選》詩歌傳統猶存，而且切實可行。[139]這可說是劉履對其所處之世代的期許，以為理學足以統轄文統。查洪德以鄭玉（1298-1358）為例，指出在大量元末文人表現出棄道傾向之際，部分理學家把重道輕文的意識推至極端，認定文統的傳承全在於程朱一系。[140]顯然，《選詩續編》也是這情況的寫照。藉提高先師的地位，劉履致力證明自身所學代表「文道一體」的理想狀態，亦即復興詩道的正確方向，價值崇高。

---

139 固然，僅得商榷的是，劉履的邏輯實逐漸遠離朱熹的原意。《選詩續編》的編選標準同時混合了朱熹於不同場合發表的意見，還有劉履的個人喜好、判斷。尤其選取〈齋居感興詩〉為多數以至壓卷之作的做法，顯然是出於對先師的崇拜。觀乎現存材料，實難以確定朱熹作詩時對《選》詩傳統的考慮。而回顧此作與最初之《選》詩的勾連，關係亦是遙遠，劉履無法確實說明。概言之，不論朱熹的原意如何，劉履作為學說的接受者，多少受情感好惡的影響而扭曲。

140 查洪德：《理學背景下的元代文論與詩文》，頁22。

五 小結

朱熹過去曾有掇取《文選》詩歌,以編纂詩學教材的想法,後學便嘗試按理學義理改編《文選》,以補足先師未遂之志。元人劉履的《風雅翼》正是成熟的一例。本研究希望透過考察此書,理解理學家如何以道統價值,介入主張文統獨立的《文選》,改易《文選》的詩歌傳統。四庫館臣指出,《文章正宗》在「總集」概念的發展中「別出談理一派」,自此與所謂「論文」的總集分庭抗禮。[141]然從《風雅翼》可見,兩條脈絡並不是全然分開的,反而時有交疊。前人對「理學總集」的注意多集中於《文章正宗》一脈,誠有不足。事實上,理學家在獲取文統時,尚有另一策略,即針對《文選》這部「論文總集」之首,從文統的源頭改易其意義。

---

141 永瑢等:《四庫全書總目》,卷186,頁1685。

結論

　　公元一二七九年，趙宋王朝宣告覆滅。這意味著蒙元政權成功統一南北，多年來為漢人掌控的地區盡歸外族統治者手下。在新朝中，社會的結構、制度和風尚不免出現變動，迫使過去活於南宋治下的文人不得不吃力地適應。然而，兩宋國祚終究有三百年餘年之長，漢人文化根深柢固。即使是戰亂與亡國的劇變，亦不太可能馬上斷絕一切源自兩宋文化的脈絡。尤其宋代詩學繼承了唐代時期的發展，在創作與理論兩方面均展現出豐碩的成就。在這個前提下，若言宋詩傳統完全消失於緊接而至的元代詩壇上，顯然令人費解。畢竟入元以後，不少宋詩人持續活動，而許多未曾為宋人詩論解決的議題，亦是有待後人審視。可惜後世論者普遍忽視元詩的價值，或只以「宗唐得古」的印象片面地概括之。有關宋詩傳統的論述誠有補充的必要。

　　本研究旨在闡明宋人如何在元代延續、發展舊有詩學議題，包括詩歌的功能、賦詩的意義、宋詩在詩歌史上的位置，以及道學與詩學的關係等等。一般論者談詩學的發展時，慣常從詩論、文評之類的直接論述入手，本研究則提出以成書於元代的總集為研究進路。考傳統目錄，即會發現宋人在入元後確實編纂不少「總集類」著作，當中更是包含了大量與詩學相關的內容。這不但肯定了本研究的可行性，還提供了各種具深刻研究價值的材料，清楚劃定整個研究的範圍。以下將從研究成果和研究展望兩方面，說明本研究的觀點。

一　研究成果

在探討各部總集前，本研究希望先辨明總集在宋詩壇，以至整個時代的地位，以理解宋人在元代編纂總集時懷抱的動機與構想。論「總集」概念的發展歷程，自確立於西晉時代以來，就一直在體例、功能、文化意義等層面上演變。及至兩宋，這種文獻形式備受重視，成書數量之眾多、編纂工作之浩大、投入資源之豐富，均遠超過從前的時代，達至高峰。這些總集已不單是詩文觀點的載體，同時又在政治、教育等範疇中發揮重要的效用。為了有效理解這情況，本研究援引了法國社會學家皮耶・布爾迪厄的「場域」概念與「文化資本」理論，以看出總集時而出入各範疇的情況。在「詩學場域」內，總集的批評功能成為各家的競賽工具。至「教育場域」，總集又是指引寫作，開導文風的教材。因應施行教化者的身份，著書的權威與影響力各有差異。這引申出布爾迪厄謂之「象徵暴力」，即以編選手段把特定觀念灌輸給學生。宋代朝廷積極推動文教，壟斷教育制度的主導權，而隨著私學興起於南宋，理學家與詩人都乘機在教育制度中獲取更多權力，於是同樣各自編纂教材。詩人一方的目標是維持「詩學場域」的自主，不欲科舉文風損害詩藝，理學家一方則同時否定詩人的主張與科舉的要求。《古文關鍵》、《文章軌範》、《文章正宗》等書都顯示出理學家如何在「教育場域」求取影響力；「象徵暴力」又指向官方對特定人物、題材、議題的排他性，並彰顯出《江湖詩集》系列的重要意義。南宋時，印刷技術進步，商業出版日盛，民間文人在書賈的協助下，成功刊行他們的總集，在「詩學場域」上形成世稱「江湖詩派」的聲勢。這批詩人展現出獨特的詩風與題材，在「詩學場域」上壓倒「江西詩派」，更顯露出介入「政治場域」之勢，結果招來當權者打壓。可見在宋代，「詩學場域」、「政治場域」和「教育場

域」三者時有交疊，而總集總是不斷出入其中，充分體現出是時社會的結構與運作方式。即使是入元以後，這種社會運作方式依然有效。諸部總集或許在題材、感情的層面略有變化，但背後的觀念還是屬於宋代的。在此基礎上，本研究得以展開以下三大討論方向。

　　本研究探討的第一個方向為宋遺民的意志與詩學。宋亡元立，不少文人高舉遺民身份的旗幟，連結各地同志，一方面對外彰顯故宋猶存的聲勢，一方面竭力從廣大人際網絡中尋求慰藉與支援。編纂總集是他們用以表現聲勢的手段。尤其元好問的《中州集》珠玉在前，令宋人意識到「總集」與「遺民」之間的關係。觀乎這些總集的內容，當中不單存有濃厚的遺民意識，且展示了多種可能性，反映出眾編者在新時代下的不同處境與選擇。例如，趙景良的《忠義集》滿載忠憤，直接抒發出對元室的敵意，還有對降元者的不滿。當然，入元後，敢於正面對抗元室者只屬少數。長期面對新朝的名利誘惑，遺民難以顯得擔憂與恐懼。在困難的環境下，詩歌作為一種流通於文人社群的文化，成為了抗衡政治權力的手段——此即為史蒂芬・鄧甘比謂之「文化抗衡」概念。利用詩歌的文辭特性和寫作技巧，宋遺民亦找到婉轉而安全的表達方式，以避過與元室正面衝突的情況。總集《月泉吟社詩》由此衍生。前人探討元代的宋遺民，多言其創作與唱和；而探討宋詩總集時，則只在意其保存文獻的功能。可是，由以上論述可見，總集不單是文人情志的主觀載體，更加是把一己情志連繫至他人、他地，以至是其他時代的媒介。對於眾編者來說，這些總集既為自我安慰，又是對其他群體與著作的挑戰。同時，透過這些著作的編選過程，亦可見出宋遺民對詩歌這一體裁的應用和定位，以及種種不同的詩學價值觀，如詩用於存史的功能、構成抗衡的手段，以及作為組織文人群體的文化意義等。

　　本研究的第二個討論方向是入元以後，宋人對一代詩歌的整理與

評價。就此範疇,第一部需要討論的總集就是《詩林廣記》。元代初年,宋遺民蔡正孫放棄了求仕的進路,回到家鄉鑽研詩學,先後編成《詩林廣記》、《唐宋千家聯珠詩格》和《精刊補注東坡和陶詩話》。在《詩林廣記》中,蔡正孫有感於詩學之難言,遂選擇以晉、唐、宋的詩人為線索,建構出一段橫跨三代的詩歌史論述。除詩學主張之外,遺民意識也是這部總集的重要一環。就如陶潛居於全書首位,固然有著出於詩學層面的理由,但從選詩的取向又可發現,蔡正孫有意突顯陶潛歸隱不仕的形象。這合於元代宋遺民崇尚陶詩的風潮。另一方面,總集的末段跳出了詩學討論,改為考究陳希夷等宋初隱士的生平事蹟,也是有意與陶潛一節構成首尾呼應的效果。同時,談論陳希夷期間,蔡正孫每每流露出對趙宋王權的懷念和認同,亦可以視之為一種遺民意識的表現。固然受制於編選範圍,這部著作所呈現出來的詩歌史論述未能正面處理南宋的部分。及至為于濟增編《唐宋千家聯珠詩格》時,蔡正孫方有補足遺憾的機會。在這部綜論唐宋絕句的總集中,他一如前作地用上身兼詩評家和宋遺民的編輯思維,有限度地把遺民情感滲入詩學討論。尤其包括他自身在內的晚宋詩人,都曾寫下不少關於抗元戰爭、亡國大禍的作品。從《詩林廣記》到《唐宋千家聯珠詩格》,蔡正孫建構的宋代詩歌史更見圓滿。

除了蔡正孫之外,方回同樣在宋元易代之後,著手談論宋詩的性質和價值。自從呂本中的《宗派圖》在兩宋之際面世以來,宋人對「江西詩派」的架構得到清晰的認識。時至元初,就在「江西詩派」備受外敵挑戰,內部又陷於頹廢之際,方回以唐宋兩代的律詩為收錄對象,編成《瀛奎律髓》。世人普遍視之為新一部代表「江西詩派」的總集。但細考當中的編選範圍和各項評點論述,即可發現方回並非重彈前輩的舊調,而是按照南宋一代的種種批評,嘗試調整「江西詩派」這個群體的內涵,務求達至重振此派詩學的目的。論方回的種種

更動，最明顯者莫過是著名的「一祖三宗」說。方回此論其實意在大力推翻前人所定下的框架，重新建構出「江西詩派」的新形態。方回先把杜甫描繪成上接歷代大家之詩學，下啟唐詩諸家的集大成人物，再奉之為崇高的「祖」，把一切唐宋詩人扣連起來。「三宗」作為「祖」的正統繼承人，意義在於擔當「江西」正宗的典範。過去，不少學者傾向形容「一祖三宗」是繼承了呂本中之說，差異之處不過是前者對後者的補正。但這說法實不甚準確。有關「江西詩派」的形態與架構，二人的描述差異顯著，例如「三宗」的意義截然不同於《宗派圖》對黃庭堅之為「宗」的定位。至於杜甫的加入，更導致「一祖三宗」說變成一條貫穿唐宋兩代的脈絡，作用遠超《宗派圖》。況且「一祖三宗」亦是《瀛奎律髓》用以敘述詩歌史的線索。關於方回的詩學史觀念，前人不時忽略了他力求重振「江西詩派」的動機，僅視之為一種客觀的說法。實情卻是他利用了文學史編者的權力，強行塑造一段有利於自身立場的詩歌史。總之，從本研究的第三章、第四章均可見，方回和蔡正孫等人嘗試利用總集連結唐宋兩代，為宋代詩學追本溯源，建構出一段宏大的詩歌史。在宋亡元立的時期，這種行為絕不是出於偶然的。大抵論詩者確實從易代的特殊環境中找到動力與靈感，以為當下時機難得，應當為自己熟知的一代詩學予以最後的評價與總結。

本研究的第三個討論方向與宋元理學有關，意在考察宋代理學家的詩文觀念如何為元代的儒者繼承。第五章首先處理收錄宋代理學詩作的《濂洛風雅》。自北宋以來，不少理學家就詩學與道統的關係發議，意見不一。及至朱熹確立「文道一貫」的原則，認同儒者作詩的意義，諸家焦點遂轉移至如何依循道統建立詩道的問題上。至元初，金履祥集四十八人的詩作，編成《濂洛風雅》，整合前人的討論成果。此書展示兩種層次的詩學發展模式。首先是理學詩內部的發展。

金履祥試圖組織出稱作「濂洛詩派」的群體。其架構歷經八代,上及
北宋理學的開創者周敦頤,下至金履祥師從的王柏、何基等人。所謂
「濂洛」者,本為儒學流派的名稱。金履祥定此詩派之名,其結構難
免與學術師承的脈絡有所重疊。金履祥在此實有意藉詩學的名目,轉
入理學義理,從而推崇自身師門在理學傳承過程中的正統地位。惟又
不宜視「濂洛詩派」完全等同於學派的傳承。尤其在附於總集的〈濂
洛風雅詩派目錄〉上,各層的正統以外尚有許多瑣碎的分枝,而這些
分枝人物的傳承情況正是代表了「濂洛詩派」的界線。另外,經過唐
良瑞的重編,《濂洛風雅》又添上了另一重發展觀念,也就是按照詩
歌體裁之流變而建構的發展歷程。唐良瑞襲用了先賢的術語,指稱這
脈絡為「風雅正變」。是次重編的意義在於,編者的目光不再限於宋
代,而是以各體作品為媒介,探討古今詩道的發展。進而言之,當一
眾宋代詩人只強調學習唐人詩學之際,「濂洛詩派」則高舉了學習古
詩的旗號,把其源頭上溯至古代的「風雅正體」,突顯志向之崇高。
至於接著的「變體」部分,編者藉注釋式方法連結不同作品與詩人,
進一步刻劃朱熹兼擅各類詩體的形象,確保其學說在三變的過程中皆
具有典範地位。而在第三變中,他的選詩取向,以至對「律詩」的定
義,均是有意與當世的詩學直接對話,從而向不識詩道的時人重新樹
立正確的價值觀。《濂洛風雅》是考察宋元儒學史與詩學史如何共同
發展的關鍵。

　　為了深入了解宋元理學與詩學的關係,本研究又選取了有名於文
學史的「《文選》學」為個案研究。朱熹明言有掇取《文選》詩歌,
以編纂詩學教材的志向,故亦有後學嘗試依從理學義理改編《文
選》。這風氣在宋末至元代的時期特別明顯,陳仁子的《文選補遺》
與劉履的《風雅翼》皆是例子。蕭統在〈文選序〉中以「詩」一體為
重,又強調「文章」的價值當具有獨立於經、史、子諸部。他又承認

詩歌隨時發展的現實，不以古今之別論定作品高下。然而理學家改編
《文選》時，往往不理蕭統的原意。陳仁子與劉履的重編方法，包括
置詩賦於末席的文體排序，還有偏重於「詩教」功能的批評觀，均與
蕭統的觀念相抵。可知諸書縱以「補遺」、「續編」等為題，但實際上
卻是架空原編者的地位，企圖改易《文選》原意，使之成為理學旗下
的一支。遠離蕭統所論後，這些編者改為靠攏朱熹的詩學觀。從《文
選補遺》與《風雅翼》均可發現，朱熹的「三變三等」說居於十分重
要的位置。受此影響，二書均以古體為優，大大加重了相關作品的比
重的同時，又抹去了蕭統重視的齊梁詩作。它們還拓展了歌謠等流行
於先秦兩漢的體裁，填補其他補編《文選》者不曾處理的部分。陳仁
子之作成於元初，劉履的成書於元末，正好見出理學家改編《文選》
的風氣如何臻於成熟。從這兩部總集又可知，理學和詩學脈絡並不是
全然分開，反而時有交疊。理學家對《文選》所代表之傳統，以至文
統整體的侵占，在儒學史和詩學史上都是不容忽視的行動。

　　以上各段所述者，即為本研究在六章篇幅內得出的一點觀察與思
考。若然進一步整合這些線索，發掘其中的意義，則可歸納為以下三
項發現：

　　一、一如本研究的初期構想，元代立國以後，宋詩傳統並未消失
於新時代的詩壇上。相反，過去為宋人關注的詩學議題與脈絡大多得
以更進一步。例如，隨著官場高位與入仕機會的流失，大量宋人被迫
流落在野，令興起於南宋晚期的「江湖詩派」更壯大。江湖詩人過去
的主要書寫題材，即個人的困苦、友誼的求取，以及愛國的精操等，
在此時亦轉化為易代語境下獨有的遺民精神。而元代理學家的詩學觀
也是繼承自宋代大儒，特別是閩學一脈。到底元室奉理學為官學，士
子不可能無視宋儒與他們的著作、學說。從改編《文選》的例子更會
發現，朱熹的意志為宋末元初的陳仁子承接，而元末的劉履又在陳仁

子的基礎上再加完善，是為一個貫穿宋元兩代的歷程。這正好體現出兩代詩文觀念之緊密。

二、毋庸置疑，綜觀在元代傳承宋代詩學的人物，宋遺民是最常見的身份。一方面，在重視文教的宋代，詩學乃是具有代表性的文化成就之一，故整理詩學的工作往往具有保存故國記憶，緬懷昔日人文風光的含義。畢竟金人元好問早已藉《中州集》提供了成功的示例，處境相近的宋人易於借鏡。蔡正孫編纂《詩林廣記》時，對北宋名臣賢士的看重正是一例。部分編者不願宋代文化淪為塵封故紙堆的記憶，又會利用總集的教學功能，把有關知識灌輸給年輕的學子。《瀛奎律髓》、《唐宋千家聯珠詩格》等都是如此傳授詩學、道德價值或其他主張予後世；另一方面，宋遺民在元代延續舊有詩學，也是出於面對新時代的需要。憑藉在宋代詩壇活動的經驗，一眾遺民了解詩歌的創作、唱和，以及詩學的主張，均有助於團結在野者的力量，建立群體聲勢。國變以後，這就是維繫遺民精神，抗衡元室的手段。同時，詩人群體編纂總集的行為亦成為遺民的主要活動之一。諸如《月泉吟社詩》的編纂就是旨在拒絕元室的招攬，同時警醒遺民同道不當受外敵引誘。當然，除了遺民外，宋詩學的傳承者，如書商、理學家等。總之，就算地位不及唐詩傳統，宋詩學在元代詩壇上還是占一席位，為多方關注與接受。

三、在各項線索中，詩歌史論述都是常見的討論方向。方回藉「一祖三宗」說與律詩的體裁，建構出橫跨唐宋兩代，以「江西詩派」為中心的歷程；蔡正孫的《唐宋千家聯珠詩格》講述兩代絕句的發展情形，《詩林廣記》又在兩代前加入晉人陶潛的位置，使諸位「大家數」連成一脈；金履祥的《濂洛風雅》本來只述宋代理學詩風的傳承，但經過唐良瑞的改編後，就多了以詩歌體裁論「風雅正變」的角度；陳仁子和劉履所編均是本於朱熹的「三變三等」說，詩歌史

論述的傾向顯然易見。由此可見，不論是從屬於哪一條線索的論者，都不止於探討宋詩學內部的問題。他們希望把宋詩置入古典詩歌史中，以確認其於文學史長河中的價值。規模較少的著作大多把唐宋兩代扣連在一起。例如，方回藉唐人杜甫的詩學成就，把「江西詩派」推上更高的位置，以達成重振此派的旨要。這更揭示了，雖然唐詩與宋詩總是被後人視作元代詩壇上的二分勢力，但在宋詩一方而言，兩代相連卻是普遍的思路。至於規模更大的著作，則會把編選或討論的範疇擴展至更遙遠的時代。尤其理學家為了確立以道統為尊的詩學觀念，不得不訴諸於先秦的經典價值。《濂洛風雅》的編排方法，還有《風雅翼》的宏大結構，都是衍生於此。有趣的是，因應不同動機，諸家建構的詩歌史存有不少差異。概如同前文所稱，易代確實是一個特殊的歷史語境，各家都在爭取書寫詩歌史的權力，替一代詩學找出其位置與存在意義之餘，又試圖把論者的主張隱入所謂的「歷史定論」中。從結果來看，諸家成敗不一──當《瀛奎律髓》確實成為「江西詩派」的重振者與典範著作，備受宋詩研究者注重之際，理學家的總集卻是無法動搖詩學發展的路向。

二　研究展望

必須承認的是，本研究的焦點僅僅在於宋代詩學直接進入元代詩壇的情況，未有顧及一些較為迂迴、間接的傳承方式。譬如說，元代詩壇早期深受來自北方地區的詩學思想影響，除了元好問之外，耶律楚材、劉秉忠（1216-1274）、郝經等北方詩人都曾經大力推動元詩的發展。如耶律楚材和劉秉忠者，更加是以朝廷重臣的身份與權力，主導了一時的文化政策和藝文發展，影響力之大值得關注。而從詩學的傳播歷程可知，諸人代表的北方詩學多少與北宋的詩學有關，尤其金

代文人素來尊崇蘇軾的詩文風格。由此出發，即可嘗試組織出另一條由北宋發展至金元的脈絡。其內涵與變化過程，必然異於從南宋進入元代的一脈。

另一值得思考的問題是元代詩人對宋人詩學的接受與轉化。在全新的文化與政治環境中，已成過去的宋詩學終究只能有限地延續下去。對於新一輩的元詩人來說，前代的詩學固然不必刻意保存，卻可視之為文化資源，用以習得或創造新的詩風。誠如前文的述說，以南方文人身份進入元代館閣的虞集一度有意效法《中州集》，編纂收錄前代南方作品的《南州集》。《元史》又以「慶曆、乾淳風烈」一語稱許其治學特色。[1]此位列「元詩四大家」的詩人，無疑跟宋代的文化、詩學存有密切連繫。當然，轉化與融合的過程往往是因人而異的。在其他個案，宋詩學不一定會發揮重大影響力，內涵方面亦可能有所模糊或變質，令後世論者難以分辨。然而這的確是宋詩學在元代的延續方式之一。觀乎現存的元代詩歌總集，蔣易在至正五年（1339）的《皇元風雅》是宏觀地反映這現象的例子。據王清老（1290-1348）的序文，蔣易站在「一代之興，必有一代詩人以鳴」的觀點編纂是書，亦即從時代與政權的角度勾勒詩學發展的面貌。[2]另一出自虞集手筆的序文，又是以「國家聲文之盛，莫善於詩」一語啟首，再以元好問編《中州集》以存金一代之詩作比擬，強調此總集的收錄範圍與「元代」這時代座標的扣連。[3]在二十七卷正編與三卷雜篇的篇幅中，蔣易選取了一百零二名元代詩人的作品。當中，除了活躍於元代，位居一代詩壇主流的人之外，亦有元好問、文天祥、謝枋得、方回等由宋、金兩代入元的詩人。是以這部總集將能反映出蔣易如何以其「風雅」觀念貫

1 　宋濂等：《元史》，卷181，頁4181。

2 　蔣易：《皇元風雅》，王序頁1上（總頁1）。

3 　同上註，虞序頁1上（總頁2）。

穿宋、金、元的詩歌發展。[4]尤其他對有關詩人所賦的取捨,有助於理解編者如何有條件地把前代詩學融入至元代。進一步而言,透過對比集內的作品,亦可見出詩學主張與詩歌風格的變化,從而梳理宋詩、金詩的遺風如何進入與轉化至元詩的階段。這些就是本研究所欲延伸之處。只要對此一課題多加發展,研究範圍更可能擴展至遙遠的後世,從而詳細整理出宋詩學如何為歷代詩家承接。

與此同時,宋詩學進入元代的軌跡,亦可成為一種參照對象,用於研究其他易代時期的詩學發展。在本研究的前半部分,遺民對故國詩學以至文化的延續是其中一個重要的討論焦點。眾多的詩社組織、高調的唱和活動、頻密的總集編纂,均表現出濃厚的遺民情感,引起後世的關注和仿效。諸如在朱明立國後,戴良等人以元遺民自居,不仕新朝,過著以詩文為樂的隱居生活,而陶潛的忠憤形象也再一次見於當時的詩歌創作中。他們似乎都踏上宋遺民在元初時期的歷程。有趣的是,明室欲循民族情感之途確立自身的統治者地位,遂致力表揚過去的抗元義士,又重新整理和刊行宋遺民的作品。另外,明初閩中人高棅(1350-1423)編成《唐詩品彙》九十卷,開啟明代詩壇崇唐復古的風潮。究其源頭,這似乎與元代「宗唐得古」的主張不無關係,亦即涉及前代詩學如何進入新時代的課題,理論上同於本研究的論述方向。而及至更遙遠的明清之際,如同本研究的第二章提及,錢

4　蔣易如此解釋自己的編選標準:「擇其溫柔敦厚,雄深典麗,足以歌詠太平之盛;或意思閒適,辭旨沖淡,足以消融貪鄙之心;或風刺怨誹而不過於譎;或清新俊逸而不流於靡,可以興,可以戒者,然後存之。蓋一約之於義禮之中而不失性情之正,庶乎觀風俗、考政治者或有取焉。」見同上註,引頁1上(總頁1)。案:如是觀之,蔣易謂之「風雅」實與金履祥提倡的「風雅」,即本研究第五章所論述者,顯然是同中有異的。尤其從「太平之盛」、「考政治」諸語可見,蔣易的觀點增添了有關統治者與治道方面的考慮,不如金履祥般只以個人的修身進德為焦點。這種差異亦是值得再加拓展的研究方向。

謙益自言《列朝詩集》的編纂是以元好問的《中州集》為效法對象。
換言之，論文獻概念的發展，此書當與不少成於宋遺民之手的總集屬
於同一線索。固然，不少論者不斷強調，因應社會環境、學術發展、
歷史語境等因素之不同，每一時期的遺民都有各自的獨特面向，不可
能藉單一原理窮盡歷代的現象與人心。例如，農民起義與元亡的關
係、盛行於晚明的陽明心學等，都左右了文人的價值觀和判斷力，自
然不能與宋遺民所面對的狀況同日而語。可是，本研究相信，不管經
歷多少轉折和變化，詩學與文化還是有傳承的可能和意義。若以本研
究的闡述為進路，繼而比較各時期的異同，相信可梳理出一條意義不
淺的歷史脈絡。

最後，本研究以「詩學場域」作為的討論範圍，實有一定的局
限。誠如首章開首部分的注釋所言，鑑於「元代宋詩學」在現今學界
中屬於有待補足的論題，所以本研究不直接取用布爾迪厄的「文學場
域」概念，而是把討論範圍縮小至「詩學場域」以內，循直接和基礎
的方向組織各項線索。然而，這種處理手法難免忽略了這些線索與其
他範疇的關係。例如，討論宋元理學家的詩學思想時，本研究指出他
們對「詩」的定義異於近世詩人，批評標準亦是略去了時人所重視的
唐詩，直接上溯至久遠的《詩經》。這種回歸先秦經典的取向，固然
屬於理學家的詩論，卻又同時見於他們的古文理論。尤其在真德秀的
《文章正宗》中，除了「詩歌」之外，尚有「辭命」、「議論」、「敘
事」三類。唯有結合四者，方能完整地勾勒出編者的「文章」概念。
換言之，本研究僅從詩學思想談論理學家的復古主張，其實只是觸及
此課題的部分面向而已，或許不夠全面、準確；至於宋遺民的情感與
活動，本研究主要針對有關編纂總集和創作詩歌的線索。不過，從現
存的材料可知，遺民當時還有撰寫史料、傳播學術等活動。而閩學等
哲學思想對遺民的影響也是值得關注的。因此，受到考察範圍的限

制，本研究只能從特定面向展現宋遺民的精神面貌。若要深入理解此課題，則必須放大焦點，同時顧及「詩學場域」外的線索。此即本研究可再加發展的方向。

　　以上為本研究未曾充分處理，或有待加以開展的方向。本研究承認，在六章論述的基礎上，確實要繼續深入思考，令針對「元代宋詩學」的考察更趨全面。最後，本研究期望能稍微填補學界中的一點空白，並協助推展其他相關課題的研究，包括「總集」概念的發展，還有「唐宋詩之爭」的現象等等。宋詩學在元代的發展歷程，對這些課題來說均是可取且重要的研究線索。如是者，針對古典詩學的研究將能走上更廣闊、更深入的道路。

後記

　　翻閱校稿時正值罕見的十一月颱風天。寒風冷雨襲來，冬意提早臨近，遂有歲晚收拾舊事之感。本書改編自我的博士論文，部分成果曾於研討會議上發表，亦嘗刊登於《中國文學學報》、《清華學報》、《臺大中文學報》等刊物。過程中承蒙多位師友厚愛，屢有指教和提醒，使本書得以修補缺漏。或曰，人文學科是象牙塔下的學問，甚有閉門造車之嫌，但我真誠相信，學術界當是廣大的園地，唯有多加交流，虛心接受意見，見識和想法方能進步。

　　我特別希望向業師陳煒舜教授致謝。從下筆書寫，到現在成書出版，他一直悉心予以指導，並在學業、工作和處事各方面提供了寶貴意見。回想高中歲月，我趁著中文大學的開放日，參加了中文系的課堂體驗活動，當時主講的正是陳老師。那時候的我其實對隋煬帝的〈春江花月夜〉一知半解，只是衷心佩服台上老師博學多才，析論精彩。及後成功入讀中文系，經過兩年學習和摸索，我才決定以古典文學為畢業論文的方向。奈何從來不是出眾的學生，加上舊式電郵系統時有出錯，尋找指導老師的過程頗不順利。至申報限期前的幾天，不知何處冒起的衝勁，我打開社交網站，直接給陳老師送出拜師的訊息。顯然是唐突之舉，幸陳老師不拘小節，馬上答應了。翌日簽好表格，直奔學系辦公室，接下來就是漫長的學海行舟。

　　在本書題目當中，「總集」是我素來關注的研究範疇。構思畢業論文之初，本欲探究西晉文人群體「二十四友」，然而前人研究已見可觀，一時想不到突破處。得陳老師建議，焦點開始收窄至「二十四

「友」中的摯虞，進而鎖定他所編纂的《文章流別集》。此書只留下殘章斷句，難以進行文本細讀，考察重點遂調整至其作為文獻史上首部「總集」的意義。如是者，題目最終定為「總集」概念在文學與文獻史的形成研究。考入研究院碩士班後，我又承接上述成果，探討「總集」概念從西晉發展至兩宋時期的過程，從而闡明此文獻體裁與文學史的同步推進關係。礙於方向略異於系內常見的古典文學論文題目，撰寫期間確實偶有迷失，但無可否認，「總集類」文獻的研究價值深深吸引著我。我亦以為，碩士研究的成果當有更進一步的空間。

待在中文大學的第六年，我展開了博士學位的研究，亦即本書內容的起點。初期的想法相當天真和懶惰，只欲在時間上把「總集」研究延伸至明清年代。陳老師當然好言相勸，又拋出了兩個建議：元代文學和明代散文。我選擇了前者。畢竟碩士研究時已注意到一些線索和疑問，何不把歷來的課業通通連結起來呢？可是，我隨後意識到，是次研究的性質是截然不同的。過去以「發展史」作為名目，重點在於考察「總集」概念的生成與擴展；這一次，「總集」僅是文學研究的考察工具，應更側重文學史的脈絡。更重要的是，既然一直主張「總集」具重要研究價值，那麼就得加以應用，嘗試證明上述想法可行與否。就三年後的結果而言，陳老師未有掩面慨嘆，學部亦允許通過論文，總算可以舒一口氣。當然，萬萬不敢狂言甚麼「方法論」上的創新，也不妄想引起多大的關注。填補目前研究的一點空白，為後來者提供值得參考的觀點，同時和應一下古人的文字與情志，我想，大概足以稱作「貢獻」。

在撰寫論文的初期，論文的框架已決定以「宋遺民」、「唐宋詩」和「理學」三組關鍵字構成。後兩者都是延續自碩士研究的發現。尤其當初接觸過真德秀的《文章正宗》後，已經有感「理學總集」是個尚待發揮的大題目，止於南宋的考察遠遠不足。如今乘著由宋入元的

機會，正好進一步追溯此脈絡的發展，並把握到改編《文選》的現象，把元代理學家與朱熹連結起來，令考察所得比預期的完整。至於「宋遺民」的課題，則是受到研究院階段的學習經歷啟發。其時，因應師生的研究興趣，系上接連舉辦以明清遺民詩學為主題的課程、講座和研討會。我由此認識了好些關於易代文學、遺民情志的研究。固然，元代的宋遺民與清代的明遺民同中有異，不能混為一談，惟在分析亡國書寫和遺民情感時，當日所聞提供了有效的思考方法和參考材料。學習的樂處大概在於，本以為不相干的知識，總會在意外的時機成為關鍵。

值得一提的還有論文的第一章〈總集與場域：國變前後的宋詩壇〉。雖說位列全文之首，但其實它是最後完成的。撰寫期間，三組脈絡的方向大致清晰，問題全在於如何串連起來，令它們得以合理地並置於論文框架內。回顧過去的研究成果，「總集類」的書目名單和統計數字都不難整理，奈何欠缺有力的論述方法。到底古代文獻的論述對此關注不多。我最終轉向西方文論中的「典律化」（Canonization）概念，繼而讀到皮耶・布爾迪厄（Pierre Bourdieu）、哈洛・卜倫（Harold Bloom）等理論家。對古典文學的研究生來說，閱讀西方理論著作並非容易，除了語言能力之外，投入陌生領域，逐步摸索的心理壓力亦是不輕。這樣理解是否恰當？理論挪用是否可行？懷著警惕之心，段落總算告成，並有幸獲得陳老師的認同。對比論述內容，更重要、更寶貴的體會當是研究方法上的嶄新嘗試與自我突破。

最後，我在此亦必須感謝我的父母。也許我的人生路向與他們預期的不同，但這些年來，他們毫無保留地支持我、愛護我。在這金融掛帥的城市，古典文學也好，研究院課程也好，談不上是令人信服或安心的出路。一年又一年的流逝，一次又一次的升學，往後真的足夠賴以為生？他們的惑與擔憂，我深切明白；他們的愛與忍耐，我無以為報。

　　本書至此告終，舊事收拾完畢。不過，各章所論尚有許多不足和疑問，恐怕日後仍要把握補充和修訂的機會。所謂「學海無涯」，終點過後便是更遙遠的旅途。

凌頌榮

二〇二二年十一月二日

謹識於香港大埔

引用書目

一　傳統文獻

丁福保輯　《清詩話》　上海　上海古籍出版社　新1版　1978年

丁福保輯　《歷代詩話續編》　北京　中華書局　1983年

于濟、蔡正孫編　〔朝鮮〕徐居正等增注　卞東波校注　《唐宋千家聯珠詩格校證》　南京　鳳凰出版社　2007年

元好問撰　狄寶心校注　《元好問詩編年校注》　北京　中華書局　2011年

元好問撰　姚奠中主編　《元好問全集》　太原　山西人民出版社　1990年

元好問撰　張靜校注　《中州集校注》　北京　中華書局　2018年

文天祥撰　熊飛、漆身起、黃順強校點　《文天祥全集》　南昌　江西人民出版社　1987年

方　回　《桐江集》　臺北　中央圖書館　1970年

方　回　《桐江續集》　收於《景印文淵閣四庫全書》　上海　上海古籍出版社　第1193冊　1987年

方回選評　李慶甲集評點校　《瀛奎律髓匯評》　上海　上海古籍出版社　1986年

王明清輯　毛晉訂《揮麈後錄》　收於《歷代筆記小說集成》　石家莊　河北教育出版社　第5冊　1994年

王嗣奭　《杜臆》　北京　中華書局　1963年

王應麟　《小學紺珠》　收於《景印文淵閣四庫全書》　上海　上海
　　　古籍出版社　第948冊　1987年

北京大學古文獻研究所編　《全宋詩》　北京　北京大學出版社
　　　1991年

司馬光編著　胡三省音注　中華書局標點資治通鑑小組校點　《資治
　　　通鑑》　北京　中華書局

司馬遷撰　裴駰集解　司馬貞索隱　張守節正義　《史記》　北京
　　　中華書局　1963年

永瑢等　《四庫全書總目》　北京　中華書局　1965年

全祖望撰　朱鑄禹匯校集注　《全祖望集匯校集注》　上海　上海古
　　　籍出版社　2000年

朱熹　《四書章句集注》　北京　中華書局　1983年

朱熹撰　朱傑人、嚴佐之、劉永翔主編　《朱子全書外編》　上海
　　　華東師範大學出版社　2010年

朱熹撰　朱傑人、嚴佐之、劉永翔主编　《朱子全書》　上海　上海
　　　古籍出版社、合肥　安徽教育出版社　2002年

何文煥輯　《歷代詩話》　北京　中華書局　第2版　2004年

吳之振、呂留良、吳自牧輯　《宋詩鈔》　上海　上海三聯書店
　　　《詩歌總集叢刊》重印1914年上海涵芬樓影印本　1988年

吳文治主編　《宋詩話全編》　南京　江蘇古籍出版社　1998年

吳文治主編　《明詩話全編》　南京　江蘇古籍出版社　1997年

吳訥、徐師曾、陳懋仁　《文章序說三種》　臺北　臺灣大學出版中
　　　心　2016年

吳　曾　《能改齋漫錄》　上海　上海古籍出版社　1979年

吳渭編　《月泉吟社詩》　收於《景印文淵閣四庫全書》　上海　上
　　　海古籍出版社　第1359冊　1987年

呂祖謙　《東萊集》　收於《景印文淵閣四庫全書》　上海　上海古
　　籍出版社　第1150冊　1987年

宋濂等　《元史》　北京　中華書局　1976年

李昉等　《太平御覽》　北京　中華書局　影印上海涵芬樓藏宋本
　　1960年

李昉等編　《文苑英華》　北京　中華書局　1986年

李學勤主編　《十三經注疏（標點本）》　北京　北京大學出版社
　　1999年

沈德潛選　《古詩源》　北京　中華書局　1963年

周必大　《文忠集》　收於《景印文淵閣四庫全書》　上海　上海古
　　籍出版社　第1147冊　1987年

周密撰　張茂鵬點校　《齊東野語》　北京　中華書局　1983年

周敦頤撰　陳克明點校　《周敦頤集》　北京　中華書局　1990年

林景熙著　章祖程注　陳增傑補注　《林景熙集補注》　杭州　浙江
　　古籍出版社　2012年

邵雍撰　郭彧整理　《邵雍集》　北京　中華書局　2010年

金履祥記錄　唐良瑞編　《濂洛風雅》　臺灣故宮博物院藏明鈔本
　　約14-17世紀

金履祥輯　《濂洛風雅》　北京　中華書局　《叢書初刻集成》本
　　1985年

金履祥輯　《濂洛風雅》　臺南　莊嚴文化事業公司　《四庫全書存
　　目叢書》影印南京圖書館藏清雍正刻本　1997年

姚鉉編　許增校　《唐文粹》　杭州　浙江人民出版社，影清光緒庚
　　寅（1890）秋九月杭州許氏榆園校刊本　1986年

洪邁編　《萬首唐人絕句》　收於《景印文淵閣四庫全書》　上海
　　上海古籍出版社　第1349冊　1987年

紀昀撰　孫致中、吳恩揚、王沛霖、韓嘉祥校點　《紀曉嵐文集》
　　　石家莊　河北教育出版社　1991年

胡仔撰　廖德明點校　《苕溪漁隱叢話》　北京　人民文學出版社
　　　1962年

胡鳳丹　《退補齋文存二編》　上海　上海古籍出版社　《清代詩文
　　　集匯編》影印清光緒七年（1881）退補齋刻本　2010年

胡應麟　《詩藪》　上海　上海古籍出版社　新1版　1979年

倪　燦　《補遼金元藝文志》　上海　上海古籍出版社　《續修四庫
　　　全書》影印上海辭書出版社圖書館藏清光續辛卯（1891）秋
　　　刻廣雅書局叢書本　1985年

柴望等撰　柴復貞輯　《柴氏四隱集》　收於《景印文淵閣四庫全
　　　書》　上海　上海古籍出版社　第1364冊　1987年

真德秀　《文章正宗》　收於《景印文淵閣四庫全書》　上海　上海
　　　古籍出版社　第1355冊　1987年

高似孫　《文選詩句圖》　臺南　莊嚴文化事業公司　《四庫全書存
　　　目叢書》影印南京圖書館藏清鈔本　1997年

張廷玉等　《明史》　北京　中華書局　1974年

畢沅編著　標點續資治通鑑小組校點　《續資治通鑑》　北京　中華
　　　書局　1957年

脫脫等　《宋史》　北京　中華書局　1977年

脫脫等　《金史》　北京　中華書局　1975年

許棐　《梅屋集》　收於《景印文淵閣四庫全書》　上海　上海古
　　　籍出版社　第1183冊　1987年

郭茂倩　《樂府詩集》　北京　中華書局　1979年

郭紹虞　《宋詩話考》　北京　中華書局　1979年

郭紹虞主編　《中國歷代文論選》　北京　中華書局　1963年

郭紹虞輯　《宋詩話輯佚》　北京　中華書局　1980年

陳仁子　《文選補遺》　收於《景印文淵閣四庫全書》　上海　上海
　　　古籍出版社　第1360冊　1987年

陳仁子　《牧萊脞語》　上海　上海古籍出版社　《續修四庫全書》
　　　影印清初影印本　1995年

陳振孫　《直齋書錄解題》　上海　上海古籍出版社　1987年

陳起編　《江湖小集》　收於《景印文淵閣四庫全書》　上海　上海
　　　古籍出版社　年第1357冊　1987年

陳起編　《江湖後集》　收於《景印文淵閣四庫全書》　上海　上海
　　　古籍出版社　第1357冊　1987年

陳　模　《懷古錄》　北京　中華書局　1993年

袁行霈　《陶淵明集箋注》　北京　中華書局　2003年

陶宗儀　《南村輟耕錄》　北京　中華書局　1959年

陸游撰　李劍雄、劉德權點校　《老學庵筆記》　北京　中華書局
　　　1979年

陸游撰　中華書局編輯部編　《陸游集》　北京　中華書局　1976年

陸機撰　金濤聲校點　《陸機集》　北京　中華書局　1982年

傅璇琮編　《唐人選唐詩新編》　西安　陝西人民教育出版社　1996年

曾棗莊、劉琳主編　《全宋文》　上海　上海辭書出版社　合肥　安
　　　徽教育出版社　2006年

程顥、程頤撰　《二程集》　北京　中華書局　1981年

舒岳祥　《閬風集》　收於《景印文淵閣四庫全書》　上海　上海古
　　　籍出版社　第1187冊　1987年

黃希原注　黃鶴補注　《補注杜詩》　收於《景印文淵閣四庫全書》
　　　上海　上海古籍出版社　第1069冊　1987年

黃宗羲原著　全祖望補修　《宋元學案》　北京　中華書局　1986年

黃庭堅撰　劉琳、李勇先、黃蓉貴校點　《黃庭堅全集》　成都　四
　　　川大學出版社　2001年

楊　時　《楊龜山先生全集》　臺北　臺灣學生書局　影印清光緒癸
　　　未（1883）七月延平守張國正重刊本　1974年

楊萬里撰　辛更儒箋校　《楊萬里集箋校》　北京　中華書局　2007年

楊億編　王仲犖注　《西崑酬唱集注》　北京　中華書局　1980年

葉適撰　劉公純、王孝魚、李哲夫點校　《葉適集》　北京　中華書
　　　局　第2版　2010年

道宣集　《廣弘明集》　臺北　臺灣中華書局　《四部備要》據江蘇
　　　常州天甯寺本校刊　1966年

趙彥衛　《雲麓漫鈔》　上海　古典文學出版社　1957年

趙景良　《忠義集》　收於《景印文淵閣四庫全書》　上海　上海古
　　　籍出版社　第1366冊　1987年

趙蕃、韓淲選　謝枋得注　《注解章泉澗泉二先生選唐詩》　收於阮
　　　元編　《宛委別藏》　臺北　臺灣商務印書館　第109冊
　　　1981年

雒竹筠遺稿　李新乾編補　《元史藝文志輯本》　北京　北京燕山出
　　　版社　1999年

劉一清　《錢塘遺事》　上海　上海古籍出版社　1985年

劉克莊撰　辛更儒箋校　《劉克莊集箋校》　北京　中華書局　2011年

劉辰翁　《須溪集》　《景印文淵閣四庫全書》　上海　上海古籍出
　　　版社　第1186冊　1987年

劉辰翁撰　汪元量撰，孔凡禮輯校　《增訂湖山類稿》　北京　中華
　　　書局　1984年

劉將孫　《養吾齋集》　收於《景印文淵閣四庫全書》　上海　上海
　　　古籍出版社　第1199冊　1987年

劉肅撰　許德楠、李鼎霞點校　《大唐新語》　北京　中華書局
　　　　1984年

劉　煦　《舊唐書》　北京　中華書局　1973年

劉勰撰　范文瀾注　《文心雕龍注》　北京　人民文學出版社　1962年

劉　履《選詩補註八卷、補遺二卷、續編四卷》　北京國家圖書館藏
　　　　明嘉靖年間刻本　約公元16世紀年

劉　履《選詩補註八卷、補遺二卷、續編四卷》　哈佛大學漢和圖書
　　　　館藏明嘉靖年間刻本　約公元16世紀年

厲　鶚　《宋詩紀事》　上海　上海古籍出版社　1983年

歐陽修、宋祁等　《新唐書》　北京　中華書局　1975年

蔡正孫撰　常振國、降雲點校　《詩林廣記》　北京　中華書局
　　　　1982年

蔣　易　《皇元風雅》　上海　上海古籍出版社　《續修四庫全書》
　　　　影印北京圖書館藏元建陽張氏梅溪書院刻本　1995年

鄭起潛　《聲律關鍵》　上海　上海古籍出版社　《續修四庫全書》
　　　　影印宛委別藏鈔本　1995年

黎靖德編　王星賢點校　《朱子語類》　北京　中華書局　1986年

蕭統編　李善、呂延濟、劉良、張銑、呂向、李周翰注　《六臣注文
　　　　選》　北京　中華書局　2012年

蕭統編　李善注　《文選》　上海　上海古籍出版社　1986年

錢大昕撰　陳文和主編　《嘉定錢大昕全集》　南京　鳳凰出版社
　　　　增訂本　2016年

薛師石　《瓜廬集》　收於《景印文淵閣四庫全書》　上海　上海古
　　　　籍出版社　第1171冊　1987年

謝枋得著　熊飛、漆身起、黃順強校注　《謝疊山全集校注》　上海
　　　　華東師範大學出版社　1995年

謝　蕭　《密庵稿》　上海　上海書店出版社　《四部叢刊三編》影
　　　印江安傅氏雙鑑樓藏明洪武刻本年　文稿壬卷　1936年

魏天應　《論學繩尺》　收於《景印文淵閣四庫全書》　上海　上海
　　　古籍出版社　第1358冊　1987年

魏徵、令狐德棻　《隋書》　北京　中華書局　1973年

羅大經撰　王瑞來點校　《鶴林玉露》　北京　中華書局　1983年

嚴羽撰　張健校箋　《滄浪詩話校箋》　上海　上海古籍出版社
　　　2012年

蘇軾撰　孔凡禮點校　《蘇軾文集》　北京　中華書局　1986年

顧嗣立編　《元詩選初集》　北京　中華書局　1987年

〔日〕遍照金剛　《文鏡秘府論》　北京　人民文學出版社　1975年

二　今人專著

卜永堅、徐世博主編　《政變時期的八股──光緒二十四年戊戌科會
　　　試試卷分析》　香港　中華書局（香港）有限公司　2017年

么書儀　《元化文人心態》　北京　文化藝術出版社　1993年

卞東波　《域外漢籍與宋代文學研究》　北京　中華書局　2017年

文師華　《金元詩學理論研究》　北京　商務印書館　2018年

方孝岳　《中國文學批評、中國散文概論》　北京　生活‧讀書‧新
　　　知三聯書店　2007年

方　勇　《南宋遺民詩人群體研究》　北京　人民出版社　2000年

王書才　《明清文選學述評》　上海　上海古籍出版社　2008年

王琦珍　《黃庭堅與江西詩派》　南昌　江西高校出版社　2006年

王運熙、顧易生主編　《中國文學批評通史‧宋金元卷》　上海　上
　　　海古籍出版社　1996年

伍曉蔓　《江西宗派研究》　成都　巴蜀書社　2005年

朱自清　《詩言志辨》　上海　開明書店　1947年

朱東潤　《中國文學批評史大綱》　上海　上海古籍出版社　校補本
　　　　2016年

余英時　《朱熹的歷史世界：宋代士大夫政治文化的研究》　北京
　　　　生活・讀書・新知三聯書店　2003年

李　兵　《書院與宋代科舉關係研究》　武漢　華中師範大學出版社
　　　　2005年

邱江寧　《元代館閣文人活動繫年》　北京　人民出版社　2015年

金開誠、葛兆光　《古詩文要籍敘錄》　北京　中華書局　第2版
　　　　2012年

姚大力　《追尋「我們」的根源：中國歷史上的民族與國家意識》
　　　　北京　生活・讀書・新知三聯書店　2018年

查洪德　《理學背景下的元代文論與詩文》　北京　中華書局　2005年

胡大雷　《文選編纂研究》　桂林　廣西師範大學出版社　2009年

范志新　《文選版本論稿》　南昌　江西人民出版社　2003年

凌朝棟　《《文苑英華》研究》　上海　上海古籍出版社　2005年

祝尚書　《宋代科舉與文學考論》　鄭州市　大象出版社　2006年

張少康　《中國文學理論批評簡史》　香港　中文大學出版社　2006年

張伯偉　《全唐五代詩格匯考》　南京　鳳凰出版社　2002年

張宏生　《江湖詩派研究》　北京　中華書局　1995年

張宏生　《感情的多元選擇》　北京　現代出版社　1990年

張秀民　《中國印刷史》　上海　上海人民出版社　1989年

張　紅　《元代唐詩學研究》　長沙　岳麓書社　2006年

張哲愿　《方回《瀛奎律髓》及其評點研究》　收於潘美月、杜潔祥
　　　　主編　《古典文獻研究輯刊》　永和　花木蘭文化出版社
　　　　六編第21冊　2008年

張　健　《元代詩法校考》　北京　北京大學出版社　2001年

張　健　《知識與抒情——宋代詩學研究》　北京　北京大學出版社　2015年

張　晶　《遼金元詩學史論》　長春　吉林教育出版社　1995年

張劍、呂肖奐、周揚波　《宋代家族與文學》　北京　中國社會科學出版社　2009年

梁　崑　《宋詩派別論》　太原　山西人民出版社　2014年

章培恆、駱玉鳴主編　《中國文學史》　上海　復旦大學出版社　1997年

莫勵鋒　《江西詩派研究》　濟南　齊魯書社　1986年

許　總　《唐宋詩體派論》　南昌　江西人民出版社　2008年

郭　鵬、尹變英　《中國古代的詩社與詩學》　北京　商務印書館　2015年

郭寶軍　《宋代文選學研究》　北京　中國社會科學出版社　2010年

陳文新　《中國文學流派意識的發生和發展——中國古代文學流派研究導論》　武昌　武漢大學出版社　2003年

陳雯怡　《從官學到書院——從制度與理念的互動看宋代教育的演變》　臺北　聯經出版事業公司　2004年

游國恩、王起、蕭滌非、季鎮淮、費振剛主編　《中國文學史》　香港　中國圖書刊行社　1986年

黃奕珍　《宋代詩學中的晚唐觀》　臺北　文津出版社　1998年

黃啟方　《黃庭堅研究論集》　合肥　安徽人民出版社　2005年

楊立華　《宋明理學十五講》　香港　香港中和出版公司　2017年

楊　鐮　《元詩史》　北京　人民文學出版社　2003年

詹杭倫　《方回的唐宋律詩學》　北京　中華書局　2002年

賈志揚　《宋代科舉》　臺北　東大圖書公司　1995年

鄒　艷　《月泉吟社研究》　北京　人民出版社　2012年

趙　園　《明清之際的思想與言說》　上海　復旦大學出版社　2010年

劉志盛　《湖南刻書史略》　長沙　岳麓書社　2013年

鄧紹基　《元代文學史》　北京　人民文學出版社　1991年

鄧紹基、楊鐮編　《中國文學家大辭典・遼金元卷》　北京　中華書局　2006年

錢　穆　《國史大綱》　臺北　臺灣商務印書館　修訂本　2015年

錢鍾書　《宋詩選注》　北京　生活・讀書・新知三聯書店　2002年

錢鍾書　《談藝錄》　北京　生活・讀書・新知三聯書店　第2版　2007年

駱鴻凱　《文選學》　北京　中華書局　1989年

戴文和　《「唐詩」、「宋詩」之爭研究》　臺北　文史哲出版社　1997年

羅立剛　《宋元之際的哲學與文學》　上海　復旦大學出版社　第2版　2007年

羅　琴　《元代文選學研究》　收於潘美月、杜潔祥主編　《古典文獻研究輯刊》　新北　花木蘭出版社　第21編第5冊　2015年

龔鵬程　《江西詩社宗派研究》　臺北　文史哲出版社　1983年

〔日〕吉川幸次郎撰　鄭清茂譯　《元明詩概說》　臺北　聯經出版事業公司　2012年

〔日〕吉川幸次郎撰　鄭清茂譯　《宋詩概說》　臺北　聯經出版事業公司　2012年

〔法〕皮耶・布爾迪厄著　石武耕、李沅洳、陳羚芝譯　《藝術的法則　文學場域的生成與結構》　臺北　典藏藝術家庭公司　2016年

〔韓〕趙顯圭　《朱熹人文教育思想研究》　臺北　文津出版社　1998年

Bloom, H. (1995). *The Western Canon: The Books and School of the Ages.* New York: The Berkley Publishing Group.

Jay, J.W. (1997). *A Change in Dynasties: Loyalism in Thirteenth-century China.* Washington: Western Washington University.

Guillory, J. (1993). *Cultural Capital: The Problem of Literary Cannon Formation.* Chicago and London: The University of Chicago Press.

Bourdieu P. and Passeron J.C. (1977). *Reproduction in Education, Society and Culture, trans. Richard Nice.* London: Sage Publication.

Bourdieu P. (1996). *The Rules of Art: Genesis and Structure of the Literary Field.* Trans. Emanuel S. Stanford, CA: Stanford University Press.

Ho P. (1962). *The Ladder of Success in Imperial China: Aspects of Social Mobility, 1368-1911.* New York: Columbia University Press.

Duncombe S. (2002). *Culture Resistance Reader.* New York:Verso.

Owen Stephen (1992). *Readings in Chinese Literary Thought.* Cambridge: Council on East Asian Studies, Harvard University.

三　文集論文

王友勝　〈《濂洛風雅》的選詩標準及其文學史意義〉　收於沈松勤編　《第四屆宋代文學國際研討會論文集》　杭州　浙江大學出版社　2006年　頁451-458

黃景進　〈換骨、中的、活法、飽參──江西詩派理論研究〉　收於張高評主編　《宋代文學研究叢刊》第3期　高雄　麗文文化事業公司　1997年　頁47-69

蔡根祥　〈《碧琳琅叢書》本《金氏尚書注》十二卷偽作補考〉　收於林慶彰、錢宗武主編　《第二屆國際《尚書》學學術研討會論文集》　臺北　萬卷樓圖書公司　2014年　頁70-105

龔鵬程　〈江西詩社宗派〉　收於黃永武、張高評編　《宋詩論文選
　　　　輯》　高雄　復文圖書出版社　冊一　1988年　頁512-547

〔美〕奚如谷　〈金末至明初文學〉　收於〔美〕宇文所安主編　劉
　　　　倩、彭淮棟等譯　《劍橋中國文學史》　臺北　聯經出版事
　　　　業公司　2016年　頁546-626

Bourdieu, P. (1993). "The Field of Cultural Production, or: The Economic
　　　　World Reversed." In *The Field of Cultural Production: Essays
　　　　on Art and Literature*. Ed., Johnson, Randal.Cambridge: Polity
　　　　Press, 29-73.

Hall, S. (1981) "Notes on Deconstructing 'the Popular'." In *People's History
　　　　and Socialist Theory*. Ed., Samuel, Raphael. London: Kegan-
　　　　Routledge, 231-237.

Lynn, R. J. (2001). "Mongol-Yuan Classic Verse (Shih)." In *The Columbia
　　　　History of Chinese Literature*. Ed., Mair, V.H.. New York: Columbia
　　　　University Press, 383-390.

四　期刊論文

卞東波　〈蔡正孫與《唐宋千家聯珠詩格》〉　《古典文學知識》
　　　　2007年第4期　頁112-120

卞東波　〈遺民之恨——南宋遺民蔡正孫在宋元之際的詩學活動〉
　　　　《華東師範大學學報（哲學社會科學版）》2017年第2期　頁
　　　　116-124

方世豪　〈張橫渠的人生理想——《西銘》解讀〉　《人文月刊》第
　　　　160期（2007年4月）　頁5-14

王文、張建偉　〈劉履《選詩補註》陶詩注評議〉　《紹興文理學院

學報（哲學社會科學版）》第35卷第5期（2015年9月） 頁56-60

王利民 〈濂洛風雅論〉 《文學遺產》2006年第2期 頁65-74

王建生 〈《濂洛風雅》問題舉隅〉 《中國典籍與文化》第69期（2009年6月） 頁80-84

王建生 〈兩宋之際詩、道衝突與平衡——以呂本中為中心〉 《北方論叢》2014年第5期 頁24-28

王 鋽 〈北山四先生理學化的文學觀述論〉 《浙江師範大學學報（社會科學版）》 2010年第4期 頁40-48

王鵬英 〈程頤「作文害道」辨析〉 《名作欣賞》2008第2期 頁24-26

任競澤 〈宋人總集編纂的文體學貢獻和文學史意義〉 《學術探索》2010年第2期 頁131-137

成 瑋 〈論北宋初年的七言古詩——以田錫、張詠、王禹偁為中心〉 《名作欣賞》2007年第3期 頁13-15

呂肖奐、張劍 〈兩宋科舉與文學教育〉 《閩江學刊》2010年第4期 頁92-102

宋展雲 〈詩教傳統與劉履《選詩補注》詩學詮釋論〉 《文學遺產》2017年第2期 頁81-92

李曉黎 〈論《詩林廣記》對宋詩宋注的摘引〉 《安徽大學學報（哲學社會科學版）》2012年第3期 頁60-66

汪 俊 〈宋代呂氏家族學術特點述略〉 《揚州大學學報（人文社會科學版）》第5卷第1期（2001年1月） 頁45-50

周揚波 〈道光本《四隱集》的版本價值〉 《古籍整理研究學刊》第6期（2012年11月） 頁46-48

屈國琴 〈論宋元詩學的共通性〉 《濮陽職業技術學院學報》2012年第1期 頁93-96、104

杭　勇　〈論陳與義與「江西詩派」學杜之差異〉　《學術交流》
2009年第8期　頁164-166

林啟屏　〈朱子讀書法與經典詮釋：一個信念分析的進路〉　《中正
漢學研究》第23期（2014年6月）　頁1-24

查洪德　〈開於方回詩論的「一祖三宗」說〉　《文史哲》1999年第
1期　頁71-77

胡迎建　〈論朱熹的哲理詩〉　《中國韻文學刊》第32卷第3期
（2018年7月）　頁46-53

胡傳志　〈《中州集》文化意義再評價〉　《晉陽學刊》1994年第2期
頁57-69

馬　婧　〈《詩林廣記》版本系統述略〉　《古籍整理研究學刊》
2009第6期　頁99-102

馬　婧　〈《詩林廣記》體例的形成與宋代匯編體詩話〉　《文學遺
產》2010年第3期　頁141-145

高雲萍　〈《濂洛風雅》與理學詩觀〉　《江西社會科學》2008年第6
期　頁132-136

孫振玉　〈山東大學圖書館藏《風雅翼》敘錄〉　《古籍整理研究學
刊》2011年第6期　頁41-44

張宗福　〈《詩林廣記》杜詩選述評〉　《阿壩師範高等專科學校學
報》第32卷第4期（2015年12月）　頁91-95

張思齊　〈淺論古風中的齊雜問題〉　《暨南學報（哲學社會科
學）》1994年第1期　頁109-116

張　劍　〈劉履著述考〉　《紹興文理學院學報・哲學社會科學版》
2009年第5期　頁77-82

張　進　〈論朱熹對蘇軾的批評與接受〉　《唐都學刊》第24卷第2
期（2008年3月）　頁103-108

張興武　〈歐陽修詩文革新的對象及任務〉　《中華文史論叢》2008
　　　　年第3期　頁217-249

曹鳳前　〈陳師道是「江西詩派」嗎？──兼談黃庭堅與陳師道詩風
　　　　之差異〉　《徐州師範學院報（哲學社會科學版）》1987年
　　　　第2期　頁69-72

許　總　〈論《瀛奎律髓》與「江西詩派」〉　《學術月刊》1982年
　　　　第6期　頁73-79

許　總　〈論宋詩興盛與理學文化思潮〉　《西南民族大學學報（人
　　　　民社科版）》第186期（2007年2月）　頁84-92

陳　忻　〈楊時的文學思想〉　《重慶師範大學學報（哲學社會科學
　　　　版）》2010年第5期　頁26-29、51

陳高華　〈讀錢大昕《補元史藝文志》〉　《中國史研究》2007年
　　　　頁119-132

馮淑靜　〈《文選》詮釋史上的一部立異之作──劉履《選詩補註》
　　　　探論〉　《理論學刊》2006年第1期　頁122

黃世錦　〈試論湯漢《陶靖節先生詩集》的內涵及其影響〉　《成大
　　　　中文學報》第55期（2016年12月）　頁95-156

黃寶華　〈《江西詩社宗派圖》的寫定與《江西詩派》總集的刊行〉
　　　　《文學遺產》1999年第6期　頁66-73

楊理論、駱曉倩　〈略論江湖詩派中的宗室詩人〉　《重慶師範大學
　　　　學報（哲學社會科學版）》2012年第5期　頁17-21

楊鑒生、王芳　〈劉履對謝靈運詩歌的接受與評價〉　《合肥師范學
　　　　院學報》第26卷第2期（2008年3月）　頁99-100

詹杭倫　〈元好問編選《中州集》的宗旨〉　《四川師範大學學報》
　　　　1992年第1期　頁50-54

劉飛、趙厚均　〈方回崇陶與南宋後期「江西詩派」的自贖〉　《文
　　　　藝理論研究》2014年第1期　頁185-195

劉毅強　〈南宋「江湖詩派」名辨──簡論江湖詩派不足成派〉《華東師範大學學報（社會科學版）》1993年第3期　頁49-53

鄧紅梅　〈陳與義詩風與江西詩派辨〉　《學術月刊》1994年第3期　頁79-82

蕭振豪　〈韓愈〈此日足可惜〉、〈元和聖德詩〉的古韻問題〉　《中國文學學報》第6期（2015年12月）　頁99-121

錢汝平　〈楊璉真伽發陵與宋末越中遺民詩社〉　《紹興文理學院學報》第29卷第3期（2009年5月）　頁80-83

薛寶生　〈宋元之際詩論家的陶淵明論〉　《成都大學學報（社會科學版）》第172期（2017年8月）　頁48-53

謝桃枋　〈略論宋代理學詩派〉　《文學遺產》1986年第3期　頁37-43

羅　瑩　〈論東萊呂氏家族的家族與家風〉　《殷都學刊》2009年第3期　頁49-53、73

譽高槐、廖宏昌　〈從《風雅翼》看宋元理學「新文統」影響下的李白詩接受〉　《廣東社會科學》2016年第2期　頁159-166

〔日〕清水凱夫　〈從全部收錄作品的統計上看《文選》的基本特徵〉　《長春師範學院學報》第18卷第1期（1999年1月）　頁45-49

Meyer-Fong, T.(2004). Packaging the Men of Our Times: Literary Anthologies, Frienfship Networks, and Political Accommodation in the Early Qing. *Harvard Journal of Asiatic Studies,* 64(1), 5-56.

五　學位論文

何世昌　《方回《瀛奎律髓》研究》　香港　香港中文大學中國語文集文學學部哲學碩士論文　2001年

郝維乾　《金履祥《濂洛風雅》研究》　大連　遼寧師範大學碩士學位論文　2013年

曹艷貞　《《詩林廣記》的詩學觀》　瀋陽　遼寧大學碩士學位論文　2014年

許玉敏　《北山學派文道合一發展脈絡之研究》　臺南　成功大學中國文學系碩士論文　2003年

湯培禎　《金履祥「濂洛風雅」研究》　臺北　政治大學中國文學研究所碩士論文　1994年

劉立葳　《金履祥《濂洛風雅》所形塑的理學詩典範》　新竹　清華大學中國文學系碩士論文　2015年

劉雪陽　《劉履《選詩補註》研究》　上海　華東師範大學碩士學位論文　2016年

附錄一

《元史藝文志輯本・總集類》著錄簡表

　　元代總集的編纂情況是本研究的基礎。可惜，宋濂等人編纂的《元史》不設〈經籍志〉或〈藝文志〉，明、清兩代的文獻學家只能各自進行補編的工作，導致不少著作的流傳情況時有歧說。幸而雒竹筠及其後輩李新乾就歷代目錄的內容加以整理和考證，終於編成《元史藝文志輯本》一書，從而較清晰、全面地呈現出元代著作的整體面貌。觀其「總集類」的著錄，編者藉由錢大昕的《補元史藝文志》、倪燦與盧文弨的《補遼金元藝文志》和現代學者編纂的《中國古籍善本書目》等，成功搜羅逾百項著錄。在此試以簡表形式羅列有關清單，一窺這批著作的整體情況，以供參考。[1]

一　存書（共63部）

書名	編者	篇幅
唐詩鼓吹[2]	元好問	10卷

1　雒竹筠遺稿，李新乾編補：《元史藝文志輯本》，頁515-535。案：雒竹筠所編雖以「元史藝文」為編輯名目，但觀其所著錄者，實包含不少成書於元代以後的著作，包括後人匯集元代詩文之作，如顧嗣立的《元詩選》等；亦有部分內容涉及元代詩文之作，如清人戴熙（1801-1860）的《宋元四家詩》等。由於本研究是以成於元代的著作為討論對象，宗旨與以上諸項的性質略有不合，故將不會把它們錄入本附錄中。

2　書名又作《唐詩鼓吹大全》。

書名	編者	篇幅
國朝文類（附目錄三卷）[3]	蘇天爵	70卷
瀛奎律髓	方回	49卷
文選顏鮑謝詩評	方回	4卷
皇元風雅[4]	蔣易	30卷[5]
皇元風雅前後集[6]	傅習、孫存吾	各6卷
谷音	杜本	2卷
河汾諸老詩集	房祺	8卷
天下同文集	周南瑞	44卷
古賦辨體	祝堯	10卷
圭塘欸乃集	許有壬、許有孚等	1卷
忠義集	趙景良	7卷
宛陵群英集	汪澤民	12卷
唐音	楊士宏	10卷[7]
風雅翼[8]	劉履	14卷
古樂府	左克明	10卷
玉山紀游	顧瑛	1卷
聯芳集	薛蘭英、薛蕙英	1卷
大雅集	賴良	8卷
元賦青雲梯[9]	朱燧	3卷

3　書名又作《元文類》。

4　書名又作《國朝風雅》、《元人選元詩》。

5　另有不分卷，附雜編3卷的版本。

6　書名又作《皇元風雅》、《元朝野詩集》、《皇元朝野詩前後集》等。

7　另有14卷輯注本。

8　書名又作《選詩補注、補遺、續編》。

9　書名又作《至治之音》。

書名	編者	篇幅
虞邵庵批點文選心訣	虞集	1卷
演連珠篇、擬連珠篇	江右子、子充	各1卷
詩苑眾芳	劉暄	1卷
至正庚辛倡和集（附考世編）	繆思恭	1卷
荊南倡和詩	周砥、馬治[10]	1卷
中州啟扎	吳弘道	4卷
類編歷舉三場文選	劉貞	十集72卷
金精風月	蘇天弌	2卷
皇元大科場文選	周霶	不分卷
類編運使復齋郭公敏行錄	徐東	2卷
類編運使復齋郭公言行錄	徐東	1卷
夜山圖題詠	吳福生	1卷
古賦准繩	虞廷碩	10卷
精選唐宋千家聯珠詩格	于濟、蔡正孫	20卷
詩林廣記前集、後集	蔡正孫	各10卷
雅頌正音	劉存肩	5卷
五倫詩選	沈昜	12卷
文選補遺	陳仁子	40卷
濂洛風雅	金履祥、唐良瑞	7卷
月泉吟社詩	吳渭	1卷
元音遺響	胡布	10卷
西湖竹枝詞	楊惟禎等	1卷
詩學大成	毛直方	30卷

---

10 部分版本不著馬治為編者。

書名	編者	篇幅
柳黃同聲集	杜桓	2卷
宋詩拾遺	陳世隆	23卷
諸儒奧論前集、後集、續集、別集	（不詳）	各2卷
諸儒奧論策學統宗前集	（不詳）	5卷
千片雪	馮子振	2卷
偉觀集	（不詳）	1卷
群賢小集	（不詳）	12卷
兩宋名賢小集	陳思、陳世隆	108卷
類編層瀾文選前集、後集、續集、別集	（不詳）	各10卷
魁本大字諸儒箋解古文真寶前集、後集	黃堅	各10卷
古文會選	王子與	10卷
標音古文句解精粹大全前集、後集	何如愚	各4卷[11]
唐人五言排律選	李存	10卷
在茲篇	胡一桂	2卷
梅花百詠	馮子振、釋明本	1卷
歲時雜詠	（不詳）	40卷
書義矜式、書義主義	王充耘	各6卷
明經題斷詩義矜式	林泉生	5卷
策准	陸可淵	3卷
浙江延祐首科程文	（不詳）	不詳

---

11 僅存《前集》卷一至卷二的部分。

二　佚書（共56部）

書名	編者	篇幅
吳氏天爵堂類編	偈傒斯	10卷
金石竹帛遺文	柳貫	10卷
元詩類選	曾應奎	4卷
三衢文會	鄭元善	1卷
唐五百家詩選	馬瑩	5卷
宋諸家南渡詩	馬瑩	1卷
武陽耆舊詩宗	陳士元	1卷
古今大成詩選正宗	（不詳）	20卷
批評唐百家詩選	仇遠	（不詳）
樂府類編	吳萊	100卷
選唐詩[12]	方道睿	1卷
詩林萬選	何新之	18卷
秋浦類集	施少愚	（不詳）
原古錄	郝經	（不詳）
皇朝古賦	郝經	1卷
古詩考錄	黃景昌	（不詳）
唐詩選	王玠	（不詳）
詩選正宗	熊禾	（不詳）
唐詩通考	徐舫	（不詳）
文海英瀾	梁有	200卷
古文韻選	吳福孫	（不詳）

---

12 書名又作《唐律體格》。

書名	編者	篇幅
西漢文類	陳謙	（不詳）
新編三教四六心香	（不詳）	（不詳）
義陽詩派	鄭滁孫	（不詳）
麟溪集	鄭太和	10卷
華川文派錄	黃應和	6卷
桐江詩派	李康	（不詳）
東歐遺芳集	（不詳）	（不詳）
賜杖詩	（不詳）	3卷
先天觀詩	程鉅夫等	1卷
甘棠集	廉阿	1卷
魏國家集	韓諤	12卷
類編名人詩文	韓諤	8卷
類編名人尺牘	韓諤	1卷
勞山仙跡詩	邱處機	1卷
師友集	張雨	（不詳）
綉川二妙集	傅野等	（不詳）
徐氏雙桂集	（不詳）	（不詳）
鄭氏聯璧集	（不詳）	（不詳）
自我齋類編	高德進	（不詳）
送張吳縣之官嘉定詩	張經	1卷
良常草堂圖詩	張經	1卷
詩社、詩翼	何元適、倪希程	各4卷
諸八大雅	（不詳）	2帙
青白一隅	（不詳）	10卷

書名	編者	篇幅
古文精粹	（不詳）	10卷
古文大全	（不詳）	22卷
古文規鑒	（不詳）	100卷
性理文錦	（不詳）	800卷
尺牘荃蹄	陸樫	3卷
易義衿式、易擬似題	涂摺生	各3卷
書義斷法	陳悅道	6卷
詩義斷法	謝叔孫	5卷
春秋經擬問對	黃復祖	2卷
春秋合題著說	楊維楨	3卷
科舉天階	陳繹曾	（不詳）

附錄二
方回《瀛奎律髓》選「一祖三宗」詩統計表

　　為了清楚呈現「一祖」與「三宗」在《瀛奎律髓》中的地位與關係，下表將統計書中各個類別對四家所作的收錄情況。有關數字參考了何世昌、張哲愿的數據，再經本研究加以核查、調整。[1]

類目		杜甫	黃庭堅	陳師道	陳與義
登覽	五言	4		2	1
	七言	2	1	1	2
朝省	五言	3			
	七言	3			
懷古	五言				
	七言				
風土	五言	2	2	1	
	七言		1		
昇平	五言				
	七言				

1　詳見何世昌：〈方回《瀛奎律髓》研究〉，香港：香港中文大學中國語言及文學學部哲學碩士論文，2001年；張哲愿：《方回《瀛奎律髓》及其評點研究》，收於《古典文獻研究輯刊》，永和：花木蘭文化出版社，2008年，第6編第21冊。

類目		杜甫	黃庭堅	陳師道	陳與義
宦情	五言			2	
	七言				
風懷	五言				
	七言				
宴集	五言				
	七言				
老壽	五言				
	七言				
春日	五言	7		1	
	七言	6		4	
夏日	五言	4		2	
	七言	1		1	
秋日	五言	7		2	
	七言	7			3
冬日	五言	3			
	七言	5			2
晨朝	五言	5	2		
	七言			1	
暮夜	五言	10		8	
	七言	3			
節序	五言	8		5	3
	七言	9		3	2
晴雨	五言	20		7	19
	七言	4	2	1	6

類目		杜甫	黃庭堅	陳師道	陳與義
茶	五言				
	七言				
酒	五言	3		1	
	七言				2
梅花	五言	1			
	七言	1	1	1	
雪	五言	5		8	2
	七言	1	2	2	1
月	五言	15		1	
	七言				
閒適	五言	4		1	1
	七言	3			2
送別	五言	13		6	2
	七言	4	3	2	2
拗字	五言	3	2	2	
	七言	5	4		
變體	五言	3		3	
	七言	3	3	2	6
著題	五言	6	4	2	
	七言	1	5		
陵廟	五言	4			
	七言	1		1	
旅況	五言	5		1	
	七言			1	3

類目		杜甫	黃庭堅	陳師道	陳與義
邊塞	五言				
	七言				
宮闈	五言				
	七言				
忠憤	五言	5			2
	七言	3			2
山巖	五言				
	七言				
川泉	五言			9	1
	七言				1
庭宇	五言				
	七言				
論詩	五言				
	七言				
技藝	五言				
	七言				
遠外	五言				
	七言				
消遣	五言	1			
	七言				
兄弟	五言				
	七言				
子息	五言				
	七言				

類目		杜甫	黃庭堅	陳師道	陳與義
寄贈	五言			1	
	七言			5	2
遷謫	五言		2	4	
	七言	1		2	
疾病	五言	2		7	
	七言			1	1
感舊	五言				
	七言				
俠少	五言				
	七言				
釋梵	五言	10	1	2	
	七言	3			
仙逸	五言				
	七言				
傷悼	五言	1		5	
	七言				
總　計		220	35	111	68

附錄三
〈濂洛風雅詩派目錄〉書影

　　受制於古書的書寫方式和排版限制，附錄於明鈔本《濂洛風雅》前的〈濂洛風雅詩派目錄〉無法把合共八層的結構列於同一書頁內。[1] 作為折衷，抄書者把該圖分為三部分，每段三至四層，而每一部分的頂層同時是上一部分的底層。例如，如在第一部分裡，底層的楊時和胡文定即為第二部分的開端，其後的朱熹和呂祖謙亦然。無可否認，如此安排容易使閱覽者混淆，且每一部分的圖表還是需要跨頁書寫，更是不便閱讀。因此，本研究在此重新拼合明鈔本的頁面，期望能清晰地展示〈濂洛風雅詩派目錄〉的面貌。

1　金履祥記錄，唐良瑞編：《濂洛風雅》（臺灣故宮博物院藏明鈔本，約14-17世紀），風雅目錄頁1至3。

圖一　周敦頤的脈絡（第一層，往下有二傳）

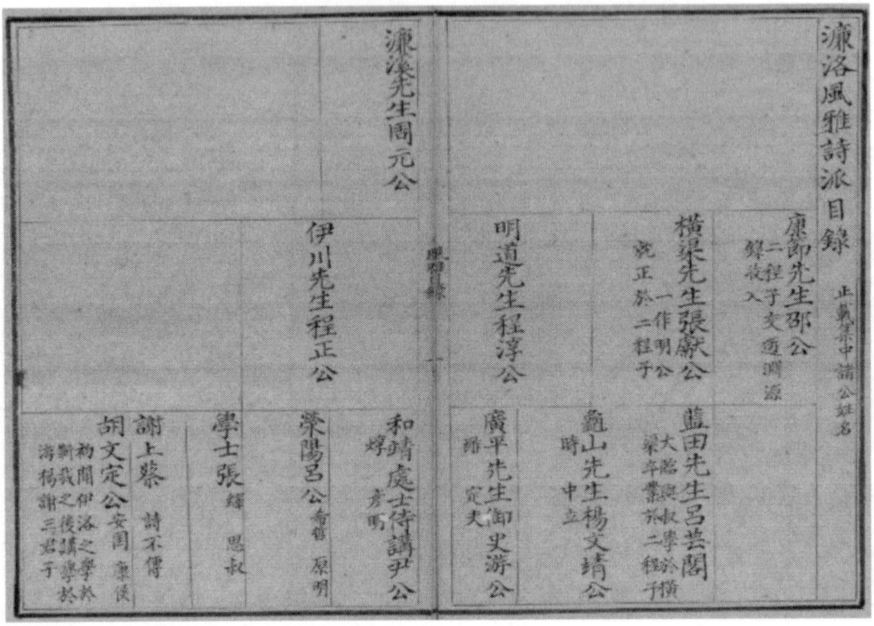
濂洛風雅詩派目錄　止載集中諸公姓名

康節先生邵公　二程子文遺淵源錄收入

橫渠先生張獻公　一作明公　究正於二程子

明道先生程淳公

藍田先生呂芸閣　大臨與叔　學於橫渠　卒業於二程子

龜山先生楊文靖公　時　中立

廣平先生御史游公　酢　定夫

風雅目錄　一

濂溪先生周元公

伊川先生程正公

和靖處士侍講尹公　焞　彥明

滎陽呂公　希哲　原明

學士張　繹　思叔

謝上蔡　詩不傳

胡文定公　安國　康侯　初聞伊洛之學於新安之後講學於游楊謝三君子

圖二　胡文定與楊時的脈絡（第二層，往下有三傳）

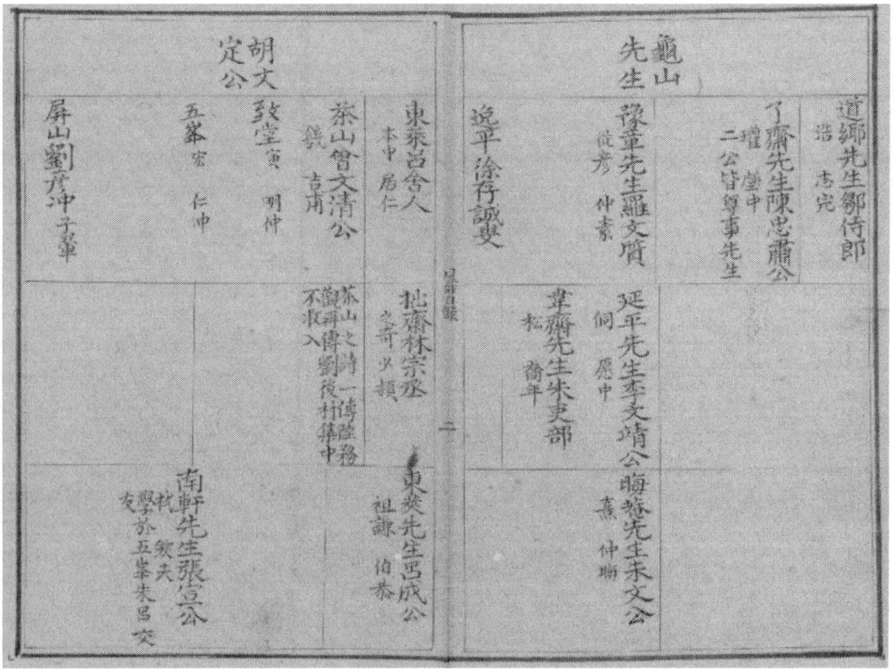

龜山先生

道鄉先生鄒侍郎 浩 志完

了齋先生陳忠肅公 瓘 瑩中

二公皆尊事先生

豫章先生羅文質 從彥 仲素

逸平徐存誠叟

延平先生李文靖公 侗 愿中

韋齋先生朱吏部 松 喬年

晦菴先生朱文公 熹 仲晦

二

胡文定公

東萊呂舍人 本中 居仁

茶山曾文清公 幾 吉甫

致堂 寅 明仲

五峯 宏 仁仲

屏山劉彥冲 子翬

拙齋林宗丞 之奇 少頴

茶山之詩一傳陸務觀再傳劉後村集中不收入

東萊先生呂成公 祖謙 伯恭

南軒先生張宣公 栻 敬夫 學於五峯朱呂交友

圖三　朱熹、呂祖謙的脈絡（第三層，往下有二傳）

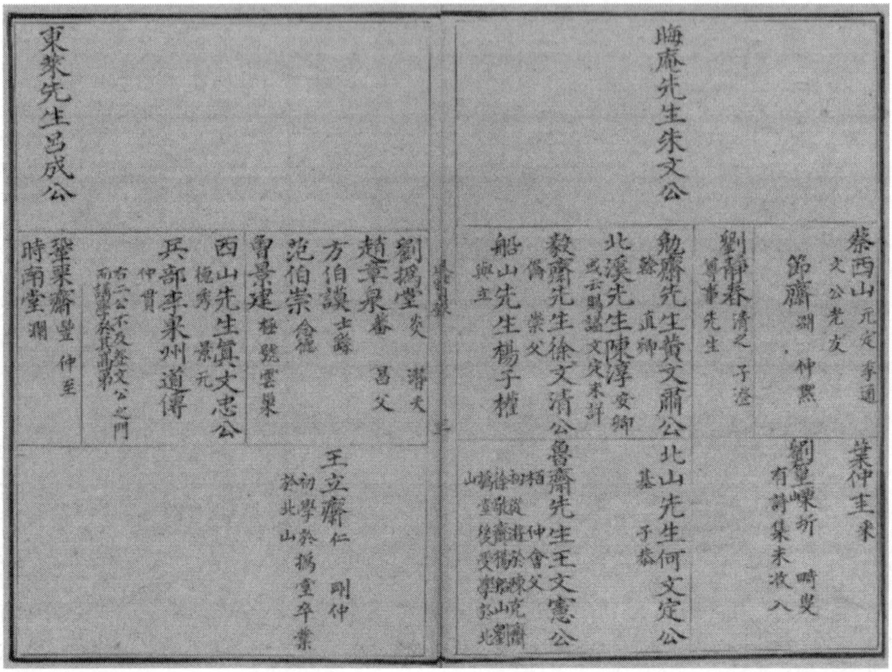

晦庵先生朱文公

蔡西山　元定　季通
葉仲圭
節齋
劉靜春
勉齋先生黃文肅公
北溪先生陳淳　安卿
發齋先生徐文清公
魯齋先生王文憲公
北山先生何文定公
船山先生楊子楷

東萊先生呂成公

劉撝堂
趙章泉
方伯謨
范伯崇
曾景建
西山先生真文忠公
兵部李萊州道傳
王立齋
時菊堂

附錄四
《濂洛風雅》選詩統計表

　　下表為《濂洛風雅》選錄各家詩作的統計數字，版本以《四庫全書存目叢書》影印南京圖書館藏清雍正年間刻本為基礎。另外，根據王建生的考證，傳世本《濂洛風雅》中實有誤署作者的情況，故本研究會就其指出的十五處發現進行修正。[1]

詩人	古體		古風		近體				總計
	四言	雜言	五言	七言	五絕	五律	七絕	七律	
周敦頤	1				1	2	3	1	8
邵雍	1				3	7		10	21
張載		9	2	1			7	3	22
程顥	8	1		1		3	8	5	26
程頤							1		1
呂大臨							8	1	9
游酢						1		2	3
尹焞							3		3
楊時			1			1	13	5	20
張繹			2						2
呂縈陽							2		2
胡安國						2	3	3	8

1　王建生：〈《濂洛風雅》問題舉隅〉，頁81-82。

詩人	古體		古風		近體				總計
	四言	雜言	五言	七言	五絕	五律	七絕	七律	
羅從彥							3	1	4
曾幾						2	2	2	6
胡宏				1			2	1	4
胡寅				1			2	2	5
劉彥沖			3	2	1			1	7
徐存							1		1
朱松			4	1	1	1	8	2	17
李侗							4		4
林之奇							4	1	5
朱熹	17	7	24		7	3	17	3	78
張栻	7	1	3	1	3	3	15	2	35
呂祖謙			4		1	4	11	1	21
呂本中			5	2			1	2	10
陳瓘						1	1	1	3
鄒浩								2	2
鞏豐							2		2
時瀾							1		1
陳淳	1		1			1		1	4
黃榦			1			1	3	1	6
徐僑			1				3	1	5
楊與立							2		2
趙藩							1	1	2
方士繇								1	1

詩人	古體		古風		近體				總計
	四言	雜言	五言	七言	五絕	五律	七絕	七律	
曾極						2	1	3	6
范念德	1								1
蔡元定								1	1
蔡淵								1	1
劉清之	1								1
真德秀		1	3				1	2	7
李仲貫			1						1
劉炎				1					1
程端蒙								1	1
何基	3		2	1		1	13	1	21
王柏	5		6	2	4	2	19	10	48
王侃			2	2	2	1	1		8
葉采							1		1
總計	45	19	65	16	23	38	167	75	448
			81		303				

索引

漢學研究叢書‧文史新視界叢刊　0402016

元代宋詩學研究——以總集為中心的考察

作　　　者	凌頌榮
責任編輯	呂玉姍
特約校稿	林秋芬

發 行 人　林慶彰

總 經 理　梁錦興

總 編 輯　張晏瑞

編 輯 所　萬卷樓圖書股份有限公司

　　　　　臺北市羅斯福路二段 41 號 6 樓之 3

　　　　　電話 (02)23216565

　　　　　傳真 (02)23218698

發　　　行　萬卷樓圖書股份有限公司

　　　　　臺北市羅斯福路二段 41 號 6 樓之 3

　　　　　電話 (02)23216565

　　　　　傳真 (02)23218698

　　　　　電郵 SERVICE@WANJUAN.COM.TW

香港經銷　香港聯合書刊物流有限公司

　　　　　電話 (852)21502100

　　　　　傳真 (852)23560735

ISBN 978-986-478-765-4

2023 年 1 月初版

定價：新臺幣 500 元

如何購買本書：

1. 劃撥購書，請透過以下郵政劃撥帳號：

　　帳號：15624015

　　戶名：萬卷樓圖書股份有限公司

2. 轉帳購書，請透過以下帳戶

　　合作金庫銀行 古亭分行

　　戶名：萬卷樓圖書股份有限公司

　　帳號：0877717092596

3. 網路購書，請透過萬卷樓網站

　　網址 WWW.WANJUAN.COM.TW

大量購書，請直接聯繫我們，將有專人為

您服務。客服：(02)23216565 分機 610

國家圖書館出版品預行編目資料

元代宋詩學研究：以總集為中心的考察/凌頌
榮著.-- 初版.-- 臺北市：萬卷樓圖書股份有
限公司, 2023.01

　面；　公分.--(漢學研究叢書. 文史新視界
叢刊；402016)

ISBN 978-986-478-765-4(平裝)

1.CST: 宋詩　2.CST: 詩評　3.CST: 元代

820.9105　　　　　　　111016789